JN130231

幻の戦時下文学
『月刊毎日』傑作選
石川巧 編著
青土社

まえがき

アジア・太平洋戦争の末期、サイパン、テニアン、グアム、硫黄島の陥落によって、日本はその殆どがB29の爆撃射程内となる。空襲によって都市機能が麻痺するなか、多くの人々は日々を生き延びることしか考えられない極限状況に追いつめられていく。一九四五年三月一〇日未明の東京大空襲、三月二六日から六月二三日にかけて三カ月に亙って続いた沖縄戦、そして、八月六日（広島）、九日（長崎）の広島、長崎の原爆投下。戦争末期の日本では夥しい数の民間人が無差別に殺戮される光景が日常となっていた。

当時の政府は一九四一年の国家総動員法以降、厳しい言論統制によって情報をコントロールし、過酷な現実を覆い隠した。人々は自由にものを書くこともできなかったし、いま目の前で起こりつつある出来事の真相を知ることも叶わなかった。国策の遂行に寄与しない出版物は用紙の配給すら受けられず、雑誌に限っても一九四三年に八、四九四タイトルが、一九四四年には二、三二六タイトルが廃刊に追い込まれている。

ところが、近年の研究によって、当時日本が占領統治していた外地では国内と異なる出版状況であったことが明らかになりつつある。軍部の宣撫班（占領地の民衆に対して占領軍の目的や方針を知らしめ、秩序を安定させるための活動を行う組織）とは別に、大使館や領事館が主導し、国内ではとても書けないような論説、随筆、小説を掲載した雑誌を発行していたことがわかってきた。

一九四四年一一月から一九四五年八月まで、北京で発行された『月刊毎日』(毎日新聞社北京支社)は、同じ時期に上海で発行されていた『大陸』(大陸新報社)と並んで特に際立った内容を誇っている。詳細は既刊『幻の雑誌が語る戦争――『月刊毎日』『国際女性』『新生活』『想苑』』(二〇一八年一月、青土社)に記しているが、この雑誌では、大東亜共栄圏の理想や戦争遂行の意義を語るプロパガンダに紛れ込むようにして、作家、学者、ジャーナリスト、外交官などによる反時局的な言論が展開されているのである。

もちろん、反時局的といっても書き手の立場はさまざまである。大東亜共栄圏を夢想し、日本はアジアを解放するために戦っていると信じている思想家もいれば、言論の自由を活発にすることが戦意高揚を促すと主張する作家もいる。中国の伝統と文化に敬意をもち友好的な関係を構築しようとする学識者、各地の戦局を正確に報道しようとするジャーナリスト、世界情勢を冷静に分析して戦争の終わり方を模索する外交官など内容は多岐にわたる。逆にいえば、そうした混淆性にこそ『月刊毎日』の特徴が表れているともいえる。

本書は『月刊毎日』の主要記事を第一部「「大東亜」の夢」、第二部「時局への懐疑」、第三部「戦の日々」、第四部「銃後の暮らし」、第五部「異郷を想う」、第六部「日常を詠む」に再構成したアンソロジーである。

あの頃の書き手たちは何を考え何を望んでいたのか? 言論の自由を守るためにどのような戦略を駆使したのか? 『月刊毎日』を手にした読者たちはそれをどのように読んだのか? 本書収録のテキストにはそうした謎に対する応答が記されているはずである。

石川 巧

凡例

一、本書は『月刊毎日』（一九四四年一一月～一九四五年八月）に掲載された作品のうち、全集、単行本等に未収録の作品、著名な書き手による作品、同時代の言論状況を的確に伝えている作品、現在においても重要な意味をもっていると考えられる作品などをセレクトし、アンソロジーとして編集したものである。

二、本書の表記については、原則として旧字体を新字体に改めるだけの訂正にとどめ、現在では使用しない用字も原典通りとした。固有名詞については、著者自らが意識的に旧字体を使用していて広く人口に膾炙している場合（例・大佛次郎、大下宇陀兒など）はその表記を尊重し、その他は新字体に改めた。

三、ルビについては原典の表記の通りとした。原典にはないルビの追加は最小限にとどめ、新たに加えた箇所については〔 〕を付した。また、誤字、誤記として処理してよいか判断が難しい箇所、戦争末期の混乱した状況下で印刷・発行された証拠として誤字、誤記をそのまま明示することに価値があると思われる箇所については「ママ」を付した。

四、当時の印刷物に関しては、行末についているはずの句読点やカギ括弧が省かれている場合がある。特に読みにくいと思われる箇所についてはそれを補った。

五、作品の掲載順は各部内においては巻号の順番とした。戦況の変化が作品に及ぼす影響を知るためである。第六部の同じ号に掲載されている作品は、詩、俳句、短歌の順とした。

六、引用文のなかに更に引用のカギ括弧が含まれている場合は小カギで表記した。

七、『幻の雑誌が語る戦争』刊行時には、未発見のため掲載できなかった第二巻第六号の目次を巻末に配した。前回と体裁を揃えるため、表記は雑誌の目次欄によっている。

八、本書には、現在の観点からみて差別的な表現が含まれているが、著者たちが故人であること、作品発表当時の時代的背景を知るうえで重要であることを考慮し、原典通りとした。

第一部 「大東亜」の夢 11

第二部　時局への懐疑

第三部　戦の日々

第六部　日常を詠む　339

（＊）は編著者による新発見資料

創刊の辞

新秩序建設、世界史創造の大潮流におひまくられて地球は、いま大廻転をつゞけてゐる。殊に強奪、搾取に終始した貪慾飽くなき米英が武力に訴へ、物量に物をいはせて、これの流れを阻止せんと執拗に反攻を繰返してゐるため、さらにその度を加へ、戦争は大消耗戦となり、戦局は東西とも日増しに悽愴、苛烈化してゐる。これがため身辺はおろか、国家いな地球も刻々その形相を変へてゐる。したがつて過去の考へでは現在は割り切れず、今日の経験も明日は役立たぬといふのが当然のやうにさへなつてゐるのである。現に「大東亜共栄圏」を背負ふ日本人は、その大きくなつた地盤を基礎にしての物の考へ方、矜持、素養――実力を持つにあらざれば、理解し得ぬもののみであると言へよう。新事象を理解し得ぬと迷ひ、不安、動揺を来す。現在、われ〳〵に禁物なのは迷ふこと、動揺することである。自ら迷つてゐては他人は信頼しない。況んや他民族はひきつけ得ない。今日この際は物事に動じないことが必要である。それには何はともあれ、新しい流れを正解すること、換言すれば「戦争観」に徹することである。「戦争観」に徹すれば、「必勝の信念」は勃々として起り、戦局の一段階に一喜一憂することはなくなる。さすれば、そこに心のゆとりが出来、気持は明るくなり、能率はあがるのである。これがためには、移り変る新事象を正しく理解することが先決であると信ずる。こゝに期するところあつて、本社は「月刊毎日」を創刊し、「心の糧」を提供せんとする次第である。

（創刊号）

第一部　「大東亜」の夢

解決の唯一路

大川周明

一

中日両国の間に国家的交渉が開始されてこのかた、既に二千年の歳月を閲して居る。この長久なる期間を一貫して、両国は殆ど常に対立を続けて来た。神功皇后の三韓征伐より天智天皇の半島放棄に至る四百数十年間、日本が兵を半島に出だせること幾回なりしかを知らない。而も総て其等の出兵は、事は朝鮮に関するも真個の敵手は常に中国であり、半島を経由して南下し来れる中国勢力に対する日本の抗争であつた。鎌倉時代に於ては、日本は再度中国のために本土を来襲せられて之を撃退した。室町時代に入りては、倭寇が中国の沿海一帯を脅した。次で豊太閤の朝鮮進出が行はれたが、その目指すところは明国征服に在つた。

かくて中日両国の間に平和が保たれたのは、日本が遣唐使派遣を廃して中国との交際を絶ちたる平安朝後半期の退嬰時代、及び中日両国が共に鎖国政策をとりて相互の交渉を回避せる江戸時代だけである。而して鎖国の江戸時代去るや、中日両国は直ちに鋭き対立関係に立ち、第一に琉球問題、第二に台湾事件、第三に朝鮮問題のために、遂に明治維新以後に於ける日本最初の対外戦争たる日清戦争の勃発となり、第四に対露関係よりする日本の満洲進出となり、最後に現在の支那事変となつた。

中日両国の親善提携が多年力説されて来たに拘らず、過去の中日関係は二千年に亘る対立の歴史である。此の歴史的事実の前に、人は往々にして中日両国は尽未来際相争はねばならぬ宿命の下に置かれて居るものとする。現に日本の識者のうちにも心密かに同様の意見を蔵して居るものが尠くなく、英米の政治家のうちには中日問題には解決があり得ないと公言する者が多い。支那事変勃発の当初、アメリカの一外交官は、事変の前途に就て下の如く観察して居た。日本は膨脹しつつある、日本は領土を要する。それは征服によつてのみ可能である。中国は日本を撃退するだけの実力がない。而も日本の中国征服は不可能である。従つてこの戦争は長期戦となる。加ふるに日本は必然欧米の帝国主義と衝突する。それ故に此の戦争は無限に拡大すると。而して今日までのところ、事実は此の外交官の予想通りである。支那事変は未解決のままで大東亜戦争にまで発展拡大した。謂はゆる全面和平の如き、果して何の日に実現されるか逆睹すべくもない。中日両国は永久に対峙すべき運命に在るとする意見は、かくて一応尤もな主張であり、少くとも歴史と現実とを根拠として居る。但し此の意見が飽迄も正しいとすれば、中日両国の永久抗争は、米英世界制覇の最後の成就に奉仕することとなり、亜細亜の解放と復興とは、決して実現し得ぬ夢とならねばならぬ。

二

さて過去に於ける中日両国の対立は、境を接する二大民族間に普遍なる現象である。境を接して交通繁ければ事多く、事多ければ葛藤自ら生ずる。それ故に古今東西、隣国は常に不和であり、中日両国また其例に洩れない。総ての国民には、極めて根強き領土保存拡張の団体本能がある。領土は国民の生活全体の基本であり、それが拡張されるだけ国民生活は豊富となり堅固となり、その個人生活は安泰となり富裕となる。即ち其の政治的生活に於ても、経済的生活に於ても、精神的生活に於ても、其の活動の範囲は広大となり、活動の態様もまた多種となる。是くの如く領土は、国民生活の基本であり、国家の維持発展は一に之に懸かるが故に、団体維持の本能として其の拡大を熱望し、その縮小を防止せんとする強大なる潜在意識が国民の脳裡に根を下ろして居る。それ故に如何に領土の大なる国民でも、他国が寸土を侵すを許さざるのみならず、機会あれば尺地といへども拡張せんとする。小国が領土拡張を熱望するは言ふまでもない。

中日両国は曾ては海を隔てたる隣国であつたが、朝鮮合邦以後は完全なる接壌国となり、且日露戦争の結果として日本の満洲進出となつた。もと中国には全体としての国家的自覚なく、唯だ地方的に強き対外心理があるだけであつた。例へば広東に於て反英熱が盛んであるが、北支に於ては排英感情少く、満洲に於ては排日が強烈であつても、広東に於ては左程の悪感を有たなかつた。日清戦争は北洋軍閥と日本との戦争であり、広東は之に与からずとさへ考へて居た。而も中国は対外関係に於て幾度か失敗の苦楚を嘗めてより、次第に国民的自覚を生じ、第一次民国革命以後は愛国志士の努力と其の巧妙なる指導とによつて、民衆の間に国家意識が目覚め、領土観念も明確となり、殊に中国国力の貧弱を意識してよりは一層対外感情を鋭くし、隣国であるだけにわけても強烈なる反日感情を抱くに至つた。

隣国は常に不和であるとは言へ、その対立感情は必ずしも一様でない。両国の国力に強弱ある場合は、強国の感情は緩和であり、弱国のそれは激烈である。即ち強国は国力に自信あるため、領土本能の危険を感ずることなきに反し、弱国は国力の自信を欠くために強国の圧迫を感じ、強度の戒心を生ずる。之を中日両国の関係に見るに、日本は明治維新以来、各種の対華事件に於て概ね優勝の地位に立ち、且ロシアに戦勝して国力に対する確固たる自信を得たるが故に、中国に対する嫉視反目は殆ど撥無せられたが、中国の対日感情は之に反比例して険悪過激となつた。而して勢の窮まるところ、遂に支那事変の勃発を見るに至つたのである。中日両国の歴史的対立関係は深刻である。此点を看過しては、中日関係を正しく把握することが出来ない。

三

中日両国は地理的また歴史的に対立して来たことは争ふべくもなき事実である。かくて両国の対立は、二千年に亘る宿命的悲劇であるが、吾等は同時に此の宿命が近代に入りて漸く根本的に清算せられんとする気運に向ひ、現に其の気運が成熟したことを知らねばならない。過去の中日対立は、境を接する二大民族間の自然的なる、謂はば本能的なる衝突である。此等の両国関係に重大なる影響を及ぼし、相互の地位の自覚を促す第三の要因は未だ発生しなかつた。仮令発生したとしても、間接的なる意義を有するだけであつた。然るに近代に入りてより、中日両国は、互に対立し抗争した儘に、世界政局の網の目に織り込まれてしまつた。即ち両国の関係に直接の影響を及ぼすべき第三要因として、欧米対亜細亜の関係が、極めて重大なる政治的意義を帯びて来た。中日両国は、如何に激しく相争はうとも、一旦欧米勢力に当面する時は、忽ち運命を共通にせねばならぬ関係に置かれることとなつた。

日本の先覚者は、既に明治維新の前夜に於て、亜細亜の辿るべき此の政治的運命を明瞭に自覚して居た。佐藤信淵は今を距る百年以前、夙くも『有華挫狄論』と題する著作の中に、その書名が既に物語る如く、支那を保全して狄を挫くべきことを高調した。狄とは取りも直さずイギリスを指せるものである。彼はイギリスがモーガル帝国を亡ぼして、印度を略取して以来、更に侵略の歩武を東方に進め、遂に阿片戦争の勃発を見るに至つたが、若し清国にして此の敗戦に懲り、大いに武備を整へて失地を回復すればよし、若し然らずして今後益々衰微するならば、禍は必ず日本に及ぶべきことを洞察し、中国を保全強化して英国を挫き、中日提携して西洋諸国の東亜侵略に当らねばならぬと力説したのである。

独り佐藤信淵のみならず、近代日本の先覚者は、眞木和泉、吉田松陰、平野二郎を初めとし、日本国内の政治的革新と亜細亜の復興とを併せて同時に理想とした。徳川幕府内部に於ても、有為の士が抱懐せる対外政策は東亜の復興を積極的理想とせる点に於て、討幕志士と異なるところなかつた。彼等は単に日本の革新を以て足れりとせず、近隣諸国の政治的改革をも実現し、相結んで復興亜細亜を実現するに非ずば、明治維新の理想は徹底すべくもないと確信して居た。それ故に維新精神の誠実なる継承者は、実に燃ゆる熱情を以て隣邦の事を自国のことの如く考へて来た。曾て頭山翁は『南洲先生が生きて居られたならば、日支の提携なんぞは問題ぢやない。実に亜細亜の基礎はびくともしないものになつて居たに相違ないと思ふと、一にも二にも欧米依存で暮らして居た昔が情けない』と長嘆して居る。その大西郷は常に下の如く言つて居た――『日本は支那と一緒に仕事をせねばならぬ。それには日本人が日本の着物を着て支那人の前に立つても何にもならぬ。日本の優秀な人間は、どしどし支那に帰化してしまはねばならぬ。そして其等の人々によつて、支那を立派な道義の国に盛り立ててやらなければ、日本と支那とが親善になることは望まれぬ。』

変法自彊の運動が中国に起つた時も、また滅満興漢の革命運動が起つた時も、日本は満腔の同情を以て之を援けた。その援助は、中国の復興を切望する以外、また他意なかつた。而して支那の復興を切望せるは、『偕に手を携へて東洋保全の事に従ふ』ためであつた。日本の援助は決して単なる主観的同情たるに止まらず、幾多の志士が自ら支那に渡つて屍を戦場に曝し、或は中国革命のために終生を献げて一切の艱難辛苦を厭はなかつた。彼等にとりては、日本の国民的統一と中国の復興、及び両者の結合による亜細亜の復興は実に一体不離の課題であつた。東亜新秩序又は大東亜共栄圏の理念は、決して支那事変以後に発案せられたる軍事的標語でない。既に明治維新前夜に於て、幾多の先覚者によつて堅確に把握せられ、維新このかた三代を通じて常に日本大陸政策の基調となり、大東亜戦争によつて其の実現を見んとしつつある理念である。唯だ条件の未成熟と認識の欠如とのために、日本政治の根本動向を規定しながらも、顕然たる政治的指導原理たり得ずして今日に至つただけである。そは日本民族は、支那事変の鉄火のうちに、身を以て体験せる政治的理想であり、恣意的なる主観的願望に非ず、中日両国の往くべき歴史的必然の道なることを体得せるものである。

四

中国の識者は恐らく中日両国の運命の共通と、両国の往くべき歴史的必然の道とを認めて居る。それにも拘らず日本の誠意に対する疑惑から、毫も反日抗戦を止めようとしない。而も是くの如き人間的錯誤に拘らず、世界史の底を流るる根本動向は、両国の運命を益々共通ならしめつつある。事変以前に中国政府の財政顧問たりしイタリーのド・ステファニは、帰国の途上より故国の新聞に送れる手記の中に下の如く言つて居る

——『支那統一の完成と、将来予想せられる中日提携は、亜細亜人の亜細亜建設といふ新事態を実現するに至るであらう。而も欧米諸国に対する是くの如き〝復仇の騎士〟の地位は日本が之を取るであらう。中日協力に対しては列強の防禦も不可能である。』

まさしく此の言葉の通りである。抗日政府の指導層のうちにも、此の真実を否定し得る者は少いであらう。それほど自明の真理を前にしながら、中日両国は干戈を収め得ないのである。実に民族の悲劇といふの外はない。抗日政府は果して何を考へて居るのであらうか。現在中国に於ては、如何なる方面でも日本は中国を征服し得ないと確信し、且日本は中国を征服せんとする意図を放棄せることをも確信して居る。同時に中国の如何なる方面でも、日本の滅亡を望まず、また日本の滅亡を信じて居ない。それにも拘らず抗日停戦が実現されないのは何故か。

原因は複雑多端であるが、その最も重要なる一つは、停戦後に生ずべき中国社会の混乱に対して重慶が抱いて居る深刻なる危惧である。中国の経済は破産する。都市の混乱と農村の騒乱は必至である。政治的勢力と軍事的勢力の分離崩壊また必至である。それ故に重慶は、北伐以後に於ける時局収拾の経験から、専ら米国資本主義に依存することによつて、対日戦争の終結及び之に

伴ふ極度の動乱を切りぬけ、米国金融資本主義を背景とすることによつて国内秩序の回復を意図して居るのでなからうか。果して然りとすれば、其の可能不可能は第二の問題として、重慶政権は明白に中国を米国金融資本の奴隷たらしめ、南北両米のアメリカ附属国群の間に伍して、恰もメキシコの如く名目に於ては『完全なる自主独立国』実質に於ては『完全なる隷属国』たらしめんとするものである。過般重慶を訪問せる米国副大統領ウォーレスの目的の一つは、アメリカが重慶の国内建設に協力する用意あることを伝へるに在つたと言はれるが、其の協力が経済的支配に外ならぬことは、彼が帰国後に公表せる意見によつて明白である。仮りに此事が実現さるれば、重慶に対するアメリカ金融資本の要求は至上命令となり、此の命令に聴従せざる政権は『民衆の意志』による『革命』によつて打倒されねばならぬこと、メキシコと同様なるに至るであらう。

心ある中国の人々は、決して米国資本の奴隷たることを欲しないであらう。加ふるに万一アメリカが勝利を得たとしても、重慶を援助して中国の国内秩序を回復するだけの余力を残さぬものと考へねばならぬ。従つて中国の再建は、自己の力に頼る外に道はない。従つて飽迄も自己の力を愛惜し、その浪費を避けるためにも、早期の停戦を希望して居るべき筈である。唯だ中国の民衆は、日本に対して激しき反感を抱いて居る。而して此の反感は日を経るに従つて強烈を加へつつある。その主要なる原因は長期の戦争による生活の窮迫であり、且之を総て日本の責任に帰せんとすることに在る。中国の民衆はもとより高貴なる理想を有せず、大東亜戦争の世界史的意義を知らない。その至極の関心事は日常の衣食住なるが故に、堪へ難き窮乏に憤激するのも無理はない。彼等は日本軍が支那に駐まつて居る限り、遂には生命までも奪ひ去られるであらうと惧れて居る。

是くの如き恐怖と反感とが、民衆の無智と誤解とに基くことは言ふまでもないが、中国に於ける日本の行動もまた斯かる感情を助長したことは、悲しむべき事実である。政策として声明せらるる日本の意図は常に正しい。但し其の政策は不幸にして必ずしも忠実に実行されてゐない。そは恰も医師の処方箋は的確であるけれども、薬剤師が処方箋通りに薬品を調合せざるに似て居る。中国民衆は屡々(しばしば)薬と称して実は薬ならざるものを飲まされて来た。日本の国家が忠義によつて維持される如く、中国の社会は信義によつて立つ。信義を蹂躙しては断じて中国の民心を得ることが出来ない。政府は舟の如く、民心は波の如し。中国民心が飽迄も日本を敵とする時、政府が日本と握手することは舟の覆没を招くこととなる。重慶は日本を憎む民心の波に乗つて抗戦を続けて居るのである。日本は此点について深刻に反省せねばならぬ。中日問題の根本は、実に失はれたる信用を回復することである。

五

いま中日両国は改めて孫文の言葉を想起すべきである。孫文は両国の政治的運命の共通を直覚して、『中国なくして日本なく、日本なくして中国なし』と言つた。中国は此の言葉の真実を認むべき筈である。同時に孫文は下の如く言つた――『日本民族は既に一面欧米の覇道文化を摂取すると共に、他面亜細亜の王道文化の本質を保持して居る。今後日本が世界文化に対して、西洋覇道の犬となるか、或は東洋王道の干城となるか、日本は慎重に此事を考慮せねばならぬ。』此の言葉は、中国と共通の政治的運命をもつ日本が、動(やや)もすれば西洋覇道の路を往かんとするを見て、自国を憂ふる如く日本を憂へての忠告である。いま日本は明瞭に維新精神に復帰し、東洋王道の実践者たるべきことを覚悟した。此の覚悟を実践に現はす時に、中国民衆の敵意は立どころに払拭されるであらう。民衆の敵意一たび去れば、重慶は戦はんと欲しても戦ひ得ぬこととなる。日本は武力の戦に於けると同様の勇武を、道義の戦に於ても発揮することによつてのみ、此の民族的悲劇に終結を告げることが出来る。

第一巻第二号

大東亜の文学 世界文学としての東洋文学

林 房雄

現代東亜文学の悲劇

昨年の十月から十二月にかけて、独立祝典後の二ケ月ほどを、私はマニラで暮し、比島の文学者諸君とその作品に親しく接する機会を持つた。

比島の文学者の大部分は英語で書く。ホセ・リサールの「ノリ・メ・タンヘレ」（邦釈（ママ）「黎明を待つ」）はスペイン語で書かれたが、今の作家はアメリカ英語で書く。比島の国語として最近制定されたタガログ語の作家は既に相当出てゐるし、出版物の発行部数もタガログ語の方が多いのであるが、それらはむしろ通俗作家と見なされ、文学の主流は現在のところ英語作家の方にあつた。比島解放の書たるリサールの作品はスペイン語で書かれた。現代作家の作品がアメリカ英語で書かれてゐるこの事実は、過去四百年の間に二つの西洋によつて征服され支配された比島の不幸な運命を象徴する。

タガログ語文学の運動は独立の前後から盛んに起り、若い英語作家たちが、自発的に、そして甚だ熱心にタガログ語の講習を受けてゐる実状も見て来たが、これは喜ぶべき現象であると同時に、比島の悲劇であることもまた事実である。独立国の文学者が独立の文学を作るために、先づ自国語を習はねばならぬとは！

だが、この悲しき喜劇は、比島だけの現象であらうか。

文学者と交るためには、何を措いても彼等の作品を読むべきであるといふのが私の信条であるので、私はできるだけ比島作家の作品を読んだが、そのうちに、奇妙なことに気がついて、当惑した。

私は比島作家の作品を割合に楽に読むことができた。何故なら、英語で書かれてゐるから。

北京や上海でも、私は中国作家の作品をできるだけ読むことにつとめた。だが、なかなか困難であつた。私の中国語の読書力は英語の十分の一もないのだ。中国作家と話をするのにも、英語の方がお互に楽だといふ実状であつた。

マライの昭南やマラッカに行けば、英語は解るが中国語は解らぬ華僑の子弟が沢山ゐる。昭南の日本語学校で講演をしたら、その後の座談会で「先生のお話はよく解つた、だがこれから書かれる「二十年後の大東亜」といふ小説はできるだけ漢字の少し解りやすい日本文にしていただきたい、自分も読むのを楽しみに待つてゐるから」といふ生徒があつた。顔を見ると中国人である。「君が漢字をむづかしいといふのはをかしいぢやないか」と言つたら、「ほんとに知らないのですから仕方がありません」と答へた。マラッカで日本人の奥さんになつてゐる華僑の令嬢も英語一点張りで漢字は全然読めないといふことであつた。

全くをかしな話である。比島作家の悲喜劇は、中国にも、マライにも、ジャワにも、ビルマにも印度にも、否、日本の現代作家たる私自身の中にも存在してゐたのだ。私は中国語よりもマライ語よりもタガログ語よりも、英語の教育の方を十倍も百倍も受けてゐるのである。僕の東京帝国大学の入学試験は英語一課目だけであつた。つい二十年前の話である。日本人もまた比島作家と同様、国語よりも西洋語の教育の方を沢山受けて来たかもしれぬ。谷崎潤一郎の現代語訳「源氏物語」が多数の読者を持つたのはつい最近の事実である。正宗白鳥は源氏物語を英語で初めて読んだと告白したが、私も「水滸伝」を初めて通読したのは英訳に依つてであつた。

日本文学の覚醒

現在、英米文化打倒運動の先頭に立つてゐるのは、日本の文学者である。日本の文学者は中国人や比島人や馬来人の知識階級（インテリゲンチヤ）が西洋化されてゐると叱咤するが、自分自身の方がもつと西洋化されてゐたことには往々にして気がつかない。全くをかしな話であり、且つ重大な問題である。

私は必ずしも、これを現代日本文学の致命的な短所だとは言はぬ。見方によつては、たしかに長所である。大東亜人のうち、英米文学だけでなく、最も西洋文学に通じてゐるのは日本の文学者である。その昔、夏目漱石はロンドン人よりも自分の方が英文学に通じてゐると書ゐたが、その通りであらう。森鷗外はドイツ人よりもドイツ語がうまいと言はれた。シエイクスピア全集の訳者坪内逍遙の「小説神髄」に始まつた明治の新文学運動の流れの中に現れた文学的巨星のどの一人をとつてみても、英仏独露米伊の差異こそあれ、西洋文学の強く深い影響を身につけてゐない者は一人もない。日本文学者の中の天才は西洋人以上に西洋文学を研究した。

その故に、日本文学者の反省は早く始まつた。その故に、日本文学者の西洋批判は徹底的であつた。岡倉天心を引用するまでもない。西洋の世界に対して東洋を再発見し、やがて東洋を断乎として西洋の上に置く精神の目覚めは、全東亜を通じて日本の文学者に於て最も顕著である。英文学者としての逍遙、漱石、独文学者としての鷗外、露文学者としての二葉亭四迷、これらの巨星の東洋性は誰もうたがはぬ。ホセ・リサールと同じく、その主要著書の大部分を英語で書いた岡倉天心の大東洋主義に就いては改めて説くまでもない。

まつ先に西洋にかぶれ、まつ先に東洋に目醒めたのが日本の文学者である。日本の知識階級の西洋心酔は深刻で根本的であつた。その故に、西洋への反撥もまた深刻で根本的である。

日本文学者を覚醒せしめたものは何か。

不動の東洋

比島作家の作品を読みながら感じたことであるが、マニラの都会生活を書いた作品は概してつまらなかつた。総じてアメリカ式軽文学の亜流にすぎない。せいぜい小手先のきいた才子の文学である。づしんと胸にひゞくものはどこにもない。（その種のモダン小説はつい十年二十年前の日本の若い文壇にも氾濫したから、なほさら、私にはよく解るのだ。）

　ところが、同じ比島作家の作品でも、比島の森と山と田園と祖先の生活を描いた作品には、ちやんとしたものがあつた。文字は英語だが、アメリカやイギリスのモダン作家には書けない硬質の宝石が光つてゐた。

　マニラの生活に取材した小説は頽廃と小手先芸にみたされてゐて、誠実といふものが少しも感じられない。それが比島の田園と農民の生活を描き、またジャングルの奥から発掘した伝説や民話（みんわ）を描いた作品になると、比島人の誠実・勇気・素朴・愛情にみちた高貴な姿が溌剌と表現されてゐて、まことに愛すべき作品が多いのである。

　そのことを比島作家の会合で話したら、ある作家が立つて、

「そのやうな批評を聞いたのは初めてであるが、なるほど思ひあたる節がある。スペイン人は比島は太平洋の真珠と呼んだが、比島の真珠はスペイン人とアメリカ人の作つたマニラ市にはなく、田園と森の中にあると私も信じてゐる。比島文学復活の道はそこにある。」

　と答へた。

　世界に誇るべき東洋の光栄ある伝統は日本と中国だけの専有ではない。比島にもあり、ジャワにもあり、ビルマにもタイにもある。「不動なるアジア」といふ言葉は、西洋人によつてアジアの非進歩性と未開野蛮を意味する軽蔑辞として用ひられた。だが、この「不動なる本質」は全東亜のあらゆる部分に実在し、それが「勤揺（ママ）する西洋」を嘲笑し始めたのが現在の実状である。西洋は東洋を完全に侵略し支配し得たと自惚れたが、彼等が支配したのは、東洋の表皮だけであつた。横浜や上海や香港やシンガポールやマニラやバタビヤなどの港だけであつた。

　次のやうな説を立ててゐる学者がゐる。

「大東亜諸民族の経済に共通の構造は、それが強固な村落共同体の上に営まれてゐるといふところにある。

中国は無数の村落がつゞいて出来上つてゐる。中国経済の実体をなすものは、人口の八割を占めてゐる農民である。

ビルマ、泰、仏印――こゝでも人口の八割は農民である。生垣と竹藪でかこまれた村々が産土の神を中心に強固に結合して、楽しい祭と勤労の生活をつゞけてゐるのが、これらの国々の特色である。

ジャワ、スマトラ、フィリピンも同様で、オランダ、アメリカ資本主義の重圧と蚕食にも拘らず、人口の八割を占める村落共同体は破壊されることなく存続してゐる。オランダの学者は蘭印の経済はオランダの資本と華僑の商業とインドネシア人の農業によつて成立し、この三つのうちどの一つを欠いでも存続できないと称してゐるが、インドネシアの村落共同体の経済のみは、他の二者がなくとも独立に存在し得る。却つてその方が平和で楽しい生活を保証できるのである。」

その点、中国の農村も同様である。都会を切りとつても、中国の農村はいささかも不便を感じない。

日本もまた同様であつた。日本の農村共同体とその経済は日露戦争以後の二三十年間に破壊され、殆ど解体して欧米資本主義下の農村に化されたかのやうに見えたが、実は然らず、アジア復興の第一声は日本の農村から挙つたのである。

大東亜諸民族の経済は、独持な東洋的村落共同体を基礎として営まれてゐたが故に、欧米資本主義の激しい侵略をうけながら容易に自己を失はず、最後に西洋に対する反撃の基地となつたのである。同じことが文化に就いてもいへる。

根なし草を刈る

欧米文化は、東京を初めとして、北京、上海、マニラ、バタビヤ、サイゴン、バンコック、シンガポールを完全に征服しつくしたやうに見えた。大東亜諸民族の文化は西洋文化の前には完全に抵抗力を有しないやうな印象をあたへた時代がたしかにあつた。

しかも、大東亜の諸民族は西洋文化に対して、不思議な抵抗力を示した。都会には風俗習慣、思考様式まで欧米化された、国籍不明のインテリゲンチャが浮動したが、彼等は結局、池の面の浮草にすぎず、民族文化の動向とは本質に於て無関係であること、ましてこれを指導することは不可能であることを自ら証明した。知識階級に苦悩にみちた自己反省が起つた。浮草はそれぞれの民族の大地に根をおろすことに努力し始め、根をおろし得ざるものは一時の仇花を咲かせただけで空しく枯れてしまひ忘れられてしまつた。

　この過程を最も急速に且つ典型的にたどつたのが最近の日本の文学である。どちらも西洋文学の庶子にすぎない。左翼文学とモダニズム文学が対立した一時期がすぎると左翼文学の「転向」が起つた。久しく埋れてゐた日本の古典文学は光輝を回復し、文学者の「日本への帰郷」が実行されて、自覚と自信を取りもどした全文学者は「大東亜文学」の旗幟のもとに一致して文学的進軍を再開したのである。

　中国に於ても同様である。第一次革命運動は民族的自覚を旗印とし、中国の再建を目標としてゐるかのやうに見えたが、事実は中国の近代化、即ち西洋化に堕し、良き中国的伝統の破壊に急にして、真の民族文学の創造なく、結局ソ聯または、英米文学の庶子たる「新中国文学」の仇花を咲かせたにすぎない。

　「古き中国」に対する「革命的」文学者の挑戦と攻撃は実に徹底的であり、即ち軽率極まるものであつた。（その点、日本の左翼文学者の日本伝統への挑戦、自由主義文学者の民族精神の忘失とよく似てゐる。）現在、当時の「革命」文学者はそれぞれ老成して、重慶、延安、和平の三地区に余生を送つてゐるが、彼等が十年または二十年前の自己の「若き革命文学」を読みかへしてみたならば、あまりのソ聯臭さ、米英臭さに唖然とするであらう。例へば郭沫若の古い作品集を読んで見ても、これはソ聯的思考様式の枠の中で、彼の詩人の魂と愛国心が押しゆがめられ呻き声をあげてゐる畸形な作品にすぎない。日本の左翼文学と同血統の庶子文学である。「新中国革命文学」中の最良の作品が既に然り、他は推して知るべしである。

　中国にまさに起らんとする第二次文学革命運動が真の新中国文学を生み出すためには、作家の「転向」を前提とする。中国作家の転向とは、中国に於て、西洋文化の侵略に敢て動揺しなかつたもの、西洋が冒さんとして冒すことのできなかつた中国的なるもの、アジア的なるものを発見して、こゝに魂の支柱を定めることである。

　資本主義と共産主義がつひに破壊することのできなかつたものが大東亜には厳存する。経済学者はそれが東洋的村落共同体を基礎とする経済であるといつた。文学者は必ずしも経済学者に従ふことを必要とせぬ。自己の専門と天職に従つて、この不動にして不滅なるものの在り場所を探求しなければならぬ。これが全大東亜文学者の課題である。

東洋の「世界文化」

「アジア的なるもの」は嘗つて西洋人によるアジア嘲笑の標語であつた。今こそ東洋が西洋を嘲ふ時である。東洋が西洋に「未開野蛮」のレッテルを返却する根拠はどこにあるか。日本文学者は既にそれを発見した。先づ日本の中に発見し、更に進んで、大東亜の各民族の中に発見し確定せんとしつゝある。

　日本に於ても、つい最近までは、世界文化とは西洋文化のことであつた。しかも日本人自身がそのことに気がつかなかつた。東洋文化の存在が認められた場合でも、せいぜい骨董的好事的な対象と考へられ、西洋文化に対して第二義的にして従属的なものとして扱はれてゐた。この常識が破壊されたのは大東亜戦争以後である。

　中国の文学者は中国に、ビルマの文学者はビルマに、ジャワの文学者はジャワに、比島の文学者は比島に、それぞれの「世界文化」を発見し創造しなければならぬ。西洋の「世界文化」に遠慮する必要はない。西洋文化の世界支配は終つたのだ。

　現在まで、西洋的「世界文化」の最も破壊的影響を蒙つたのは、日本と中国である。その他の大東亜各地域は、日本と中国にくらべれば、傷は浅い。英語を語るマライ人、ビルマ人、アメリカ英語で書く比島人、オランダ語を読むジャワ人はゐるが、彼等は案外西洋の影響をうけてゐない。西洋が彼等に対して、「文盲（もんまう）化政策」をとつたことは、今日に於て見れば、却つて幸ひである。南方各地域の大都会は西洋そのものであつたが、颱風（モンスーン）とジャングルにまもられた熱帯の大地は、南方のアジア人を抱いて、彼等の昔ながらの生活と精神を保持してくれたのである。ただ、彼等は西洋を知らぬと同時に、日本と中国を知らぬ。大東亜を知らぬ。彼等の大東亜勉強は既に始まつてはゐるが、これが文学の面に現れて実を結ぶまでには、二十年や三十年はかゝる。アメリカがスペイン語文学に接ぎ木して比島にアメリカ語文学を生ませるためには四十年かゝつてゐる。

従つて、今直ちに大東亜文学を生み得るものは、日本と中国と満洲国の作家だといふことになる。他の各地域の作家はやゝ遅れてこれに従ふであらう。

満洲国文学の地位は独特である。中国的教養の上に日本文学の摂取が盛んに行はれつゝある。満洲の漢字文学も既に十年の歴史を持つた。新京発行の「芸文誌」を、北京発行の「芸文雑誌」上海発行の「風雨談」とくらべて読めば、それが日本文学と中国文学との中間に於て占むる独特の地位がよく解るのである。

日本に於ては、独特なものとして、朝鮮文学と台湾文学がある。この両地区に於ては、朝鮮民族による日本語文学、台湾諸民族による日本語文学が、特に大東亜戦争以後、急速度の発展を見せてゐる。内地日本作家の作品と比肩し部分的にはこれを圧倒する作品が既に出てゐる。大東亜文学の遥かなる将来に一つの暗示を投げるものといふべきであらう。

「大東亜交響楽」

私がマニラにゐる頃、ちやうど山田耕筰氏が音楽使節として、同じホテルにゐた。度々、大東亜の芸術と文学に就いて語り合ふ機会を持つたが、その中で次の会話が私の記憶に残つてゐる。

山田氏曰く、「自分は「大東亜交響楽」を創ることを人にもすゝめられ、自分も大いに気乗りしてゐるのであるが、現在すぐにそのやうな曲をつくることは、不可能である。作つたところで、抽象的な「標語音楽」か、糊と鋏でつきはぎ（ママ）した「合成音楽」ができるだけである。もし作るなら、自分は各民族別の音楽を作りたい。それには交響楽よりも、文学的要素の入つた歌劇がよからう。大東亜に七つの独立民族があれば、七つの歌劇ができるわけである。この七つを合せて「大東亜交響楽」と呼ぶことができれば、自分は芸術家の良心を傷けることなく、今すぐにもそれを作ることができる。どうです、君はこれから、大東亜の各地をまはるのだから、僕のためにその主題を探してくれないか。」

答へて曰く、「私は音楽のことは考へなかつたが、文学に於て既に同じ計画を持つてゐます。『二十年後の大東亜』といふのが私が目下構想しつゝある小説の題であるが、二十年後の大東亜文化は日本人のみの手でつくられるものではない。だが、文化の創造には民族の自覚と自信を必要とする。現在この自覚と自信を明確に有してゐるのは日本人と中国人と満洲人である。しかも、中国と満洲国にはこの自信を文学的に生かすだけの文化環境はまだ充分には成熟してゐない。従つて、こゝ当分は、日本の文学者が率先して大東亜諸民族の長所と美点を採り、彼等の自覚と自信を養ふ役割を引受けなければならぬ。東洋が西洋の属領にあらざること、東洋こそ西洋を批評し、西洋を教へ得るものであることは、既に多くの先覚者によつて証明されてゐる。音楽、美術、彫刻、建築等の分野に於て、それぞれの専門家の努力がなされてゐるが、私はそれを文学によつて実行したい。その第一着手として、大東亜諸民族の伝説及び歴史的事件の中から、各民族の美点と長所を典型的に代表する題材を探り、これを小説化したいと計画してゐる。これが出来上つたら、いつかは、あなたの歌劇の主題となり、『大東亜交響楽』のためにお役に立つかも知れません。」

同じ方向への努力は多くの日本作家によつてなされるであらう。また、芸術の創造は必ずしも公式には従はぬ。突如として眠れる天才が眼ざめて、冬枯の野に伝統の花を咲きほこらせることもある。大東亜文学即ち世界文学とその東洋文学は文化的環境の未成熟を無視して、ビルマにジャワに比島に、また中国に満洲国に咲き誇るかもしれぬ。かゝる「突変変異（とつぺんへん〔い〕）」こそ、私の最も望むところである。

現代決戦の本質

佐藤市郎　海軍中将有終会員

一昨年六月、現に最前線における要職にある某中将が、予備役海軍将官会合の席上で、一場の講演を行つた。同官は、大東亜戦争緒戦期の重大作戦任務を畢〔おわ〕つて恰も内地に帰還した許りで、直接関係した航空作戦を具体的に評説し如何に航空部隊が重要な役割を演じたかを説き、最後に帝国海軍としてもそろそろ徽章の錨を廃し之に代ふるに飛行機のプロペラをでももつてすべき時であると結んだ。

一部の老将軍連は、当時、之に対し相当本気になつて反対した。だが、今日では如何に頑冥固陋の士でも制空が海陸いづれの作戦を問はず必須の条件であり、また、戦闘における勝利の端が概ね空軍によつてひらかれることに関し寸毫の疑念をも抱く者はあるまい。わが聯合艦隊が帝国海軍の主力であることと等しく、海軍航空部隊が聯合艦隊の主力であることは厳然たる事実である。

二年半足らずの過去を顧るとまことに隔世の感を禁じ得ぬ次第である。

西武戦線の概観

去る六月六日、米英軍撃攘の好機としてドイツ軍が寧ろ待望した第二戦線が遂に結成せられた。当時ドイツがこの方面に投じた兵力は六四箇師団と称せられ、第一線兵力は少くとも五〇箇師(ママ)を下らなかつたやうである。併し、対抗両軍ともに特に活発な作戦を行はず、戦闘は殆ど二ケ月近くコタンタン半島及ブルタニューの局部に限られ戦勢膠着したかに見えた。

然るに八月一日米軍がアヴランシュを占領してドイツ軍の左を突破するや、その機械化部隊は息もつかせず一挙にブルタニューを席巻し、戦局は急転直下するに至つた。之に対しドイツ側は主力をもつてコタンタン半島をブルタニューから遮断する作戦を試みたが、石油不足のため機動力十分でなかつた独軍主力は、反転北上する米軍とカーン地区から南下する英軍とによつて、東西に分断包囲せられて敵側報道によれば四〇万(うち俘虜二〇万)の大損害を蒙り、一気に国境線まで後退するの余儀なきに至つた。

西部戦線の敗退には種々な原因があつた。

当初、北仏に上陸した反枢軸軍はモントゴメリー軍及ブラッドレー軍の各一部でパットン麾下の機械化部隊及米英軍の主力は後方に待機した。一方、六月中から東部戦線がビテブスク方面において再び活気を呈し来り殊にソ聯軍の進撃は従来のそれと比較にならぬ快速調を発揮した。独軍は東西における右の二件に完全に牽制せられ、敵上陸部隊に決定的打撃を加へ得ずして遂に戦機を逸した。そこへもつて来て二三の国防軍首脳者を中心とする総統暗殺の陰謀が突発し、運悪くアヴランシュ正面を担当した部隊が陰謀に関係してゐて怠業し米軍突破の因をなしたとのことである。元来フランス国内には道路網が頗る(すこぶ)完備して居る。この戦場において、既記の如く、ドイツ側は石油不足の結果機械化部隊の行動意の如くならなかつたに反し敵は極めて有力な機械化部隊を自由自在に駆使し得たのである。尚、独軍は敵の戦艦七の艦砲射撃に少からず悩まされ、また仏人の反抗ならびにマキ匪の跳梁のため、独軍補給の困難は言語に絶するものがあつたと聞く。

併し全期間を通じ作戦全般に最大の影響を及ぼしたのは反枢軸空軍の圧倒的優勢であつた。米英空軍は五対一、或はより以上の優勢を持してゐたやうである。従つて米空軍がドイツ国境に迫り、航空基地を前進して急降下爆撃機及戦闘機をもドイツ国内の空襲に使用し得るやうになつてからは、日々、五六千機が来襲したといふ。

　右の情況において米英側は頗る楽観的になつて来たことに不思議はなく、殊に米国では「対独戦争はクリスマスまで」の声が、相当、巷に力を得たほどであつた。だが、軈(やが)てかれ等の幻滅の時が来た。ジーグフリード線の北西端から直路ベルリンに進撃するための橋頭堡たらしめんと企てた、アルンヘム地区へ降下した空挺隊は殆ど殲滅せられ、補給基地をオランダに前進して補給線を短縮する作戦も思ふやうには進展せぬ。他方、ドイツ空軍の反撃も漸次熾烈化し、米英飛行機の来襲機数は之と反比例に減少して九月中旬頃には千五百程度に低下した。米軍の発表によれば、第二戦線結成から九月十六日に至る百日間の米空軍の人的損害は一万人に達したとのことである。最近、ルーズヴエルトもチヤーチルも対独戦争が年内には決して片附かぬことを頻りにわめき立てて国人を警めて居る。

　嵎(ぐう)を負ふ虎の如くジーグフリード線に拠つた独軍の抵抗力は、正に、精強ドイツ軍の名に背かぬ。総統に全幅信頼して最終の勝利を確信する、ドイツ国民の底力が祖国防衛のため見事に発せられつつある。

　唯、ここに於ても空軍が並々ならぬ役割を演じて居ることを看逃がしてはならぬ。本年二月、シュペーアが軍需相に就任当時には一千機程度に過ぎなかつた航空機の月産は、九月には、四千乃至四千五百に飛躍した。之が独軍の作戦に少からぬ貢献をなしつつあることは多言を要せぬであらう。

　独軍の希望は新鋭メッサーシュミット二六二と新式潜水艦との活躍に繋る。

　米英側は現在ソ聯の協力を得ることに大童(おおわらわ)の体である。米英に強要して第二戦線を結成せしめたソ聯は、米英軍が漸く本丸攻撃に移らんとする今日、そつぽを向いて自主独往しきりにバルカン工作に専念して居るやうに見える。

大東亜戦争の緒戦段階

　今次の欧州大戦では、陸戦は大規模に行はれて居るが、海上作戦は、ドイツ海軍の勢力と作戦海域が地中海、北海等の小海面に局限せられてゐることとの関係上、特記に値するものがないといつても過言でない。反之、大東亜戦争は帝国海軍が世界最大の米英海軍を敵としてゐること、有史以来最初の真の大洋作戦であり、また、航空兵力を主軸とした初めての海上作戦であることなど、兵学的に極めて興味に満ちたものである。

宣戦の大詔渙発と共に帝国海軍は西部太平洋方面所在の敵航空部隊撃滅の火蓋を切り、目的達成のためには開戦当日白昼のマニラ強襲も敢てした。本航空作戦は、当時、ハワイ、マライ沖両海戦の赫々たる戦果に眩惑せられてゐた世人の注意を引かなかつたかも知れぬが、その重要性は艦隊撃滅戦のそれに寸毫も劣るものではない。蓋し制空はわが聯合艦隊の作戦許りでなく、否むしろそれ以上にも、わが無敵陸軍の渡洋大攻略作戦の成功に絶対要件であつたのである。即ち帝国海軍はハワイ海戦において敵機約五百機を撃墜破した外、開戦と同時にシンガポール、比島、ウエーキ島、ミツドウエー島等の敵基地の攻撃を開始し、就中比島においては開戦後三日間に、大型機五二機を含む敵機二〇二機を撃破し、事実上敵の比島航空部隊を潰滅し、わが比島攻略軍の作戦を安全ならしめた。十二月二十三日、狂風怒濤を冒して決行せられたウエーキ島攻略は、本航空撃滅戦に画竜点睛したもので、絶海の孤島に巨費を投じ日本本土空襲の牙城たらしめんとした、敵の企図を完全に封殺し去つた。

敵航空兵力の撃滅と併行し、海軍航空部隊は、友軍諸隊と緊密功妙なる連繫下に転進また転進し開戦後二箇月ならずしてその制空圏を数千キロ南方及南東方に拡大推進した。昭和十七年二月三日、海鷲はジヤワ島の主要基地に対し大空襲を決行、敵機八五機を撃墜破し、翌四日のジヤワ沖海戦では蘭巡三隻を轟撃沈し、米甲巡一隻及蘭巡二隻を大破、一挙にして蘭印艦隊主力を殲滅した。

かくしてわが銀翼は早くも濠亜多島海を蔽ひ、二月十九日には、全濠州を震駭した、ポートダーウインの初空襲が敢行せられた。ついでジヤワ攻略戦に関聯し帝国海軍はわが制空下三昼夜に亘るスラバヤ沖バタビヤ沖海戦において僅に掃海艇一隻を喪ひ駆逐艦一隻を小破しただけで、敵の甲巡二、軽巡四、駆逐艦八、潜水艦七等を撃沈する大戦果を収めた。ジヤワ攻略軍が無血に近い敵前上陸に成功し、僅に九日にして敵を降伏せしめ得たことに対して、わが制空、制海が絶大の寄与をなしたことは多言を須ひぬ。現に、前蘭印総督は日本軍輸送船の大半が撃沈せられるといふ期待が完全に裏切られ、他方、日本海軍の制空、制海のため孤立無援に陥つた結果、数世紀に亘つて確立したオランダの威信が全く地に墜ちて原住民の反抗が熾烈化して来たので、抗戦継続が不可能になつたと告白して居る。

皇軍緒戦期の大作戦は、陸に海に空に、疾風枯葉をまくが如く進展し、戡定の巨歩は東西に進められ、作戦半歳ならずして完全に所在の敵を撃尽して大東亜共栄圏を米英蘭の爪牙から解放し去つた。

四月上旬、帝国海軍は海空相呼応して印度洋に進撃し大戦果を挙げると共に、英の対印工作を画餅に帰せしめた。

五月卅一日、わが特殊潜航艇は敵が不可侵と信じたシドニー湾内深く潜入して軍艦一隻を屠り、また西方遥かにデイエゴ・スワレズを奇襲し、英国艦隊に安息の地なきを歎ぜしめた。

六月初旬にはアリユーシヤン作戦と共にミツドウエー強襲が敢行せられて、帝国海軍は日附変更線を越えて歩武を進め、更に九月廿五日、わが海軍部隊の一部が大西洋に進出し枢軸海軍と協同作戦中なる旨の、大本営発表は全国民を狂喜させた。

かくして　大御稜威の下、帝国海軍の作戦は雄渾無比、奔放自在、正に天馬大空を征くが如く、円石を深谿に転ろばして底止するところを知らざるが如き概があつた。

併し戦争には対手がある。緒戦期の大痛撃で謂はば失神状態に陥り、一時、全く為すところを知らなかつたとはいへ、わが敵は元来世界に富強を誇る米英である。いつまでもわが方の為すままに従ふ者ではない。それに戦果の評価は立場によつて違ふ。皇軍が攻略した南方資源地帯はわれにとつてこそ不可欠であれ、決して敵の死命を制する底のものではない。所在の敵は陸海空ともに之を撃滅したが、それは出先の所謂植民地軍であつて敵の主力、否その重要な一部でもない。また、当初敵が皇国の国力を見縊〔くび〕り果てて豎子為す能はずと油断しきつてゐたことが、わが大奇襲的緒戦期作戦の完全な成功の一要因となつたことも争へぬ。

来るべきものが遂に来た。戦争半歳にして米英は立直り始めた。

敵の第一撃は珊瑚海海戦を生起せしめた。この海戦は敵の空母二、戦艦一、甲巡一を撃沈、戦艦二、甲巡一を撃破し、殆どわが方の一方的大捷に畢つたが、一箇月後のミツドウエー強襲の際には敵は初めて手ごたへある戦闘振りを示し、敵空母二、甲巡一、潜一の撃沈に対し、われも亦空母一沈没、空母及巡洋艦各一隻大破の貴き代償を払つた。

敵の第二撃はガダルカナル島上陸戦となつて現はれた。

爾来、戦勢は日を追うて熾烈化し、そして皇軍は局部的には常に大戦果を収めながら、大局的にはぢり押しに押され初めた。戦争は兵術的対抗から次第に戦力的対立に移行し、之と共に皇軍が開戦以来確握した作戦の主導性が漸を追うて敵の手中に落ちたことを率直に認めねばならぬ。

太平洋決戦の様相

かくして敵は珊瑚海海戦以来既に二年有半執拗に反攻を続けて居る。

敵反攻の第一目標はいふまでもなく比島奪回であつて、之によりわが南方資源よりの原料を遮断し、同時に航空基地を進めて日本本土を連続大空襲し、相俟つてわが戦力の涸渇を期してゐる。従つて敵の反攻は一連の作戦ではあるが、珊瑚海海戦から昨年二月初め皇軍転進までの謂はばガダルカナル攻防を中心とする第一期と、モノ島上陸以来の第二期とに分けて考察することが便宜である。第二期に入り、殊に戦局が中部太平洋に拡大されると共に戦勢は格段と苛烈になり今や太平洋決戦の様相を呈するに至つた。

第一期中には大小八回の海戦が行はれた。併し南太平洋海戦前の二箇月間に敵の空母一、巡洋艦三、駆逐艦潜水艦一一を撃沈、空母、戦艦等各一隻を撃破したことから推し、ソロモン海域では、相当熾烈な、彼我の衝突が間断なく起つてゐたことが窺はれる。全期十箇月間の戦果は轟撃沈空母六、戦艦七、巡洋艦三三駆逐艦二三等、撃破空母四、戦艦五などであつた。

昨年一月四日、ルーズヴエルトは議会への教書の中に愈々(いよいよ)積極的進攻の年を迎へた。日本艦隊が出て来ねば引摺り出しても戦はせると豪語し、同月下旬、ニミツツも今年の任務は日本への進攻路啓開で、今年中には必ずやつて見せると大見得を切つた。然るに敵の航空母艦は南太平洋海戦を最後としてソロモン近海から姿を消し、その戦艦もレンネル島沖海戦で二隻を撃沈一隻を中破せられると共に鳴を静めて了つて、敵海軍は昨年秋まで殆ど無為の裡に過ごした。

併しそれは嵐の前の静けさであつた。敵はこの間政治、戦略、軍需生産など各般に亘つて太平洋決戦の準備を進めてゐたのである。

米国政府は、ほゞ一貫して、欧州戦先決主義を堅持してゐるやうである。但し国民の感情からすれば主敵は日本であつて米国上下の対日憎悪感は到底対独反感の比ではない。尚、東亜問題では当初から英の白紙委任を受けた米国政府としても、戦前鎧袖一触とばかり軽視した、日本から緒戦の大痛撃を喰はされ、而も対日戦が思はしく進展せぬので、対外的にも対内的にもいささか引込がつかなくなつた。昨年一月のカサブランカ会議は専ら対独作戦を協議した様子であるが、五月のワシントン会議の頃から、カサブランカ方式を変更し対日攻勢に重点を置くことになつたといふ観測が行はれ始めた。敵の作戦重点は、依然､独に指向せられてゐたが、他面、対日攻勢意識は会議を重ねる毎に濃化する傾向を示し、十一月のカイロにおける米・英・蔣の会談で一層具体化したと見るべきであらう。

大東亜戦争も欧洲戦争も米国にとつて無名の師である。現政権がニユー・デイルの破綻を仮想的外患に転嫁解決せんとくはだてて国民を不測の大冒険に追込んだものである。従つて掲げてもつて国民の正義感を昂揚すべき公明正大な戦争目的がなく、その宗教的熱情を白熱化する理想に至つては微塵もないことが米国政府の最大の悩みである。政争も相変らず、商売も相変らず、贅沢も相変らずだとルーズヴエルトを浩歎させた。徹底的に商売人根性である米人気質と贅沢極まるアメリカ的生活様式とがその第二である。

かく対内的に大きな弱点を有つ米国政府が当初から短期戦を企図したことは理の当然であり、そのことは人、金、物、所謂三Mの使用振りにも歴然として居る。現在の稼働労働力六千三四百万は、限度と考へられてゐた五千七百万を遥かに超え、他方千百三十万を目標とする軍隊は本年中に二百万の動員を必要とし愈々有児男子も召集するとのことで、人的資源はほゞ限界に達したと認め得る。農村人口の不足が論争の種となりつつあることもこの間の消息を物語つてゐる。専門家の研究によれば昨年度の国民所得の一割以上は資本喰込でまかなふ他はないとのことである。尚、本年度予算は前年度のものより減じて居り、殊に軍事費は百億ドルを減じ平常費は約八億ドルを却つて増して居ることが注目に値する。国富を誇る米国にとつても大戦は容易ならぬ負担であつて今後は生産拡張に力を注がず現有生産力を作戦の要求に適応させる方針であることが窺はれ、施設拡張の最良の指標である工作機械生産高も之を裏書する。最後に工業生産力指数を見れば、三五年以降五年間の平均を一〇〇とすれば、一九五が頂点であるといふ通説に対し、昨年一月に一九九、夏には二〇七に上昇し爾後停止の様子であつたが、果してその後戦時生産局は昨年七月がピータ（ママ）であつたことを認めた。尤も軍需生産、特に、飛行機船舶などでは他の部門を犠牲とする重点生産で、随分無理な成果をも挙げ得る訳であるが、基本資材の大宗鋼鉄の生産を見ると、その需要量は戦争直前の国防経済の段階においてでさへ一億二千万トンといはれ、四一年以降漸増してはゐるが、四三年度で辛くも八千八百七十万トンに達したに過ぎず、昨年十二月の如きは一年前より減じてさへ居る。

要するに米国の戦争努力は開戦後二年間に集約的に発揮せられたもの、すべてを短期戦を目途として指導運営せられたものである。個々の実績はいづれも当初の目標には達しなかつたが、昨年初夏の候で大体頂点に達し、特に航空機及軍艦の建造成績は政府及軍首脳部に相当の満足と自信とを与へた様である。

それかあらぬか、昨年夏秋の交、外電は絶対優勢な空軍の支援があれば、艦隊による陸上基地の攻撃は可能で、之には相当の犠牲を覚悟せねばならぬが、建艦が順調に進歩した米国海軍としては優に忍び得る程度に止まるであらうといふ、意見が米海軍部内に台頭しつつあることを報じた。

ほゞこの頃、軍首脳部の真珠湾会議が行はれ、之と前後して久しく沈黙を守つた敵機動部隊は蠢動を始めて千島、大鳥島、南鳥島等を空襲した。

十月十二日のラバウル大空襲を契機とし、同地及ブーゲンビル島に対する敵の空襲は極めて頻繁猛烈となり、十月二十六日、かれの所謂ネービー・デーに敵はモノ島に上陸し、第二期の幕は切つて落された。

爾後一月余の間に、ブーゲンビル島沖で海戦一回、航空戦六回、ギルバート諸島沖で航空戦四回並にマーシャル諸島沖航空戦が櫛の歯を引くやうに生起したことは周知の通りである。この間わが方は空母一八（内大型五）、戦艦四、戦艦又は大巡一、大巡八、艦型不詳二、巡洋艦一三、駆逐艦二七を轟撃沈し、空母六、戦艦三、戦艦又は大巡二、大巡一三等を撃破する大戦果を挙げた。之を第一期の数字と比較すれば戦勢が如何に苛烈となつたかが如実に感ぜられると共に、敵艦隊の主力が戦艦から空母に移行したことが窺はれる。太平洋海戦は敵の過去の戦争努力を背景として愈々決戦の色彩を帯びて来た。

ギルバート攻撃の前日、「日本軍は中部太平洋で近く米軍の大攻勢を覚悟せねばならぬ」と豪語して同諸島に対し既記の新戦法を試みたニミッツは、更に攻撃手段を強化して、次に之をマーシャル諸島に施した。即ち敵は基地航空部隊をも加へた極めて有力な機動部隊で、二日間、マーシャル全域に対し猛烈極まる砲爆撃を行ひ、二月一日クエゼリン、ルオット両島に上陸し、同十九日、トラックを強襲した。

二月二十二日、空母十数隻戦艦八隻を基幹とする有力な敵機動部隊がマリアナ東方海上に、三月二十九日には他の一隊がカロリン諸島南方に現はれたが、毎回わが航空部隊の先制空襲によつて大打撃を受けた。而もまた毎回敵がわが荒鷲の猛攻下に踏止まり、艦載機を放つて諸島の空襲を行つた上で退却した事実は、かれの強靭な闘志と上空直衛及対空砲火に対する信頼のほどを物語る。一方、内南洋諸島に対する敵機の来襲は殆ど寧日なく行はれ、次第にその範囲を拡大すると共に勢力を増し、四月十九日には敵大型機が初めてサイパン島に姿を現はした。

かくして敵は反攻の歩武を進め、六月中旬遂にサイパン攻略を開始した。敵は多数を擁する補助空母を動員し圧倒的優勢なその戦闘機群をもつてわが航空部隊の制圧を試み、つづいて連日猛烈な砲爆撃を行つた後、大部隊の上陸を決行した。隠忍を重ね来た聯合艦隊の一部も起ち六月十九日その海上部隊はマリアナ西方洋上において、空母一五、戦艦十数隻、補助空母及巡洋艦各約二〇、駆逐艦約一〇〇より成る頗る有力な敵を邀撃した。当日の戦果は大本営発表では空母三四隻に大破以上の打撃を加へたとなつてゐるが、その後の諸情報を綜合すると戦果は更に遥かに大であつたやうである。敵は東方に潰走し、海相が議会で述べられた通り、陸上における皇軍の強靭な奮戦と相俟つて敵撃砕の計将に成らんとしたのである。ところが翌二十日、全然無疵の別の敵機動部隊が北上して来た。前日の戦闘で航空兵力を相当消耗して居り、面も（ママ）その補充意に委せぬわが方としては、遺憾ながら、戦闘を中止する他なかつた。艦隊将兵無念のほどまことに察するに余りがある。

本戦闘は聯合艦隊海上部隊の語が含蓄する如く今日の艦隊の主力である基地航空部隊の重要部分を占める基地航空部隊の参加なくして戦はれたものである。それは基地―戦場の距離のためで、この距離はまたわが航空部隊の後続を阻んだ。尚、わが方の損害に油槽船二が含まれてゐたことは、本海戦のため艦隊は洋上燃料補給を必要としたことを窺はしめる。かくまで不利な情況であれほど有力な敵に対しても尚且つ、大捷を博するわが聯合艦隊である。彼我全く地を代へたともいへる台湾及比島東方洋上で帝国海軍が世界を驚倒する底の大戦果を挙げたとて何の不思議があらう。

大東亜戦争の性格

敵は先づマニラを空襲し、稍時を置いて南西諸島を襲ひ、ついで矢継早に台湾全島に対し、曾て第五十八機動部隊が随時随所に進撃させ得る機数として誇示した千機以上をもつて猛爆撃を加へた上で、比島奪回作戦の火蓋を切つた。大東亜戦争は愈々真の決戦段階に入つたのである。

台湾沖航空戦、フイリピン沖航空戦と大戦果が相次ぎ、われも人も神洲不敗の信念を倍々固くした。神風特別攻撃隊将兵の純忠至誠、必死必中の大精神に対して唯々頭が下がる許りである。

今日までに判明した総合戦果は轟撃沈空母二四、戦艦二、戦艦又は大巡一、巡洋艦一五、駆逐艦二〇、撃破空母二九、戦艦一五、戦艦又は大巡一、巡洋艦一三等であつて、合計排水量は、如何に内輪に見積つても、優に一二〇万トンを超える。戦況がどれほど熾烈であるかは右の数字を第一期及第二期劈頭の戦果並に所要時間と比較し殊に台湾沖航空戦及フイリピン沖海戦のわが方未帰還機がそれぞれ三一機、一二六機に上つたことを思へば、容易に推察出来るであらう。

由来、一国の海軍が潰滅的打撃を受ければ再建は殆ど不可能であるといふことは、東西古今の戦史から導かれた海軍的通念であつた。ところが大東亜戦争はこの通念を完全に覆して了つた。台湾沖航空戦までに帝国海軍は敵艦二百万トン以上を撃沈し、うち約九割は米国海軍の艦艇である。他方、開戦当時の米国海軍勢力は百四十万トン程度であつたから、米海軍は一応も二応も撃滅せられた勘定になる。然るに今日までの損失などから推定しても敵は少くとも二百万トン程度の兵力をもつて今次の決戦を始めて居る。要するに、人類がまだ経験したことがなかつた米国の大工業力が、軍艦をも一種の消耗品たらしめた訳である。それ許りか軍艦に較べて建造が遥かに迅速容易であり、本質的に消耗品である飛行機が今日の海軍の主兵となつた。敵が大工業力と堅確旺盛な闘志とを有つ以上、撃滅の効果は甚だ短命である。ここに現下の決戦の特異性がある。台湾沖航空戦に始まる当面の戦闘は宜しく大東亜戦争の第一次決戦と呼ばるべきである。第一次決戦がレイテ湾周辺に上陸した敵を撃滅し尽したとき、初めて大団円となることは多言を須ひぬ。之が実現するまでは、よし、敵艦隊を全滅しても戦勝の喜びの満喫は断じて許されぬことは、過去二年半の戦の経過に鑑みれば、何人にも肯けるであらう。その喜びの場合にも、第二次、第三次の決戦が尚起り得ることを忘れてはならぬ。換言すれば長期戦を覚悟せねばならぬ。

筆者は、軍人として、この戦争に決して負けぬ確信を堅持するが、確実に勝つ方策は有たぬことを率直に告白する。之は決して詭弁でもなければ弱音でもなく全く、東西に大洋を控へ比隣には意に介するに足る強国を有たぬ、極めて恵まれたかれの地政学的環境と豊富な天然資源とに由来する。確実に勝つ唯一の方策は大陸軍をもつて敵の喉首をおさへつけるにあるが、皇国が、近き将来、米に対してこの必勝方策を実施し得る算のないことは議論の余地なしと信ずる。唯、皇国の戦争目的は米英の野望を撃砕して東亜永遠の平和を確立するにある。われには毫も侵略の意図はなく、大東亜諸民族と共存共栄の楽を分てば足る。かれは遠く来つて之を妨害しようとする。その都度おこるべき決戦に必ず勝ち得る戦力を賄ふことが、われ等銃後の重大責任である。能く銃後の務めを果して、決戦につぐ決戦において撃滅につぐ撃滅をもつてすることが出来て、商売人根性の米国民をして之では算盤が立たぬと首をひねらせれば、戦争は勝である。

日清日露の両役は当時の日本にとつては大国難であつた。併し、清国にせよ帝政ロシヤにせよ、わが方の正当な国力の進展を妨害せんとは試みたが、皇国の国本に危害を加へる不逞の野望を抱いてゐたとは認められぬ。今日の敵米英は然らず。かれ等は金甌無欠の皇国の国体に、鬼畜の如き、穢れたかれ等の手を加へる禍心を抱懐する者である。米の為政者が好んで口にする、所謂戦後の世界秩序案には戦敗国の軍備徹廃、その国民教育の管理、かれ等の警察力の下に長期の休戦期間を設けて敗戦国の徹底的処分を徐ろに行ふことなど、暴戻残忍極まる数々の条項を羅列する。横車を押して自ら世界的大戦乱を惹起して置きながら、今次大戦の責任者の処分を云為するに至つては、正に盗人猛々しき極みである。殊に日本臣民として断じて聞棄てにならぬのはその対象である。曰く、戦争に対し責任ある個人、団体、国民の処罰と。読者は須らく、前大戦の休戦成立後聯合国首脳者の一部に、戦争責任者として、独帝ウイルヘルム二世処罰の議ありしことを回想すべきである。いやしくも日本人である限り、右を読み之を回想して、かれ米鬼の肉を食ふも尚慊〔あきた〕らなく思はぬ者はないと信ずる。

大東亜戦争こそは神洲護持の聖戦である。われ等が祖先から受け継いだ、光輝ある三千年の歴史を、永久に後昆に遺し得るか否かがよつて繋るところである。

勝つ以外に絶対に道はない。安易な妥協を容れる余地は微塵も存せぬ。

前途は尚ほど遠い。決戦につぐ決戦をもつてする間には、或は戦勢われに不利なることもおこるであらうし、各人各種の苦痛危険にも会するであらう。その時こそモスクワ、レニングラード、スターリングラードを護り通したソ聯市民の神経の太さ、ねばりの強さを見習ふべきである。

見よ、驕敵米がその誇負する工業力を総動員し、生産力の頂点で一年間生産し蓄積した物量が、惨として驕らざる皇軍神兵の前で、巨巌に激する波濤のやうに、寄せては砕かれ寄せては砕かれるのを。

そしてまた、戦局が真に急を告げると、三千年来培はれた草莽の赤誠が発して神風特別攻撃隊となり、必死必殺の戦法兵器となるのを。

時あつて兵理を超越した戦法が生れ、科学技術を超越した兵器が生れる点に皇国の宇内に冠たる所以が存する。

古人も艱難汝を玉にするというた。仮りにも楽に大東亜戦争に勝てたら、それこそ日本国民の大不幸であらう。

（一九・一一・八）

職域に戦ふ

小泉信三

第二巻第一号

国民は漸く度胸をきめた。サイパン失陥の当時と比較すれば、国民は覚悟の定まつた国民になりつゝある。

サイパン喪失の当時を回顧すれば、国民は今日明かに試錬を経た国民になつた。思へばサイパンの事は余りにも無念、深刻な打撃であつて、少くも一時は戦局の前途に望みを失ひ、正に意気鎖（ママ）沈せんとする如く見えた。併し剛強なる国民の気力は斯る失望の時に於て初めて現れる。国民は打撃に遭つて少しも鎖（ママ）気なかつたとは決して言へないが、しかし、確実に其から回復した。誰に教へられたのでも激励されたのでもなく、国民は今、我々自ら戦はずして誰が戦ふか、との覚悟に進みつゝあつたことは間違ない事実である。そこへ台湾沖、比島沖の戦果が来た。

数月前、遽かに家屋の疎開が強行せられ、住宅店舗工場の分ちなく指定区域内の家屋が倉皇として破壊せられ、濛々たる塵烟の内に瓦や硝子は砕け、板片は散乱し、断礎の間に水道栓から空しく水が噴き出てゐたやうな光景は、たしかに無残な痛ましいものであつた。平家物語などに伝へられた福原遷都の後の旧都の荒廃などを聯想した者もあつたらう。それは決して国民の戦勝意識を高めるとは謂ひ難いものであつた。然るに破壊跡の取片付けも一応済んだ今日になつて見ると、帝都の各地には濶然として空地が開け、空も地も広くなつて、風爽かに吹き通ふ景色は決して悪くない。敵襲に備へる態形としては確かに此方が適してゐることは誰の目にも明かである。国民の気分は一変した。「サア来い」といふ気持は誰の胸にも湧き起りつゝある。仮りに米英の耳目が何かの方法で我国民の精神状態を窺ひ得たとしたならば、彼等はサイパン占領以後今日までの数月間に、我民心が明かに彼等に取つて不利なる転化を示したことを看取したであらう。

　私は別のところで度々説いたが、今大切なのはたゞ戦ふことで、智慧は二の次ぎで好い。戦ひに依らずして国家を護るといふ如き方法は今絶対的にない。戦ひの外に打つ手は全くない。何か手段はと思ひ惑ふことが、未練の至りで、抑〔そもそ〕も間違ひの始めである。此点に於て知識階級人の一人として吾々は自ら反省するところがあつて好い。知識人は不合理の事を好まない。しかし戦争は終始無理と不合理の連続である。若し合理的に勝敗を予測しようとすればたゞ物の数量を計算するより外はない。其以外の諸要素は合理的には計算できないものである。茲〔ここ〕に於て知識人の兎角陥り易い過ちは、戦局の前途に就いても「何うなるか」といふことをのみ思ひ煩ひ、最も大切なる「何うするか」の一面を兎角忘れることである。勿論戦争の客観的条件に対して吾々は常に最も冷徹なる判断を下し、空虚なる精神主義や希望的観測に耽ることは堅く戒めなければならぬ。しかし同時に心に銘じて記憶しなければならないのは、決意とか勇気とかいふものは不合理なもので、予め数字的に計量するを容さぬといふことである。戦争に無理が行はれるか行はれないか、事実を見れば明かである。ダンケルクの後の英国が戦ひ続けたのは無理であらう。レニングラードの兵と市民とが戦ひ続けたのも無理であらう。況や真珠湾に奇襲を敢行して米国太平洋艦隊を一時全然無力化した作戦の如きは、無理の中の最も甚しきものであつた。勿論事後の賢人等をして言はしむれば、此等の作戦は何れも当然成功すべき理由があつて成功したと言ふであらう。併し当時、事前に於て有利不利無数の条件が錯綜し混沌として視界を遮ぎる其時に於て、殊に不利の条件は幾倍にか拡大されて目に映じ勝ちな非境の下に於て、斯うすれば斯うなるといふ結果を洞察し、其の洞察に確信を抱き決然として一断を下すといふことは容易の事ではない。少くも悲観しようと思へば幾らでも悲観すべき材料は有つたのである。国家、民族といふものの運命は斯る機会の断然たる決意に依つて開かれる。吾々はよく此事を思はなければならぬ。

戦争は自然現象ではない。従つて吾々の決意の有無と無関係に進行するものではない。例へば日々の天候は天気予報と無関係に定まる。如何に快晴を予報してもそれに依つて風雨を晴天に変へることは出来ない。如何に晴天と決意したところで、気象の方では取り合つては居らぬ。観測者がいかなる予言をしても気象そのものは驚きも恐れもせず、又油断したり、図に乗つてつけ上つたりもしない。戦争は全く違ふ。戦争の場合には判断と決意とが勝敗そのものを左右するのである。如何に物的に有利な条件を具へてゐても負けると思つて負けた気になれば負ける。勝つと思つて勝つ気で戦へば勝つ。さう簡単にばかりは言へぬとしても、気象其他自然現象の観測と人事の観測とが全く趣きを異にしてゐることは多言する迄もなく明かである。前者の場合には観測の如何に依つて現象の経過は変らない。後者に在つては観測者其人の意志が観測を左右し、観測そのものが経過の要因、而かも最も大切なる要因を成してゐる。これ今日に於て吾々の痛切に反省しなければならぬところである。

近代知識人は不合理を好まず、また実に決意を好まない。彼等は屢々(しばしば)問題を際限なく討議し、採決の行はれた後にも猶ほ討議する癖がある。討議も結構である。和戦の決定前に於て討議は何処までも慎重でなければならぬ。しかし、一度び戦端の開かれた後には、最早議論はない。吾々は常に水を背にして布陣しなければならぬ。進んで勝つか、退いて溺れるか。戦ふことが第一で、智慧は二の次ぎで好いといふのは此処の事である。

勝てば一切を得、負ければ一切を失ふ。日本の学問も芸術も一切の文化の財宝も、負ければ凡てそれ切りである。学問芸術は何の為めに在るか。平時に於ては様々の議論も戦はされた。しかし今になつて見ればハッキリ分かる。国破れて何の学問ぞと或者は言ふ。吾々は真剣に此問題を考へなければならぬ。此の戦争は二度やり直すことは出来ない。一度負ければ一切が終りである。将来の事は姑(しば)らく思ふに及ばぬ。今は一切の力を現在の此瞬間に集中しなければならないのである。されば苟も戦勝の為めに必要又は有効とあらば、国家はいかなる学者芸術家の動員をも遅疑すべきではない。勿論学問芸術の種類によつて其の戦争に対する有用性は必ず一々異なるであらうし、個々の場合の実施は十分高邁の識見を以て行はれなければならぬ。しかし、原則そのものは簡単明瞭である。同時に、学者芸術家に於ても当然其用意はあるべきである。例へば支那の乾隆帝の治世とか或は英国ギクトリヤ女皇朝とかの如く、国は富み世は太平で、食物も衣服も有り余つてゐるといふなら、必ずしも学者芸術家の研究製作が果たして国家の如何なる用を為すかを問はないでも好からう。しかし我国の現在の如く、国家の危急が目前に迫つた時に於ては、此の限りある衣食と諸資材を消費するに方(あた)つて、学者芸術家は必ず深刻なる反省を促されざるを得ぬであらう。吾々の研究又は製作は果たしてよく我が消費するところを償ふか、吾々の研究又は製作と一工員の勤労と果たして何れが国家の急に応ずるか。長き未来は今問題ではない。今此の現在の瞬間に、果たして何れがよりよく国家を護るか。誠実なる学者芸術家は必ず此の反省の苦を嘗め或は嘗めつゝあるに違ひない。私は学者芸術家の時に軽浮なる時局的行動に与みするものではない。研究製作の部門と種類と夫々の境涯とに由て彼等の今に於て為すべきことは決して一律を以て律すべきではあるまい。しかし凡ての行動の本には彼の反省がなければならぬ。又其反省は痛切に体験せられつゝあるであらう。

これは他人に向つて言ふことではない。学問の事に携はるものの一人として自ら深く戒める言葉でもある。

第二巻第一号第一

必死必殺 神風特別攻撃隊と日本精神

齋藤 瀏

一

台湾東方沖の海戦、並びにフィリピン、レイテ湾の戦果が発表せられた時、われ等の愁眉は開かれ、やがて歓呼の声が挙げられた。皇国の必勝は信ぜられて居たとは言へ、数次に亘るわが島嶼の喪失、皇軍将兵並びに同胞の玉砕、又は全員戦死の報を聞いたわれ等は、勢ひ憂鬱にならざるを得なかつた。それのみか、中には戦局の前途を悲観する如き言説さへ敢へてするものもあつて、暗雲の低迷するを免れなかつた時、あの快報を得て、正に四天晴明の感が抱かれ、われ等の意気は揚り、前途の光明がいやさらに感じられた。

それ故、この戦果は、単なる大戦果として、歓喜の対象たるに止まらず、われ等を鬱屈から救ひ、憂愁から救ひ、消極沈滞から救ひ、心を清明にし、能力を開発して積極加動、将来の必勝に向つて敢闘せしむるに至つた。若し大きく言ふなら、皇国を必勝の方向に推進させたと言ひ得よう。かかる大戦果にわれ等が歓喜して居た時必死必殺特別攻撃隊の行動が発表せられた。これを聞いて粛然として襟を正さぬ者はなかつたであらう。感激に震へ、讃歎の言葉を失つて思はず合掌したものは筆者のみではなかつたであらう。

有り難し勿体なし若しみな若し、
　われ等救ひて爆ぜぬ砕けぬ

あの若さで、と思ふ時、涙がほろほろとこぼれ落ち、閉ぢた眼蓋に紅顔の益荒男の顔が莞爾として現れた。この人を死なせて、われ等が助かり、皇国が救はれたのだ。一体この若さで、どうしてか丶る立派な心が持て、行為が出来たのか。

益荒男が常凡道と死の一路
　無造作に行き爆ぜにけるかも

嘗ても、開戦劈頭、真珠湾に於て、淡々とこの死の一路を歩んで行つた皇軍将兵のあつたことは知つて居る。その後の航空戦に於ても、敵艦に体当りを喰はせた将兵のあつたことも知つて居る。皇軍将兵のこと故、この壮烈鬼神を泣かしむる行動も、あやしむに足らぬと言つてしまへばそれ迄である。然しなぜ皇軍将兵故、死の一路を淡々と歩み得るか。

古来戦場に出づる者は、皆な死を覚悟したであらう。戦闘に臨んで、生還を期するものはないであらう。これは古往今来、わが国の戦記を繙けば知り得ることであつて、家を出でては妻子を忘れ、国を出でては、家を忘れ、戦場に臨んでは生命を忘れる。とはわが伝統武士の精神であつた。

恐らくこれは既に外国人には理解出来ぬことであらう。だがか丶ることは出発前、若しくは出発時の覚悟である。この覚悟をもつて進発し、敵と戦つても、必ずしも死ぬとは限らず、生きて還り得るかも知れぬ。従つて始めより死ぬときまり、還れぬときまつて居る行為に身を投ずる特別攻撃隊の将兵とは違つて居る。

特別攻撃隊の将兵は自己が爆弾であつて、この隊員たることが、既にこの爆弾に点火したことであり、やがて必ず爆発し去るのであつて、明かに確に死への突入である。必死必殺、往くことはあつても還ることは絶対にないのである。従つて戦闘行ではあるが、同時に必死行である。この必死行に身を措いたわが特別攻撃隊将兵のあの朗かさはどうか。あの出発前酒杯を交す画面を見て、頭を下げずに居り得るものはないであらう、かくて若き若き益荒男は必死行にのぼるのではないか。

それがかくも朗かに、落ち着いて居る。否な寧ろこの行を光栄とし、心に喜びをたたへて居る。あの態度、どうしてかうもと、一度は誰も疑はれる程である。だがやがて、われ等の感激を高めたわれ等の血潮、即ち伝統日本人の血潮が、われ等に次の如く告げるではないか。

「日本人の真姿はこれである。この将兵の血潮はお前の血潮と同じである」

死に突き入りおほきく生くる道知りて
益荒男の伴(とも)は常に清明(すが)しき

益荒男と限らず、日本人で、日本精神を体した者なら、皆等しくこの死に突き入つておほきく生きる道を知つて居るはずである。それ故日本人は常に清明心の持ち主である。そして清明心の持主と言ふことは、自己が濁つて居らぬと言ふことであり、自己が濁つて居らず澄んで居るといふことは、かしこけれど、現神天皇と同じ霊(ひ)に澄んで居り、語を換へれば、現神天皇に帰一し奉つて居るといふことである。

実に特別攻撃隊の益荒男は、澄み切つて居る。この澄み切つた者を、未だ澄み切らぬわれ等が仰ぐ故に讃歎が生れるのであり、感激が湧くのであり、ただ打たれて頭が下がるのであり、敬仰愛慕、而して自己の本質の血潮に目醒め、目醒めて、この益荒男を真によく理解し得、これに続きて本質日本人たらむとの念願が起るのである。

二

今、静かに特別攻撃隊の益荒男を思ふ時、わが益荒男は実に日本精神に徹して居る。日本精神は天皇帰一の源泉に湧く。清明心と言ひ、大和心と言ひ、大和魂と言ひ、忠と言ひ孝と言ふも、畢竟、この　天皇帰一の源泉に湧いた心に外ならぬ。すでにこの特別攻撃隊の将兵が日本精神に徹して居たとすれば、それは実に光栄と歓喜と衿持との人生観の持主であつたと言ひ得る。

光栄、歓喜、衿持の人生観は真日本人の人生観である。これは、今更述べるまでもあるまいが、われ等日本人は、現代に天業を恢弘遊ばさるる中心一元の神、即ち現神天皇のこの御大業を翼賛し奉る為めに、隠身の霊より顕見して、現身となつて、現代に生れたのである。それ故、言ふまでもなく、この現身は、仏教者の言ふ如き、空蟬的無常迅速な人生では断じてなく、世界を済（すく）ひ、世界人類を済ひ、最高文化を建設し、最高道徳を樹立する使命に生きる人生であり、八紘一宇世界建設の使命に生きる人生である。宇宙世界の絶対、不動、永遠の中心一元、現神天皇の天業、神業、大御業を翼賛し奉る人生である。

　われ等にこの現身なかりせば、どうしてかゝる天業、神業、大御業を翼賛し奉り得よう。われ等日本人の人生が光栄歓喜、矜持の人生だと言ふ所以はこれに存する。

　特別攻撃隊の益荒男は、実にこの光栄、歓喜、矜持の人生観の持主であつた。大東亜戦は天業であり、神業であり、世界の一元一体むすびたる、現神天皇の御大業であるを知り、この戦争は皇国が絶対に勝つべく、勝たねばならぬことを知り、そして勝つには万民　天皇に帰一しまつらねばならぬことを知り、われ等軍人が　天皇帰一の極致を実現することが、皇国を必勝せしむる所以であること信じて居た。即ち御大業の御成就を今この現身を以て翼賛し奉ると知つて、光栄を覚え、歓喜を覚え、この現身に矜持を覚えたのである。かるが故に自己は唯だ一路帰一の路を歩めばよく、何の疑惑も逡巡もなかつた。

　現身を最大に生かす。これが恐らく、彼等益荒男の心であつたらう。仮令かくして現身の肉体は爆ぜても、それは大きく生きる、生の一路であつたらう。いや死だ生だと言ふことはなく、われ等益荒男、広くは日本国民の歩む常凡道だとし、決して特殊な道を歩むものとは思はなかつたであらう。

　あの命令を受けて、出発すべく、自己の搭乗飛行機に向つて歩む姿を、映画で見たものは、この推測に反対せぬと思ふ。淡々としてと言ふさへ、断り過ぎる程の態度、練習飛行の為めに飛行機に乗るべく歩む時と、そこに何等の相違も見られぬ態度で。何処にも死への突進行といふ様子も見られぬではないか。又、何処にも数時の後に爆ぜて消える身、一歩一歩死に向ふ歩みといつた様子も見えぬではないか。驚歎するわれ等に向つて、何を驚歎するかと、寧ろわれ等の驚歎するのを不審に思ふ彼等である如く思はれるではないか。

死なく生なく、死生一如といふ如き諦観もなき本来道の行進、現神天皇の臣子が歩む当然道の行進の姿、それがこの映画に現れたのである。

三

ここで、われ等は又更にこの若き益荒男の澄徹した死生観を想はざるを得ぬのである。彼等は決して、仏教者流の説く如く、「夕に紅顔あつて朝に白骨となる」無常観の帰納的な死を見て居らぬことは、前来述べたところで既に明かだと思ふ。従つて彼等の死生観は西洋の哲学的死生観でもなく、又仏教的死生観でもない。彼等の死生観は実に日本精神に出でて居、わが国体に基いて居る本質日本人の死生観そのものだと思ふ。

本質日本人の死生観、仏教や西洋哲学に累（わずら）はされぬ日本人の死生観、それはわが神典古事記に於いてわれ等の祖先が明かに示して呉れた死生観である。これを単純化して表現すれば、「日本人に死なし」に帰結し得るであらう。生きて生きて生き抜く、弥栄国家の弥栄死生観に帰結し得るであらう。

ここで古事記に於けるわれ等祖先の死生観に就いて述べる必要を感ずる。われ等の祖先は、心臓のとまり呼吸の絶えた時を、「神去ります」「神隠ります」「隠ります、うせます」と言つて居、現身が、隠身になつたことを述べて居るが、宇宙世界から消滅し去つたとは考へて居ない。神の顕見現身が、骸（無き殻）を現界に残して、実（み）たる霊は隠身として幽界に生きて行くと考へて居た。古事記はかゝる場合、この霊を引き取りこれを温め育てる神を、黄泉大神（よもつおほかみ）たる伊邪那美神として居る。伊邪那美神は伊邪那岐神と共にこの漂へる国の修理固成に当られ、神生み国生みを遊ばされた神で、われ等の母神である。即ち共に天業、神業に当られた神である。この慈愛の母神が幽界にましましてわれ等の霊を受け取られ、温め育てられ、その温きみ心から、われ等の霊の穢を去つて清め育てて更にむすびの大御業に役立たせて下さる。そして再び現界に現身として出発させて下さる。かくて現幽二界で或は現身となり、或は隠身となつても、生きて結びの大御業を翼賛し奉る以外の何ものでもなく、永遠に生きて益々栄えて行くのが日本人だと考へて居る。

かゝる日本人なる故、弥栄国家の性格に一致し、不尽、不死である。不死の死生観、これが本質日本人の死生観である。

四

わが特別攻撃隊の益荒男の死生観は恐らくこの不尽、不死の死生観であつたと思ふ。即ち死を前方に見ず、唯だ生の徹底を見たのであらう。従つて骸を現界に捨てることは、更に大きく生きる上からは何んでもないことであつたであらう。彼等はそれ故、今の彼等として最も大きく生きる道を唯だ歩んだに止まるであらう。従つて彼等は、極楽へも行かず、浄土へも行かず、蓮の台（うてな）の上に惰眠を貪る如きこともせず更に　天皇に生き、国家に生きて、天業神業を翼賛する前途に毫も疑を持たなかつたであらう。死の絶望の無いばかりか、大きく生きる期待に心の勇躍を覚えたであらう。

益荒男が五体打ちつくるこの行（ゆき）に
　ほほゑみて神も添ひ給ひけむ

かゝる故にわが天神地祇も、之を嘉賞遊ばされ、その念願の成就を守護せられたであらう。この時実に神人帰一、わが益荒男は既に神となられて居たであらう。

日本精神の精華、実に日本精神の極致を見んと欲したら、わが特別攻撃隊の益荒男を見よと断言する私を責めるものはあるまい。特別攻撃隊の益荒男こそ実に光、即ち霊体（ひかり）であり、力即ち質体（ちから）である。従つてまたわれ等に光を与へ、われ等を霊体（ひかり）たらしめ、われ等に力を与へてわれ等を質体（ちから）たらしめる。即ちわれ（ママ）等を浄化し純化し真日本人たらしめ、日本国を浄化し純化し真日本国たらしめ、そして日本人の必勝、日本国の必勝を保証する。

国民の一人（ひとり）一人が弾丸（たま）抱き
　当り砕かば敵なけむかも

この道は、国体に徹する道であり、日本精神にのではあるまいか。

徹する道である。これを窮極すれば　天皇帰一の徹底、体当りの道である。

体当りの道とは肉身即霊身になる道であるが、言ふまでもなく、この場合の霊とはかしこけれど、現神天皇の霊である。従つて体当りは　天皇帰一の極致的表現であつて、皇軍将兵はかるが故に必勝希願の体当りを決行する。われ等国民は、必勝を希願しつゝ果して体当りをやつて居るか、工場に鉱山に海に山に田に畑に、各々その職を体当りをもつて奉公して居るかどうか。即ち真に霊肉一致　天皇帰一の極致的表現を見せて居るかどうか。若しここに言はしむれば、彼の特別攻撃隊の益荒男はわれ等日本人の真姿を見せて呉れたものであつて、われ等も亦真に日本人に徹すれば、かかる真姿を顕現し得るのであることを思はねばなるまい。われ等にも同じ霊があり、同じ血があるのである。

一億の民をこぞれる体当り
勝利に真向く荘厳(さうごん)は見よ

この美しき相、これこそ皇国を必勝せしめるも

東京から

豊田三郎

北京をたづねてからいつの間にか六年すぎた。かへつてから半年ばかりは北京熱にかゝつたとでもいはうか、むしやうにそこがなつかしくて、今度は永住のつもりで出かけようと思ひつめてゐたが、戦争のあたらしい暦がめくられるにつれて、いつか北京熱もさめて、ビルマに一年従軍したほかは古巣の東京でくらしてしまつた。

ときどきふつと北京をおもひだすとさすがになつかしい。王府街の東安市場や中央公園の茶店や新新戯院が眼にまざまざとうかんでくる。北京を案内してもらつた八木博士や村上知行氏はどうしてゐるかしらんとおもひ、めぐりあつた男女の影がちらつく。楊貴妃や四郎探母の公主に扮した程硯秋のはなやかに渋い舞台姿や哀婉なうた声もしばしば耳目の底からしみだしてくる。ちやうど五月の半すぎだつたので北京はざくろと夾竹桃の花で明るく彩られてゐた。それらは黒つぽい墻壁や大理石の橋によく調和して、日本では見られない季節感があつた。炭車の鈴の音が澄明な空気をふるはせてきこえた。

私は北京に一月ちかく住みながら支那事変の最初の銃声がとゞろいた蘆溝橋のことをおもひだすいとまがないほど市中にばかり気をとられてゐた。戦場の雰囲気にひたりたいために渡支した私は結局中国人の生活の一端や支那文化の一面にふれたにすぎなかつた。私の知つた北京人は多く洋車夫や露店商人やボーイなど身分のひくい人たちであつたが、誰もがいふやうに彼等は純朴で肌合がやはらかくいつもいい感じをもたせられた。いまになると周作人先生のやうな文化人にも逢つておけばよかつたとおもふが、そのときはある遠慮から門をたゝかずにしまつた。

私にとつて北京はもう美しい幻影である。この戦争がまだ私のなかに深くはいつて来なかつたときの一場の夢だつたといへるかもしれない。もつとも私のやうな資質の人間には万事幻影しかうつらないのかもわからないのだが。

大東亜戦争のはじめに南方へ従軍した私は仏印、泰、ビルマ、マライで端なくも度々北京をおもひだした。それらの各地にはいたるところ華僑が群れてゐたからである。どこか重くるしい北京料理にかなり辟易した私も南方でもつとも口にあつた食べものは支那料理であつた。広東にちかい仏印や泰ではいつたいに舌だるいくらゐ甘いものであつたが、ビルマの支那料理は雲南からきたものなのか、いづれかといへば北京の味にちかい鹹口だつた。こゝでは燕窩などもごく手軽に食卓にのる。南ビルマのタヴォイ地方から特産物として燕窩が多量に産出されるのである。泰から無人のジャングルをわけて苦しい行軍をつゞけたとき、私たちはタヴオイにつけば燕の巣がたらふくたべられるなどとたのしみにしたものであつた。しかし、そこについてみると燕窩どころか街全体が烏有にきしてゐて影も形もなかつたのには唖然とさせられた。

顧客として見たところでは中国の商人はあたりが柔らかくお愛想がいゝ。それにくらべると印度商人は買つてくれてもくれなくともいゝといつた態度である。印度人は商売にもかなり奥ゆきが深さうにみえたが、それよりも宗教に熱心な民族らしかつた。

泰人にしてもビルマ人にしてもかうした中国人、印度人に経済の実権をにぎられてゐる現状は気の毒であつた。実力のちがひといへばそれまでだが、やはり民族総力の結成が足らなかつたのだとおもはれる。

そんなむづかしい問題はとにかくとして、私は華僑の街をあるきながら、たびたび北京をおもひだした。ビルマの歴史からいつてもそこは必ずしも無縁ではなかつた。王朝時代には北京の朝廷とビルマの王は使臣をとりかはしてゐたのである。

いや、華僑の街をあるきながらといふよりも、印度人のひく人力車にのりながら北京をおもひだしたといつたはうが適切だ。印度人はけつして走らうとしない。その平たい大きな足でびた〳〵とあるくだけである。新新戯院のかへりなどに紫禁城前の大通りをひたばしる、夜気の涼しい、疾走のさわやかな洋車にくらべると、ラングーンのランチヤワラ（洋車夫）はまつたく無愛想な、うすぎたないものである。もつとも北京とラングーンでは大変気候がちがふ。熱帯の太陽をまともにうけて北京の洋車夫のやうに走つたならばたちまち心臓麻痺をおこしてしまふにちがひない。しかし、ランチヤワラの走らない理由は俥が非常に古物なので壊れてしまふのをおそれてゐるやうでもあつた。だが、一言印度人洋車夫の名誉のためことわつておくと、印度本国の洋車夫は北京のそれに劣らないくらゐ力走するやうである。現に私は「ランチヤワラ」といふ印度映画をみたが、その主人公は豪雨のなかをあまり一生懸命に俥をひいたため、客を目的地にとゞけるや否や頓死をとげてしまつた。印度人観客はこの犠牲行為に絶讃をしまなかつた。

私はビルマに支那人の俥屋がゐないのを物たりなく感じた。ところが昭南にゆくとそれがあつた。生憎（あいにく）、一台の洋車に二人の客である。昭南の洋車夫は私と伴れと一緒に乗れといふ。北京あたりで楚々たる姑娘が合乗りしてゐる風情は和やかなものだが、野郎の合乗りは無風流きはまりない。しかし、すゝめられるまゝに私たちは乗りこんだ。しばらくすゝむと坂があつた。危ない危ないとおもつてゐたのだが突然洋車夫は梶棒ごと宙にたかく浮いてしまつた。それはいゝのだが、当然私たちは路上にもんどりうつてなげだされたのである。

そのとき合乗りしてゐたのは同じ作家仲間の小田嶽夫氏で、また洋車に匐ひあがると、支那語のできる彼は俥屋となにかさかんに話しだした。なにをいつてゐるのだときいてみると、旦那方は大そういゝ人だとほめられたのだといふ。大尻縮（ママ）をやつた彼はきつとなぐられるにちがひないと青くなつたのだが、二人の客はさう思ひつきもしなかつたからである。なるほどこんなときになぐるものかと倖屋にをしへられて私たちは大いに失笑してしまつた。いづれにしても中国人は外柔内剛だから人を乗せることなどもうまいものである。

さて、私は大東亜戦争一周年の日に帰国して以来ずつと東京でくらした。そしてまる二年後、私はもう戦争の雰囲気にひたるために外地へ旅行する必要も感じなくなつた。いまの東京は最前線といつてさしつかへない。敵の呼号するＢ29の爆撃は最近はじまつてますます激しくなりさうである。美しく澄んだ秋の空、いつもなら心ゆくまでながめたのしむのだが、いまは飛行機雲をながくひいたＢ29の巨体が蹂躙する。

私はビルマで数十回となく爆撃を経験してゐるから空襲はあへて珍らしくないのだが、Ｂ29の襲撃は少し見当がちがひ、ちよつとぴんと来ないところがある。戦場で敵機はいつも私たちめがけて低空をやつてきた。そらきたといへば必らず自分たちの頭の天辺にある。ところがＢ29だと非常な高空ではあり、東京といふ尨大な目標なのでいつ自分が危険になつてゐるのかさつぱりわからない。高空をはしつてゐるＢ29をみてもほとんど恐怖が感じられないのである。眼に見えない危険がながくつゞくのでさういつまでも緊張してゐられないから、防空壕のなかでのんきに話をしたり、煙草をすつたり、なにか食つたりしてゐる。私たちの経験だと防空壕にとびこむのは眼に見える危険にさらされたわづか二三十秒間だけだつたので、その場合は短時間ながら必死で、心臓などもずゐぶんどきどきしたものであつた。

さすがは一国の大首都である。数十機が侵入して爆弾や焼夷弾をおとしていつても、東京にゐながら被弾地の様子などは容易に見られない。外地の人たちなどが東京爆撃の報知をきいたり読んだりしたら、爆弾の穴や焼跡がそこここに見られるだらうと想像するにちがひないけれども、現在東京にすんでゐる市民たちにとつて現場を見物する機会はめつたにないのだ。電車でどこをとほつても、昔のまゝの家並がならんでゐるだけで、むしろ呆気なくおもふくらゐである。象の体にある蚤の食ひあとをさがすのと同様、もしさういふ爆撃跡をみたいといふ好事家があつたとすれば三泊ぐらゐ宿屋にとまつてさがしまはらねばならないだらう。

遠くにゐるとすべて物事を誇大に想像しやすいものだ。内地で食糧が窮屈だとか、煙草が買へないとかいふと外地の人はその言葉だけを正直にうけとり、とんでもない結論にたつする。これはもう五年も前のことだが、私は満洲旅行のかへりの汽車で北京にゐた人と一緒になつた。安東の税関でその人はいまの「金鵄（ゴールデンバット）」を百個もかくしもつてゐたのを発見されて没収された。どうしてそんなに沢山煙草を買ひしめてきたかといふと、内地で煙草が買へないといふ噂をきいたからだといふのである。配給ではあるがいまでさへ内地の人は煙草をそれほど不自由なくすつてゐるくらゐだから五年前はいくらでも好きなだけ愛用できたのである。にもかゝはらずそんな風に外地の人々は想像をたくましくしてゐたわけで私は滑稽でしかたがなかつた。しかも、同時に私はその人の心臓のしたたかなのには大いに驚かざるをえなかつた。いゝんですよ、あと百箱こつちに入れてありますからと彼は別のトランクを指さして私にさゝやいたのである。前門とかルビー・クインといつたやうな支那煙草ならとにかく内地にざらにある金鵄をそんなに逆輸入して彼はどうするつもりだつたか呆れざるをえない。不心得のかぎりでもあり無駄骨でもあつたのだ。

こんなわけなのでＢ29の東京爆撃も外地ではその被害を大いに心配する向があるかもしれないが、現在の東京都民は震災当時の油断してゐた人々とまつたくちがひ、きはめて冷静沈着に空襲とたゝかつてゐるので、おそらく敵もあてがはづれたに相違ないのである。

じつさい東京都民のみならず、日本人は総じてこの戦争の経過とともに成長発展してきた。名実ともに大国民たらんとする意気にあふれてゐる。小さな島に三百年も鎖国の夢をむさぼつてゐたほとぼりのさめきらぬ曾つての小日本人ではなく、東亜十億の未来をせおつて強大国米英と真正面からたゝかつてゐる大日本人である。これはなにも日本人が新しくなつたわけではなく、むしろ復古の姿である。昔の人はえらかつたと私たちはよくいつたものだが、このごろでは今の人、ことに若い人たちはえらいものだといふ風な感銘にかはつてきた。つまり今の若い人たちは昔の人なのである。文字どほり楠木正成や真田幸村の生れかはりといつてさしつかへない。

外国人は腹をきる昔の日本人に驚異の眼をみはつたものだ。事実私たちでさへ、これは従来の教育や時勢のせゐでもあつたらうが腹をきる武士を不思議に感じあんなことは滅多にできないとおもつたものであつた。敵の手に入るよりも屠腹することに日本人は自らの名誉をまもつた。捕虜の汚名をきても生きてゐるはうが名誉である、生命をまつたうする権利は軍人にもゆるされてゐるといふのは欧米人の思想である。彼等は名誉よりも肉体を重しと考へ、日本人は肉体よりも名誉を大切だと心得てゐる。

捕はれの汚辱をいとつて腹をきるのは、あるひは名誉の消極的な保存かも知れない。少くともレイテ島の決戦にみられる特別攻撃隊の人機ともに敵艦に命中する壮烈に比すれば、切腹は受け身の形だ。特攻隊の若い勇士たちはもはや決死でもなく必死でもなく、死ぬといふ一字につきる攻撃を敢行するだけである。日本人の生死観が百尺竿頭一歩をすゝめ、魂の新発見をなしとげたといはうか。

私はこれをたゞごとだとおもはない。その人たちは決してたゞ敵をたふすために死にうるのではない。理想のために、理想を実現するために死ぬ、すなはち理想の永遠に生きるのである。理想とはなにか、尽忠救国にほかならないが、さらにいへば東亜民族の解放である。東亜民族の解放といふ言葉はこれまでも喧しくいはれてきたことだが、それが信念として、魂にかけて把握されてゐるといふ点に私はこの戦争によつて次第に成長してきた大日本人の姿をみるのである。自分は滅ぼしさつても、祖国を、東亜をまもらうとするこの意気の見事さに打たれざるをえないのである。

この戦争は武力の闘争でもあり、政治の闘争でもあるが、その根柢をなしてゐるのは魂の闘争であらう。魂が清らかにみちあふれてゐるならばどんな物量の敵といへども恐れるに足らない。物量にはかぎりがあり、魂は無限である。

いまの日本人は本当に戦争に徹し、戦争の意義に心のそこから徹してきた。死んでも敵をたふすといふ精神はもはや特攻隊のものばかりではなく全国民の信念になつてゐる。東洋といふ観念はもう言葉でなくて私たちの血のうちに脈々となみうつてゐる生きた親和感である。東洋のためといへば、なんの策略もない信条なのだ。私が北支をたづねたころはわが国民全体には中国さへどこか未知な世界であつた。私が北京あたりの風俗に気をとられたのも過去の幻影にさそはれたのも東亜を認識してゐなかつた日本人の例にもれなかつたからであつた。だが現在では中国はおろかとほく印度もビルマもジヤワもフイリピンもわが民族の好奇心をそゝるものではない。すでに東亜民族が一つに融けあひ、物めづらしくなくなつたかはりに精神上の結びつきがしつかりとつながれたのである。

世界の優秀民族であつた東亜民族がこの百年間にアングロサクソン民族から侵略され、劣等国民視されるやうになつたのは、私には大きな錯誤としかおもはれない。東亜民族は眠つてゐた巨人であつたらうか。どんな巨人でも眠つてゐるところををかされては足をしばられ、手をくゝられてしまふにちがひない。だが、東亜は今眼をひらいたのである。

私が支那をたづねたとき心のうちに一つの大きな疑問があつた。二つの東亜民族はなぜ兄弟で争はねばならないのか私には了解することができなかつた。そこには影で糸をあやつるものがゐるやうにおもはれたのである。

私たちがビルマに従軍してビルマ民族の熱狂的な歓迎をうけたとき、深く考へさせられたことがあつた。ビルマにも重慶軍数万が侵入してきて皇軍はこれを撃砕しなければならなかつたが、私たちは重慶軍にたいしてある憐憫をおぼえずにはゐられなかつた。東亜の運命をおもへば蔣介石はビルマ民族のやうに日本軍を歓迎すべきだつたのである。英国が独逸とたゝかふために米国の救ひをもとめるのと、中国が日本と争ふために米英に頼るのとは同日に談ずべきではない。私たちは印度やビルマの解放と復活をさまたげようとする重慶軍の無智をあはれまずにはゐられなかつたのである。だが戦争の進展につれて重慶の首脳部はとにかく民衆や兵士は次第に日本の真意を理解してきてゐるやうに私には思はれてならない。衡陽や桂林の陥落に曾つての上海戦におけるやうな中国兵の頑張りが見られないのは兵器の不足よりも戦意の低下が影響してゐるのではないだらうか。重慶側の兵士たちはもはや戦ふ目標をうたがひはじめてゐるのではないかと想像される。

それにくらべるとわが国民の戦意はだんだんにたかまつてきた。あらがねが水火にせめられ、激しく打たれれば打たれるほど、名刀にきたへ上げられるやうに、日本人はいまや鋼鉄の域にたつし、ますます切れ味が凄くなつてきた。想像を絶した強さを得たのである。

このごろの街頭はどこへいつても厳粛でしかもおちついてゐる。空襲のあつたあとでも実にしづかでほとんど信じられないほど何ごともなかつたといふ表情だ。殊に婦人たちのけなげな落ちつきぶりに感心させられる。彼等はいつたいに無駄な行事、社交、遊びがなくなつたので、きちんきちんと必要な家事を片づけたり、工場や事務所ではたらいてゐる。銀座あたりにゆくと、もちろんもう華美な色彩や脂粉は全くきえてしまつたが、まだ沢山の人たちが歩いてゐる。さすがに昔の有閑なぶらつきではなく、みな働く人たちの雑沓だ。私はさういふ群集をながめ、これがすべて死を決してゐる人たちかとおもふと不思議な感動をうける。彼等は私たちが千里も彼方の前線でえた覚悟をこの東京で造作もなく獲ちえてゐるのだと考へると、ねたましい気持にさへなるのである。

私はこれまでのB29による東京空襲の被害がきはめて軽微だといつたが、だからといつて、これで済むなどといふ甘い判断をくだすわけではないのだ。敵はますます空襲を強化するといつてゐるが事実そのとほりだらうとおもふ。しかし、そのとほりにせよ、どうもこの分では東京都民ないし国民はさうおどろかないのではないかと想像してゐる。日本人は簡易な生活ができるので家をやかれたぐらゐではへこたれない。その家もなかなか焼けないやうに防衛されてゐるから放火犯人のはうが厭気がさしてくるのではないだらうか。敵機がときどき襲つてきてところどころに防空地帯ができあがるやうに焼いてくれたら、東京はかへつて理想的な不燃都市になるのではないかとおもふ。一年ぐらゐたつたら、私のこんな不逞な予想も実現するかもしれない。

今日郊外のある町へでかけたところがまた東京空襲がはじまつた。もうすぐ開戦三周年の日をむかへる今日このごろは秋晴れのすみきつた空で、武蔵野のかなたには秀麗な富士の白い姿がうかび、畑には大根や白菜が食慾をそゝり、農家の庭には柿の赤い実が枝もたわわになつてゐる。全く平和な美しい田園だ。その静けさをやぶつて敵機はやつてきた。二三十分おきに東京の空から海のはうへ遁走する七八機の敵編隊が非常な高空をよぎつてゆく。富士山のおよそ三倍にちかい高さだが空がよく澄みきつてゐるのではつきり見える。何のことはない。外人墓地に立つてゐる十字架型の墓標が空をとんでくるとしかおもへない敵機の恰好だ。悪魔の十字架といはうか、ちよつと幽霊が空をとんでくるやうな不吉な印象をあたへる。味方の戦闘機が銀色の点のやうに、やつと眼に入る小ささでまはりに躍りはねてゐる。づゝづんと響いて、空をかける悪魔の十字架のまはりに数十の高射砲弾が煙の輪をはく。B29のおちるところが見たいので、じつと敵編隊が見えなくなるまで空をみつめる。

今日は悪魔の十字架が大分おとされたやうだ。私も撃破されたのを三機みた。一機は隊長機らしい先頭の奴で白いガソリンの尾をひいてゐた。あとの二機は編隊から落伍したもので、その一つは二つの発動機からガソリンの尾を、私の肉眼がみとどけただけでも五粁（キロメートル）ぐらゐ引きつゞけた。こんなのはおそらく太平洋上に墜落するほかなかつたらうとおもふ。

自宅にかへつてくると、ラジオの放送で侵入七十機中現在までに判明した撃墜十五機といふ。悪魔の十字架が去つてから一時間半ばかりで日がくれたが、東京の空のどこにも火の手があがつてゐないところからみると、焼夷弾の被害はほとんどなかつたのであらう。

今日までもうB29は三日おきぐらゐに東京をおそつてゐるが、どうも私にはこの超空の要塞はその形体のしめすとほりアメリカの墓標、物質文明の亡霊のやうな気がしてならない。かくてまた東京の敵愾心と決意は強められ固められた。

第二巻第八号

沖縄から来る敵機を解剖す

大河原　元

「一時間半……いや、もう二時間にもなるかナ、五島列島附近にＰＢＭが来とつたが……」

小肥りの飛行場司令官Ａ中尉は、机上の九州方面地図を指しながら、さう説明してゐる。窓の外には、雲量八の雲間を洩れる五月の陽光を浴びて、前線基地へ向ふ特攻機が離着陸してゐる、ここは九州のＧ飛行場である。

この朝、東京を出発した民間機Ｓ機は、軍用資材緊急輸送の命をうけて、いま燃料補給のため、この飛行場に寄港し、機長のＳは飛行場司令官に行動を報告するとともに、これからの航路であるＧ飛行場―上海間の敵情に関して指示をうけてゐる。

「さうですか、では燃料補給が終つたら直ぐ出発します」

「うむ、もう大丈夫だらう、さうし給へ」

Ｓは一礼すると、飛行場本部を出ていましも燃料を翼一ぱい呑み込んだ愛機の方へ歩いて行つた。

飛行場司令官のいふＰＢＭとは、敵米海軍の双発飛行艇マーチンＰＢＭ・３「マリーナ」のことである。Ｐは哨戒、Ｂは爆撃の任務を現はす敵米海軍の機種別制式符号であり、３は改造の回数を示しＭは製作会社マーチンを現はす記号である。

慶良間列島の水上基地を進発

するPBMの航続力は正規二千四百キロである。九州北部から対馬、朝鮮南端を経て揚子江の河口崇明島に至る各地点は、慶良間を中心とする円周上にあり、その半径は約九百キロ、PBMの悠々たる行動半径内にあるのである。

この鷗型主翼を持つた特徴のある飛行艇は廿一吋〔インチ〕魚雷二本或は爆弾一トン以上を積める。しかし全然、魚雷も爆弾も積まず、それらの重量だけの燃料を積んだ場合の航続力は最大五千二百キロとなり、時速三百キロの巡航速度で飛ぶとすれば、よく十七時間を飛び続けられるのであり、慶良間からの往復に要する時間を約七時間とみても、十時間近くをこの附近海域で彷ひ続け得る能力を持つてゐる。

彼らはこの航続力を利し、わが大陸との海上交通路の遮断に任じてゐる。客船や貨物船のやうな大型、中型の船舶はもとより、小さな漁船に至るまで彼らの狙ふ的となるのである。十二・七ミリ機関銃四挺、或は二十ミリ機関砲などによる銃撃を主とし、時には小型爆弾などによつて、発見次第、滅茶苦茶に攻撃して来る高度千メートル以下の低空を這ひ廻つてゐる「空の海賊」である。

▲写真はリパブリック P47

敵はPBM・3と同様の目的に対し、コンソリデーテッドPB2Y・2「コロネード」飛行艇を使ふ場合もある。翼幅はPBMの三五・九〇メートルに比してやや小さい三四・八〇メートルにも拘らず発動機は四基を備へ、魚雷ならば四本を、また爆弾ならば六トン乃至八トンを積み得る。従つて航続力も正規六千四百キロであり、爆弾なしの場合は最大八千キロに及ぶと誇称してゐる。七・七ミリ機関銃二挺、十二・七ミリ五挺を持ち海上、或は海岸近くの目的物に対して妨害をして廻つてゐる。この方は航続力の長大なのを誇つてマリアナ基地、或は比島基地から来襲してゐる様である。

哨戒索敵機としては、このほかコンソリデーテッドＰＢ４Ｙ「プライヴァティア」がある。陸軍機Ｂ24を改造したもので、外観の著しく違ふ点はＢ24の双舵型式の尾翼を一枚に改めたことでＢ29のやうに垂直安定板の前縁が背鰭のやうに胴体上部へ延びてゐることと、機首がやや長くなつてゐることである。前方、尾部の火力を増大して対潜、対船攻撃に任ずる。三車輪式の陸上機であつて、速度も飛行艇に比べては遥かに速く、運動性もより軽快なことは当然であつて、航続力も亦、陸上機としては相当大きく、Ｂ24の大たい正規三千キロ程度に比してこれは四千キロ程度になつてゐると思はれる。もつともＢ24にしたところで、爆弾を積まない場合には五千四百キロだと威張つてはゐるのだが、硫黄島基地から来襲する場合でも爆撃機としては充分な活動を期待し得られないので、その方の任務は専らマリアナのＢ29が受持ち、Ｂ24は哨戒索敵、また稀にＰ51の誘導などに任じてゐるのであらう。

北飛行場から九州南端までは僅か六百キロの近距離にあり、航続力の短い戦闘機ですら行動し得る半径である。即ち硫黄島からの本土空襲不可能なリパブリックＰ47「サンダーボルト」でさへ屢々(しばしば)、南九州のわが航空基地に来襲してゐるのである。Ｐ47の航続力は正規一千二百キロだが二百二十五キロ爆弾二個を翼下に積む代りに燃料増加槽を吊つて行けば最大一千六百キロまでは航続力を伸し得る。だから、この機が戦闘爆撃機としての機能を発揮し得ないにしても八挺の十二・七ミリ機関銃を恃んで飛行場その他地上目標襲撃に来る回数は多くなるだらうし、また硫黄島からするノースアメリカンＰ51「ムスタング」来襲の際に見るやうなわが本土上空の滞在時間二、三十分などといふやうなこともなく、一時間くらゐは南九州に滞空し得る。

またＰ51をこの沖縄基地から飛ばせればその行動し得る範囲はずつと広く中国、四国は勿論、大阪附近、紀伊半島南部にまで及ぶこととなり、硫黄島基地と相呼応して来襲するならば、そのうるささは相当なものとならう。
ロッキードＰ38「ライトニング」双発双胴の戦闘機、前線の兵隊さんたちがペロ八とか井桁とか称んでゐるこの戦闘機は、硫黄島からの来襲を予想されてゐたにも拘らず、まだわが本土へ姿を見せてゐないが、沖縄からは必ず来襲すると思はなければなるまい。航続力は正規の場合はピーゴロ（Ｐ51）と同じく一千四百キロ、九州南部地区へ来襲する場合ならば爆弾を持つて来るだけの能力はある。Ｐ51は二百二十五キロ弾を二個、Ｐ38は四百五十キロ二個程度のものは持てるのだからわが制空部隊の攻撃如何によつては、これらの戦闘機が戦闘爆撃機としての任務を帯びてやつて来る可能性はある。

これらの敵米陸軍機ばかりでなく、米海軍戦闘機グラマンＦ6Ｆ「ヘルキャット」でもヴォートシコルスキーＦ4Ｕ「コルセア」でも九州南端へは悠々来襲し得る。

沖縄を敵に渡すことは、九州南方六百キロへ敵航空母艦の存在を許すことと同じである。しかも北飛行場、中飛行場に、那覇の小禄飛行場と、敵はこのほかにも得意の土木工事をもつて飛行場を急設するかも知れない。すると大型、超大型のしかも沈まざる敵空母を泛(うか)べてゐることになつてわれに不利なことこの上もない。だが戦局の趨くところ寔(まこと)に止むを得ないのであつて、今後益々苛烈の度を加へる苦戦に戦ひ抜かなければならない。

それはともあれ、敵三万六千トン級の大型空母「ミッドウェー」はいざ知らず、現在までの空母で双発機を離着艦させ得るものはまだ現はれてゐない。敵は嘗て「ホーネット」艦上から双発のノースアメリカンＢ25「ミッチェル」中型爆撃機を放つて東京を空襲したが、着艦させたわけではなかつた。

しかし沖縄に現はれた敵空母は「沈まざる空母」である。しかも整地さへすればＢ29をさへ着陸せしめ得るほどの「空母」である。ここからわれに対して行動する敵機は、上述の戦闘機のみではない。哨戒機のみではない。欧洲で不用になつた爆撃機を回送して来ても、いまや充分に使用し得るに至つたのである、従来、敵のわが本土空襲は戦術爆撃をさへ、専らマリアナのB29が担当してゐたが、これからはB24やボーイングB17や双発のB25やマーチンB26「マローダー」中爆などでも充分に役立つこととなつたのである。カーチスSB2C「ヘルダイヴァー」やグラマンTBF「アヴェンジャー」のやうな艦爆や艦攻でも距離によつては充分使用し得るに至つたのである。

敵は数にモノを言はせて強引に思ふ通りの作戦を強行して来るであらう。しかし、この敵の企図を許すも許さないも、わが航空戦力の如何にある。敵が如何に焦慮しようとも、わが特攻機が補給の敵艦船を次々に撃沈し、燃料の補給路を遮断するならば、この「不沈空母」は敵にとつて無意味となる。だがしかしわが特攻機が出撃するにしても敵の戦闘機による妨害が盛んであればその目的を達成することは著しく困難となる。特別攻撃の神翼をして無事目的を達成せしめんとすれば、どうしても充分の直掩戦闘機を随伴せしめなければならない。

だが一方、敵が、ここに強力な航空兵力を集結した場合、これを攻めるわが軍にとつても距離が近いだけに有利となる。マリアナの基地にB29を六百機集めようと八百機集結しようと手も出ないのと異り、多数の大型機をここに集結すれば、われにも亦、都合が良いことも忘れてはならない。

第二部　時局への懐疑

時の人○○○野山草吉

大陸漫遊から還つた　宇垣一成

この月から、毎号かならず、一人の人物がこの欄に登場する予定である。時に応じた人の月旦であることもあれば、人に名を藉(か)りた時の論評である場合もあるであらう。事情と感興とによつて、長短必ずしも一様ではない。なるべくは本誌の性質上、支那大陸に何等かの意味で因縁をもつ人を主役にしたいつもりでゐるが、あまり地域にのみ拘着するのは、そのこと自体が大陸的態度でないと考へられるので、時には広く超地理学的に時の人を執り上げる場合があるかも知れない。つまり何ものにも捉はれず、奔放である中に、時局に対する意念を、一語一句にも沈潜させることだけを忘れないつもりである。

さて第一番に私が宇垣一成を持ち出したのは、支那大陸を漫遊してきたといふ以外に、かくべつ深い理由があるのではなかつた。漫遊といつたが、元々政府の希望によつたのであるから、たゞの私達の名所見物のやうなものとは、自ら性質が違ふことは申すまでもない。しかし一定の目的があるでもなく、あくまで私的の旅行である点からは、漫遊といふに誤りはないにしろ、たゞの漫遊でない、あるものを感じさせられる。これが私の心を捕へた一つの動機だつた。私はいま秋の空を走る雲群を眺めつゝある。それはたゞ通り過ぎる雲であるか。それとも一時雨(しぐれ)持つてくる雲であるか。宇垣の大陸漫遊にはかくの如きものがあるのである。

私は漫遊が政府の希望に基づくといつた。政府は何を期待してゐるのだらうか。それは私には分らない。また政府の希望を容れ

巻二号第一

て、老軀を起した彼は、心中何を密かに期待してゐるのだらうか。それも私には分らない。たゞ私に分ることは他人事ではなく、私自身が彼の漫遊に何を期待したかである。自分のことだから分るにはよく分る。しかし如何せん、あけすけにこれを表白する時機でもなく、多分許されてもゐないことを恐れるのだ。

近衛内閣で外務大臣になつた宇垣は半歳も経たぬ間にその椅子を投げ出してしまつた。当時の真相は、新聞や雑誌にも説明されてなく、いまもつて公的に明示されてはゐないやうである。噂話には私なども、三通りも四通りもの真相と称する話を聴かされてはゐるが、真相に三四のあるべき道理はないから、恐らくはそれ等は事の真相を物語るものでないと考へてゐる。しかしながら当時の外交関係において外相の職を賭けるほどの問題は、支那関係を措いて外になかつたこと及び、噂話の尽くが支那問題に連関してゐるといふ事実から、多分彼の辞職は支那問題において、時の内閣と見解を異にしたのだらうと、漠と推断するのは至極安全だと考へられる。

　私はこの断定から一歩も推論を進めないことにしたい。但しこの断定は、彼が何等かの見解をもつて外相に就任したこと、及び外相を止めてから後も、常に支那問題に対して特別の関心を払つてきたものなることを物語らないであらうか。聞くところによると、小磯内閣が生れる時、彼もまた無任所相たるべき内談を受けたのであるが、これを辞退すると共に、平生研究しつゝある支那問題につき、もし内閣が望むならば一肌脱ぐべきを辞せない旨、言葉を小磯首相に伝へたといはれる。

　宇垣は軍人に似合はぬ政治家的の肌合ひで、そのため味方の沢山を作つた代り、より多くの敵も作つた。彼に大命降下した内閣が流産に終つたのもそれがためで、今日と雖も必ずしも政敵の尽くが雲散したものとは思はれない。大抵の人はあれだけの躓きをすると、元気を喪失して再び起つ気力を失ふのを常とする。しかるに彼に限つてさやうな気振りがなく、老来いよ〳〵気力の充実を見せてゐるのは、主として意力の不撓性と、野心の不屈性とによるのであらうが、固(かた)まり法華のやうに彼を取り巻く宇垣宗信者の支持が、彼を勇気づけるためでもあらう。さればこそ内閣の異動ごとに、宇垣の名が下馬評に伝へられないことはなく、ことの成る成らぬは別として、必ず一度は宇垣の名を出してみるのが、下馬評界の慣例となつてゐる位である。今度も小磯内閣が出来る際に、諸君ははなはだ微音ながら宇垣の呼び声を聴き漏らさなかつたことだらう。政変と宇垣の名とは彼の朝鮮総督時代からの結びつきであつて、彼が朝鮮海峡を渡つてやつてくる毎に、京童は手を叩いて「政変来近し」と囃し立てたものである。思へば随分久しいものだ。しかも尚、志を遂げ得ないのは、彼のために悲しむべきだが、この長い間の浮き沈みに名声を維持し続けて常に問題の人となつてゐるのは、彼にして初めて為し得るところなのであらう。

私はいま雲をみる如く宇垣をみてゐる。たゞ通り過ぎの漫遊だらうか。時雨をもつてくる漫遊だらうか。時雨は両者の争ひの後の、土地を堅める雨でなければならない。それは一口には日支親善の言葉によつていひ現はされる。「日支親善」に、抽象的には何人も異議のある筈がないが、具象的にはいろ〳〵の注文が出てくる。殊に民国の側の人々にそれが多い模様である。日本の立場としては、民国の人々が百年かゝつて為し得なかつた、また百年後になつても為し得られさうもない大きなものを与へてゐるのだ。治外法権と租借地の返還がそれであつて、その上彼等の安心のために、戦争の事態の片づき次第、急速に兵を撤収すべきことをも約束してゐるのである。わが国は、恩こそあれ怨みを受ける理由は一つもないのに、尚かつ民国の地域の中で、一部の民国の人々と鉾を交へねばならないとは嘆かはしき限りではないか。

わが国が、東亜の土地を植民地化し、東亜の民を奴隷化しつゝあつた米英を、東亜の天地から駆逐するため戦つてゐる時、同じ東亜の民族と戦ひを交ふるを欲しないのである。駐支の総軍部は嘗て声明して、敵米英と手を断つものは敵と見なさないといふ意味を述べてゐるが、この神の如き洪量も、よつて来るものは大東亜戦の根本をなす理念によるものと推せられる。私はいま往く雲を見る如く、宇垣の足跡を眺めてゐる。果して彼は何物を持ち帰つたであらうか。

時の人○○○野山草吉

外務官僚の生え抜き　重光葵

外交は一口にいふと、駆引ごとである。それは他国に対する駆引であると共に、時によると、より多く内に対する駆引でありさへもする。だから偉大な外交家には、偉大な政治家が多いやうである。国民の鼻づらを執つて、目ざすところまで率ゐて行くのは、政治家の仕事だが、これのない外交はとかく動脈硬化に陥り易きおそれがある。ポーツマス条約後の帝都焼打事件は、日本の外交史に永久に記憶さるべき記録であるが、あゝまで国民を憤慨させた外交ぶりこそは、小村壽太郎の政治家たる所以であつて、これなくしてポーツマスであれだけの収穫を納めるわけにいかなかつたといはれる。恐らくこの国民の激昂が、相手方の強腰に対抗する支柱となつたのであつて、小村は外見上板挟みの窮境にあるが如くして、実は巧みに国民の激昂を利用したものといふべきであらう。さりながら、国民の要望が要望通り全的に実現しない場合には、外交の敗北者として、あらゆる不名誉と嘲罵とを受けるのみではなく、成行きでは自己の生命すら賭けねばならなかつた。しかし、小村はたゞの技術者としての外交家ではなく、国の運命を担つた政治家であつたが故に、生命も名誉も超越して、日露戦役に終止符を打つた大きな仕事を完了することが出来たのであつた。もしも小村が真実の意味の政治家でなく、人気のいい外交官として終始しようとしたものであつたら、日露戦の結末はどうなつてゐたか、空恐ろしさを感ぜずには居られない。

小村やビスマークを思はせる

大政治家的の外交家は、世界的現象であるらしく、当節は何れの国でも見られなくなつた。だから近いためしが米英ソ三国の外務大臣が会同しても、技術的には何物も決定することが出来ず、チャーチル、ルーズヴェルト、スターリン三首脳の政治的解決に俟たねばならないのであつた。わが国でも技術者外交は幣原時代において最高潮に達し、その後時代の変動により多少の凹凸があつたにしても、大局において外交陣の主流が技術外交家によつて占められてきたといふことは出来る。本文の主人公重光葵なども、外務省官僚の生え抜きであつて、これまで私が長々と骨を折つて述べ立ててきたのも、要するに重光をもつて政治家的の外交家なりとするものがあれば、とんでもない間違ひだといはんがために外ならないのである。

私は私の議論の仕方が下手なため、重光に対して何程の期待もないかの印象を与へはしないかをおそれる。私は重光がビスマークではないと主張した。だが、ビスマーク以外のものは取るに足らぬかといふこととは自ら別個の問題なのである。況んやビスマークは何百年に一人生れてくる人物だとしたら、ビスマークなき故をもつて何百年を手を空しくして待つてゐるべきでないのだ。時代は常に時の最善なるものを求めてゐる。もし伝ふるが如く重光は外務畑で取つて置きの最後の一人だといふことが真実なら、それは時の求める最善なるものに当らないだらうか。しからば彼が取つて置きの一人者たる所以はどこにあるのだらうか。異国の言葉を自国語より上手に囀る才能は、彼において必ずしも一人者ではない。口舌のやり取りに生き馬の目を抜く狡猾さにおいて、また必ずしも最善者ではない。彼の最大の要件をいふならば、尖鋭にまで磨きのかかつた常識にありと、私は敢て断言したい。

私達は内閣の変る毎に――最近は殊に頻繁に――異なつた外務大臣を迎へたのであるが、私達の経験によると、私達の一番の気掛りは、外相の才能の如何といふことにより、気まぐれで何をやらかすか知れないといふことの心配にあつた。日本の国体の正しさと、日本の国の赴くべき命数とを悟つてゐれば、外相の有能無能といふ如きは、大した問題ではない。道筋さへ踏み外さねば、行くべきところに行きつく道理になつてゐるのだが、気まぐれなものがあつて、好んで軌道を外すならば、国をどんな谷底に転落させるか知れたものでないのである。正しき常識は道筋の見通しに正確な認識を与へる。認識の正確さをもつてハンドルを握つてゐれば、国家の将来に何物の危惧するところはないのである。日本国の求めてゐるのは、まさに斯の如き人物であつて、重光は申分なくこの注文にあて嵌つてゐた。彼が外務畑における取つて置き的人物たる所以はこゝにあり、また小磯内閣が東條内閣に継続して彼をその椅子に据ゑ置かんとした所以なのであらう。彼が始めて大臣になりし日、伊勢大廟に参拝して、一首の感懐を詠じていふには、

ぬかづきてたゞ祈るなり大神に正しき国の末を護れと

これは至誠神助あるを信ずる声である。道に迷はずば、神の加護あるを疑はない主張である。即ち私が彼を解してゐる如く、彼もまた自らを解してゐるものと思はれる。

若い頃は彼もまた気を負うて、多少世間から小生意気がられた傾きのないでもなかつた。革新同志会の運動の如きもその一つの現はれで、格別深い理念から出発したものではなく、若いものに世を譲れといふ一種の権勢獲得運動に過ぎなかつた。だから追々年を経て自分達が若いものでなくなり、追々自分達が然るべき地位を占めるやうになると、泡の消えるやうな運動が消滅したのも自然のなりゆきだつた。多分彼の人間性に於て一転機を画したのは、上海で片足を失つた以来のことで、小生意気さが消滅して、厚味のある人間的の陰翳が濃くにじみ出るやうになつた。ある時、彼は次のやうなことを物語つてゐる。

『若いものは、どこまで伸びるか分らない未来を持つてゐる。されば若いものは天賦の恵みに従つて、伸びられるだけ伸びねばならない。新しいものは新しい時代を創造し、かつその時代に棲むべきである。これに反し古い人が、依然として古い家に棲み、古いものを使用してゐるのは何故だらうか、想ふにそれは彼等が嘗て創り出した新しい時代であつたからであらう』

こゝでは彼は革新同志会が説いたやうに、若い人のみの権利を主張してゐない。古い人にも古い休息の家を提供する用意を

も忘れてゐないのであつた。もつて彼の人間としての成長ぶりを窺ふことが出来るであらう。彼はよく戯れに隻脚になつた御利益を、靴を脱ぐ世話がいらぬとか、片足だけは蚊に喰はれぬとか、様々の牽強附会の弁を弄してゐるが、本当の利益は、片足を失つただけの分を、心の糧に得たといふ以外にはない。

東亜共栄圏といふ如きことも、たゞ新時代を叱呼するだけでは、ともすると理が通つて情が通らぬおそれがありさうに思はれる。東亜の諸民族の数が幾らあるか、小分けにしたら多分何百と数へられるであらう。それ等の諸民族を統一する原理は一つでも文化感情の諸様相が単一でありさうの話はない。だから余りに道理を説くに急ぎ過ぎると、ともすると感情が取り残される懸念がある。古い人に古い家を与へる心遣りは、腹の出来た外交家にして始めてあり得るのであつて、重光は足を失つた代償としてこの心遣りを得たのだつた。もつて大東亜に志を為すに足るであらう。

戦ひの最中にはとかく外交が第二義的に考へられ勝ちだ。だが如何なる戦ひも外交の勝利なくして勝つたためしはないのである。一般には、戦ひに勝つて然る後、東亜共栄圏が出来上るやうに考へられてゐるが、実際上には——少くも精神的に——東亜共栄圏成ることなしに戦ひに勝つ道理はないのだ。そして戦ひが国民全体の戦ひであるやうに、外交もまた国民全体の外交でなければならないのだが、戦ひの主力が軍人にある如く、外交の主力が外交家にあることは申すまでもなからう。

こゝで話を始めに戻して、重光外相が事務的に正確無比の、常識的に絶対に信頼出来る外交家であるといふ前提から、私達は外相に国内政治の苦労を払はせることなく、私達の側から理解して、効果的に外交に協力する必要を申述べたいと思ふのである。

時の人○○○野山草吉

大和一致を説く 小磯国昭

巻二第三号

小磯首相を生んだ山形県新庄町は、徳川時代には新庄藩のあつたところで、藩主は戸澤氏、五万石にも足らぬ小藩だつたので、明治維新の頃の歴史を振返つてみると、勤王と佐幕と、大藩の間に挟まつて、一方ならない難儀をしたものである。例へが少し穏当でないのは申訳もないが、ヨーロッパにある小国のやうに、形勢次第で、態度を変へねばならなかつたばかりか、新庄の城地すら二度三度、銃穴の蹂躙に任せねばならなかつた。これは新庄藩の人々の不幸であるばかりか、日本国の不幸と申さねばならなかつた。尊皇の精神に変りのない等しき日本人同志が、何故、敵となり味方となつて戦はねばならなかつたか、それは、相手方の真意を知ること、及び相手方の立場を察してやることの不足に基いたのであつて、当時を追想するとまことに感慨無量なるものがある。

小磯内閣が誕生したとき、先づ掲げられたスローガンは「大和一致」だつた。看板は必ずしも「大和一致」に限るものではない。内閣が違ふなれば、別のスローガンが張り出されたであらうが、特に小磯内閣がこれを持ち来したのは、由来のあることであり、かつ小磯内閣の性格を、端的に物語つてゐるのでもあつた。第一、組閣の大命は小磯米内両大将に降下したのであつて、内閣の出発が両大将の「大和」を必至の条件とした。だから「大和一致」は国民に要望されると共に内閣自身を自戒する声でもあつた筈である。

或はいふものあらん、大和は国体による必然であつて、不大和の事実のない限り、いまさら大和を唱く必要はないだらう。だがこれは国体の根本に関する議論であつて、現実の政治や政策に関して、意見の相違がないわけではなく、意見の相違が感情的の根つこになり、意外に国家の進行の邪魔ものとなつてゐないとも限らないのである。近いためしが今度政府が議会に提出するに決まつた富籤法案なども、決まるまでには政府部内に相当異見があつたと思はれ、また議会でも相当論議があらうと予想されるのである。富籤が原則として認められるなら、賭博が罰せられる刑法上の根拠が失はれるといふ議論もあらうし、また、勤倹貯蓄の精神に反するといふ道徳上の反駁も行はれるであらう。だが如何なる反対論も、大和の精神を基調として行はれるならば、理由のない摩擦や相剋が行はれることなく、極めてなごやかな空気のうちに諸案が処理されることであらう。

大和の精神は、機械油の如く、これなくしては国内の諸機関の運行が円滑であり得ないのみか、大東亜の機械の運転が休止する虞れがある。一口に大東亜共栄圏といふも、共栄とは有無相通じて、過不足ないことから出発しなければならないのであるが、実際上には「有」が到るところに過剰であり、「無」が到るところ無さ過ぎる場合が起るのであつて、かやうな凸凹を地均しするためには、一時何れの国かが地均しの犠牲を忍ばねばならぬ情勢に当面するであらう。而してこれを解決する最後の手段は「大和」精神による外はないのであつて、わが日本国が東亜の諸国に先立ち最大の犠牲を支払ひつつあるのは、この精神によること、世界公知の事実なのである。

大和精神は遺憾ながらまだ東亜の隅々にまで行き渡つてゐない。重慶に蟠踞する蒋介石一派がそれであるが、フィリピンなどにも、大東亜戦の真意義の理解出来ない、頑冥なメリケン病者が尚少くないことは、最近伝へられた山下将軍の談片によつても想像される。もしメリケン病者を隔離することが出来れば、フィリピンの島々の中から、小島の一つ二つ位はアメリカにたゞで呉れてやつても惜しくはない。これによつてどれほど気持のいゝ戦ひが出来るか知れないといふ言葉の裏に、彼等の妄動が察せられないであらうか。これを想ふと私達は、いま二つの戦争を闘つてゐることが分る。その一つはいふまでもない敵米英を叩きつぶす戦ひで、他の一つは東亜の諸民族を大和化する戦争であつて、その何れの戦ひに敗れても、私達の戦争を、理想の向ふ岸に漕ぎつけるわけには行かないのである。大和の精神は、大は大東亜の舞台より、小は私達の台所の配給に至るまで、浸潤しなければならない。最近私は東海道の列車中で体験したことであるが、列車は例によつて、殺人的に混雑してゐたが、ある車では秩序よく昇降が行はれたに反し、ある車では昇降口が閉塞して遂に数百人の乗り遅れ客を出した。これは畢竟、大和互譲が行はれたか否かによるのであつて、東亜の天地に大和が行はれなければ、東亜は世界の乗り遅れとなること必定だ。

私は小磯首相を説かんとして、思はずも大和を説いた。だが現在において大和を説くことなくして小磯首相を説くは、煎餅を説かんとして紙袋を説くに類するて（ママ）あらう。小磯首相は中位の成績で中学を出て、中位の成績で陸士、陸大を卒業した。普通の軍人の進級の仕方は、卒業の成績が生涯を運命づけるといつてよく、中位のものは中位で終る慣ひであるのに、彼に限つてこの慣例が適用されなかつた。これには彼の共同責任者たる米内海相が、大して優良成績でもなく海兵を出てから、優等生を尻眼にかけて躍進を続けたのと、よく似てゐる。恐らくは学術の出来栄えではなく団体生活に欠くべからざる調和抱擁の精神が、両者をして陸海両軍の欠くべからざる存在たらしめたのであらう。

小磯首相は見掛けによらぬいゝ声の持主で、そのため河鹿（かじか）といふ仇名があるさうだ。酒を飲んで興至ると、鴨緑江節を唸り出す。朗々として行く雲を停める趣があるといふ。これは多少称め過ぎの形であるが、ラジオで音声に接したものは、さほど掛け値でないことを知るであらう。少し巻き舌でベランメー的になる傾きがあるのは聊か気にかゝる。しかしお経で鍛へた清浦首相以来の名調子といへよう。だがこの頃は戦ひに寧日なく、鴨緑江節どころの騒ぎではなかるべく、私達としては首相の健康を祈つて已まない次第であるが、出来ることなら一日も早く米英を打ち破り、胸中何のこだわりなく、陶然と酔つた首相をして、のびのびと太平洋節で（ママ）も歌はしてみたいものである。

第二巻第五号

時の人○○○野山草吉

駐支大使　谷正之

この頃よく「大東亜の戦局は支那から始まり、支那によつて終結する」といふ言葉を聞くことであるが、これはただだに私達が、南方その他の戦ひに気を取られて、支那大陸への関心が薄れ勝ちなのを警告するためのみではなく、言葉通りの価値を受け取つた表白であるやうに思はれる。最近支那を視察して帰つてきた人の話に、自分は支那で育ち、支那で学問をし、支那に関係する業務にたづさはり、一生涯の全部を支那で過ごした位のもので、支那についいては普通人以上に理解を持つと自認してゐたのであつたが、今度新たに支那各地を廻つてみて、しみじみ感じたことは、これまでの自分の理解が甚だ皮相であつたといふ事実である。自分は日本人の何人よりも、支那ならびに支那人を高く評価してゐたつもりだつた。しかし今度ほど支那民族の偉大性を改めて見直したことはない、といふのである。

私達は大陸と呼ばれるほどだだつ広い国土と、四億に余る人間の頭数だけで、東亜における支那の地位の重量を感ぜざるを得ないのに、況んやその素質においてもかくの如く偉大なりとしたら、如何なる観点においても、支那を除外して大東亜の問題が解決されよう筈はないであらう。すなはち支那民族の協力なくしては、わが国の戦争目的を完遂することは、絶望的にまで困難だといふべきである。

現在のところ遺憾ながらわが国は全面的に支那民族の協力を受けてゐない。もし重慶と延安とを二つの政権なりとすれば、支那は現実に南京政権と共に、三つの勢力圏によつて支配されてゐるのであつて、南京政権はわが軍の行動圏と範囲を同じくし、厳然一政権たる実力を備へてゐるにしても、七年にあまる長い年月を、戦つて屈しない敵を支那人の間にみることは、わが国に取り、また支那に取つて残念至極と申すべきである。だからもし彼等が非を悟つて、矛を捨て、もしくは矛を逆様にして米英を敵とする日がきたら、私達は寛恕の心をもつて彼等を抱き取る準備がありたいものだ。

　私は谷正之を標題にして、書き出しの筆拍子で、標題に触れることの出来ないのを歯痒く思ひながら、だらだらとここまでやつてきた。そこで谷正之の支那大使としての立場を考へる時、如上の論点から抽き出されるものは、彼の最大の任務は大東亜戦の終局の仕上げであつて、一個の外交上の事務的取極めといふが如きは、腕前の見せ場所とするに足りない。

　私は重慶や延安に対し、外交上の呼びかけを為すべきや否やを知らない。また私は、呼びかけるにしたら何時をもつて潮時とすべきやをも知らない。ただ私の想像では、今のところどんな呼びかけをなさうとも、彼等の迷妄を眼醒めしめる機会はなささうだといふことだ。然らばこれを打ち捨てて置いていいかといへば、さに非ず。思ふにこれに対しては二つの手の打ちやうがある。その一つは軍事的に、徹底的に彼等を叩きつけること、その二は南京政権を強化して、形態、実質ともに中央政権たる実を発揮せしめること、即ちこれだ。これは我が国が年来実行してきたことで、格別変つた主張ではないが、これまでは軍事行動の活潑さに比較して、とかく外交活動の微力に過ぎた憾みが多かつた。おもふに軍事と外交は車の両輪であつて、一方が大に、一方が小に過ぎれば、忽ち転覆を免れ難いであらう。谷の少年時代、球磨川の急流を小舟で下つたことがあり、その時の印象が今尚離れかねて、外交もまた、危機に臨んで激流を往く舟の如くありたいと感想を物語つてゐるが、巌角に衝き当つて、舟も人も、みぢんに砕け去らんとする瞬間、竿の一突きで身をかはす離れ業は、快は即ち快であつても、実は対支外交の本道ではないのである。支那は万里の大陸であつて、其間を大江がはてもなく流れ来り流れ去つてゐるのだ。ここに泛ぶものは、竿も立たず、竿では動かぬ千万噸（トン）の巨船でなければならない。

五雑俎といふ支那の昔の随筆に、次のやうな話がある。応接間に案内された客、主人を待つ間に机にもたれたまま眠つてしまつた。久しくして出てきた主人、客の眠りをみて、己れもまた相対して眠つた。やや暫くして客目を醒し、主人の眠れるをみて、己れもまた眠る。主人と客と、相互に眠ること斯の如くして夜に入り、遂に一語を談ずることなくして客が去つた。といふのである。谷大使にとつて幸なことは、彼は前述の如く恵まれた智慧の外に、格別に太い神経の所有者で、対話中でも話が面白くなければ、相手に気兼ねなく眠り、またカードや麻雀の競技中でも、負け気味で愉快でないと相手を捨て置いて眠る癖があるさうだ。少し身勝手でい、たちの良くない癖ではあつても、これが応用の仕方如何によつては、支那人の大陸的の歩調にピッチを合せることが出来、よりよき理解に到達するよすがになること請合ひだ。

自主建国論の台頭

逞しき救国運動の萌芽

波多野乾一

第二巻
第四号

数年来東京を一歩も出ず、閉ぢこもつてゐる私のやうな境涯の者に取つては、支那からの帰客談や視察談がとても楽しいのみならず有難いのである。最近そのやうな視察談を二度ほど聞く機会を持つた。報告者は二人とも支那問題に四十年以上の関与を有する人であるが、その報告を聴取して、支那に新しい民論が勃興し、それが、自主建国論ともいふべき形を採りつつあることを感じた。支那の輿論の測定といふことは、元来至極困難な問題であり、旅行者の視察談にのみ依拠するのは危険であらうが、さりとて別に適切な方法もなく、他面、旅行者の眼にさへつくほどならば、このやうな民論の勃興がすでに或る程度に達してゐるのだとも判定されるので、耳聞に拠って考察を進めて見よう。

和平地区・抗戦地区に論なく、対外政策乃至情緒を標準にして支那社会を分析すると、次ぎの四つの派別に帰するとおもふ。——（一）知日派、（二）親米英派、（三）親蘇派、（四）自主派。知日派は和平地区に、親米英派は重慶に、親蘇派は延安に、各々の本拠を持つてゐることは争へない現実の事実であるが、それは決して「清一色」の集中ではなく、例へば重慶地区のごときは、四つの派別の全部を包括してゐるのである。ただ和平地区には親蘇派が少く、延安地区には知日派がほとんど発見出来ないといふやうな相違はあらうが、それとて比較的な話である。

とにかく支那にはこのやうな四つの派別があり、それらが各種各様の動態を見せてゐる。然し親米英派・親蘇派の抗戦建国理論は、すでに論理上の破綻を来してゐるし、知日派の和平建国理論も、その発展が、在態にいつて時局の進展に伴はない憾みがあり、ともにすでに魅力を失つてゐる。対外政策にのみ着眼してゐるこれらの単純な理論と、それに基づく方策に依つて解決出来ないほど、今日の時局は複雑になつてゐる。そこに自主建国派の存在理由があり、現段階において、それは公然とその存在理由を主張しはじめたのである。

自主派の理論を要約すれば、和平建国・抗戦建国の両論を非とし、自力を以て建国し、国民革命（或ひは新革命）を完成しようといふのである。もとより「自主建国派」といふやうな、確固たる団結を結成してゐるわけではなく、中国青年党・第三党・国家社会党・中国社会民主党・郷村教育派、職業教育派といふやうな、幾多の小派別を持つてゐるのである。又、これら既成団体のいづれにも属しない、全く新興の理論グループ的存在もあるのである。

中国青年党は一九二三年十二月二日巴里で成立、臨城事件に因つて支那国際共管論の喧（かまびす）しかつた際で、それに対する反対の意味もあり、他面中国国民党の聯蘇容共政策に反対して、留仏学生曾琦、李璜等四五十人が組織、国家福利を前提とし、国家至上理論を提唱する国家主義の党である。成立当時総部を巴里に、分部を伯林・倫敦・羅馬・維納に設けた。一九二四年夏曾琦は帰国して「醒獅周報」を創刊、爾来今日まで二十年間、党勢に一張一弛はあつたが、よくその存在を持続した。相当の骨力あり、且つ民衆的基礎ある党である。報告者に拠れば、約三十万の党員を擁してゐるといふが、それほどではないにしても、ともかく国・共両党を除いては、比肩するもののない集団である。世人の多くは気付いてゐないが、支那事変が起つて国・共が合作したのと前後して、この党も蒋介石との間に書翰を交換し、抗日戦線の一翼となつたのである。形式上中国共産党と同等の立場を持つてゐるのである。

だが、一九三八年末汪精衛氏が「艶電」を発表して和平建国運動に発程するや、党の各地負責同志は上海に幹部会議を開いて饗応を決議し、「中央政治行動委員会」を組織して趙毓松を委員長に挙げた。この会は党中執委会に属し、事実上党の最高方針を決定する機関であり、国民政府還都するや、趙毓松は入つて政府の要人となつた。

一方重慶に置き去られた曾琦、李璜・左舜生等の領袖は、国民参政会を根拠として活動を続けてゐたが、反共的であると同時に、重慶国民党の一党専政にも栖附いたので、志を重慶に得ず、香港で民主政団同盟の一組成分子となつた。大東亜戦後は然し活動の本拠を和平地区に還し、重慶には李璜等が残留してゐるのみである。

中国国家社会党（略称「国社党」）も十数年の歴史を持ち、支那事変後中国青年党と同等の立場において蔣と合作した党である。首創者は張君勱（本名嘉森、重慶政権の要張公権の実兄）である。一九二三年冬孫傳芳が自治学院を創設するや、張は北京から南下してその院長となり後政治大学と改め、聯省自治を提倡した。一九二七年北伐成功するや、この大学は閉鎖されたが、教師学生は「亡校会」を組織、それが秘密組織の中国国家社会党となり張を領袖に諸青來・陸鼎揆等が参加、国家新制度建立、社会新局面開拓を号召した。汪氏和平運動起るや、諸・陸等は「政務特別委員会」を組織して応じ、国府還都とともに諸が入つて要人となつた。陸はすでに死し、諸・李祖虞・王肖波等が領袖である。張君勱は中国青年党の曾琦と同じやうな行動を採り、民主政団同盟にも参加した。重慶地区を離脱するには至らないが、政治的活動はほとんど封ぜられてゐる。尚、党的活動はやらないやうであるが、往年上海時事新報の主筆であつた著名の政論家張東蓀もこの党の系統に属する。

中国社会民主党は普通中国社会党といひ、江亢虎を領袖とし、一九一一年上海で成立、一九一三年袁世凱のために武力で解散された。一九二四年北京善後会議の際復党を図つたが実現せず、江は海外に亡命して長い間講壇生活を送り、一九三六年帰国して秘密組織を再建、江が総裁、李大明が副総裁となつた。支那事変後汪氏和平運動起るや、一九三九年雙十節に江はこれに賛成の時局宣言を発出、臨時党綱を規定、十一月十一日復党宣言を公表した。爾来和平提倡、憲治期成を目標として党勢拡張に努めてゐる。江は国府還都後考試院長となつてゐたが、最近下野した。

第三党は第一次国・共合作時代の国民党極左派

首領鄧演達が、国・共分離後手創した党である。幾変転を経て、抗日人民戦線時代「中華民族解放行動委員会」と称してゐたが、現在何と称してゐるか?鄧の死後党を切つて廻した黄琪翔は支那事変後軍人に還元して重慶に在り、陳誠に親近してゐるが、領袖の一人章伯鈞は重慶を離脱してゐるといふ。

郷村教育派は農村自治派として知られてゐる異色ある思想家梁漱溟一派であり、職業教育派は江蘇教育界の最長老黄炎培一派である。梁・黄ともに重慶にゐるが、私淑せる連中は和平地区に散在してゐるわけだ。

以上の既成団体に属しない新興グループには、例へば、最近先鋭な理論を矢継早やに発表して、識者の注目を浴びてゐる胡蘭成(淳仁と改名)のごときがある。胡の人物に就てはあまり知られてゐないから、やや詳しく紹介して置かう。浙江諸暨県人、一九〇七年生れ、燕京大学卒業。魯迅に師事して文学に熱中したが桂林師範学校教師となり、共産党問題及び半植民地国家に就いて研究を積み一時李宗仁のブレーントラストの一人であつた。支那事変後香港「南華日報」論説委員として「流沙」の筆名で日支和平問題、全国統一問題等を論じて注目されてゐた。国府還都後宣伝部次長兼「中華日報」総主筆、その後法制局長、全国経済委員会員、国民党中央党部政治委員等を歴任したが、昨年十二月筆禍を得て入獄、間もなく釈放され、盛んに理論的活動を続けてゐる。学生及び知識層には「第二の魯迅」として相当の人気があり、評論家としては国府治下の第一人とされてゐる(私の見た彼の最近の論文は、十一月七日附「毎日新聞」所載「中国の道」である。)

――このやうに、外国依存を排し、自力を以て建国して行きたいといふ共同の主張を持しつつ、自主建国各派が一斉に活動しはじめてゐる。その態様はどんなものであらうか。

報告者に拠れば、それは第一に、国民党一党専制反対の傾向を示してゐるといふ。曾つて香港で結成された「民主政団同盟」、この中には中国青年党なども含まれてゐるが、この系統に属するものの外に、「民主救国同盟」などいふものが出来てゐるといふ。それは又必然反蔣的でもあるが、このやうな反一党専制的・反蔣的傾向は、これら数団体の専売品ではなく、自主建国各派に共通のものである。

　第二に聯省自治的傾向がある。重慶の抗戦建国論を尻目にかけ、南京の和平建国論と或る程度の協調を保ちつつ、或る一省を固めて行き、固まつた省の聯合でやつて行かうといふのであつて、職業教育派や郷村教育派は勿論、中国青年党・国社党もこの主張を持つてゐることは明らかである。

　第三、亜洲民族革命同志会といふやうな団体が出来てゐるさうで、この派の主張は、満洲事変から今日までの段階を、亜洲民族混乱の段階と観、これを収拾して今後は亜洲民族団結の段階に入るべきだといふに在るやうだ。すなはち亜洲民族共同革命論で、理論の当然の展開として、日支提携論の一面があるやうだ。私が本稿冒頭に於いて、自主建国を以て国民革命（或ひは新革命）を完成しようとしてゐるものがあるといつたのは、このやうな意味合ひであつたのである。而してこのやうな理論の中で今最も注視されてゐるのは胡蘭成理論である。

　第四、緩衝地帯設置論。重慶的でなく、勿論延安的でなく、さりとて南京的でもない緩衝地帯をつくつて、それを徐々に拡大して行かうといふ主張であつて、前述聯省自治的傾向と相似てゐる。

　以上のやうに、時局収拾を目指す自主建国各派の台頭があり、その理論の展開が行はれ出したといふ事実は、支那問題が最後の段階に近づいたことを語るものである。正に支那の民衆が果てしなき兵連禍結にシビレを切らして、自然発生的にこのやうな動態を起すに至つたものと観られ、むしろ喜ぶべき事象とせねばならない。天視民視・天聴民聴、この機運に逆らつてはならない。おもひ違ひをして、これら各派の運動を抑圧し、その理論を摘み去るやうな施措は、厳にこれを慎まなければならない。むしろこのやうな理論・運動を育てあげ、和平建国運動の内容を豊満にする必要があるとおもふ。これが方途としては、言論の解放、民意機関の設立、地方自治の推進、憲政実施準備の遂行等、むしろその多きに苦しむくらゐであらう。一方わが方においても、自主建国論の台頭を炯眼に観取し（往年和平建国論及び同憂具眼の士を発見したやうに）、大東亜宣言に照らして機宜の施措を発すべきではなからうか。

（昭一九・一二・二）

（筆者は「中国国民党通史」著者）

最も道徳的な人間とは
戦争と道徳

亀井勝一郎

第二巻第五号

　道徳といふ言葉が魅力を失ってからかなり久しい。道徳と聞いただけで敬遠の念をいだく人が少からずある。嘗てこの言葉は、精神の微妙な節度、高度の美と教養、あらゆる道の秘義を意味してゐたのであつたが、今では何か骨董品じみた形式的な言葉と化してしまつてゐる。すべて言葉といふものは、多くの人に使用されるうちに、次第に手垢にまみれて俗化してしまふものだ。どんな崇高な言葉でもこの受難を免れないやうに思はれる。道徳といふ言葉を迫害したのは誰か。

※

　戦争以来、指導者なるものが無数に出たことは注目すべき現象である。彼らの言説を聞きながら、私は一つの定義を考へた。指導者とは、常に正しいことだけを言ふ人、絶対に非難の余地のないやうな説教を垂れる人、一種の自働人形であると。道徳の破壊者は彼らである。何故か。道徳は、正しいことを行ふのがいかに困難であるかを自省し、己の微小を痛感したところに芽生えるであらう。人に説く前に、己を責むるものだ。悪徳の深淵をのぞいたものの悲痛な呻きだ。悔恨の深さ故に、時には反道徳的にさへみえるかもしれない。何を恐れる必要があるのか。精神の敵を凝視し、これと大胆に格闘するがいいのだ。指導者は、精神の大胆さに対して常に小心翼々としてゐるやうにみうけられる。道徳といふ言葉はいよいよ硬直して、あたかも交通巡査のやうな恰好をとらざるをえない。

※

格言とか座右銘は、それを実行しつくした人の言葉でなく、実行せんとして苦心惨憺した人の言葉であるところに尊さがある。たとへば石川理紀之助翁の「農道要典」に、「寝てゐて人を起すこと勿れ。」といふ一句がある。翁は多分寝てゐて人を起した経験があるに相違ない。みづから実行せず、その悪さを身にしみて感じた人の、激しい自省から生れた言葉だからこそ権威があるのではないか。格言や座右銘の多くは、かうして生れたものであらう。完全に実行せりとうぬぼれたところに、座右銘の必要はあるまい。死ぬまで実行を心がけて、なかなか実行出来ず、絶えず己れの至らなさに鞭(むちう)つて行く、さういふ人が、死後はじめて完璧な実行者として後世に立ちあらはれるのだ。実行とはさういふものである。あらゆる道の徳とは、かうして成就されるものである。

※

戦争以来、様々の古典的言葉が教訓として引用された。最高度の尊い言葉が濫発された。民心を緊張させようといふその意図は善いにしても、結果として食傷を起させなかつたか。人はいかに尊い言葉に対しても、濫発すればつひには驚きや畏敬を感じなくなる。慢性の状態を呈する。現代ほど古典が読まれながら、現代ほど古典が迫害されてゐる時代はなかつたかもしれぬ。「承詔必謹」とか「撃ちてし止まむ」のごとき史上至高の言葉が、スローガン風に喧伝され、或る時期を過ぎると忽ち忘却される。スローガンは、言葉の俗化と功利化の極端な手段であり、怠惰な精神にとつてはまことに恰好の道具となる。怠惰な精神は、この道具を次々と利用しつつ時局の波に乗つて行く。かかる風潮を、私は戦時における最も非道徳的行為の一つとみなす。

※

肉体の異常なとき脈搏が平静を失ふやうに、精神も戦時においては屢々(しばしば)脈搏が乱れてくる。精神の脈搏とは、いふまでもなく言葉のことだ。沈着が失はれたとき、過度にどぎつい言葉や悲観的な嘆息や流言が流布するのは当然で、ここに一国民の思想状態が端的にあらはれる。脈を正しく見る名医が現在とくに必要である。言葉の乱れるときが、国の乱れるときだ。日本国民はすべて至尊の赤子である。民（おほむたから）であり、臣である。これを指して「人的資源」と呼び、「根こそぎ動員」するさうであるが、この恐るべき唯物的用語が平然と流布してゐるかぎり、勤労の和（なごやかさ）がもたらされぬのは当然といふべきだ。これはほんの一例にすぎない。日常の新聞や言説にあらはれる蕪雑な言葉に対し、何故国民は道徳的に激昂しないのであるか。

※

ささやかな親切、深い思ひやり、これは戦時において最も尊い宝である。道徳的な顔をしない真実の道徳は、つねに隠れてゐて、わづかの行ひやいたはりを通して、人心の底に無限の光りを与へるものだ。そのおのづからなる姿を、そのまま尊ぶことを知らねばならぬ。これを人工的に粉飾し、さかしらを加へて、世の戒めにしようなどと思ひこむや否や、道徳は破壊されるであらう。道徳は、世のいはゆる美談や説教に対して、絶えず身を守つてゐなければならぬ。道徳の敵は、まことに道徳的な顔をして常にその周囲をとりまいてゐるものだ。あたかも信仰の敵は、誰よりも信心深さうな顔をして主に扈従してゐるやうに。

※

真の怒りは深い沈黙の裡に宿る。無言の怒りこそ畏怖すべきである。然るに敵愾心の昂揚と称して、この無言の怒りに強ひて表現をとらせようとするとき、いかに硬化したぎごちない言論があらはれるか。自然の情を尊ぶことを知らねばならぬ。戦争はおのづからの激情によつてのみ敢行されることはいふまでもない。断じて「宣伝」によつて敢行されるのではない。「宣伝」意識を警戒せよ。道徳にとつても最大の敵である。

※

最近のこと、郵便局の窓口で大喧嘩した。主事から局長まで呼出して談じこまうと思つたほどだが、私としてはじめての経験である。理由は不親切だからである。官吏や事務員の不親切が云々されてから久しい。窓口道徳の確立といふ声さへある。原因は一体どこにあるのか。官吏や事務員の甚だしい多忙、疲労、混雑、神経のいらだたしさ、すべて同情すべきことが多い。しかし尨大な組織がもたらす責任の相互回避が、根本原因ではないかと私は思ふ。必ずしも官庁のみではない。至るところにみらるる尨大な組織性は、近代文明のもたらした一種の魔術力を発揮するもののごとくである。個々の官吏、一人々々の事務員に接すれば、とくに不親切な人間もゐないし、悪人もゐない。家庭人として私人としての彼らは我々と同じだ。ところがひとたび役所の門をくぐると、俄然人間が一変する。尨大な組織性は人間を機械化するのか。生々とした自発性は死なねばならぬのか。まるで魔術にかかつたやうに別人になるのだ。役所の前を通るたびに、その門にかう書かれてゐるのではないかと私は疑ひたくなる。――「一切の希望を捨てよ、汝等ここに入るもの。」――

※

道徳の頽敗は戦時に限つたことではない。頽敗の度はむしろ「平和時代」において深いであらう。平和は人間の悲しい夢だ。幻影だ。そこにいかなる安穏があつたか今ふりかへつてみるのは無駄でなかいう。外部に流さるる血は内攻し、風俗や思想や政治の上に幾多の犠牲がつみかさねられたことは、戦前の社会相をみれば明白である。若し戦争がなかつたならば――この仮定のもとに考へてみよ。いかなる回答があるか。――日本は内的に崩壊したかもしれぬ、と私は答へたい。現在の日本に、戦争完遂の上で妨害になるものがあるとすれば、それは悉く平和時代から継続してきたものである。戦争の中に平和の悪夢が息づいてゐるのだ。

※

平和は永久にあり得ぬと考へるのは苦痛だが、この酷烈な自覚が自分の魂を鍛へてくれるであらう。もし平和があるとすれば、人事をつくして天命を待つといつたときの、あの天命にも似た永遠の休らひにちがひない。つまり死ぬことだ。死を真の平和と感ずるほどにも人事をつくすものは幸ひなるかな。人間の頭から考へ出した平和など信じるに足りぬ。これは歴史の大きな教訓である。

道徳的心情の根幹が培はれるのも、おそらくこの自覚においてだ。若し平和が来たなら、その時こそ闇行為はなくなるだらう、人間は気高くなるだらう、かう考へるほど滑稽なことはない。平和といふ仮定のもとに、ものを考へる人間——これが悪徳の弁解者となるのだ。彼は戦争と平和の全時代を通して悪徳をつづけるであらう。今は止むをえぬ、平和さへ来たら——この気持を私は最も憎む。彼は永久に何事も為さないだらう。

※

最も道徳的な人間とはいかなる人間か。道徳的言辞を弄する人間に非ず、徳の修業を旨としてゐる人間にも非ず、善事を施す人間にも非ず。最も道徳的な人間とは、私にとつては純粋な職人である。職人といふ言葉は、今日大工や左官にのみ用ひられてゐるが、私は特殊技能に熟達した専門家といふ意味でこの言葉を用ひたい。或る一つの仕事に、二十年三十年の年季を入れて、その職域では達人名人といはれるほどの人——かかる人物だけが、たとひ善事を為さずとも、そのままで最高の道徳の具現者なのである。何故か。彼は人事をつくして天命をまつといふ「死処」の所有者だからだ。死処を得たものは美しい。何の誇張なく、在るがままで道の徳をそなへてゐるがゆゑに美しい。真の道徳は、中世的な職人気質の裡に生きてゐると私は思ふ。

※

一つの思ひ出がある。昨秋私は九州の或る鉱山を訪れたとき、そこで一人の若い先山に出会つた。彼は小学校を卒業すると同時に、直ちに坑内に入り、以来十数年の間ひたすら石炭とともに生きてきた。世の中がどうなつてゐるのか、全く知らぬもののごとくである。政治も経済も文化のことも何も知らぬ。何も知らぬが、この坑内で石炭を採掘することにかけては日本一の天才なのである。己の持場については一切を知悉し、熟練の絶頂にあり、殆ど勘の力をもつて危険を予知し、誤るところがないといふ。彼は漸く而立の年齢であつた。それでゐてその行動をみてゐると、まるで「心の欲する所に従へども矩を踰えず」といつた風がある。私は会話を交へなかつた。しかし彼の眼をみてゐるだけでよかつた。透明に美しく澄んで、その何げない挙措には、貴族のやうな礼節があつた。隠れたところに、驚くべき人物が住んでゐて、ひそかに日本を支へてゐるのだ。私はこれを真の道徳的存在とみなす。

※

天職意識の喪失が私にとつては一番恐ろしい。すべての頽敗の原因はここにあるやうに思はれる。天職意識とは、いふまでもなくそこで倒れて悔いなしといふ死処の自覚だ。人間を生かしむるのはこの一念のみ。職人を尊いといつたのもこの点である。我々の不安動揺の根源をさぐつてみるに、それは決して戦局の一時的不利とか生活の不如意にあるのではなく、むしろ己が死処を得てをらぬところから発するもののごとくだ。たとへば文筆の仕事にしてもさうだ。気の乗らぬ仕事の折は、必ず些末な事にも心が落着かぬ。焦慮の念が絶えない。無我夢中になれたときが最も幸福だ。大爆撃にさらされながら、私は近来つねにこの感をいだく。天職なりや否や。ここに倒れて悔いなしや否や。若しただ今死ぬならば、この拙い一筆でさへそのまま辞世となるであらう。この厳粛な事実を思つて、私は一日一日の生に処したいのである。

※

第一線の将兵が最も道徳的であるのは、死処を自覚してゐるからだ。驚くべき困苦と欠乏に耐へつつ、沈着で優雅で美しいのは、死処が明確であるゆゑに他ならない。この精神に直通するものは、私のいふ専門家である。今の日本を支へてゐるのは、指導者ではなくて専門家だ。饒舌な説教家ではなくて沈黙の熟練工だ。

※

死処を得ることはむづかしいことだ。ことに平生の職業に関して考へると、自己の持場が果して死処なりや否や、迷ひの方が大きいといへるかもしれぬ。適材適所といふ言葉がある。自分が現にやつてゐる仕事が、果して適材適所なりや、誰が判断しうるだらうか。精魂をうちこんだ仕事さへ、その真価は、その人間が死んでみなければ容易にわからない。我々は自己の才能や職業について恐ろしいほど空想家なのだ。適材適所も一つの空想ではないか。楽な仕事を与へられると、適所なりと信じ、苦しい仕事を課せられると、不適材なりと思ひこみ易い。この不安定から免るる道はどこにあるか。おそらく信仰以外にあるまい。信仰とは何か。「たとひ地獄に堕ちても後悔せず」といふ無償の行だ。道徳の窮極もやはりここにあるであらう。即ち道徳はつねに超道徳的であること、宗教たることによつて完璧となる。

※

戦時下の道徳的頽敗の一番深い原因は、生活の大きな激動、職業の急転換にあると考へられる。多くの国民が旧来の職を捨てて軍需生産へ向つて行く。徴用動員のもたらした様々の困難は何に基因するか。設備の不完全とか賃銀の問題もあらうが、そこにだけ理由を求めるのは唯物的だ。根本は、私のいふ天職意識の喪失に在ると思はれる。職人気質を顧慮なく発揚せしむるために、近代大企業はどれだけの誠意と能力をもつか。これが重大問題なのだ。仕事そのものが面白くてたまらぬといふ所まで行かなければ、決して死処とならぬのは当然である。大工場生活の悦びといへば、大多数の人は娯楽、休養、賃銀をいふ。仕事そのものの悦びで一切を忘れるといつた気持を述べてくれる人は実に少いのだ。これは近代産業のみならず、ひろくいへば近代文明がもたらした尨大な組織性の悲劇に他ならぬ。これをいかに超克するか。尨大な組織をもちながら、しかも見事に成功した唯一の例は、我が軍隊であることは、無限の示唆を与へよう。

※

大根本を忘れてはならぬ。電車の中で老少に席を譲るといつた些末な道徳的行為も、源泉は深のい(ママ)だ。何が我々を最も疲労させるか。浮草のやうな生活意識だ――。疲労と背徳は双生児である。

（筆者は文芸評論家）

戦争と民族的道徳性

長谷川如是閑

一

戦争は、民族の道徳性を極度に発露せしめる機会であると同時に、その道徳性を刺戟して、全民族に自覚と反省との機会を与へるものである。その意味で、戦争は、民族的道徳性を強化若しくは醇化せしめる基となるのである。

中世においては、世界を通じて、封建領主間の国内戦争の行はれた時代で、従つて、戦争によつて、民族的感情よりは郷土感情の強められる傾きがあつたが、その場合でも、内争の激化は、反動的に、民族的結合の意識を喚び覚ます動因となつて、民族的道徳性を振興せしめる結果となつたのである。殊にわが国の中世においては、武家の勃興から、封建戦争の時代に入つたのであるが、そこに早くも皇室中心の民族的乃至国家的意識の覚醒のあつたことは、実朝の「山はさけ海はあせなん世なりとも」の歌によつても示唆されてゐるのである。親房の「神皇正統記」は、具体的の歴史の形で、その時代の民族的道徳意識を表現し、且つその一層の覚醒を促したものであつた。而して日本固有の伝統的武人道徳は、この時代に至つて、封建的君臣関係のそれではあつたが、「武士道」として、観念的の、又実践的の発展を見たのであつた。

支那大陸においても、周朝末期の戦乱は、漢民族の帝国内の封建戦争と、その漢人国家といはゆる「夷狄」の国々との間の民族戦争との混戦であつたが、そこでは、周朝を正統とする国家意識とそれに伴ふ国家的道徳意識との振興を来し、孔子による儒教の発展となつて、大陸一般の民族の道徳性に貢献したのであつた。

ましてや中世的封建制の崩壊にもとづく近代の民族戦争は、封建時代における「郷土」意識に固着した道徳性を、民族意識を基調とした国家的道徳性へと拡大せしめ、地域的にも集団的にも、極めて狭小の地縁血縁にもとづいた封建的道徳性をして、一層広い、民族的乃至国家的の、地縁血縁にもとづくそれに拡大せしめたのである。

近代初期の、世界的の交通から、同じ民族でありながら封建的に割拠してゐた各国は、民族単位の国家として統合され、近代的の、いはゆる民族国家の成立、発達となつたのであるが、同時に、「国家経済」が、世界的交通の発達によつて、「世界経済」の性格を帯びるやうになつたので、いはゆる「世界主義」とか「国際主義」とかいつたやうな、「超」国家的意識の発達を促し、他の一面では、身分、階級を固定せしめた封建的制約からの解放といふ意味で、「人間」意識が発達して、その時代の道徳性は、一方では「世界的」他方では「個人的」の両極に走つて、前者からは、「人類」の意識にもとづく「人本主義」が生れ、後者からは「個性」の意識にもとづく「個人主義」が生れたのであつた。その結果、その時代といへども、現実、人間的生存の形態をなしてゐることに変りはない、「民族」乃至「国家」といふ意識は後退し、ひいて民族的道徳性も後退を免れなかつたのである。

かくて、時代の道徳性は、「世界」と「個人」との両極に走つて、その中間に――即ち現実の、人間的生存の形態である、民族的・国家的結合体に――道徳的真空を生ぜんとする偏向に陥つたのであつたが、その真空を充塡せしめたものは、近代的の民族国家間の戦争であつた。勿論、いづれの国家も、わが日本のやうな、純粋の民族国家ではなく、伝来の民族的対立関係を内蔵せしめてゐる国家なので、純粋の民族戦争とはいはれないのであるが、しかし近代国家として、比較的民族統合の形をもつた国家同士のこととて、いざ戦争といふ場合は、当然、民族意識にもとづく道徳性の覚醒となるのであつた。各国とも、「父祖の国」とか「何国精神」とかいふ標語をもつやうになつたのは、その結果の近代的特徴であつた。

二

勿論、宗教・道徳・学問・芸術、その他人間文化のあらゆる方面に、——政治や外交に於てさへ——「人類」若しくは「世界」といふ、大きい範疇における性格のそれをもつことは、交通の発達による、文明の世界的交流に伴ふ自然の現象であつて、さうした拡大性を欠く限り、人間生活の進歩発達は期し得ないのであるが、しかしそれは決して、必然に、現実の人間的生存の形態をなしてゐる「民族」や「国家」の否定となるべきものではない。時間的に、縦に拡大された「歴史」の観念をもつ人間は、空間的に、横に拡大された「世界」「人類」の観念をもつのは当然で、それによつて、初め国家や民族の生存理由と生活価値とは増大せしめられるのである。「世界」とか「人類」といふ意識が、その中正を失つて、偏狭な「主義」となつて、現実無視、観念的昂奮に堕しては、無意味ともなり、害毒ともなるが、近代の歴史から生れて、その時代に、その観念的意義を自覚してゐる場合には、その時代に、ある役割をもつものであつたのである。要するにそれらの観念は、あらゆる意味の人間的交通が「世界的」となり、各民族、各国家同士の生活に、相互依存性が強められた、近代的現象の反映だつたので、それはまた、その時代の進歩発達の刺戟ともなつたのである。

しかしさうした「時代精神」が、民族的・国家的道徳性を強めるよりは弱める性質のものであることは拒まれない。この事実は、各国にとつて一種の矛盾となつてゐたのである。いづれにしても、世界的交通の単位をなすものは、民族的国家形態なのであるから、民族的道徳性の弱化は、現実、国と人との生存の弱化となることは疑ひないのである。

しかしてこの意味の弱化を防ぐものは戦争であつた。しかもこの近代戦争にもまた、今いつた意味からの矛盾があつた。戦争は、昔から、通じて行はれた領土拡張の戦争も、実は国家生存の経済の相互依存の作用を求めるものであつた。ただ経済交通の自由が、自然条件や国家条件のために妨げられてゐた古代、中世では、相互依存の作用は十分行はれ得なかつたので、同じ目的を、他の領土を獲得することによつて達せんとしたのであつた。近代では殊に相互依存の経済の妨げられることが戦争の原因となるので、大東亜戦も、敵米英のさうした態度に起因したのであるが、さうした世界的交通を企図する戦争が、同時に民族国家の存在のための民族意識・国家意識を強める作用をもつところに矛盾がある。しかしこの矛盾は、畢竟楯の両面であつて、森羅万象の生存様式のすべてにある二面性に他ならない。即ち「矛盾の合致」である。

戦争は、かく経済的相互依存の作用を求めるものではあるが、戦争そのものは、「依存」から「自存」への飛躍である。交戦国のすべては、必然に、民族的自存の機構に返つて、おのれにある生命の力のみに依存せねばならぬ。聯合国とか盟邦国とかいつても、それらが互に相頼るには、先づ自分自分の生命の力が充実されてゐなければ、共倒れを免れない。さうした場合の国家的総力を構成するものは、その生命の力を一方では観念的に、他方では科学的に、構成、組織せしめなければならない。それが戦時の国家機構に他ならないが、しかもその機構の大本となり根柢となるものは、民族的結合の強靭性そのものの他にはない。しかしてその強靭性は、民族的道徳性の紐帯によつて獲られる他に道はないのである。全民族を一塊として、その全的生命力を働かせる動力は、その意味の道徳性であつて、機構は、その動力によつて動く機械である。

近代戦の要求する「物量」の充実も、その目的をもつて科学的の物理的の全能力を働かせるためにも、先づその動力たる民族的生存の心的火力をもつことから、即ち民族的道徳性を堅持することから出発せねばならぬ。而して平時に於ける生活経済一般は、寧ろ民族に固有する「無意識的」の生産的衝動に依存し、且つさうであることが、殊更ら「意識的」であるよりも、民族的生命の堅実・鞏固をいたす道であるのだが、戦時に於ては、近代戦争が、国民全体の生活能力に依存する関係上「無意識的」に、人間的性能の全力を尽すだけの心的又行動的傾向を必ずしももち得ない、すべての国民を動員せねばならぬので、勢ひ、積極的に意識の覚醒を必要とする。

戦争が、人間の道徳性に対して、殊に、民族形態に基調をおく道徳性に対して、積極的効果をもつ所以はそこにあるのであつて、大きい苦難の戦争を経た民族が、——たとひ敗北した場合でも、国民形態の持続する限り、——偉大の国民として発達した例は古来少くなかつた。世界の強国中、ただ日本と、今の敵たる米国のみが大惨敗の歴史をもたない異例の国で、他の大国は、一つとして、さうした戦争の惨禍の灰燼中から再生したものでないものはない。日本は、今次の大東亜戦を経験して、始めて多くの国家と同じ歴史に培はれた国となるのであるが、その意味からは、わが民族と国家との前途は洋々たるものであることを感じるのである。

しかしそれは先づ何よりも、民族的道徳性の質と力量とに繋るものであることを知らなければならない。いはゆる国民文明の心的及び物的の諸の能力は、その一つ一つの性能の向上発達する前に、その根柢の力となるべき国民的道徳性に条件づけられるのである。人間的性能に於て万能である人間が、人類にも同胞にも、何の貢献をもなし得ないのみか、自己の生活そのものに惨敗する例の少くないのは、個人のことであるが、民族としても、さうした生存の条理に二つはない。ギリシャ人がローマ人の奴隷となり、ローマ人が北方の蛮人に制駁されたのは、ギリシャ人やローマ人等の文明の性能の低かつたためではなく、反対に、高い文明能力をもつた民族でありながら、遥か低級の文明をもつた民族に制圧されたのであるが、それは一つに、彼等の文明そのものが、民族的生存の法則を失つた結果であつた。いひかへれば、生存の機械的能力は、高度に又豊かにもちながら、その能力を全的に働かしめる動力即ち民族的道徳性を欠いたのであつた。生産を賤んで、奴隷の労働に寄食し、精神生活のみを亢進せしめたギリシャ末期の市民や、文化的創造力を欠いて、ギリシャの模倣に終始し、おのれの優れた民族性能であつた軍事、国防を、「蛮人」傭兵に委ねて、安逸遊惰の生活に耽つたローマ末期の貴族やはそれぞれ特殊の優れた生活能力をもつた民族の裔ではあつたが、その道徳性の頽廃から、さうした運命に堕したのであつた。

さういふ「末期的」民族は戦争をして、自己の民族の、道徳的の乃至生活一般の、力を奮起せしめるだけの潜在的生活量を失つてゐるので、常態ならば少くとも失火の際に予想外の重量を荷ひ得て自ら驚く位の婦人の力を奮ひ得る必死の場合にも、徒らに委縮して敗北に甘んずるより他はないのである。

いかに生活能力のある民族も、道徳性に欠陥ある時は、必死の戦ひにおいてさへ、全力を振ふだけの精神的緊張を欠いて、残敗者の憂き目を見ることは必然であるが、この意味の道徳性といふのは、ただ心の緊張に止まるものであつてはならないので、その緊張した心の作用すべき方向と領域とについて、十全の性能をもつことこそ、その道徳性に生命を与へる唯一の道であることを知らねばならない。空虚な「頑張り」は自己の生活力の働くべきところをも知らずに、心的動力を空費して、徒らに心身の疲弊を招くに止まる。むかしのギリシャの哲学者は、「意志」が人間的生活に対する指向力とそれの働く動力とに他ならないことを知つたのは、間違ひではなかつたが、彼等はその貴重なる「意志」を、人間的生活の法則に反いて、ただ「意志それ自体」としての力でなければならないと信じ、おのれを生かすための「意志」におのれを殺す力のあることを立証すべく、「意志」的におのれの呼吸を止めておのれを殺し、それで「意志」の力を示し得たことを、彼の世から誇らうとしたのであつた。誰も知る如く、洋語で「ストア的」といへば、意志を堅固に持つて、艱苦欠乏に耐へ、また道徳的情操を守ることを意味するのであるが、それは心的緊張の作用すべき領域をもち、その作用と指向とを誤らぬことでなければならない。

しかしそれだけでは、まだ道徳性を、われわれ一般人の生活に作用せしめる道としては足りないところがある。古来の道徳の学問が「士人」の階級のそれに偏してゐたために、肝腎の生活能力についての道徳性の涵養に資するところの少く、低い職業を軽んじなかつた孔子でさへ、樊遲の農を学ばうと願ふのを難じた。それは「士人」がおのれの階級のことは、職能を軽んずるのを難じたのではあるが、一般に知識、経験といへば、生活能力に関するそれよりは、道徳的乃至文化的性能に関するそれを意味してゐたのであつた。

しかし民族的乃至国家的生存は、民族や国民のある層やある階級だけによつて維持されるものではなく、全国民の生活の職能によつて保たれるものである以上、民族的道徳性は、ただに士人的職能の心性たるに止まらずあらゆる職能人の心のもち方でなければならない。それは戦時たると平時たるとを問はず、おのれの職能に対して全性能を傾けつくす心構へに他ならないが、その心構へは、ただ忠実、正直、勤勉、精励といふやうな、意志力や体力の道徳的指向たるに止まらず、職能についての性能の十全の発達を可能ならしめる力でなければならない。

先きに、生活の性能はありながら道徳性の欠陥のために、その性能の十分に働かない民族のあつたことをいつたが、それとは逆に、道徳性は備へても、生活の性能に乏しいために、衰退を免れなかつた民族も少くない。殊に宗教的心意に於て優れた民族にその例が多い。しかも概して東洋民族にそれが多いのは、道徳性が、生活から遊離して、ギリシャ人のそれが哲学的に偏したやうに、東洋民族の場合に、宗教的に偏したのである。殊に西方アジヤの強大な民族がさうした欠陥のために、弱小化された。ペルシャや印度は、その最も顕しい例であつた。

右の叙説によつても、道徳性乃至宗教性の、生活からの遊離ほど、民族的生存にとつて警戒すべきものはない。道徳性や宗教性は、生活の性能を低める力であつてはならないので、反対に、それを強め、又高める力でなければならない。東洋の道徳は、古来さうした生活面を軽視する傾きがあつた。しかしもし旧約聖書を「東方的」宗教性を代表したものと解すれば、それが寧ろ生活能力を重視してゐることは、東洋的宗教性が端初から生活軽視の性向をもつてゐたものではなかつたことを示してゐるのである。東洋民族の道徳、宗教に、生活からの逃避や遊離の傾向のあつたのは、恐らく、東洋文明が極めて早く殆ど史前時代に相当高度に発達し、西方の東洋人が、その遠い過去の時代に於て、早くも高級文明の弊をうけること、後のギリシャ市民やローマ貴族らと同じ運命に陥つてゐたためかと考へられる。

かかる東洋的傾向は、今日の東洋民族の多くに、多少の程度で伝承されてゐるといへよう。「東洋的精神」といえば、往々さうした伝統を意味するものと解されるのもそのためである。美術・工芸その他技術的なる性能の高く発達した東洋人は、近代の科学文明を摂取する十分の能力があるに相違ないのに、動もすれば東洋人自身、科学文明を軽視する風のあるのは、前述のやうに、生活から遊離した道徳、宗教の観念的偏向に毒せられたものと見て差支ないであらう。

東洋において、比較的さうした道徳的偏向に陥らないのは、わがやまと民族であつた。大陸の諸民族中でも、いはゆる支那本部の中心的民族たる漢人は、西域の諸民族よりは、その点で生活に即した観念的傾向をもつものといはるべきだが、ただその文明が全民族的でなしに、都市的であり階級的であつたので、多数国民生活を離れた都市的消費生活者の生活が中華的の観念構成の基調をなしたために、初めは民族的心理傾向によつて、「現実的」指向をもつて起つた儒教も、幾分ギリシャ的偏向を来し——殊にインド仏教の影響をうけてからは——生活軽視の道徳性に傾き、数億の民の、生産一途の実践生活からの遊離を免れなかつた。

わが日本においては、古代から大陸思想は移し入れても、道徳的にも宗教的にも、西方の東洋民族の反生活的傾向は承け容れず、従つて思想史的の独創においても、発展においても、彼等におよばない憾みはあつたが、しかし彼等が「観念」において達成せしめんとしたものを、われにおいては「生活」において達成することを得、道徳性や宗教性は、観念的にも、実践的にも、全国民的の生活それ自体に即して、構成され、また内蔵され、彼らにおける観念の道は、われにおいては、生活の道に他ならなかつた。「言挙げせず」とは、道徳性が、言語による抽象的表現をとらずに、生活に具体的に表現されることをいつたのであつた。

かういふ国民こそ、戦争が道徳性を刺戟するといふ場合、最も強くその刺戟を感受して、最も効果的にそれに反応し得る可能性をもつ民族なのである。戦争は、理念でも哲学でも言語でも命令でも教訓でもない、ただの「現実」をもつて、全国民の五体に迫るものゆゑ、頭脳の生活が同時に身体の生活であるといふ、わが日本人にとつては、それはわれわれの五体を打つと同時に頭脳を打ち、頭脳を打つと同時に五体を打つて、精神と肉体とを端的に奮起せしめるのである。

現に日本が乏しい物量をもつて、敵方の数倍十倍の物量の重圧に耐へてゐるのは、全く戦争のお蔭で、精神の力と身体の力とが、平時には予想されない質量を内蔵せしめてゐることを示し得たのである。その質量が今果して全的に発揚せしめられてゐるか何うか、そこに一層発憤を要するものがあるに相違ないが、さういはれるのは直接戦闘行動をとつてゐる前線にてのことではなく、戦闘行動でなしに生産行動によつて戦争してゐる銃後のことである。砲煙弾雨に浴してゐる日本人の道徳性は、その性能と職分との全力を挙げてゐるに相違ないが「戦ふ行為」が、平生的生産の形をもつてゐるものの場合、殊にさうした生産の戦ひに対する企画、経理、輜重〔しちょう〕の役にあるもの達の場合、果して、日本人的道徳性を全的に働かせてゐるか、そこに反省の要があるといふ声が相当に高い。

先きに、道徳性が生活の職能に作用せぬ限り、それは国民的活力と性能との強化向上に役立たぬことをいつたが、戦時において、一層その意味は強調されねばならぬ。

生産人の道徳性は、人格的道徳性以上に、職能的技能の推進力たるものでなければならないが、しかしそれは観念として意識されることなしに、生産の行動と心意とに具象されて、生産の質と量とに反映するものでなければならない。過去の倫理・道徳の学問がさういふ方面を閑却したのは、前述の如く、「士人」的生活の道徳性に偏向した故であつたが、しかしその場合でも士人的職能――政治、軍事、武道等――の質量を向上せしめるものでなければならなかつたのである。さらに職能的生活のみならず、日常生活一般において、士人道徳が極めて厳格であつたやうに、一般職能人の生活の規律も厳格でなければならなかつたのである。しかしそれは現実の生活に即して、生活そのものに具象されながら、士人の生活の道徳のやうに、道徳の学問としては取りあげられることが少かつた。今日は、その厳格な道徳性が、あらゆる銃後の職能人の職能そのものと、その日常生活とに、強く要求されるのである。しかもその要求が言語による命令の形で現はれねばならないやうでは、実は、平時の生活道徳の水準にさへ達し得ないといはれねばならない。何となれば、平時においては、殊に中世においては、生産人の生活の道徳ほど、「言挙げせず」に、生活の現実に具象されてゐる徳性はなかつたといつていい位であつた。然るに、戦争の刺戟を、頭脳と身体とに強く受けてゐる今日、それを「言挙げ」によつて強調する必要があるならば、国民各自、省みておのれを咎めなければならない次第である。殆んど「言挙げ」なしにそこに至つた、特攻隊の如きが生れたのは、日本特有の現象で、それこそ日本民族の伝統を「現代的」に発揚せしめたものだが、古来、生産人にして、おのれの生命をその職能に捧げた例に乏しくないことを想へば、国家的総力としての質量に責任をもつ人々もまた「言挙げ」を待たずして、平時において予想されなかつた質的のまた量的の、働きを示し得ないことはないはずである。ただ心強いことには生れて、生活の道徳性などを耳にも口にもしない若年の生産人にして、常にそれを耳にし口にする「文武」の「生活の哲学」を、その生産的職能と日常生活とにおいて具象して、つひに倒れた二、三の例を私は、知つてゐる。私はその例に鑑みて、さういふ精神と行動とに終始せんとしてゐる人々に、さういふ人こそ、おのれの生命の貴さを、もつと自覚すべきであると説いたことさへあつた。これらの人々は、全く前線の人々と同じく、戦争によつて奮起せしめられた道徳性を、身をもつて示した、標本的日本人といへよう。

古来の道徳は、さきにいつたやうに、士人を対象とした故に、主として消極を強ひる力でなければならなかつたのであるが、今日の道徳は、生活の性能を質量的に向上発展せしめる積極性をもつものでなければならない。が、かかる意味の道徳の積極性には二面ある。一つは、生物的の本能の生活を強化する積極的道徳性であるが、他の一つは、人間的生活を推進せしめるそれである。棄てられた牝犬が、その生んだ仔犬に食を運ぶのは前者であり、民族のため、国家のため、家族のため、全力を尽して、公私の責めに任ずるのは、後者である。

しかもこの二つの面は、後者は勿論だが、前者といへども、人間において全く失はれてはならないもので、さうして往々同時に、同じ人間に働くので、そこにもまた矛盾が起る。食料の欠乏の激しくなるにつれ、自己のため家族のため戦時的統制に反して食料を漁り求めるのは、今いつた、生物的本能の道徳性に他ならない。しかしさういふ人々も、強ちに文・武・生産、その他一般戦力増強の責任をゆるがせにするものとは限らない。一身を投げ出し、家をあげて、その責めを完了せんとする人間的道徳性の積極的の強さをもつとともに、その反面に、身のため家のための本能的道徳性の積極的の強さをもつものが少くない。

この二面は、ともに戦争に刺戟されて表はれた道徳性の特殊の形に他ならないが、その他、平常の生活の規律を無視し、日本人らしい躾を失つて、自他の親和を紊(みだ)すことを憚らないやうな態度に陥るのは、「反道徳」のやうだが、戦争のこの段階においては、その人々にいはせれば、戦争のこの段階においては、それは「反背」ではなく、「道徳」である。平時的生活の墨守こそ、現下の局面を解せざる「反道徳」であるとは、一般の、暗に、又は明かに、主張してゐる所であるといへよう。

しかし平時道徳を棄てて、戦時的のそれに移るにも、「本能的」と「人間的」との別がある。小売商人が、配給者となつて、官省の窓口の小吏のやうな態度に移変するのは、決して「戦時道徳」に適つてゐるのではない。それはおのれの「強味」をもつて、憚りなく、同胞の「弱味」に立ち向ふもので、昔の士人道徳のつとめて強調した規律に反くものといふべく、しかもその規律は、戦時といふことのために、不用になるべき生活の法則ではない。謙信が信玄に塩を送つたのは、異例であるにしても、それは敵味方の間柄でさへさうした「生活の協同」を忘れない、積極的道徳性の発露で、しかも戦時なればこそ殊に意味のある挿話である。軍人たると、官吏たると、商人たると、いかなる職能人たるとを問はず、その職能的性能と任務とに於て、果敢に、機敏であるべき他に、公正に、忠実に、親切に、又和やかであるべきは、平時の生活の規律であると同時に、それ以上に、総力の増強が生活の協同の科学性と道徳性とに依存し、殊に人心の和が、その大本に於て絶対条件をなしてゐる戦時において、一層確的に堅持されなければならない道徳性なのである。

戦争によつて、道徳性よりは、寧ろ反道徳性の刺戟されるやうな民族は、決して戦ひに勝ち得る民族ではない。人間を生かす道徳性としての力をもつが、それは本能が、民族的生命を支持すべき指向性をもち得た場合に限る。屢々(しばしば)内外の戦争のために、焦土に帰した死灰の底からいつも再起して、民族としての生命を持続せしめた、支那民族の如きは、さうした生活力をもつ東洋人のうちでも、殊に顕しい例だが、それは全く「観念」に現はれない、本能的道徳性の力であつた。しかもその本能的道徳性の指向によつて、生物学的結合の社会に近いほど強靱を極めた「生活の協同」を具現せしめることを得て、今日の中華民国を持続せしめてゐるのである。

しかしこれを全く「本能的」の生物的趨向と見るのは誤りで，それは実は、支那大陸の数千年の人間の歴史が、代る代るその地表に棲んだ大陸人に与へた試錬によつて築き上げられた「人間的」道徳であつて、ただその根柢を、本能的道徳性に置いてゐるものなのである。生物的本能性は、人間に於ては必ず民族の生活の歴史によつて、「人間的道徳」として再生産されなければならないのである。妻子の生存のために、本能性の蘇りたがる場合にも、個々の生物として生きてゐるのではない、人間としては生物の社会に於て、絶対的の強靭性をもつて成立してゐる、「生活の協同」に学んで、その本能性を、「人間的」に作り上げなければならない。戦争は、決してさうした人間に絶対的に必要なる、心的又行動的の操作を無用とするものではなく、一層必要とするものである。さうしてそれによつて民族完成の速度を著しく急速ならしめることは、歴史の教へるところである。

その人間の歴史としては、戦争は、恐らく永久に絶えないものであらうが、しかし理念としては、「生活の協同」が戦争によつて維持又発展せしめられなければならないといふことは、人間の世界よりは、寧ろ生物の世界の現実であると考へ、結局、戦争のない世界の実現のために、全人類が努力すべきだが、その戦争の絶えざる限り、戦争の人間に及ぼす効果の善良の面を最も確かに、作用せしめるに遺憾があつてはならないと思ふ。

（文芸評論家）

第三部　戦の日々

北九州空襲体験記

山口久吉

八月廿日、在支米空軍は不敵にもわが本土へ最初の白昼空襲を企てた。六月十六日、七月八日、八月十一日の前三回来襲がいづれも夜間、機数も僅かに廿機内外といふのに比して、白昼Ｂ29の超重爆を中心とする約百機の編隊を以て九州及び中国西部地方に来襲し、その企図は並々ならぬものがあつたが、わが果敢な制空部隊の邀撃と、的確な地上砲火を浴びて、もろくも敗走、しかもそのうち廿三機は確実に撃墜され、傷ついたもの卅機を超え、帰途、支那大陸に一機、海上に数機墜落といふ惨状を呈した。

八月廿日午後×時××分、小倉の町で門司行きの電車を待つてゐた私の頭上に突如無気味な警戒警報が鳴り響いた。

「やつぱり来たか」或る種の期待と一抹の不安がいひやうのない感情となつて、瞬間私の脳裡に錯綜した。八月十一日、敵の第三回九州空襲の直後、その被爆地視察のため東京を発つて、約一週間、北及び西九州を廻つて、明日は帰京と思つてゐたその日にこの警戒警報である。

私としては最初の空襲体験が果してどんな風に展開するか、この不安とも好奇心ともつかぬものが妙にこんがらがつた。

一巻第一号第

夕暮近い小倉の街は相当な人通りであつたが、鳴り渡るサイレンに街の表情はサッと変つて人といふ人がみな駈け出すのだ。工場へか、家庭へか、職場へか、みな思ひ〳〵に駈け出す、電車の停留所は見る間に黒山の行列を作つた。異様な緊迫感が私の胸をグッと衝く。最近の九州は、警戒警報から空襲警報までとても短い、長くて〇〇分ぎり〳〵まで警報を抑へて生産能率を護らうといふ意向らしいが、これを知つてゐる市民は早く自分の行きつくところについて一刻も早く防空態勢に就かねばならぬ、防空服装もしなければならぬ、水も張らねばならぬ、待避壕に掩蓋(えんがい)も置かねばならぬ、無論、警報が出れば空襲は必至なのだ。

ぐづ〳〵してはゐられない、母親も子供の手を引いて駈けて行く、緊張したこの街の空気はとても東京などでは味へぬ尊いものだつた。私と同じやうに電車を待つてゐた一人の主婦が、すぐに買物袋からモンペを取り出して穿いた、それがわざとらしくなくいかにも日常生活と防空生活がピッタリ板について寸分の隙もない、わが国のどの土地よりも九州がまづ率先、戦場化してゐることをしみ〴〵と感じた。

電車は身動きの出来ぬ満員だつた。そんな中にも、ひとり車掌だけは落着いて「さあ、こんな時です、お互ひに譲り合つて、押合はないで押合はないで」と冷静に忠告してゐる。車窓に流れる街の風景は、はやモンペを穿いた女、子供が壕に畳をのせたり、警防団が整列したり、すべてあわただしい戦闘準備である。門司へ行きつくまでは空襲警報が出ないやうにとのかすかな望みも空しかつた、警戒警報から〇〇分、遂に空襲警報は鳴つた。電車は速力をあげた、次ぎの瞬間、いつどこで敵機来襲待避しなければならぬかも知れぬ、私は少々いらだつて来た。しかし戦闘準備の整つた家々の待避壕では母親と一緒に子供達までが、何処から敵機が現れるか、みんな並んで夕陽傾く大空を睨んでゐるのだ。すでに三回の空襲体験を経ただけにそれはいかにも落着いた姿だし、そのまゝ美しい戦ひの構図のやうにも思へた。

電車が門司に着くと、私は急いで西部本社の編輯室へ駈けあがつた、だが、そのとたん、けたたましい待避の電鈴が大きな編輯室内に響き渡つて、誰と言葉を交す暇もない、すぐに待避だ、皆のあとについて階段を二つ三つ降りると、今度は窓から二間ほど下にある道路へ飛び降りた、社屋のすぐ脇が建物疎開で、その空地に三つ四つの壕が掘られてあつた、各々それへ飛び込んだ。

どんなことになるのか、まさか自分の壕の上へ直撃弾を受けるやうなことはあるまい、しかし二間先き、三間先きに爆弾が落ちたら一体どうなるだらうか、そんなことを考へながら廿秒、卅秒、呼吸をこらして身をひそめてゐると、やがてあちこちから高射砲の音が鳴り出した。いよ〳〵来たな、敵機はどんな姿をしてゐるか、かすかに爆音も聞える。ちょつと首を出してのぞいてみたい、壕の奥から僅かな入口の空間を通してそつと大空をのぞきあげたが、灰色の夕空のほかには何も見えなかつた。ものの一分も経つたと思ふ頃、「もう大丈夫だ」といふ声と一緒に、まはりの壕から皆のはひ出る気配がする、それに安心してこつちも壕からはひ出す、すぐに仰いだ大空には、私共の頭上を通り抜けて斜め上に敵機が四機編隊で小憎らしく翼を並べて飛んでゐる。高度は〇千米位だらうか、明らかにB29の巨体だ、夕空のせゐか色がどす黒く見える。高射砲が花火のやうに間断なく敵機の周囲に弾幕を張つてゐるが、その中をふてぶてしく通り抜けてゐる、むしろ驚いて逃げまどつてゐるのはあたりの小鳥どもだつた。その時何処からとなく、はやてのやうにわが攻撃機が二機現れてこの四機編隊に喰ひ下がつた、皆は思はず固唾を呑む、しかし下からの高射砲が危険で思ふやうに敵機に近寄れぬらしい。これを遠巻きにしては、時々高射砲の合ひ間を狙つて鋭く突込んだり、高く舞ひあがつては急降下を浴びせつゝ、そのまゝ敵機と共に海上遥か姿を消して行つた。一機でもいゝ、何とかして落したい、その念願に燃える時再び新手の敵が、今度は三機編隊で、前と同じ方角から現れた。ぐん〳〵私共の方に向つて来る、よく見れば友軍の一機が喰ひ下つてゐる、皆でしばらく見据ゑてゐたが、「もういかん、待避だ、待避だ」一斉に再び壕に飛び込む。

敵の三機墜つ

こんな待避を二、三度繰返したが、敵は一向に投弾して来る様子もない、あきらかに敵は○○を狙つてゐるらしい、しかし何とかしてこの小癪な敵を一機でもい丶、落したい、皆の念願が一つになつて逃げ去る敵機を睨んでゐたが、間もなくワーツといふ喊声が本社の表玄関、海寄りの方から揚つた。スハこそ撃墜、皆は夢中でその方へ駈け出した。何といふ痛快な光景だらう、敵の一機が白い煙の尾を引いて海上の密雲に姿を消さうとしてゐる、万歳！　思はず声を張りあげた。拍手があがる「態見ろ」といふ罵声も起る、この光景に見とれてゐる時、又々「敵機来襲」の声が私共を元の待避壕に呼び戻したが、もう度々のことに、皆は案外、神経が太くなつて、敵機の進路をはつきり見定めるまでは容易に待避しようとしないし、撃墜の興奮も手伝つて、またもう一機やつつけろと、じつと敵機を見据ゑてゐる。今度も四機編隊で、巨体にかすかな夕陽を浴びてやつて来る。しかし幸ひとその進路は、私共からそれて、社屋の真上を横に飛んで行く「このあたりでもう一機」誰かがそんなことを口走つたが、あたかもその註文に応じる如く、四機編隊の一番手前の一機が、ちよつと方向をずらせた。オヤッと思はず見つめると、スーッと尻から白い煙を引き出た。ワーッ、再びあがる喊声、拍手——見る間にその一機は他の三機から離れて行く、搭乗員の狼狽振りが眼に見えるやうだ。他の三機は平然と、同じ速度、同じ針路でそのま丶友機を見捨てて飛び去つて行く。見捨てられた機は、段々白い尾を太くして、大きく円弧を描きながら夕空を一周すると見る間に、グッと機首を下げて急速度に墜ちはじめた。ますます速く、山の端の彼方に巨体をドッとた丶きつけるその直前、真黒な煙と真赤な焔をパッと見事に噴きあげた。

「あ丶、こんな胸のすくものを見たら、もう死んでもい丶ぞ」再びはげしく起る拍手の中で、誰かがこんなことをいつた。しかしその時、矢のやうに頭上を飛去る一機、友軍機だ、見れば極くかすかながら白い尾を引いてゐる、見る間に飛去つて行つたが、無論、基地へ急ぐのだ。

「頑張つてくれ」「しつかりたのむ」言葉は荒いが、それを見送る皆の胸はいひ知れぬ感激にふるへた。

「落下傘だ」再び海岸寄りの電車道からドッと喊声があがつた。海上遥か白い小さな雲のやうなものが二つ三つ空にふわふわ浮いてゐるではないか。なるほど落下傘だ、その左方には又も白煙を引く敵機がすでに自由を失つていづくともなく落ちて行く。私はこんな不様な光景の中にはつきりアメリカ根性を見るやうな気がした。

かくて敵の全機は去つた。海も空も沈む夕陽に一面あかね色に包まれて空襲の興奮を湛へながら静かに暮れて行く。そしてすつかり夕闇がとざす頃には空襲警報も警戒警報も解かれた。

これが私の最初の空襲体験であり、九州へ最初の敵の白昼空襲である。敵機三機撃墜、それに敵の落下傘降下まで、まざまざとこの眼で見、旅の空で新聞記者として思はぬ幸運に恵まれた私は、この感激を東京本社に送稿するため、引続き西部本社の机で鉛筆を走らせてゐたが、同夜、深更になつて再び警戒警報が鳴り響いた。昼間の惨敗にも懲りず、敵は何を思ひあがつたか夜襲をかけて来たのだ。

警戒警報はすぐに空襲警報となつた。消燈した編輯室から手さぐりに階段を下りて戸外へ出ると、空は雲一つない星月夜だ。昼間とは違つて玄関前の土嚢を積み重ねた待避所に身を置いたが、卅分、一時間経つても敵機の爆音も聞えぬ。「敵機は○○島を通過、○時間後には我が頭上に」といふ情報はあつたがそれらしい気配もない。時折、友軍の哨戒機が頭上を飛び去るほかは、星座が一つ一つ手に取るやうな鮮かな夜空だ。土嚢の下では秋の虫がすだいてゐる、涼風さへ頬に心地いゝ。これが空襲下かと思へるほどの静寂さであつたが、約一時間半もした頃、突如○○の方角に火の手があがつた。続いて敵の盲爆による山火事といふ情報が入る。しばらく燃え続けたが、それ切り何の音沙汰もない。敵は昼間の惨敗に懲りてウンと高度をとつて侵入、しかもわが完璧の燈火管制と、水も漏らさぬ制空陣にたゞ一、二発、盲弾を投じたままで遁走したのだ。廿一日午前×時××分、夜の警戒警報も解除された。白々とあける編輯室の窓ぎはに、私は大空を仰いで冷々として朝の空気を思ふ存分吸ひ込んだ。

（筆者は本社（東京）文化部員）

美しき戦死

里村欣三

第一巻第一号

村田中尉は、快活明朗な青年将校だ。報道班が急に前進することになつたので、私は残留組の兵隊さんたち数名と共に、村田中尉の指揮下に入つて、そこの宿舎で一夜ご厄介になることになつた。宿舎といつても荒廃を極めた破家であつた。あたりは草原の丘が波のやうに起伏してゐて、敵機の眼から遮蔽するには余り適当な地形ではなかつた。二・三百米の丘陵のことごとくが散兵壕となりトーチカとなつてゐて、ここの屈強な地形が敵の陣地に利用されてゐたことがわかる。

部隊が草河を渡河する前に、このあたりの敵を鎧袖一触して蹴散らしたところだ。いはば衡陽防衛の第一線陣地だ。廟や農家はことごとく敵の兵舎になつてゐたらしく、村田中尉の宿舎になつてゐる農家にも、敵の被服類や弾薬類が夥しく遺棄されてゐた。新しい靴跡のついてゐないところを歩くのは危険だと、私はたびたび注意されてゐた。草原のいたるところには、未だに地雷が残つてゐるのである。しかし私は幾たび地雷の危険を忘れて、草原の丘をうろつき廻りたい誘惑に駆られたことであらうか。緑色の雑草に蔽はれた丘陵地帯が、波状型のやはらかな線を描いてゐる。雑草の丘には、すでに薄〔すすき〕の穂波が白く靡いてゐる。

どこか信州あたりの高原を想はせる風景だ。だが、この内地的な風景の上空に、ひとたび敵機の爆音が轟き渡ると、私のそのやうな甘い感傷は一瞬にケシ飛んでしまふ。私は眼を蔽ひ、耳を塞いで、大地に獅噛みつく。大地の鼓動が、はげしい電波となつて私の身体に戦慄をつたへる。やはり祖国の大地ではない。敵機の銃爆撃から、私を守り通してくれる大地とは思へない。草を分けると、毒々しい赭土泥の地肌が現はれる。親しみのある土の色ではない。いちどなど、私が草を分けて伏せた指の先に、黒い蛇がトグロを巻いてゐたことがあつた。場所を変へようと思つたが、直ぐ頭の上に憎々しいP40が一基、旋回してゐた。起つと敵機に見つかる。鋭い爆音が、心臓を冷やすやうであつた。私は慄へる手で草を毟つた。そして、それを振りまはしながら、私は蛇に頼んだ。

「おい、済まないが、そこを退いてくれ。私から見えないところまで、直ぐ逃げて呉れないか!」

しかし蛇は、弱虫の嘆願を嘲ふやうに、スッと鎌首をもたげただけであつた。しかもその蛇の鎌首をもたげた恰好が、何んと敵機の頭そつくりではないか！　ぬるぬると動き出した胴体に、アメリカの星条旗と同じ斑点と模様があるではないか。蛇は逃げてくれるために動き出したのではなく、もつと高く鎌首をもたげるためにトグロの輪を締めてゐたのだ。

私はゾッとした。

敵機の爆音が去ると、私はかばと起ち上つた。しかしあやまつて赭土に靴を滑らせて崖から転げ落ちた。その時、手に摑んで滑り落ちた草が、白い花をつけた鋭い棘のある草だつた。内地には、このやうな意地のわるい草があるとは思へなかつた。その時右手の親指と小指に棘が刺さつて、そこが化膿したために二三日悩み通した。

村田中尉の宿舎へ引揚げた日にも、私たちは七回敵機に見舞はれてゐる。農家の裏には、崖を穿つて堅固な防空壕が拵へてあつた。稲刈りの暇々を見て、中尉の部下の兵隊さんたちが掘り抜いた壕である。敵機の奴は、皇軍の遮蔽が巧みなために部隊や兵隊の姿が発見できないと、口惜し紛れにそこらあたりへ落下傘付の時限爆弾をバラまいて去る。爆音が遠くの雲間へ消え去つた後になつて、草原のあちこちへバラまいた時限爆弾が爆発して、白い煙をあげてゐるのを、私はたびたび見かけることがあつた。魔法壜だと思つて草のなかから拾ひあげるといきなり爆発した。道ばたに落ちてゐる万年筆や『スリーキャッスル』の缶も油断が出来なかつた。私はその日、たびたびの空襲に脅かされながら、村田中尉から笹川新一中尉のことを伺つてゐた。

敵機の爆音が聞えると壕のなかに坐り、爆音が去ると農家の藁を敷きつめた土間でアグラをかきながら、髭つ面の村田中尉がしみじみ語る言葉に耳を澄してゐた。

支那大陸でながらく戦つて来た将兵で、誰ひとりとして支那事変の解決といふことで心を痛めないものがあるだらうか？　支那派遣軍の将校の悩みは、そこにある。戦ひのたびに皇軍は重慶軍を撃破してゐる。戦へば必ず勝ち、攻めて陥せない戦区はなかつた。しかも戦ひは無限につづき、平和の曙光すら見出せない。

考へざるを得ないではないか！

この悩みを最も強く抱いてゐたのが、笹川中尉だつたといふ。京都嵐山の豪農のひとり息子で、京都帝大出身の文学士であつた。大学では東洋史を専攻されてゐたさうであるから、人一倍支那問題には関心が深く、且つまた支那の人情風俗にも通じてゐた。戦歴は長かつた。大陸五年間の戦場生活を通じて、支那に対する中尉の理解と知識とは、どれだけ深められてゐるか知れなかつた。

村田中尉は、軍務の暇を見ては中尉から支那の歴史と知識を聞かされることが一番の楽しみであつたと洩らしてゐた。資産家の父母の慈愛をひとり占めにして育てられた一人息子らしく、心の素直な美青年であつた。そののびのびとして素直な美しい心と同じやうに、背丈もすらりとして、男の眼にも惚れ惚れとする美貌の青年将校であつたといふ。戦場の蠟燭の灯影に照される美貌の横顔を眺めながら、幾度び笹川中尉から支那の古い文化と歴史について聞かされたことであらうか……。

嵐山に生れて、学生時代を京都で暮した中尉である。京都の古い文化には、支那の伝統とつながりを持つものがあるであらう。支那の文化と、文化的な施設を最も尊重してゐたのも中尉であつた。部下の兵に廟や寺院などへ宿舎を設営することを禁じ、戦場の荒廃した家屋内に古い書籍類が散乱してゐるのを見ても、涙を流すほどであつた。

文化の交流といふか、文化的な提携といふか、さういふ努力なしには支那事変を解決することが出来ない。作戦の不便を忍んでも、文化的な施設を行ひ、文化的な努力を傾けて民心の把握に努めなければ、支那事変の解決には見透しが立たないといふのが、中尉の意見であつた。わかり易く言葉をかへて言へば、支那の民衆に徳をほどこし、誠をもつて接するのでなければ、決して民心が摑めず、民心の把握なしに支那事変の解決はあり得ないといふことなのであらう。

愚かな私にも中尉の意見には理解が持てる。京都嵐山の良家に育つて東洋史を専攻し、戦場とはいへ五年間、この大陸で幾戦闘の苦しみを経た上に、幾多の支那人とも接触をもつてゐた青年将校である。高い教養を身につけ、しかも良家の古い伝統と躾けの中に育てられた人の純潔な悩みが、私の心にも惻々と通じるやうであつた。部隊が揚子江岸の安慶に駐屯してゐた時にも、中日文化協会の設立に骨を折りつとめて支那側の文化人と接触して、よろこんで彼等の意見を傾聴してゐたのも中尉であつた。若い将校ではあるが落着きのある態度であつた。

村田中尉がここまで話してゐる時、また「……ばくおんッ……爆音！」といふ呼び声であつた。炊事場の方では「火を消さんか！……水をぶつかけてしまへ！」と叫んでゐた。あわただしい靴音が乱れた。ブーンと私の鼓膜にも爆音が伝はつて来た。私は鉄兜をかぶつてゐた。

「さあ、防突壕（ママ）へはいつて下さい。一機ではない、爆撃隊の編隊らしい……。」

破れ窓から髭ッ面を突き出すやうにして、空の爆音に聞き耳を立ててゐた中尉が私を押しやるやうに叫んだ。爆撃機とすればコンソリーであらうか、ノース・アメリカンであらうか？　私は戸惑ひをしながら、急いで火を消したために濛々と白い煙が立罩（こ）めてゐる炊事場を抜けて防空壕へ飛び込んだ。同時にブルルーン……と一挙に地上を制圧するやうな爆音であつた。壕の掩体を透して、直ぐ頭の上から抑へつけるやうな爆音がひびいた。

「……六機だ。ノース・アメリカンだ、畜生‼」

村田中尉と、炊事にゐた兵隊たちが飛び込んで来た。はじめは壕の入口にゐた兵隊が「右、旋回……。三機は西南方向の部落上空を北東に向けて飛翔中、後三機は左旋回中……」などと一々報告してゐた。立去つたと思ふと、直ぐまた私たちの壕の上へかへつて来た。憎々しいほどの超低空で、農家の屋根スレスレに飛んでゐるらしかつた。

「おいおい、ここの家が臭いと思つてゐるんだぜ。お前らが煙を出すから……。」

「畜生！　鮒のフライの匂ひでも嗅ぎつけやがつたのかな？」

暗闇で兵隊の笑ひ声がした。湿つた壕のなかでシビレが切れるほどの、長い時間であつた。鮒といふのは、私たちにご馳走をしてくれるために、中尉の命令で池の水を干して捕へたものだつた。それをフライにしてくれてゐるのだ。私は急に空腹を感じて敵機の立去るのが待遠しかつた。壕を出ると、遥かな丘陵越しに白い煙が二ケ所から噴き上つてゐた。

「畜生奴！　餌物が見つからないもので、また渡河点を爆撃しやがつたんだよ！」

「飛行機が欲しいなあ！……いつか俺たちの中隊でも二百八十円三十銭也を取り纏めて献金したことがあるのだ。まだ日本には、飛行機が足らないのだらうか？……」

食堂に当てられてゐる土間の戸板の上へ食事を並べてゐる当番兵たちの声がした。私は胸のつまる思ひであつた。夕食は小鮒のカラ揚げだつた。支那茶碗に盛られた玄米飯は、兵隊が敵機の空襲の暇々に、水田の稲を刈取つて脱穀したものだつた。汁の実は、サツマ薯の葉である。漬物は、青いヘチマの実を切り刻んで塩で揉んだものだつた。

「兵隊の創意工夫には驚くでせう。青いものなら、工夫さへすれば殆んど、何でも食べられるものらしいですね。」

村田中尉が髭ッ面でニコニコ笑ひながら、竹箸で汁の実をつまみ上げた。夕食が済むと、私たちは椅子を庭先へ持ち出した。真夏だといふのに、もう肌に冷々とする夜風だつた。満月に近い月が登つてゐた。中隊の兵隊さん達が敵機の心配をしないで、のびのびと雑談に花を咲かせるのは、夕食後のこのひとときであつた。月の光がだんだんに冴えて、庭先が真昼のやうに明るくなつた。村田中尉のどんなに細かい表情でもわかるほどの明るさであつた。村田中尉がとつぜん鼻にかかつたやうな声で話しかけた。

「……笹川中尉がねえ……。常徳作戦の赫々たる戦勝のあとで、俺に呟いた言葉が忘れられないんだよ。敵の第六戦区を撃滅したのだから、それは作戦的には大勝利だが、部落は破壊される。良民は逃避する。田園は荒廃してしまふ。……そのやうな現状を見ると、俺は絶対に勝利の快感に酔ふことが出来ないと洩して、ひどく沈んでゐたことがあつたねえ。しかし後からよく考へてみると、その気持は、決して笹川中尉だけの悩みではなかつた。心ある将兵は、みんなその悩みをもつてゐたんだ。君は軍司令官の『将兵に告ぐ』といふ諭告を読みましたか？」

「沿道の辻々に貼られてゐるのを見ました。美しい文章なので暗記してゐるほどです。……諸子が日夜進撃を続けてゐる湖南の沃野に目を止めてみよ。山川の景色、農村の習俗といひ悉く諸子が故山の風物に相似たるものがあるではないか。諸子が故山を偲び、家郷を思ふの心は、湖南の民衆がその故郷を愛する心と目と同じである。諸子は今中国の戦野にあつて聖業完遂に身を捧げ尽してゐるが、諸子は必ず故山を愛し隣人と親しむ心をもつて湖南の郷村と民衆に接することと信ずる。また心に顧み苟も皇軍の面目を汚すが如き行為のないやう相戒めることであらう。……」

「さうだ。その心ですよ。それは軍司令官のお言葉ですが、派遣軍の将兵は八年間支那大陸で戦つて来て、幾多の苦しい戦闘を通じて、はじめてその大愛と道義に目醒めたといふべきでせう。心ある将兵は、みんなその心持でゐたんだ。笹川がこの諭告を見た時の、うれしげな顔が忘れられない。彼は美しい顔を少年のやうに紅潮させながら、胸を叩いて叫んだものだ。これだ、これだ、……これで俺の悩みも一遍に解消した！　こんどは、やる。こんどの作戦こそは、やり甲斐があるぞッ！」

しかし作戦の半ばで、残念にも笹川中尉は米空軍の銃撃の犠牲となつてしまつた。『クロ高地』は占領してゐたが、まだ『ワニ高地』では激闘が続いてゐた。『イカ高地』へは部隊が突入してゐたが、その方面も苦戦だつた。衡陽攻略戦の最も苦しい瞬間であつた。部隊長が戦線視察に出られることになつた。笹川中尉は部隊長の専属副官であつたから、勿論、部隊長の後から随行してゐた。部隊長が衡陽西站の広場を突つ切られて『クロ高地』へ馬を進められてゐた途端であつた。「敵機！」と叫ぶ暇もなかつた。左前方の丘陵の蔭から、爆音を消した米機P40が超低空のまま礫（つぶて）のやうに襲ひかかつた。バリッ、バリッ！ と肝の縮むやうな銃撃を真向から浴びせた。乗馬が乱れた。

瞬間、笹川中尉が部隊長の正面へ馬を乗り進めて、敵機の銃撃から部隊長を庇ふやうに両手をひろげた。旋回して、再び襲ひかかる敵機を護衛小隊が下馬して撃ちあげた。敵機が去ると、護衛小隊のうちの伝騎が二名と、石田少佐が重傷してゐた。部隊長も肩先に軽傷を受けられてゐたが、案ずるほどの負傷ではなかつた。

村田中尉が、落馬したまま倒れてゐた笹川中尉を抱きあげた。胸部の貫通銃創であつた。

「おい、しつかりせいッ！」

「部隊長は？……」

「おい、しつかりしろ、おい！……部隊長は大丈夫だ！」

頷くやうにして、目を瞑つた。それが最期であつた。

村田中尉は笹川中尉を膝に抱きあげてゐた。何んといふ神々しい死顔であらうか。どんなに苦しい戦闘の場合にも、身だしなみを忘れる中尉ではなかつた。顔には剃刀を当て、軍服の襟布も真新しかつた。靴も革脚絆も光るやうに磨かれてゐた。美しい、この上なく神々しい戦死の姿であつた。

「もう少し生きてゐて貰ひたかつたのに、惜しい将校を戦死させてしまつた。残念だッ……。」

部隊長が膝まづいて、笹川中尉の死体に合掌されてゐた。思はず村田中尉が、部隊長に答へてゐた。

「部隊長の馬前で、しかもこんな美しい戦死をとげたのですから、笹川は満足でせう。村田は羨ましいと思ひます。……」

笹川中尉の戦死の姿は、ほんとうにみんなから羨まれるほどの美しさであつた。美貌で、しかも長身の若い中尉が、キチンと身だしなみを整へて、村田中尉に抱かれてゐたのだ。山紫水明の嵐山に生れて、しかも名望の良家に育てられた青年将校の美しき戦死の有様を、私も十分に想像することが出来る。その葬儀の夜もまた今夜のやうな明るい月夜であつた。戦場の空には一片の雲翳もなかつた。そのさなかであつた。ふと、読経の声を圧し潰すやうな鋭い爆音であつた。月光を掠めて、憎々しい敵機が、祭壇の燈明をめがけて、まつしくら（ママ）に急降下した。「しまつた！」と思つたが、僧侶の読経は続いてゐた。部隊長をはじめ、誰一人として列を離れる者はゐなかつた。シーンとした息詰まるやうな光景であつた。バリッ、バリッ！……と四五発の銃撃を浴びせたまま、敵機は、何を思つたのか急に機首をあげて上昇した。そして祭場一杯に大きな円周を描きながら、超低空のまま旋回した。月の光ではつきり見えるほど、その機体に『サメ』の眼玉を大きく描いてゐるＰ51だつた。機首が『サメ』の頭に似てそり上がつてゐる。『サメ』とそつくりな米空軍の新鋭戦闘機であつた。その貪欲な『サメ』もつひに、祭壇の神々しさには挑戦を憚つたのであらうか？　口惜し紛れにあらぬ方角の蓮池のなかへ銃撃を加へながら飛び去つた。

昼をあざむくやうな明るい月光の中で、読経の声がしめやかに続いてゐた。

（報道班員、本社特派員）

バタアン残月

短篇小説

尾崎士郎

第二巻第一号

バタアン総攻撃に参加する宣伝小隊が編成されたのは三月十四日である。

第一小隊は、モロン西海岸に駐屯してゐる宣伝部隊と合流して前線へ配置されることになり、第二小隊は東海岸に待機してゐる北野隊に新しく配備を命ぜられた。第三小隊はオラニの線へ出て敵情の偵察を行ふ任務を課せられ、ほかに二つの準備小隊が編成せられた。

宣伝班長に従属してゐた私たちの小隊は、サンフェルナンドの戦闘指揮所に直属することになつてゐたが、そこで半月あまりを過すと、戦闘指揮所がオラニに移動するにつれて、班長とともにオラニに進撃することになつた。

オラニはバタアン随一の避暑地で、海に沿つてゆるやかに起伏を見せた大椰子の並木のかげに、漁村には珍しい小粋な別荘がならび、夕闇のふかさが心に喰ひ入るやうであつた。

表通りは爆撃をうけて、見るも無残に打ち砕かれてゐたが、裏通りには櫛の歯が抜けたやうに民家や民荘が残つてゐるのだ。それも昼のうちは、焼け爛れたトタンや、燃え落ちた民家の屋根が強い陽ざしに照りつけられて無気味な姿をさらけだしてゐるが、夜になると、月の光が美しい翳を描いて、裸一つで歩いてゐる兵隊たちの顔が絵のやうにうかびあがる。

砲撃は毎日早暁から夕方までつづき、夜になつてパッタリ途絶えるとオラニの町は急に元の避暑地にかへつて、うす気味のわるいほどのしづけさが沁るやうにひろがつてくるのだ。

昼のうちは、大抵がら空きになつてゐるニッパハウスの宿営も、夜になつて前線から連絡の小部隊がかへつてくると俄にいきいきとした空気にあふれ、しんと鳴りをしづめてゐたが、しかし、その日の戦果の反響はあかるく和やかなゆとりを刻々にもりあげてゆくのである。

この数日来、宿営の中はデング熱の患者で一ぱいになつてゐた。前線から連絡のトラックが来るごとにデングにやられた兵隊の数がふえてくるのである。

此処に待機してゐた宣伝部隊の大半もデングでやられた。一人去り、二人去り――毎日後へ送りかへされてゆく人数がふえてきた。

夕方、点呼のラッパで外へとびだすと、川の前の広場に卅人ちかい部隊員が整列してゐる。

川の向ひ側が本部の宿営で、月の光が川波に映り、あけ放した二階にはベッドがはりにした戸板を横にして眠つてゐる病兵のかげがくつきりとうかんでゐる。

高月少尉が佩刀を鳴らしながら出てきた。

此処に集結してゐる宣伝部隊員は、奏任待遇と判任待遇を合せて三十人あまりの数であつたが、昨夜から今朝にかけてデング患者が立て続けに十人あまり出来たので、前から寝てゐるものと合算すると、結局、健康な人数は十人足らずになつてしまつた。

「おい、どうしたんだ、みんな」

高月少尉はこの日、虫のゐどころがわるかつたらしく疳高い声で怒鳴つた。「集合がおそいぢやないか、――それでなくてさへ宣伝部隊員は近頃弛緩してゐるといふ噂が立つてゐるのだ」

空は満月で、川ぞひの広場は昼のやうに明るかつた。砂地にうかんでゐるひよろ長い影がすうつと流れるやうに動いて、

「みんな、デングでやられてゐるのです」

誰かが不服さうな声で言つた。

「デングでやられてゐるつて？」

高月少尉の声には突返すやうなひびきがこもつてゐる。彼は、矢庭に、

「気を付け！」

と、腹いつぱいの声で号令をかけた。番号をとると全員九人しかゐないのである。高月少尉は眼鏡越しに、ぢろつと凄味を含んだ眼で一同を見わたした。

「今夜は、見らるるとほりの月夜である。この月を眺めて感慨を催さぬものもあるまい。われわれが戦場にあつて、遠く祖国を思ひうかべてゐるときに、われわれの同胞もまた銃後にゐて、戦場に立つわれわれの身の上を案じてゐるであらう、見るひとの心ごころにまかせおきて高嶺に澄める秋の夜の月、——と古人も月の美しさを讃へてゐるが、鏡のごとき月を仰ぐとき、われ等の心は生れながらの童心にかへるのである」

演説のすきな高月少尉は、部隊員に気合ひをかけるつもりでしやべつてゐるうちに、つい、思ひがけない長広舌になつてしまつたのである。そこまで感慨にまかせてしやべつてから、彼はまた一段と声を励ました。

「常に月のごとき心をもつて暮してゐれば、病気にかかるといふことはない、病気にかかるのは心に隙があるからだ、宣伝隊員の大半がデングにかかつたといふことも、みんな戦場に処する心の構へが足りないからである、——進んで任務に携はるといふ精神がないから病気になるのだ」

高月少尉は、がちやりと佩剣を鳴らし、演説が終ると肩をそびやかして本部の方へかへつていつた。

その夜、私が、宿営の窓にもたれて、ぼんやり月を眺めてゐると、当番の浜田上等兵が、裏梯子からあがつてきた。

「ああ、此処にゐられたのですか、さつきからずゐぶん探しましたよ——となりの宿営にゐる地上勤務隊の兵士が、あなたにこれを見せてくれといつて持つてきたんですが」

彼は小さい紙切れを私の手に渡した。

缶詰の空缶に入れた蠟燭の灯ですかしてみると、紙の上には鉛筆で俳句が書きつけてある。

私は、顔を机に押しつけるやうにして読んでいつた。

炎天下征けども征けども蔗の花
カムチャ喰ふ顔が似てくる小休止
密林にひぐらしをきく命かな
ジャングルを伐りてはすすむ雲の峯
弾の下草萌えいづる土嚢かな
草の餅喰うて死にたし弾の下

そのときどきの感情を無造作にたたきつけていつたものらしい。俳句の数は二三十もあつたが、読むにつれて一つ一つの感情が文字の中からハッキリうかんでくる。

「これを読んでどうするのかね?」

「きつと陣中新聞に出してもらひたいんでせう」

「そんなことは造作もないことだが、実はおれには俳句のことはよくわからないんだよ」

「ぢやもう一ぺんよく聴いて来ませう」

浜田上等兵は暗い階段をおりていつたが、十分と経たぬうちに引つかへしてきた。

「さういつて話したんですが、もし都合がよかつたら、ほんのちよつとでもいいから会つていただけないかと言つてゐるんです」

地上勤務隊の宿営は昼のうちからがら空きになつてゐる。彼等の任務は密林地帯に軍用道路をつくつたり、戦場のあと片付けをしたりすることなので、夜あけ方から作業にとりかからねばならぬのだ。朝が早くて、夜が遅いので隣接する宿営に住んでゐても、ほとんど顔を合はすといふ機会はなかつた。

「ぢやあ、出掛けよう」

気楽に浜田上等兵について外に出ると、道路に面した宿営の前に、五六人の兵隊がひとかたまりになつて、焼け落ちた材木をかさねてつくつたべンチの上に腰をおろしてゐる。しかし、人間がゐるといふだけで顔はよくわからなかつた。

「やア、おそくなりました」

さういつて顔をつき出すと、

「これはわざわざ」

闇の中から、落ちついた声が聞え、一人の男が慌てて腰をずらして、私の坐る席をつくつた。

「どうも、さつきは、とんでもないものをお眼にかけて、――いや、何とも」

「ひと息に拝見しました」

私が、自分は俳句の心得がないので、どれがいいかといふことはよくわからぬが、もし陣中新聞に出すやうな意嚮があるなら、すぐでも尽力しよう、といふと、

「とんでもない」

しんみりと迫るやうな声が答へた。「そんな気持は少しもありません、唯、読んでいただきたいと思つただけです」

声から想像すると、五十ちかい、――人生の辛苦を嘗めつくした心のおちつきが、巧まざる和かさをひそめてゐる。顔が見えないだけに声の中から小さな感情の動きまでが汲みとれるのである。

闇の中から、手が一本ぐつと前へ伸びて、

「一ついかがです」

コップを私の胸先につきだした。

「やア、ありがたう」

水だと思つて、飲み乾さうとすると強い防腐剤の入つた酒のにほひがするどく来た。酒である。

「今頃はもう内地は桜が満開でせうな?」

うしろの方で渋りがちに呟く声が聞えた。

「さうだ」

と、年とつた分別のある声が感慨をこめてひびいた。「おれはまる三年間、桜の花を見たことがないよ」

「さう言へば、何時だつたか慰問文をくれた内地の少女の手紙の中に銀杏の若葉が一つ押花にして貼りつけてあつたが、やつぱり、晩春初夏といふ季節は日本でなければ味ふことができませんね」

「しかし、銀杏の押花なぞといふのは風情があるぢやないか?」

「それにね」

と、闇の中から眼だけがギラギラと輝いた。

「手紙がまた素晴らしいもんでしたよ、大川端を歩いてゐると、銀杏の若葉が風にゆれてゐるのが三味線の撥(ばち)のやうだと書いてありましたが」

「そいつは素的だ、――さう言へば内地には三味線といふものがあつたな」

あふれるやうな笑い声が起つた。話の様子ではみんな三十を超した人たちで、相当の教養を身につけてゐるらしい。私はさつき読んだ一聯の俳句の中に、「進駐や一冊の俳書捨てきれず」といふのがあつたことを思ひだし、

「失礼ですが、俳句は前からやつてゐられるんでせう?」

迂闊に、陣中新聞に出してやらうなぞと浅墓な物の言ひ方をしたことを後悔しながら訊きかへすと、

「いや、とても、そんな、――唯(ただ)出鱈目に書きつけてゐるだけですよ」

物やはらかな調子で言葉を外らした。名前を訊いても、

「私の名前なんぞ」

と、遠慮する気持にも作為のあとがなく、つつましやかに笑ひ興じてゐる人たちの一言一句にも奥床しさがどつしりと根をおろしてゐる。

「ぢやあ、いづれ」

といつて、あつさりと挨拶して立ちあがつたが、しかし闇の中にうごめいてゐた顔には印象に残るものは一つもなかつた。激しい戦闘のかげにかくれて、道路を掘りかへしたり、土を運んだりしてゐる人たちの、任務の中に溶けこんだ姿の美しさだけがしつとりと私の心に影を描くのである。

裏梯子をのぼつて宿営の二階へかへると、壁越しに、誰かの呻つてゐる声が聞えてきた。入口から覗いてみると、毛布にくるまつたまま苦しさうに顔をしかめてゐる。

「おい、浜田、――氷はどうした?」

呻くやうな声が聞えた。その男が寝返りをうつたとき、うしろの窓からさしてくる月の光で蒼ざ

めた横顔がくつきりとうかびあがつた。

「なんだ、高月さんぢやないか？」

寒さうに全身を顫はせながら、歯をがくがくと鳴らしてゐるのは、たしかにさつき本部の前の広場で、部隊員一同に気合をかけてゐた高月少尉なのである。

「ああ、――」

と、高月少尉はびつくりしたやうに私の顔を見あげた。

「まるで頭が焼けるやうです、ああ苦しい、失礼ですが水があつたら」

彼の額に載せてあつた手拭をおさへた。手拭をとると熱湯でしぼつたやうにあつくなつてゐた。禿げあがつた額からは湯気がのぼつてゐる。

そこへ、浜田上等兵が衛生兵をつれてやつてきた。

若い衛生兵は鞄の中から聴心器をとりだし、高月少尉の右腕にあててから、手の脈をはかつてゐたが、すぐ安心したやうな声で、

「これはデングですよ」

「デング？」

「――大したことはありません、此処にゐられると野戦病院は前線からの傷兵で一杯になつてゐるし、やつぱり明日、マニラへかへられた方がいいかも知れませんね？」

高月少尉は忌まいましさうに舌舐めずりをしたが、そのまま口を噤んでしまつた。

衛生兵は、

「高月少尉殿はあまり緊張されすぎたんで、デングにやられたんでせう、――」

さういつて浜田上等兵と顔を合せると、肩をすくめるやうにしてにやりと笑つた。

その夜は一晩ぢゆう、壁越しに聞える高月少尉の呻き声に悩まされてゐたが、夜中に、表通りに面した班長の部屋から人の話し声が聞えるので、寝巻のままで入つてゆくと、マニラから少し前に自動車で着いたばかりの「聯盟通信」の大江が生田と二人で班長を相手に、ウヰスキーを飲みながら、威勢のいい談論に花を咲かせてゐるところだつた。

高月少尉がデングにやられたといふことはもう全体に知れわたつてゐるらしく、夕方の点呼のときの気合のかけ方がすさまじかつただけに、気の毒だといふかんじよりも、つい可笑しさの方が先きに立つのである。

「それにしても早すぎるぞ、――デングにかかるのは心の緊張が足りないからだ、といつたとたんにデングにかかるといふのは、こいつは天の配剤とも言へないし」

生田が横腹を抱へながら笑つてゐる。

「貴公も一杯やらんか?」

班長が私に一杯勧めようとしたとき、表の通りではランタンの灯がいかめしく動きだした。闇の中で号令をかける声が聞え、整列してゐる小部隊の、粛然と鳴りをしづめてゐるのが夜眼にも物ものしく見えた。

海につづく空の色が明るいのは夜あけに近いせゐでもあらう。整列してゐるのは、隣の地上勤務隊らしかつた。

班長室の窓と、僅かな隙間をへだてて向ひあつてゐる二階の壁には、ランタンの光に照しだされた人影が、気忙はしさうにうごいてゐる。忍びやかな足音が階段をのぼつたり降りたりしてゐた。

私は、ウヰスキーを一杯ひつかけるとそのまま表の往来へ出ていつた。

街の片側には、僅かに五六十名の勤務隊が、それぞれシャベルや鶴嘴をかついで出発するところである。号令をかけてゐるのは、いかにも苦労人らしい相貌をした、四十ぐらゐの歳恰好に見える曹長で、ちらと、その男の横顔を見た瞬間、数時間前に闇の中で話しあつてゐた男ではないかと思つたが、しかし調子はまるでちがつてゐた。もし、さうであつたら、せめて別れの挨拶でもしようと思つたのであるが、そのとき小部隊は早くも向きを変へ粛然たる靴音を残して、うす墨をぼかしたやうな、夜あけの大気の中へ消えていつた。

班長室では、検閲主任の市島少尉が加はり、徴用員と、特派員との関係について、酒に煽られた談論は人事の微妙な問題にまで及んでゐる。

宣伝部隊の運営方法に一つの決定的な形があらはれて来てから、特派員といふ立場にも限界が生ずるやうになつた。その限界のために、ひとたび宣伝部隊の「任務」に帰一した筈の報道が、内地に残されてゐる各社の特殊性と知らぬ間に結びついてしまふやうな結果に陥つてしまふのである。つまり各社の競争を避けるためにつくりあげた制約が、競争を避けるといふ事実だけに重点を置いたために勢ひ戦況報道といふ大切な役割が溌剌たる動きを示さぬやうな状態を生じてくるのである。

私が、表の階段をのぼつてくると、班長の部屋では大江が岩のやうな身体をゆつたりと椅子に落ちつけたまま、吃々とした調子で弁じたててゐるところだつた。「重大な戦局の動きを前にしながら、特派員の気持が積極的になつてゐない、――こいつはいかんと思ひますな、自由競争の時代には材料をとることに必死になつてゐたやつが、勝手に内地報道をしてはならぬといふことになると、こんどは材料をお互に隠し合ふといふことになる、かうなつたら角を矯めて牛を殺すといふことになるでせう」

大江は、班長とひと談判するためにやつて来たらしい。

「――フリーランサー的な活動がむざむざ殺されるといふことを私は実にもつたいないことだと思ひますよ」

「ううん」

と、班長が苦しさうに上体をくねらせた。

すると、生田が、壊れかけた椅子を、じれつたさうに、ぎしぎし鳴らしながら、

「みんな、此処まで来て、生命が惜しいなぞといふ気持はもう爪の垢ほども残つてゐやしませんよ、さういふ人間が、仕事に対する情熱を失つてくるとしたら、報道任務の完全なる遂行が不可能になるのは当然でせう」

班長は、ポケットの中から手帖を取出し二人の言葉を丹念に書きつけた。

「こいつは一つ根本から考へていただかなくつちやなりませんな」

「それで、貴公は、どうしたらええと思ふか？」

「こっちから進んで参謀部に進言して、各自の仕事が一つ一つ生きるやうにしなくつちやいけないと思ひます、それには先づ宣伝班員の仕事を処理する大方針を決定することが必要です」

生田は、ちらつと腕時計を見て、

「もう五時だ――こいつはいけねえ」

といつて立ちあがつた。「島野少尉がデングでやられてゐるんで私がひとりで原稿の検閲をしなくつちやならないんですよ」

階段を駈けのぼつてくる靴音が聞え、間もなく杉田准尉が緊張した顔をして入つてきた。

「本堂中尉が昨夜からデングで寝てゐられますので、私が代つて御報告申上げます、今朝、戦闘指揮所から命令がありまして、明朝バランガ進駐といふことに決定しました」

「宣伝部隊はどうするのぢや?」

「戦闘指揮所の移動と同時に移動することになりました、その設営のために先発隊を派遣する必要があると思ひますが?」

「そいつは困つたのう」

班長は、まア、坐れ――といつて杉田准尉を横の空椅子に腰かけさせた。

「将校は一人残らずデングでやられてゐるぢやないか、仕方がないから貴公一つ行つてくれ」

「承知しました」

杉田准尉は無表情な声で答へた。「それからこれは私の考へですが島野少尉殿も高月少尉殿も、一応マニラへかへつて療養された方がいいんぢやないかと思ひますが」

「それも考へておかう、おれがひと先づかへつて処理しなけりやならん問題も残つてゐるが」

班長は机の上の書類をひろげながら、

「――貴公一つ、おれの代りに行つてくれぬか、軍政部の岸中佐と会つて、避難民の問題を解決してもらひたいのぢや」

「そんなら、私の自動車でかへられたらどうです、――私も一ぺん引返して来なくちやならないですから」

大江が勢ひこんだ声で言つた。起床ラッパが、あとからあとからと鳴りひびいてゐる。

「しかし、かう、片つぱしからデングでやられたんぢや困るのう、一体デングといふのは何かい？」

まつたく、——班長だけではない。デングに対する恐怖は今や全軍にみちみちてゐる。

南方特有の熱病の一種であるといふことだけは誰にもわかつてゐるが、これがほかの熱病とちがふところは、黴菌が何時肉体に喰ひ入つてくるのか見当がつかぬところにある。マラリヤのやうに蚊が媒介するのでもなければ、風邪が原因になるといふわけのものでもなく、どんなに健康に張り切つてゐる人間でも、ひとたびデングにやられると、たちまち四十度以上の高熱にかかり、長くて一月、短くても一週間は苦しみつづける。この熱病の特徴は、唯肉体を蝕むだけではなく、精魂気魄を根こそぎにもぎとつてゆくところにあるのだ。

戦場の勇士たちもひとたびデングにやられたら、もはや最後である。そんなら、マラリヤのやうに一度黴菌が潜伏したら半永久的に喰らひついて離れぬのかといふと必ずしもさうではない。一定の期間がすぎると、デングは風のやうに消え去つてしまふのである。

「通り魔のやうな熱病ですよ」

と、今まで特派員の問題について班長を痛めつけてゐた大江が言つた。

「デングといふ言葉は英語にはないさうですが、おそらくこのへんの方言でせう——ほかの土地でもデングにやられた人はたくさんゐるやうですが、バタアンのデングほど性のわるいやつはないさうです、大体、デングといふ名前がうす気味わるい、こいつはたしかに悪魔です」

さう解釈しなければゐられないほど、デングは眼に見えないところから忍びこんでくる。

「どうも私の見たところでは」

と、大江がからからと豪傑笑ひをしながら言つた。「威勢のいいことをいふと、すぐとびついてくるらしいですな、例へば、高月少尉が、部隊員に気合をかけたとたんにやられるなぞといふのは」

「それで貴公がどうしてかからぬのだ？」

「僕は言ひたいことをぢつと我慢してゐますから、デングの方でも眼こぼしにしてくれるのでせう、どうも私の観察したところでは平均して酒を飲む男はかかつてゐないやうですな」

「なるほど」

班長の顔が急に明るく輝きだした。「貴公はなかなかうまいことをいふ、——貴公もわしをあまり苛めると、すぐデングにかかるぞ、まあ兎に角、もう一杯やれ！」

椰子の並木を越えて、朝日の陽ざしをうけた海の色がいきいきと映つた。

私は朝飯がすむと、すぐ大江の自動車でマニラへかへることになつた。途中、グワグワ（地名）でひと休みすると、此処には山から出てきた難民が焼野原の上に幾つかの部落をつくり、町の片隅には大きな市場が出来てゐる。

グワグワで難民部落を視察したり、サンフェルナンドでひと休みして時間を過したので、マニラへ着くのが遅くなつた。大江の自動車で本部まで送つてもらひ、久しぶりで二階の企画班の部屋へいつたが、誰もゐないので、階下へおりてくると事務室から出てきた佐野少尉に会つた。

「もう帰られたのですか、実は明日の朝、班長に会ひに行かうと思つてゐたところですが」

佐野少尉はさういつて、急に声をひそめた。「何しろ、このとほりのありさまで、みんな前線へ行つてしまつたので本部はがら空きです、——この際、本部の空気をひきしめるためにも班長にかへつてもらはなくつちやならんと思つてゐますよ」

彼は、否でも応でも班長を引つぱつてかへつてくるといつて意気込んでゐる。宣伝の任務は今こそ強化さるべきだといふのが彼の意見らしい。

「——事実、これだけの激戦をして、もう最後の一歩といふところまで敵を追ひ詰めてゐるのに、市民はまだアメリカがマニラを奪還するといふことを信じてゐるんですからね、昨夜あたりのコレヒドールからの放送によると、日本軍は日ならずして全滅に瀕するであらう、増援部隊はすべて海の藻屑となり、それがために木下指揮官は極度の神経衰弱に陥つて屢々（しばしば）自殺を企てたといふやうなことを本気で放送してゐるんです、ところがそれに対して、こつちは当然打つべき手を打つてゐない、そりやあ前線の情報を探ることも必要でせうが、宣伝部隊の要員が全部前線へ出動するといふのは一考すべきことです、しかも前線へ行つたと思ふと、すぐデングにやられて後送されてくるといふに至つては言語道断ですよ」

「しかし、前線へいつてみると、人手が足りなくて困つてゐる——僕は今日かへつてきたのも、バタアンに溢れてゐる難民をいかに処置するかといふ問題を解決するためです」

「ああ、そんなことが」

と、佐野少尉はぶつきらぼうな声で遮つた。「そんなことが何です、難民の処理をするなぞといふことは、戦場における一現象に過ぎんぢやないですか」

「しかし、今は全力をあげて戦闘力を推進する時でせう、——大局をつかむといふことはもちろん必要でせうが、目前の現実はもつと切迫してゐる。これを放つたらかしておいたのでは将来の建設工作もがたがたになりますよ」

「その目前の現実が後方にあるんぢやないですか、難民を救済することよりも、市民の生活を安定することの方が重要ですよ」

さういふ議論の窮るところにも眼に見えない時間の喰ひちがいがあつた。つまり、それほど戦争の激しさが到るところに影を投げてゐるのである。私が宿舎の「ベービュー・ホテル」へかへつたのはその日の夕方で、窓をあけると落日に彩られたマニラ湾は、艶と輝き、正面には「コレヒドール」がうすれて見えた。

半月ぶりでかへつてみると、窓から見える街の風景にもおどろくばかりの変化があらはれてゐる。

今までブルーバアドの海岸通りは、もう二十時をすぎるとひつそりとしづまつて、月の美しい夜なぞはバタアン半島が砲煙につつまれ、その中で日夜敢闘が繰返へされてゐるといふことなぞも、うつかり忘れてしまひさうなほど自然のもつ閑寂さに心をひかれる。海底が岩礁のせゐであらうが、海藻が乏しく、潮のかをりがないので、月光をうつした海面を眺めてゐると山の中の湖水を前にしてゐるやうなかんじがするのだ。それが僅か半月の間に、樹立の闇を縫つてうごく人の数が急にふえて、ひそひそと囁くやうな声が夜おそくまで続き、防波堤の上にも人の影が点々と浮んでゐる。

「やア、かへりましたね？」

あかるい声で呼びかけながら入つてきたのは、この一ト月ほど前から親しくなつてゐる梅井少佐である。彼は軍司令部付の憲兵少佐で、宣伝班長の勝見中佐が大通りの斜め向ひ側にある、「アルハンブラ・アパート」に移つてから、そのあとへ引越してきたのである。

小柄で精悍なかんじが、ひきしまつた相貌の中にみちみちてゐる初対面の印象がよく、青年らしいハキハキしたかんじが私とは何時の間にか心を許して語り合ふやうな間柄になつてゐた。「みんなゐなくなつてしまつたのでまつたく張合ひがありませんよ」

少佐はしみじみとした声で言つた。


扉の外で人の気配がしたと思ふと、パジャマを着た一人の男がよろよろと入つてきた。数日前にデングで「オラニ」から引つかへした西である。

「何だ――君は野戦病院にゐるかと思つたら此処にゐたのかい？」

無精髭で埋つてゐる西の顔は病みほほけて見るも痛々しい位だつた。

「やられたよ、今度といふ今度は」

力のない声で、西は苦しさうに片隅にあつた私のベッドへぐつたりと腰をおろした。

「まるで地獄の苦しみだ、――昨夜は、僕のベッドの前を人が往つたり来たりしてゐる、何時の間にか街が出来やがつてゐるんだ、おどろいたね、やつと人通りがしづまつたと思ふと、こんどは小さな坊主が出て来やがつてね」

「坊主が、――？」

「そいつが、君、僕を苛めるんだよ」

「まさか」

「いや、さうなんだ」

ぼそぼそと途切れるやうな声で言つた。「何かいふとすぐ反対するんだよ、おい、喧しいから静かにしろ、といつたら、旦那まだ四時ですよ、といふんだ、――こいつと思つて起きあがらうとするとたんに眼がさめたが、おどろくぢやないかね、君、時計を見るとほんとに四時なんだぜ」

西は、深い呼吸をするのが苦しいらしく、自嘲的な微笑をうかべたと思ふとすぐ顔をしかめて、

「僕はどうしても悪魔の仕業だと思うよ、もう何を考へる気力もないし、――それに、夜中に坊主が出てくるなんて」

「その坊主は」

と、梅井少佐が言つた。「どんな顔をしてゐましたか?」

「よく覚えてゐませんね」

私はそつと西の額に手をあててみた。芯から燃えるやうな熱さがねつとりと汗ばんだ皮膚をとほしてぢりぢりと迫つてくる。

「こいつはいかんよ、――寝てゐなくつちや?」

「いや、不思議なことばかりだ」

西は、私の顔を見あげながら、

「実は、さつきからあんたのことを恨んでゐたんだ」

「おれのことを?」

「それがね、此処へ中村参謀がやつて来たんだよ」

「ほんたうかい」

「夢なんだよ」

長い息を吐いて、しばらく口をもぐつかせてゐたが、すぐ、にやりと笑つて、

「コレヒドールがすぐ眼の前に見えるんだ、高い丘があつてね、そのてつぺんでダンスをしてゐる男がゐるんだ」

「面白い夢ですな」

と、梅井少佐が不安さうに眼をしばだたいた。

「それがハッキリ見えるんですよ、すると、中村参謀が、あれは誰だといつて誰かに訊いてゐる、そこへ君、あんたが不意に入つてきたんだよ」

西はぼそぼそと、たるんだ声で言つた。「ところが、入つてくるとすぐ、あれは西ですよ、といふんぢやないか、僕はひやりとしたね、さう言はれればたしかにそんな気がしてくるんだよ」

「それで、——？」

「中村参謀はしばらく望遠鏡で見てゐたがね、やつぱり西だといふんだ、僕はそのときぐらゐ君を恨んだことはないよ、話してしまへばバカバカしい夢なんだが、君は前線へ行つてゐるからこんなところにゐる筈はないと言ふと、また坊主が出て来やがつた、なあに彼はかへつて来てゐますよ、といふんだよ、それで眼が醒めたんだが、ぢつと聴耳を立ててゐると、たしかにとなりで話し声が聞える、おどろいたね、半信半疑で入つてみると、ちやんと君がゐるんぢやないか」

月光に照らしだされた防波堤の上に人の影がちらちらと動いてゐる。——二人とも、しばらく黙つて向ひあつてゐた。

やつと梅井少佐と二人がかりで西の身体を両方から支へ、となりの部屋までつれていつてベッドへ寝かしつけた。

横になると西はそのままぐつすり眠つてしまつた。

壁につづいて置いてあるテーブルの上には小さな額に入つた彼の二人の娘の写真が飾つてある。

部屋を出ようとするところへ衛生兵がやつてきた。

彼はぐつすり眠つてゐる西の体温を測つてから、

「これはひどい」といつて顔をしかめた。「ぢつとしてゐてくれるといいんですが、この人はすぐ起き出しては外を歩き廻るんで」

「どうなんだい、経過は？」

「どうも思はしくありませんね、熱が少しも下らないんですよ——何しろ氷嚢もあてないで寝てゐるんですからね」

「ぢやあ氷を入れてやればいいぢやないか」

「ところが、手が廻らないんですよ、これで、あと二三日熱が下らないと危険な状態になりますからな」

「すぐ軍医を呼んだらどうだ？」

「ところが、どこへいつてもデングとマラリヤ患者ばかりですからね、来てくれといつたつておいそれとは来てはくれませんよ」

「よし、ぢやあ、おれが呼んでやらう」

梅井少佐がさういつて立ちあがつた。「氷もおれの部屋にあるからとりに来いよ」

廊下の外へ出ると、若い衛生兵は急に声をひそめて、

「私の考へぢや、癒つてからでも西さんはよほどぢつくり静養しないといけませんね、――夜になると、ほとんど絶え間なしに囈言（うわごと）を言つてゐますから、これぢや疲れるでせう」

衛生兵をつれて自室へかへつてゆく梅井少佐と別れて、私は久しぶりでシャワーを浴び、あたらしいシャツに着替へて、蚊帳の中へ入つた。あけ放した窓から来る夜風は生ぬるく、疲れすぎてゐるせゐか神経が冴えて眠れなかつた。

少し、うとうととまどろみかけた頃、窓の下から、すすり泣く声が聞え、それが次第に高くなつてきた。

「泣く奴があるか、――泣いたつて仕方がないぢやないか？」

英語でしゃべつてゐるのだ。あたりがしいんとしてゐるだけに声が闇をつらぬいてしつとりと迫つてくるのである。

私は思はずとび起きた。そつと窓から首を突出してみたが、榕樹の葉がふかく垂れ下つた広場には人の姿も見えなかつた。月のあかるいマニラ湾には日本の駆逐艦が一隻、黒い影をうかべてゐる。かすれるやうな泣き声は街角から右へ曲つたらしく、やがてパッタリと途絶えてしまつた。

「灯を消せ、――灯を」

街の方からするどい叫び声が聞えたと思ふと空の一角から、だしぬけに飛行機の爆音がひびいてきた。

石川達三

短篇小説

沈黙の島

第二巻第八号

比島作戦が始まつて間もなく従軍した私はバタン半島の戦場で肩に傷を負ひ、マニラの病院で四ケ月の療養生活を過した。それから再び原隊に帰つて南部ルソンの警備につき、二年以上も勤務した。そのあひだにタガログ語を習得して原住民と自由に話せるやうになつた。

敵米軍の作戦がニューギニアから更にレイテ島に及んで、私たちの部隊にも多忙な日が来た。某日、私は補充部隊に加はつて船団と共にレイテに向つた。出発した翌朝、敵機の大空襲を受けて船団は分散し、あまつさへ私の乗つてゐた輸送船は航行不能の大損害を受けた。私は数名の部下と共に燃える船を見すてて小型発動機船に乗り移つた。その夜から、敵味方ともに一時交戦を中止しなければならなかつた程の、例の大暴風雨が襲うて来たのである。船具は流され機関は停止し、五人の戦友のうち三人までも激浪にさらはれてしまつた。私と高野伍長との二人は水びたしになつた船にからだを結びつけて辛うじて浪との戦ひを続けた。さうして約三十時間ののち、どことも知れぬ小島の岸に船もろとも叩き上げられた。

やがて嵐はやみ、日が照つて来た。高野伍長は手際よく私たちの服を乾かし、近くの草むらから野生の南瓜を探して来た。私たちは生の南瓜をかじり、さて、レイテ島の部隊に行く方法を考へねばならなくなつた。見渡したところこの島はフィリピン群島の中の一つには違ひないが、周囲二マイルもあるまいと思はれる小島で、嵐の止んだあと、人の気配もなく一筋の煙の上るのも認められず、ひつそりと静まり返つて、草むらに野生の花々が烈々たる赤さで咲きさかるのみであつた。或ひは無人島であるかも知れない。

「とにかく島をひと廻りして見ませう。何か食糧が見つかるでせうし、もしかしたら友軍が来て居るかも知れませんからね」

高野伍長は疲れを知らぬ強健な青年であつた。彼の元気を頼みにして私は力の抜けた足を引きずるやうにして歩きだした。すると、僅か百歩も行かないうちに木陰の岩の上に横たはつてゐる三人の原住民を見つけた。彼等は一家族らしく、やや年のいつた男とまだ若い男とその女房らしい女とであつたが、岩の上にだらしなく横たはつたまま一房のバナナを静かに喰つてゐるところであつた。私たちが近づいて行つても別に気にも止めず、何の興味もなささうな様子である。

「この島に日本軍が居るか」と私はタガログ語で厳粛にたづねた。若い男が横を向いたまま黙つて首を振つた。私は重ねて「それではアメリカ軍が居るか」と聞いたが、男は同じやうに首を振るばかりであつた。高野伍長がたまらなくなつて、バナナを売つてくれないかと軍票を出すと、女が三本のバナナを差し出したが軍票は受けとらず、岩の向ふの草むらへ行つてだらしなく横になつた。いかにも私たちの訪問をうるさがつてゐる様子であつた。タガログ語は明らかに通ずるのだが、三人ともひとことも口を利かないのが何か不気味であつた。女はぼろぼろの腰布一つをまとひ、男も僅かに腰を掩ふだけの布切れをつけただけで、体格はインドネシヤとは違つて、むしろダイヤ族のやうな頑丈な骨組みをしてゐた。肉豊かな女の裸形は緑の草と草の花むらとに囲まれて名画のやうな美しさを示し、しばし私の眼を恍惚とさせたが、高野伍長の言葉が私の楽しい幻想を破つた。

「こいつ等は随分なまけ者らしいですね。よほど食糧の豊かな島なんでせうね」

伍長の関心事は食糧問題であるらしかつた。彼は額に手をかざして島の高みを眺めてゐたが、

「ああ、あそこに立派な家がある！」と言つた。指さす方を見ると小高い丘の頂きに近く木造ではあるが大きな平たい草屋根と広いヴェランダ風な廊下のついた家が椰子や檳榔樹やタコの木の茂みの向ふに見えてゐた。丘の頂上は不思議な形の巌石が突兀〔とっこつ〕として天に聳え、その一番高いところが僅かばかり平らになつて低い白雲のなかで見えかくれしてゐた。「あの家は誰の家か」と私は若い方の男にたづねた。すると彼は手を振つて奇妙な声を発した。ああといふのでもなくわあといふのでもない、言葉にならない声であつた。

「ははあ、こいつ等は唖だね」と高野伍長が独りごとを言つた。

「あの家へ行つて見ようか、高野伍長。何とかなるだらう。この連中はどうも相手にならんよ」

「さうです、何とかなるでせう」

伍長は棒切れを拾つて細い道の両側から垂れかかる草の蔓を払ひのけながら歩きだした。私もその後につづいた。そして二十歩も行くと伍長は黙つて立ち止つた。彼の足もとには明らかに一年以上も経つた人骨が白く横たはつてゐた。葬られたものではなく、死に倒れてそのまま捨てられてゐるのであつた。私たちはこの島に漂ふ冷たい鬼気を感じた。伍長と私とは白骨をまたいで進んだ。そして三十歩も行くと伍長は再び歩みを止めた。彼の足もとには二つの白骨が横たはつてゐた。

「何だらう！」

「わかりませんなあ。この島の奴等は埋葬をしない習慣でもあるのでせうか」

「しかし見ろ、高野伍長、この頭蓋骨には明らかに刃物の傷跡があるぞ」

「これあ用心せんといけませんわ」と彼は呟いて、腰の軍刀をすらりと抜いた。私は拳銃をとり出して安全装置をはづした。伍長はふり向いて木の間がくれにさつきの三人の様子をうかがつた。しかし男たちはやはり岩の上に寝そべつてバナナの皮を剝いてゐた。


道はそこから次第に爪先上りになつてゐて、ところどころに荒れ朽ちた原住民の家があり、同じやうに怠惰な姿をした人影を見た。しかし私たちに向つて何の興味も示さず、害意も見せなかつた。道路は以前は四メートルもあつたらしいが今は草に蔽はれて、僅かに踏み馴れた一筋だけが残つてゐる。相当の部落が次第に荒廃して来たものであらうと思はれた。途中で私は二度ばかりも原住民に言葉をかけて見たが、不思議にも誰一人として満足な言葉で答へるものはなく、啞のやうな奇声を発するばかりであつた。


やがて私たちは丘の中腹にある例の大きな家の前まで来た。この家が何であるか、判断に迷うて二人は前庭の入口に立ち止つた。すると日陰になつた広縁から立ち上る白い衣服をきた男の姿を見た。男は跣足のまま足早に階段を降りてくると、芝草の中で一度立ち止つて私たちの姿を注視してゐたが、

「ああ！日本の軍人だ、あなた方は日本の軍人ではありませんか」と、いくらか巻き舌の、しかし明瞭な英語で叫んだ。言葉は英語であるが人種はインドネシヤの系統と思はれた。私たちは始めて言葉を話す人間にめぐり会つた。彼はもう五十過ぎの年輩らしく、慇懃に私たちを広縁に導いてタコの葉で編んだ敷物をすすめた。私はタガログ語で漂流の次第を語り、レイテ島に渡る方法を訊ねた。

「この島には船といふものは有りません。向ふに見えるあの隣りの島から月に一度づつ私の為に船が来ます。十日ほど前に来ましたから、もう二十日ほどの間私のところで休息しておいで下さい。向ふの島からは時をりセブ島へ行く船便があります。あなた方はセブからレイテへ行かれるのが便宜です」

淡々と語りながら相手は木皿に盛つたマンゴーを私たちにすすめ、自分も喰つた。空腹の高野伍長は遠慮なく四つも五つも喰つてゐたが、私はこの一両日の疲労が出て何よりも先に眠りたかつた。

「この島は妙な島ですな。白骨は道にころがつてゐるし原住民は唖が多いし、一体どうした訳なんですか」

「ああ、その事ですか。始めておいでになつた方は愕かれるでせうね。私は馴れてゐますからもう何とも思ひませんが……」

さう言つてからこの男は眩しさうに眼の下に続く原住民の部落の方を眺めた。午後の烈日が草むらを焼いて、物凄く湿気の強い草いきれが流れこみ、眩暈がしさうであつた。相手はそれから物静かな口調で島の物語りをはじめた。それは誠に奇怪な物語りであつて、睡魔と戦ひながら聞いてゐるうちに私は、自分自身がこの奇怪な島の奇怪な物語りの中の一人物であるかのやうな、不思議な幻想に引きずり込まれて行くのであつた。

「この島の名は高島と云ひます。現在この島は向ふに見える長島の大酋長の支配下にあります。私はその大酋長の代理としてこの島を治めに来てゐるのです。この島にも一年まへまでは大酋長カルクライが居りました。カルクライは一族の神祀りの司でもあり戦ひの指揮官でもありました。その頃の高島の一族は慓悍無比と言ひませうか好戦的と言ひませうか、何百隻のカヌーを連ねて長島の岸を襲ひ、戦ひの度毎に必ず勝つたものでした。今でもここの原住民の骨格の頑丈さは昔の武勇を物語つて居ります。長島の大酋長は戦ふ度に敗れて和を乞ひ、女たちと、女が織つた布と、船と、それに武器とを奪ひ取られたことは十回以上にもなるでせう。現に私の父はさういふ戦ひの中に死し、私の母は私を産んで二年目にカルクライに奪はれてこの島に連れて来られました。

長島の大酋長はこの悲運を挽回する為に島の中に強力政治を断行しました。その第一の指導綱領は（不言実行）と言ふことでありました。さうして戦力の蓄積、船の増産と武器の増産、そして次に精神の鍛錬とを唱道したわけであります。最後の一人まで戦ひ抜かうといふ精神、島の伝統を守り島の名誉を護つて死なうといふ精神を養ふために、朝となく夜となく島の一族にむかつて指令を発したものでした。そして一時はたしかに強くなりました。カルクライの一族を岸辺から一歩も上げずに追ひ返したこともありました。しかしそれは一時に過ぎませんでした。間もなく島民は大酋長の絶えざる要求の連続に疲れて来た。疲れると文句が言ひたくなる。大酋長のやり方を批判したくなる。大酋長は不言実行の鉄則に照してさういふ者を峻烈に罰しました。

その後、高島との戦ひが起る度毎に、長島の方の戦力は加速度を加へて低下して行きました。一年五ケ月ばかり前の戦ひの時などは殆ど一戦をも交へることなく、みな武器を捨てて自分の家の中へ逃げこんでしまつた。敗けることについて新たなる憤りも悲しみも湧いては来ない、さういふ無気力な民族になつてしまつたわけです。敗戦が彼等の精神を根本的に破壊してゐたものと思はれます。さうして又しても女たちと、女の作つた織物と武器と船とを奪ひとられてしまつたわけです。

大酋長はこの敗戦の直後、全島民を集めて大会議を催しました。会議は山の上の平らな草むらで、日のかげりはじめる頃から夜を徹して行はれ、たうとう翌日の正午までつづきました。大酋長は会議の最初に立ち上るや涙を流しながらかう言ひました。

（長島の一族の者よ。自分は今日まで百方手段を尽して高島のカルクライとの戦ひに勝つことに努力して来た。しかしながら今や自分の為して来た努力が全く無駄に終つたことを知つた。神様から授けられた自分の智慧はもう無くなつてしまつた。一族の者よ、お前たちの中に神様から良き智慧を授かつた者が何人か居るかも知れない。お前たちの智慧を一族の為に捧げよ。今後この月が再び盈ちるまでにお前たちの智慧をことごとく自分の前に差し出せ。お前たちは今まで体をもつて戦ひの準備をして来たが、今はお前たちの智慧をもつて戦ひの準備をしなければならない。自分はお前たちの智慧に従ふであらう。）

この言葉を聞くと最初に一人の青年が立つて自分の考へを申し述べました。それは平凡な考へで何の取り柄もありませんでした。しかしそれをきつかけに老人も青年も女たちも次々と立つては意見を語りました。彼等には語りたいことが無限に有つたのです。そして弦月が血にまみれた昨日の戦場の浜辺の波を光らせながら西に沈むころからは、殆ど全部の群衆がわめきあひ叫びあふやうな混乱にまでなつてしまひました。誰の意見を聞いて見ても大酋長より賢い考へはありません。みんな平凡な考へをわめいて居るばかりでした。大酋長は山羊の毛皮を草の上に敷きその上に胡坐を組んで一同の言葉に耳を傾けて居ました。私はその時の情景を忘れることはできません。月が沈み、日が昇り、さうしてその日の驟雨（スコール）が来るころになると、全民衆の混乱した意見は次第に融けあつてただ一つの意見にまとまつて行つた。その意見といふのは、もう一度戦はうではないか、戦つて必ず勝ち、奪はれた妻と母と娘とを奪ひ返し、さらにカルクライの一族の女たちをことごとく奪ひ取らうではないかといふ事でありました。昨日は一戦をも交へずに武器を捨てて逃げた者が、僅か二十四時間ののちにどうしてかういふ強烈な戦意を回復したのか、私には不思議でなりませんでした。最後に大酋長は決断を下しました。

（一族の者よ。お前たちの意見は悉く自分の意見である。向ふ六ケ月のあひだにあらゆる武器を造り船を造らう。六ケ月の不自由に耐へよ。そしてその時が来たならば奪はれた女たちを悉く奪ひ返し、さらにカルクライの一族の女たちを悉く奪ひ取らう。お前たちの造る船は、奪ひ取る女たちを乗せる分だけ余計に造らなければならぬ。）

大会議の最後は盛んな歓呼の声を以て終り、群衆は口々に彼等の意見を語りあひながら山を下りました。その頃、この高島のカルクライの一族の間では盛んな紛争がはじまつてゐました。奪ひ取つて来た女たちと織物と武器と船との分配のことで民衆は口々に自分の武勲を誇りあひ、一歩もゆづらず、はてはカルクライの住んでゐたこの家をとり巻いて大酋長に直接訴へる民衆がひしめき騒ぐといふ有様でありました。大酋長はまる一日のあひだ民衆の訴へを聞いてから判決を下し、各自の武勲に応じて分配を決定しました。ところがその恩賞は上に重く下に軽く、却つて下層民の不平を誘発しました。それと今一つは戦ひで良人を失つた女たちに慰藉の方法がとられなかつたことと、良人が奪つて来た女に対する妻の側からの嫉妬とで、民衆の間では夜も昼も紛争が絶えず、大酋長の邸のまはりは訴への男女でひしめき騒いでゐるといふ状態になりました。

大酋長は民衆の騒ぎを邸内で聞きながら自分の島の将来を憂へて居ました。このやうな民衆の無智な発言をそのままに許して置いてはやがて島内の秩序は失はれ、遠からず長島の復讐に会つて敗北の憂目を見るに違ひない。民衆は大酋長の命令に黙々と従ふ者でなくてはならぬ。服従の精神なくして軍の秩序は保ち得ない。民衆の発言を封ずるに如かずと大酋長は考へました。

その夜更けてカルクライは生贄（いけにえ）の羊の肉と野葡萄と薊（あざみ）の花束と椰子酒の竹筒とを携へてこの島の一番高い岩壁の上にあるやや平らになつた祭壇に上り、独り巌の上に坐して彼等の神を祀り神に祈りました。（神よ、願はくば向ふ一ケ年のあひだ、わが一族の者より言葉を奪ひ給へ、彼等の言葉を奪ひ給へ。彼等は彼等の言葉に溺れてみづからを滅さんとする愚かなるものなり。彼等愚かなる者を滅亡より救ひ出さんが為に、神よ一年のあひだ彼等より言葉を奪ひ給へ）

その夜から、カルクライの一族の者は悉く唖になつてしまひました。他人の言葉を聞き分けることはできながら、自分では何一つ語ることのできない（沈黙の民）にされてしまつたわけであります。言葉を封じられた彼等民衆が黙つてゐるはずはありません、あちらこちらで暴動が起りました。けれども言葉の無い為にその暴動は無秩序であり無統制でありました。カルクライは血族の者数名に命じて暴動の徒を厳罰に処し、浜辺の巌の上から銛で突き殺して海中に投じました。

かうして言葉を封じられ暴力行為を封じられて民衆は静まりました。言葉なきこの島は森閑とした静けさに戻りました。カルクライは静かな島の平和を楽しみ、勝利の生活を楽んで居りました。ところがここに不思議な現象が起つて来たのであります。この島の民衆は見る見るうちに非常な怠惰の民になつて行きました。あの精悍な好戦的な気風は忽ちのうちに消え失せ、僅か一ケ月か二ケ月の後にはもはや浜に出て投銛で魚を獲る青年の姿が一人として見られなくなつてしまひました。さうして四ケ月たち五ケ月経つたときには最早や海上二キロの所に長島といふ敵の島があることすら誰も考へては居ないやうな姿になつてしまひました。カルクライはこの不思議な現象に狼狽し、彼等から言葉を奪つたことの重大な過失を悟りましたが、一旦神様に一ケ年と御願ひしたものは今さら何とも致し方ありません。

丁度半年ばかり経つたとき、前に奪はれて来た長島の女たち五人の者が、一夜嵐に乗じてこの岸からカヌーを漕ぎ出し、長島に帰りついてこの島の状況を報告しました。

（カルクライを攻めるのは今です。これこそ神様が授けて下さつた復讐の機会です）

あたかも長島の戦備は整つたところでした。戦意は旺盛であり武器は揃つて居ります。満月の夜、彼等は満潮の波をさらさらと掻き砕きながら高島の岸に迫り、復讐の言葉を口々にわめき叫びながら上陸して来ました。

さすがに昔は精悍を以て聞えたカルクライの一族は各々武器を取つて邀へ撃ちました。しかし弛緩した精神は一朝にして精強をとり戻すことはできませんでした。それに言葉のない群衆には心の統一がありません、民心の結束がなかつたのです。翌朝までに戦ひは終り、カルクライとその血族とは悉く戦ひの中に勇ましく斃れました。

それから後といふものはもうこの島の一族はただ滅亡を待つのみとなつてしまひました。大酋長を失つて以来、彼等の怠惰と無気力と無統制とは、殆ど救ひやうのないものになつてまゐりました。自分の家の修理もせず道路の修繕もせず、戦ひに斃れた一族の者の屍を葬ることさへもする気持が無くなつてしまつたのです。元来は仇敵であるはずの私がかうしてこの島の治安を司つてゐますが、私に刃向ふ一人の青年もなく私の命令を実行する者もありません。一族の人数も減りました。まるで豚です」

彼は長歎するかたちで再び眼の下にひろがる荒れ果てた部落の方を眺めた。

「せめて彼等に言葉を返してやりたいのですけれども、カルクライが約束した神様への誓ひはカルクライの祈りによつて解かれなければならないのです。彼は戦ひに出て死ぬ前に、彼の祈りの誓ひを解いて置かなくてはなりませんでした」

竹の筒に入れた椰子酒を持つて召使ひらしい腰簑の女が広縁の奥から出て来た。私はもう疲労に耐へ切れなくなつて坐つたままで居睡りをはじめた。

巻二第八号

ルソン最後の特攻隊

高松棟一郎

今までここは正午過ぎまで密雲垂れこめ雲量約一〇、雨季の典型的な天気図が出来てゐました。それで敵襲が少かつたのでした。ところが今朝は夜来の雨が上り霧が晴れると、久し振りで強い日射しが見え、それについで六回空襲がありました。十時過ぎP47（リパブリック・サンダーボルト）がやつて来ました。ついで上空を相当時間旋回してゐたP38と47が雲間を縫うて急降下し、銃撃を加へました。正午ごろB26（マーチンマローダ）が現はれ今までのやうに超低空で―五十米から八十米ぐらゐの高さで落下傘爆弾（余り低いと自分の爆風で自分がやられますから）を落して行きました。

第一信

基地に来て四日になります。その間に○機○○○名を送り出しましたが、何しろ○隊、○○○名もゐるので却々〔なかなか〕我々の方に廻つて参りません。すべては成行に委せ、天命を待ち必勝を念ずるばかりです。けふは待つてゐた輸送機は中途、海峡に敵の夜戦のインターセプトあるらしく中止となりました。

支局の方から淵野支局長以下七名が到着、Dにて渡るやう交渉してをりましたが、不可能になりました。

した。川原の土手に穿つた防空壕からは手にとるやうに機体が見えました。（前後六回といふのに八回といふ人もあります）待機所の隅に無電器あり、その先の竹藪をおりると土手の横腹に穴が掘つてありそこに身をひそめてゐました。たえず銃撃がし、連続的に落下傘弾が破裂して行く、てうど一発眼の前の河流の向う側に落ちてゆくのが見え、つづいて閃光、真赤な火焔、黒煙、それから何秒か、或は何分の一秒かして、爆音と爆風が飛び込んで来ました。今までこんなにはつきりと爆裂を手にとるやうに見たことはありませんでした。漸く小止みになり三時ごろ昼食を済ませると間もなくP47がやつてき、つづいて38が襲つて来ました。防空壕は満員のやうなので土手に掘つた蛸壺に身を伏せてゐますと、今度は川原の方から頭上すれすれに来て射つて行く、目標は百米と違はぬらしく、初めピチピチといふ金属音、ついでグワツグワツといふのが一しきり、おさへて行く、驚いて川の面を白鷺の群が飛んで行く。駝鳥のやうな鳥が一羽、眼の下に身をひそめてゐるのが見えます。「乾坤無地卓孤節。且喜人空法亦空。珍重大元三尺剣。電光影裏斬春風」狐には塒（ねぐら）あり鳥には巣あれど人の子を容るるところなしといふ感じです。一寸した隙を見計らひて匍ひ出し、竹藪とマンゴ樹に被はれたカギ形の防空壕に入りこみました。未だ頭上を前後左右から突込んで来ては旋回してゆく。最も近く薬莢がバラバラと落ちて、竹藪にあたり、カチンカチンと音をたててゆくのでした。その時一羽の黒い—黄色い斑点のある蝶が無心に飛んでゐるのが見えました。蝶には音もきこえず怖しさも知らず、臆病なこともないわけです。私共の一番の敵は結局恐怖でせう。（アランが書いてゐる許りでなく、日本でも臆病については様々説かれてゐます。てうど鈴木大拙氏の「禅と日本文化」を読んだところなので、特にさう思つてゐます。）

搭乗員は、癪にさはるなあ、畜生、とか、飛び上つて邀撃したいなあと、激しい怒り、飛行機のない憤り怨みを洩らすのでした。地上で焼かれた火から、機銃弾に誘発してばらばらけたたましく、銃弾が炸裂し、「支那のお正月爆竹騒ぎのやうだな」といつてゐましたが、漸く止むとまるでひつそりと無気味なほどの静けさでした。

犠牲が出たため結局進発することになつてゐた特攻隊が中止、「敵さん俺の命を延ばした」とけふ、L湾の敵艦に突込むことになつてゐた搭乗員が言ひました。

台湾との中間に敵機哨戒のため輸送中止、戦闘機が索敵哨戒に出て帰りました。月が綺麗でした。どうやら報道班員も帰るメンバーに入つたらしく、少し待てば何とかなるものと、不安はありながら、大丈夫だと自分にいひきかせて居ります。

▲リンガエン敵艦船めがけて出撃する神風特攻隊金剛隊員

　さてもう一度もとに帰りませう。T参謀から有馬少将の話をききどうやらけりがついたと思ふころ、四日だつたと思ひます、午ごろ、崖の下に帰る途中先任参謀に逢ひますと、「敵はマニラ湾を出て、すぐ南にあるルンバ島に来た。」といはれました。そして、もう非戦闘員の報道班員は出来たら早く帰国したら如何かとすすめられたことでした。

非常に有難く、お薦めに従ふ旨こたへましたけれど、それは、実現が不可能か至難なことでした。何故ならば敵はその時、リンガエン湾に上陸しようとしてゐたのでしたから。

それについで、先任参謀は「こんなこと（敵の近づいたこと）を内地の人は知つてゐるだらうか？日本民族といふのは実に優秀なのだがなあー」と嘆じてゐました。それは前の晩、殆んど徹夜で語つたことでしたが。

然し余裕もなくなりました。急いで有馬少将の記録をまとめると共に、一応、帰る準備をしました。準備といつてもマニラには橋が落ちて帰れなくなつてゐる。惜しいものも皆すてて身軽になつて行くばかり。ただ戴いたジャワ更紗、ブロブドルの鈴など惜しきものでした。

六日の夜、原稿を持つて司令部へ行きました。

その時は情勢は急転し、幕僚や副長が集つて、緊急の会議を開いてゐました。台湾行きの便があるといふので、改めて原稿を—四発の頭上を飛ぶ下で—閲了して貰ひ何時間かで別の飛行場に行き原稿を託送しました。然しこの原稿を託した飛行機は結局発たなかつたのではないかと思ひます。能ふことならその飛行機で台湾に渡りたかつたのは山々でした。そのあとで可成り悔いもしたのですけれど結局飛行機が発たなかつたか、敵襲にやられたらしいことを聞いて、なるやうにしかならぬものだといふことを痛感しました。その夜はこの急転した情勢の生れる会議だつたのです。二度と忘れかねる印象探い夜でした。

第二信

昨日、愈々(いよいよ)今明日中に君達報道班員を還す（昨日も○機○○名還つた）といふ達しを受け、神かけて無事台湾につくやう祈つてゐます。私一人の身ばかりではない、何十人かの先輩同僚の転進を助けねばならぬからです。焦つてはいけない、すべて自然に委せよ、さういふ声と何とかせよ、というふ二つの声がたえず相せめいで居ります。

愈々、二つのこと、最後の特攻隊出発と山ごもりのことを書きませう。敵機動部隊、輸送船団が近づくとともに大型、中型機の爆撃のほか艦爆グラマンが跳梁し、Ｐ38も加はつて、制空制圧にやつて参り攻撃自身にも非常な困難を加へて参りました。従つて特攻の目標は当然、空母にあるわけです。

四日の夕刻Ｋ大尉の部下、金剛隊がたちました。私のカメラに大尉らが、川原で浴みしてゐる元気な写真が撮つてあります。その日まで笑ひ、生き、闘つてゐた勇士が、僅か四十分の片道飛行で忽然として戦死してしまふ、眼の鋭く鼻すぢの通つた——そして、われ鐘のやうな声で号令をかける元氣なＫ大尉、函館師範出で、「ドンピシャリ」やつて来るといつた予備中尉、昨年の九月に入つてもう一人前の戦闘機のりになつた廿歳そこそこの青年達、その立居振舞、手をあげ笑つて行つた顔。

六日の午前には、隊長Ａ大尉の振武隊がたちました。Ａ大尉は、機関学校の出、体もがつしりと、眼も細い、長髪で、無口な青年、まだ廿五、六でしたらう。部下に対してはただ「お前達を信ずる」といはれただけださうです。「あの部隊長なら膝の中へかかへて、ちゃんと母艦の上へ持つて行つてやりたいな」とG飛曹がいつてゐた、猛部下の信頼も大きかつたのです。

年末一度東方海面の敵に向つて出発しましたが敵を発見せず帰つたことがありました。大尉は中途機関の故障で引返しましたが、「すまんかつた」と一言。そして静かに歯を磨いてゐるのを見て、「従容たり、よし」と感じたことでした。その一行がたつ。洞穴の本部で司令の訓示、飛行長の飛行についての細かい注意、一つ一つ断腸の思ひがして傍にたつてきいてゐるのが身をきられるやうでした。

頭上にグラマンの舞つてゐる危険な中を一行は整斉とたちました。行手に霧、西方に朝の虹、はれわたると丘は、お伽の国のやうに幻のやうに、朝焼けの中に、赤々と浮び上りました。しかもたつや少年の搭乗員達はトラックの上で嬉々として戦闘機のりの歌をうたつて。

花は桜木戦闘機乗りは
　若い命を惜しみやせぬ
　花は蕾の廿歳で散るも
　　などか惜しみません国のため

そのうちの一機、もつと元気、もつとへうきんで時にヘル（ヘルプ＝助＝メ）で皆を笑はしてゐたG飛曹が轟沈した上で帰つて来ました。然しも一度体当りせよといはれるのをききました。至上命令です。

ついで五機、N中尉ほか広島高校を出た予備中尉が加はり、紅顔可憐、顔にも皮膚にも若さのみちあふれた青年が踊り上るやうにしてたつて行きました。最後の特攻、「危険だから見送るな」今まで列線の近くで、帽をふつてゐたのに、遥か彼方で送るつらさ、「元気でやれ」「後を頼むぞ」「やるとも」……

還り途のない飛行。水のやうに澄んだ無心の心境といひ、敵艦に近づくまでの気持はどんなか、到底私共の想像を超えてゐます。

かうして総攻撃は加へられました。発つて行つた誰彼の顔すがたは、永久に私の脳裡を去らぬことでせう。飛行時計を胸に下げ紅白の紐を後ろ首のところで花結びにしてゐた美少年、それに人形をさげて発進して行つた搭乗員。ああ、彼らのためにもあの丘に立派な碑を建てねばならぬと思ふのです。もうあの丘にも敵が来たと思ふと身の裂かれる思ひです。

彼の丘を奪はん哉かの丘に碑をたてんために
神々の去りて還らざる御座の跡なれば
みことかしこみ、命の儘したがひてつゆ嘆かず
醜の仇しめかけ艦船に突き入り玉と砕け
散りて天かけり国護り国清む神々とはなりぬ
そのわかき面影、鋭き眼ざし、言葉少なの唇、
今なほ眼底にありとはに消ゆまじ
うら若くあたら惜しきもののふの命ここに棄つるれど消えがての勲かな
いふ勿れ仇人よ「往信」と、知らずや神々の
静かなる澄める水の心を、などか往いてはあまたの機器を操り
霰なす弾幕をくぐりて「命中」しうべき
見ずやその胸に護符と人形の飾れるを、
きかずや白き首巻ににほふ香を、霧わきて
神々のたてるあと虹たちぬ
そは神々の黎明なり、かしここそ神々の碑を建てんものを
川流れ野菊咲くほとり、匂ならばなかん
風あらばそよがん我ら還る迄御座をかざれかし

（一・二九）

たつたあとただ茫々としてしばらく放心の体でした。その夜のうちに陸戦配備となりました。重要書類を焼却し、武器をとりました。洞穴に服を着た儘寝たことでした。特攻の戦果についてはあとで詳しく申しあげませう。七日、残つた○機は今迄殆んど見つからなかつたのに、その日に限つて燃やされてしまひました。一日ただ敵の為すままに委せざるを得なかつた無念さ、くやしさ。天を仰ぎ地に俯し嘆いても如何ともなし難く痛ましき限りでした。翼あらば翔り得たものを、残つた特攻隊は何十何名といふ夥しさです。この時になつて、飛行機がないとは。

一日、愈々山籠りする準備をしたのでした。私も拳銃、米、瓦斯マスクなど与へられました。す

でに司令部にもさう通達したことであり、何もかも諦念一つ、遊撃隊になり「比島のロレンス」になるのも悪くないなと思ふと何となく別な勇気は湧いて来たものの、不孝の続きのみはお詫びのしやうもありませんでした。洞穴の前後に落ち爆風が凄じく、中にあつた本立てのガラスが壊れる程でした。結局烹炊することも難しく乾パンで三度の食事をしたやうな有様です。

夕刻通信参謀が車で発つから便乗せよ、といふことでMの街に出て、食事らしいものを摂り、CV（飛行場）から山へ廻りました。途中何度か自動車の故障、細い山道に差掛かるともう日は暮れ、夕映えの中を峠の道を進む、進むといふよりは退くのはさびしい限り、如何に諦念したといへ、明かに敵の来るのを傍にひきこんで待ち受けるわけですから、行く手は已れを殺し、大義に生くる道、暗くも明るくもあるといへ、感無量でした。ところがつき進んで見るとなだらかな稜線、何か童話劇の背景のやうな、凡そ戦場となるにはふさはしくない風景。蛍も飛んでゐる。もとこれ山中人で、山の子、故郷に帰れる心地がして、ここなら案外遊撃隊が出来さうだな、と気楽な考へにもなりました。その晩は自動車の中に寝ました。かうして流離、山野に仮寝の旅が始まつたやうなものです。

次の朝起きると、山の中腹に懐かれて航空隊の集つたこと、かつて有馬少将の司令官であつた部隊が指揮をとり、各航空隊、防空隊など陸戦をとるわけですけれど、移つたばかり、まづ掲示板、道しるべをつくるやうアドヴァイスして実験した程でした。偶然司令部で逢つたU中尉、水戸の快男児が、そこへやつて来て、「搭乗員の帰る途があるらしいから願つては如何か」といふことでした。大体安全地帯にある基地と台湾間の連絡があるとは想像してゐましたが、こちらから厚かましく言ひ出せる義理もなく、その実現を心中念じてゐましたらやはり先任参謀から「搭乗員と一緒に帰つたら」といふおすすめで、同車して再び長い道程を山の司令部にまで辿りつきました。

体を拭き清め（といふのはお正月に川原で行水を使つたきりですから）食事をし、煙草を喫む、蘇生の思ひで副官に逢ふと参謀長からさういふ達しが出て、同行の上帰れるといふことでした。山籠りして遊撃隊にならず再び生きてゆける、これはさすがに感無量、再生の喜びを感ぜざるを得ませんでした。てうど一月八日、私の誕生日でした。司令部に行く途中、基地を通り遥かに基地に向ひ脱帽、有馬司令官―海軍始まつて有馬司令官の前に有馬司令官なく有馬司令官の後に有馬司令官のない中将の霊と、特攻隊の英霊に脱帽しました。

第三信

漸く台北を経て上海に辿りつきました。黄浦江には、かつて、アフリカのロレンソ・マルケスから交換船の僚船として雁行して来た「コンテヴェルデ号」が、転覆して、漸く起き上つたのが見えました。

私が一昨年の秋、独立直前の比島に行く前ここにたち寄つた時はまだ起き上れずに醜態を曝してゐました。その時、私共の搭乗した飛行機を操縦した吉田機長は、ハルマヘラ――そこへ船団護送に行き、途中敵潜の雷撃を受けたり一隻「ザンボアンガ」で撃沈しましたが――で壮烈な戦死をとげました。最後迄沈着で、ちやんとスィッチを切つてあつたので発火を止めたといふ程、さすがは世界一周をした「ニッポン」号の勇士だけのことはあります。

なき数に入るといふと、上海通過の時お会ひした横田支局長も、田知花氏の後を追ひ、衡陽城の花と散りました。イタリヤを始め十数ケ国が亡んだ今日個人の運命などすさまじい戦火の前には一たまりもありません。況んや静安寺路にたつてゐたプーシュキンの銅像がなくなつたのも致し方のないでせう。てうど六年前、私は西住戦車長伝のお手伝ひに上海へ参り、ついで南昌戦や重慶爆撃、舟山島攻略戦に参加したのですが、江南の早春は、六年のあわただしい世界の変動をよそに、いともうるはしく、柳は緑、落日は紅に、鳥の音はきれいに、空も漸く青み大場鎮は大地の営みに、麦が伸びてゐました。自然はやさしく、そして逞しく、私の愚かな惨めなあがきを別に、長い長い眼とやさしい息吹きで、いたはつてくれます。

西住戦車長に始まつた東西六年の従軍は、軍神中の軍神ともいふべき有馬司令官の伝記を書くことによつて、終りに近づきました。有馬司令官の御遺品、御名刺二枚、或はそれがお守りとなつて、私が生還出来たといふ方もありますけれど、私としては、有馬司令官の最期や部下がどんなにお慕ひしてゐたか「有馬さんのためなら、いつでも歓んで死ねる」といつてゐたことをお伝へしなければ、死んでも死にきれないやうに思はれますが、漸くその使命の一つを果すことが出来たのを、本当に天に感謝したいと思つてをります。

もつと有難いことに、ルソン最後の特攻隊である、第○金剛隊長住野中尉の御遺族をおたづねして出撃の模様をお知らせすることの出来たことで、これで、生命永らへて恥多き身の肩の荷が一つおりました。

お父さんは、海軍に三十年もをられただけ、さすが立派で「戦果をあげたか、どうか、命中したかどうか、心配だつた。」と語られました。お母さんは「もしもあなたが上海へ来られるならば、何か一こと、あつたでせうに。あの子も、気がきかない…」といはれました。子の思ふ以上の親心、頭の下るばかりです。

しかしたつた数時間でも一度懐しい両親弟妹と再会しうる、生きうる、さういふ生への執着を断ちきつて行つた僅か二十二、三の中尉。出発の時は「言葉はなくて手を握る」だけ。どうして、出撃の感想や両親への言伝てなどきけませう。

凛々乎として出撃して行きました。中途言語に絶する苦労あり、疲労困憊してゐたにもかかはらず、出撃の命下るや、別人のやうにキリッとして、部下をひきしめ、三軍を叱咤するやうに元気よい声で号令をかけて出て行きました。

「学鷲であの短い訓練でよくあれだけ出来たものだ」と飛行長O少佐がしきりに感服されてゐました。艱難辛苦にもめげず、士気旺盛、闘魂また凄じく、軍律秩序整斉たる、さすが海軍航空隊であると感じ、私よりも十も若い学鷲にただ頭が下るばかりでした。

機上から私の方をむいて挙手の礼に、かすかに微笑んだ顔。

愛らしく無邪気な弟さんの顔をみたらそれまではりつめてゐた気もゆるみ悲涙滂沱たるを禁じ得ませんでした。この日本の少年を守るためにも戦ひ勝たねばならない。

「たとひかけがへなくとも、私共若い者は、一番先にたつて死なねば、この戦は勝てません。」と中尉はいつてゐました。中尉の遺した歌の数々、修養言行録、八幡大菩薩の幟、みな支那方面艦隊司令長官近藤大将が御覧になられました。上海では今までにない由。

「散るもよし咲くもよしのの山桜、花の心は知る人ぞ知る」学鷲の花は同時にルソンにおける神風特攻隊有終の美をかざつたものとして、生命あらば私の脳裏を消えぬでせう。

住野中尉を見送つて数日後救出機が参りました。

仏桑華散らして月に救出機

仏桑華は熱帯の真紅の花。プロペラを廻してゐる暇に糧食、弾薬をおろし翼なき特攻隊員と私ども報道班員数名がのり込む、すぐ進発。

東に白い月。西は鮮血のやうな落日。西部戦線の秋にみたよりももつと凄い赤さでした。ところがしばらくして密雲たれ、気流悪く、海面を匍ひ時に雲の上に出る。大別山、ロッキー、ドーヴァー海峡であつた時以上の難航、かへつて転進よりこの方がどんなに危く魂を冷したか。敵B24頭上にあり。しばらく西へ飛びまた東へ。さうして再び波のしぶきの見えるほど低く下がる。予定時間をとうに過ぎ倍近くならうとして燃料はつきかけんとしてゐる。恐怖と不安は最大の敵だと考へつつも急降下の度に軽い脳貧血、上昇の度に脳溢血。生理的な不快さが、この一瞬六年従軍の思ひ出を眼前に急転回させ生死をまた凝視せざるを得ませんでした。

漸く台湾の光りが見え出しました。

（筆者は報道班員）

第二巻第八号

我が疎開記

私は何故疎開したか

尾崎一雄

（一）

疎開といふことがやかましくいはれ出したのは、去年の始めごろだつたと思ふ。勿論その前から一般の議題にはのぼつてゐたが、さし迫つた喫緊事として取り上げられたのは、確かそのころだつた。そして、三月ごろには、東京から相当多数の人たちが地方へ転出した。私の知人にも、妻子を疎開させて、「さアこれで安心だ。足手まといを追払つたからには、矢でも爆弾でも来い」と、晴ればれした顔附の人が可なりあつた。

私はといふと、疎開問題では別に頭をなやます必要はなかつた。私の肚はとうに決つてゐたし、その肚の通りを実行に移すとしても、何の支障もないはずであつた。といふのは、私は郷里に、小さいながら自分の家を持つてゐたからである。そしてまたその郷里といふのが、神奈川県足柄下郡——いはゆる湘南の地で、東京駅から汽車で二時間足らずといふ極めて便利なところだつたからである。

「いづれ東京も、敵機の来襲を受ける。お前たちは適当の時期に田舎の家へ行くんだ。その時期は俺が判断する」

私は家の者にさういつた。

「あなたは？」

「俺か。俺は疎開なんかしないさ。お膝下に踏みとどまつて大活動をする」

「大活動——どんな活動ですか」

「そりやお前、何だつてすることはあるさ。第一に防空防火活動、それから空襲時の混乱に際しては人心の安定といふことなんぞで一役買ふつもりだ」

「防火の方は、隣組のお仲間になつて結構お出来んなるでせうけど、人心の安定なんて、そんなむづかしいこと、どうか知ら?」と家の者は余り私を信用せぬ口振りである。

「おい〳〵、俺を見くびるのか、それならいふが、俺はこれでも、大正十二年の関東大震災の罹災者だ、あの時は俺は二十を出たばかりだつたが、周りの大人たちがウロ〳〵うろたへて非常識なことをいつたり仕たりしてゐる中で、大いに冷静なる情況判断の下に、却つてその大人たちを指導したんだぜ。俺の判断と指導が適切なもんだから、大人たちが感心して、その時以来、俺は若僧のくせに、大人たちから旦那々々といはれたものだ。判つたか」

「さア、あたしには判りませんわ」と家の者は可笑しさを嚙み殺したやうな顔附である。私も少し自慢が過ぎたやうだと気がついたが、今更引つ込むわけにもいかないから、

「判らん奴は話にならん」と反り返つた。

「だつてあたしはあの時尋常五年生で、金沢にゐたんですから、何にも感じませんでしたわ」

——まるでぬかに釘である。

「それぢや仕方がない。そんな奴には話したつて判りはせん。——が、とにかく、俺は、未曾有の大混乱に際会して、ちつとも慌てなかつたんだ。来るべき空襲下の東京で、俺はかつての体験を生かしたいし、また生かす義務があると思ふ。身体が弱いといつても、寝たきりの病人では無し、俺なんぞが東京が危いからとて郷里(くに)へ引つ込むなんか、みつともなくて出来るものか」

そんなわけで、私の家では、私だけが東京に残り、十三の長女、十の長男、四つの次女、それに家内の四人は、私が「それッ」といふなり郷里の方へ転出することに決まつてゐたのである。

「鶯谷駅から下曽我駅まで二時間足らず、駅か

ら家へは、ここも下曽我も共に十分といふ便利さだ。よしんば万一の場合汽車不通なんてことがあつたつて、歩いて二日あれば十分だよ。俺は、震災の時、下曽我から東京まで歩いたんだ。途中茅ケ崎辺の倒れかかつた空家へ一泊して、翌日夕方には神田の知人宅へ着いた。二日分の弁当さへ背負つて行けばいいんだから楽なものだよ。方々で疎開々々と騒いでゐるが、まア慌てることはない」

「でも、あんまり落附いてゐてどうか知ら?」

「うんまア、今年いつぱいには実行した方が好からう」と私はいやに見通したやうなことをいつた。

「ぢやあ、そのつもりで、着物やなんか、差当つて要らないものをぼつ〳〵運んで置きませうか」

「それが宜からう」

悠々たるものであつた。知人や、また隣り近所の人たちの中には、今にも大空襲があつて、明日にも命が無くなるかのやうに騒ぐ人も無いではなかつた。それらの人たちを見ると、どうも醜態としか目にうつらなかつた。東京空襲は必至である。そんなことは判り切つてゐる。が、いかにお調子者の敵米といへども、足がかりが無くて東京爆撃を実施出来やうわけが無い。影におびえて右往左往するなんて、風上に置けぬ奴だ、と憫笑した。第一、自分の命がどうだから、といふのを疎開の主眼とするなんか、もつての外である。

ところで一方、

「なアに、来るもんですか。たとひ来たつて、大したことはありやしませんよ。東京を逃げ出すなんて、あたしや真平だ」と、いやにたかをくくつた人たちもあつた。さういふ人たちに対しては、その認識不足を叱りつけてやりたい気になつた。大都市人口疎散といふことは、伊達や道楽の問題ではない。それは大都市の防空態勢の強化であり、併せて貴重なる人員温存の手だてであり、かつ又、食料対策の面でも重要事なのだ。さうしたことを弁まへずに「疎開」を「逃避」と混同し、用も無い身を東京に頑張つて疎開者とさへ見ればこれを卑怯者と罵るに至つては沙汰の限りである——とその認識不足に腹も立つのである。

（二）

ところが、結果を先にいへば、私共では、昨年十月、全家疎開をして了つた。「俺だけは空襲下の東京に頑張つて大活動をする」などと広言の手前、いささかをかしな工合であつたが、その次第はかうだ――。

――七月になつて、東京では学童疎開といふことが急速に実施される段取りとなつた。勿論大いに結構なことである。国民学校初等科六年生の長女と、同じく四年生の長男を持つ私は、学校当局から勧奨をうけるまでもなく、二人を郷里の方へ疎開転学させることに決めると同時に、家内ならびに四歳の次女もついでに疎開させることにした。

私の郷里の家といふのは、例の関東大震災の折倒壊した旧屋の古材木で、私の設計のもとに建てた四間ほどの小家である。家といつても名ばかりのものだが、昔の頑丈な古材木で造つたせゐか、見かけよりは丈夫で、そこには今そろ〳〵七十になるといふ老母が一人留守を守つてゐてくれる。(弟や妹が一緒に居たのだが、弟は死に、妹は最近嫁にいつて了つた。)

老人を一人置くといふことは常々気がかりで、私はかねて老母を東京へ呼び寄せる心組でゐたところが、時局の急迫は、逆に私共を郷里へと追立てる結果となつたわけである。学校へ通ふ子供二人の世話を、たとひ暫らくの間にしろそんな老人に任せるといふのは無理な話である。いづれは家内も疎開すべきはずなのだから、事のついでに子供たちと一緒に、第二学期の始まる前に移つて了つた方が好からう、宜しいでせう――そんなことで、八月中旬に、私を除いてみんなの転出届を出し、彼らはいよ〳〵郷里の人となつたのである。

「さアこれで足手まといは追払つたぞ、矢でも爆弾でも来い、だ」と、私が知人の口真似をして威張つて一週間ほどして、甚だ芳ばしからぬ事態が起つた。といふのは、ここ一年ほど前から、とかく不健康勝ちで、あつちこつちに故障の絶えなかつた私が、八月三十日の朝、煙草の行列買ひから帰つて、さて一服と「ひかり」を一本くはへたとたんに、急に気分が悪くなつてひつくり返ると、もう身動きも出来なくなつて了つたのである。たつた一人の私が、うん〳〵うなつてゐると、近所の細君が「尾崎さん、お魚の配給ですよ」とやつて来た。そして、私の様子を見て驚いたが、とにかくといふので、勝手に台所へ入つてゆき、器物を持ち出して、魚屋へ行つてくれた。その細君が近所の人たちに話したと見え、二三の細君が様子を見に来てくれる。細君たちは、医者を呼ぶ相談をしてゐる。私は「今日は一番の汽車で家内がやつてくるはずですから―」とだけ辛うじていつて、あとはうなつてゐる。「ではもう見えるころですね」などといつてゐる所へ、

「ごめん下さい」などとぼけた作り声をして家内が入つて来たが、私の様子を一目見ると、流石に驚いたらしい。向かひの細君が直ぐ医者へ走つてくれた。

　医者からは十日間絶対安静を宣告された。そして、一ケ月くらゐは外出を禁ずる、といはれた。私はがつかりして了つた。

　無理に無理を重ねて来た私の身体が、今や堤の切れたやうに病気の口を開けて了つたのである。私は残念であつた。こんな時節に病床に倒れるとは何たることか、しかも、妻子を疎開させ、さてこれからひと働きと武者振るひした矢先、こんなことになるとは――。

「運が悪い……」と、私はつぶやいた。大きな、いや普通の声が出ないのである。無理に出すと苦しくてたまらない。

「でも、死ぬと決つたわけぢやありませんよ」と家内がをかしなことをいふ。いくらか取りのぼせてゐるらしい。

「死なないまでも――こんな有様ぢやあ……」

　家内は私の顔を見てゐたが、

「ねえ、早く治くなつて下さい。そして、下曽我へ行きませう。こんなぢやあ、とても東京で大活動なんてお出来んなれませんわ」といつた。私は返事をしなかつた。自分でもさう思つてゐるところだつた。が、それをはたからいはれると腹が立つのだつた。しかし、腹が立つても怒る気力はなかつたのである。

　家内はひどく忙しくなつた。東京で私の看病をする一方、時々郷里へ帰つて子供たちの世話をする。老母一人に子供たちを押しつけておくのは何としても出来かねるからである。

　私もつひに我を折つて、全家疎開といふことにした。疎開荷物は七十個までといふことだつたか

らそのつもりで作つたところ、九月何日からは四十個に減らされるといふわけで、また作り直し。駅だの運送屋だのと何度も足を運ぶ。それらのことを看病のすきを盗んでは、家内が一人でやつてゐる。便所へも立てず、寝返りも一人では大儀な私は、それを只見てゐるばかりだ。

九月末、丸一ケ月目に、少し無理だつたが私は郷里へ移つた。上野桜木町の家から鶯谷駅までリヤカーに乗つて行つた。あとは家内と姉の亭主の二人に抱へられるやうにして、とにかく郷里の家に辿りついた。

「ああ、これで安心した。死ぬにしても家で死ねる」私は用意の床に横になると、心から安心して、その時思つた通りをいつた。私は気が弱くなつてゐたのである。

「さうだとも」と老母が大きな声で相槌を打つた。

しかし私は、どうやら死なずに済んだやうである。

(三)

疎開荷物からはみ出して東京の家に残して来た物を運ぶのに、家内は十月いつぱいかかつた。それでも未だ残つた物を知人の家に預け、とにかく家を空けることにした。

十月三十一日、家内はさつまいもを背負つて上京し、それをふかして、隣組の細君たちに来て貰つてお別れの宴を張つた。私が病中東京の隣組の細君たちから受けた親切は、なみ〳〵ならぬものがあつたので、その御礼心を込めた別宴なのであつたが、諸事不如意な中では何とも仕方がなかつた。「でもね、おいしいおさつだつて、皆さんとても喜んで下さつたわ」と家内はいつたが、私は苦笑する外は無かつた。

「もつと何とかしなければね――まアいいや、気持は通じたらう。秋深く、女たち相会して、さつまいもの別れ――なかなか風流だよ」そんなことをいつた。

そして、家主との話をつけ、その日をもつて私共は東京生活のきりをつけたのだつた。

すると、その翌日、十一月一日、B29なるものが、初めて東京の空に現はれたのである。

「驚いたね、うちで東京を引払ふと同時にやつてくるなんて。――俺たちがゐなくなつたんで、敵の奴、いい気になつたかな」

「まさか」

そんな冗談をうちではいつた。すると、近所の人は、

「莫迦に手際よく疎開されましたね。敵からこそり通知でもありましたか」などと冗談をいつた。

一方私の病状はだん〳〵と快方に向つて来た。文学報国会の小説部会の幹事会といふのが月に一回あつて、そこへ出ると知つた顔を見られるし、また、ついでに溜つた用事も果せるので、私は幹事会をかけて、一晩泊りで上京した。大抵旧住所の近くの知人宅へ泊つた。月に一回の上京が私には楽しみであつた。

ある知人は、去年の三月、第一次疎開実施の折、妻子を地方へ疎開させたところが、一向に敵機が来ないので、十月ころ、また東京へ呼び戻した。すると間もなくB29が来だしたので、少し困つてゐる、とのことだつた。これをきいて私は可笑しくもあつたが、それより随分認識不足だと思つた。判断が悪いと思つた。一般に、この人と同様な可笑しなことをやつた者が相当にあるらしい。私は、そんなことでは困ると思つた。

大体疎開といふことの真意を解さないところから、いろ〳〵の問題が起るのである。前に記した通り疎開は戦力増強の一手段であつて、逃避ではない。といふこと、それをハッキリ呑み込めば問題は起らぬのである。そこがあやふやだから、慌てふためいて逃げる人があつたり、逆に、要疎開者で無益に東京に残留するものが出来たり、疎開者といへば何でも臆病者と罵る人があつたり、ただ単に自分の命の安全だけを考へて疎開（つまりこの場合逃避となる）したりする人が出来るのである。さうした例は、私なども多少ならず見聞してゐる。そして苦々しいと思つてゐる。

いち早く疎開した人で、やがて東京に逆戻りした者がある。さういふ人は、地方の住みにくいことを強調する。配給は悪いし、諸事不便だし、とても住めたものではない、東京にかぎる――そんなことをいふ。それらの言葉が人から人へ伝はつて、疎開の滑かな進行を妨げたことは相当なものだらうと思ふ。少しくらゐの配給の好し悪しで左

右されるほど、疎開といふことは軽い問題だらうか。事の大小を弁へぬ、本末てん倒の、莫迦げた話だと思ふ。

空襲が激化し、その被害の甚大なのを見てから慌てて「疎開」でなく「逃げ出す」人がある。これも私は莫迦げたことだと思ふ。つまるところ、認識不足の結果なのだ。「なアに」とたかをくくつてゐたからなのだ。それも要疎開者ならいいが、さうでない要残留者までが、びつくりして逃げ出すのだ。私は、これらの人々に対しては、ある憤りと軽蔑とを感ずる。風上に置けない感じだ。極言すれば、それでも日本人か、といひたくなる。

（四）

思へば、私などは、疎開者としては甚だ恵まれた方なのだ。東京に近い所に郷里があり、そこには手狭ながら自宅がある。それも他人に貸してゐて、引移りに際しごた〳〵を生ずる、といふやうな問題も無い。先祖代々住み慣れた土地だから、余計な心遣ひは無用である。まことに恵まれた疎開者なのだが、只一つ、私が病人だといふこと、こいつがいけない。

私の家は元来百姓ではないから、私共一家は農事には一向不案内である。しかし、兵器増産と相並んで刻下の最大問題たる食糧増産、これに対しては、疎開して田畑のある田舎へ移つた以上、出来るだけの協力はしなければならぬ。文章で戦争完遂に役立つ仕事をするのが今までの私の経歴上第一の任務としても、余つた力は大地に働きかけて、一本の大根にでも一握の菜葉にでもしなければならぬのだ。それが、出来ないのだ。右の肋間神経痛、右手のロイマチス、右の肋膜炎、その上心臓が極度に衰へてゐる。一寸でも鍬など握れば、直ぐ真蒼になり、あと二三日は起き上れないといふ情けない有様なのだ。

「どうもいかん」私は苦虫をかみつぶしたやうな顔でつぶやく。

「あせらないで下さい。あたしたちがその代りに出来るだけはやります。あなたは病気を治すことが先決問題ではありませんか」

「気いたふうなことをいふな。そんなことは判つてゐる。俺は只口惜しいんだ。――戦争たつて、押される一方ぢやないか。あんかんとしてゐられるか」

「でも――」

「黙れ！」

家の者は黙つて了ふ。私は、判つてゐて、駄々つ子のやうに疳癪を起してゐるのだ。

狭いながら、家の周りに畑地がある。今までは老母一人でもそく〳〵やつてゐたのだが、今は家内や子供たちまで手を出して畑作に打ち込んでゐる。長年植木屋を入れて手入れして来た庭木もだん〳〵と切り倒され、一人住ひの老母が楽しみだつた種々（くさぐさ）の草花類も抜いて捨てられ、次々と野菜畑に変つてゆく。

「宜しい、その調子でやつてくれ」と私は腹の中では彼らの働き振りを賞めながらも、自分が手出し出来ぬ口惜しさから仏頂面をしてゐる。

秋の穫入れ時には、二人の子供は毎日勤労奉仕に出かけた。稲刈り、馬糧刈り、薪取り、何でもやつた。家内は家内で、主人が出征中の手の足らぬ農家へ手伝ひにも行つた。そして大の男の私は、たまに机に向つても、原稿紙二三枚書くともう右手右胸の激痛でペンが進まなくなり、寝床へひつくり返つて、まるでそれが敵ででもあるかのやうに、天井の節穴をにらみつけてゐる。何たることであらう。

知人の誰彼れが、軍報道班員として活躍してゐる様子が羨ましく頭にうかぶ。「俺だつて四年前には――」と、私は海軍省嘱託として、昭和十六年初頭、南支方面へ出かけたことを憶ひ出した。

（五）

私共が移つて来たころから昨年いつぱいくらゐまでは、この地方では防空といふことには甚だ暢気であつた。防空壕や待避所など、一つも無かつた。防水桶も、駅前の人家が少したて込んだ地域の家前に見えるだけで、そこを出はづれると、もうそんなものは置いてなかつた。私の近所の人たちは、私共が東京から持つて来た火叩きを見て、

「へえ、ハタキの大きな奴ですね」などと、珍らしさうにひねくつて見たりしたほどであつた。が、このごろでは流石に変つて来た。各個の、また共同の待避所が、あつちこつちで造られた。田舎のことで、横穴式待避所をつくるに恰好な場所

は至るところにある。さうした労働に慣れた人ばかりだし、道具も揃つてゐるから忽ちにして立派な防空壕がそこここに出来た。私の家では、私が駄目だから、家内が壕掘りに出た。私はその一つを見に行つてみたが、なか〳〵よく出来てゐた。村の人たちは、「これなら艦砲射撃だつて大丈夫だア」といつてゐた。

東京を目指す敵の侵攻部隊が、この辺りに上陸を試みようとするかも知れぬ――かうした考へを湘南地方の人々はひそかに持つてゐる。そのことは、誰からいはれたのでもない、いはゆる造言飛語でもなく、いはんや敵からの宣伝謀略に乗つたのでもない。人々は、サイパン島、硫黄島の失陥、近くは沖縄の上陸作戦を見て、一人々々が期せずして心奥に固めた覚悟なのである。人々は、それぞれ身にかなつた武器を、ひそかに用意してゐる。老人や幼児をその場合どうするかについて心用意をしてゐる。

この地方は、京浜に近いため、疎開者が多い。中には無縁故で来た人もあるが、(それらの人たちは比較的早期に来た)多くは縁故疎開の人々である。京浜地方へ出て身を立てた人、京浜へ嫁に行つた人、さういふ人たちの一家が出身地たるこの地方へ戻つて来たのである。殊に、京浜地区の戦災がひどくなつてからは、身一つで戻つて来る人も多かつた。

さうした疎開者をふくめて、今この地方の人々の第一の関心事は、食糧増産と、も一つ、敵の上陸作戦をいかにしてむかへ撃つか、である。食糧供出はさらに強化されるであらう、一方多数の疎開者のために地元消費は増大してゐる、その上、横浜からの疎開学童はこの下曽我一村で百二十人が最近百八十人へと増員された。到底今まで通りの生産では追附かぬのである。

さてまた、事実となつて現はれるか否か、現はれるとすればその時期は何時か、――さうしたことは今は不明ながら、人々の胸底にはこの地、自分たちが祖先から住み、そこで生れた土地にもしも敵来らば、といふつきつめた思ひが秘められてゐるのだ。

無縁故の疎開者の中に、「ここも危ないとすれば、さて今度はどこへ行かうか」と考へてゐる人が、あるかないかは知らぬ。だが、土地の人たち、縁故疎開の人たちにとつて、ここはかけ代へのない故郷なのだ。生きるも死ぬも、ここをおいて、どこに所を求めようぞ。人——人々の眼は、暗黙の中に一つの決意を語つてゐるのだ。私は「それでこそ——」と思ふ。

私にしてもさうだ。東京においてこそ要疎開者としてハミ出したが、ここからどうして動かれようか。病弱を名としてどこか山奥へでも引込むとしたら、それはもう日本人たることを辞するに等しい。

「俺は、身体は駄目だが、要領はいいから……」と私が独り言をいふ。

「何ですの？」と家内には意味が判らぬ。

「一人ぐらゐはやつつけられるだらう」

「ああ、敵ですか」と家内は暫らく払を見てゐたが、「もう時間ですよ」と薬ビンを取り上げる。

「薬か」と私は腹が立つてくる。

老幼、病弱者——生産にも防空にも役立たぬ者は別として、さうでもない立派な一人前の男女が、命が危ないからとて東京を逃げ出す、自分々々の任務持場を捨てて地方へ去る、それは即ち戦列を離れることだ。同様に、私どもが故郷を捨てて安全な地を求めようとするのも戦列離脱でなくて何であらう。

今日は好晴で、老母は朝から家の囲りの菜園の手入れにかかつてゐる。私は陽当りのいい縁側で日光浴をしながら、五つになる次女の相手をしいしい、遥か沖縄の戦場に思ひをはせてゐる。家内と長男は、籠を背負つて裏の曽我山へ出かけた。長男の学校の授業は二部教授で、今日は午後からである。長女は小田原の女学校へ行つてゐる。

午近く、山から二人が帰つて来た。それぞれ籠にいつぱい松や杉の枯葉枯枝をつめてゐる。その外に、セリ、タンポポ、フキ、ゼンマイなどを沢山摘んで来た。

「さア、薪は五日分、お菜は三度分ほどありますよ」と家内は汗をふいてゐる。

「僕、またマッカーサーをこんなに捕虜にしちやつた」と長男は、松かさを沢山籠から取り出して見せる。

皆々元気でよく働いてゐる。近所の人も、うちの者たちも。ただ私だけが、病気でいけない。何たることか。

大下宇陀児

わが残留記　壕舎町会の報告書

第二巻第八号

私の家には、老人もゐず子供もゐない。それに私が、町会長をしてゐて町内の防空指導係長で、海軍報道部の嘱託だ。要残留者としての資格は十分にあるが、要疎開者としての資格は全然ない。のみならず、私は日本を愛すると同じやうに、この東京を愛して来た。愛する東京を死守する、といふことが、甚だやり甲斐のある仕事だと思へたからだ。

ところが、去る三月十日、東京には、かなり大きな被害が発生した。さうして私は、自分の町内に収容された約千五百名の罹災者諸君を、三日間にわたつてお世話し、同時に、私の自宅へも三名

（一）

「どうだね。どこか適当な疎開地が見つかつたかね。」

「イヤ、僕は疎開しないつもりだ。帝都を護るための疎開には大賛成だし、そもそも学童の集団疎開などは、民間人としては僕が最つ先きに提唱したくらゐだ。しかし、僕自身は、帝都を護るためここに残留する。帝都に死し帝都に生きる、といふことが、僕本来の希望なんだ。」

知友を相手にして、去年あたりからこんな会話を、いくど繰返したことか知れない。

の罹災者が寄宿することになつたので、その時また次のやうなことを、その罹災者達と話し合つた。

「どうします、これからの身の処置は？」

「どうも、困つてゐるんですよ。都内の焼残り地区に親戚もあるし、そこへ行かうかとも思ふけれど、向うも手狭だし迷惑をかけるし、といつて、田舎へ行つて百姓をやりたくても、耕すべき土地があるかどうか、農具が手に入るかどうか、見当がつきません。」

「ぢや、こつちにゐて、今まで通りの仕事をしたらどうですか。」

「ええ、それは、ゐれば、仕事は出来る見込みなんです。ところが、焼跡に家を建てることは許されないし、とすれば、やはり親戚の居候にならなくてはならず、その居候つてのが、どう考へたつて、うまく行く筈がないんですからね。先日、こんな話を聞いたんですが……」

「ほう。」

「ある男が焼け出されて、ある家の居候になつたんですよ。ところが、その家は、思つたより親切にしてくれる。その点は有難いと思つたんだが、茶の間へ食事で集る時、気がついたら、その茶の間の壁に、その家の家訓が硝子入りの額にしてかけてあつたといふんですね。家訓といふのが、ひとつ、人の世話になるな……と書いてあつたんですよ。これを見ちや、御飯もろくに咽喉へ通らなくなつたといふんでしてね。」

故意か偶然か、まことに皮肉な話ではあるが、これに類したことは、到るところに有るらしい。私は、罹災者に、さういふ気の毒な思ひをさせてはならぬと考へた。しかも、帝都は、空襲をうける度に、大なれ小なれ被害をうけて、焼木杭と焼トタンとの地域が増大して行く。この焼跡を見る度に、私は、アメリカに対する怒りがこみ上げ、同時に、この焼跡を、このままで放置してはならぬといふ気が強く湧いた。

当局は、罹災者の一部を田舎へ送つて、農耕に従事せしめようといふ方針だ。しかし、農耕なら、焼跡の方が、手近で広くて便利ではあるまいか。焼跡でも十分に育つといふ野菜があるだらう。農耕のためには、何も田舎へ行くだけが、唯一の道ではない筈である。——加ふるに、工場や会社の仕事を持つ者は、やはり飽くまでもその工場や会社での仕事に精魂をうちこみ、軍需品生産の手を一刻と雖も休めてはならぬ。とすれば、焼跡に住居の再建を許さぬといふことは、戦災地及び戦災者に対する処置として、果して最適のものであるか否か。

「あなたは身の処置で迷つてゐる。しかし、僕が罹災したら、迷ひませんね。」

「ほう、どうしますか。」

「焼跡へ、防空壕を主体としてのバラックを建てて住みますよ。」

「しかし、それは当局が許しますまい。」

「許さない、といつたら、許して貰へるやうに努力するのです。帝都は、荒れ果てたポムペイのやうなところにしてしまつちやなりません。焼かれたら、直ちにこれを再建しなくちやいけない。勿論、昔の姿の銀座通りや浅草の仲見世を作ることが、帝都の再建ではありませんよ。戦時型の帝都を、再建ではなく、創造するのです。防空壕は、場合によつて、塹壕として役立ち得るやうにする。しかも、すぐ手近に農園があり、ここから食糧が取れる、といふことになれば、よいぢやないですか。主人公は、朝早く起きて、飯前に畑を耕す。それから食事をすまして、工場へ出て行く。留守中に今度は細君が、肥料を施し、種を蒔く、といふ風にすれば、たとへ一坪づつでも、耕地が大きくなつて行くのですからね。」

三月十日の罹災者と、私がそんな話をしてゐるうちに、かねて覚悟してゐたやうに、その翌月の四月十四日、私は罹災者の一人となつた。私の持論を実行すべき時期がたいへん早く来たのである。

幸ひ町会員が、すぐ町会長である私を中心にして集つてくれた。

まだ、余燼のくすぶつてゐる焼跡の広つぱである。

私は、この焼跡に残留し、この焼跡に、戦時型の帝都を創造しようと皆に語つた。

「どうです、諸君、やつてくれますか。」

「はいッ! やります!」

「残留は、必ずしも、倖せではないかも知れない。いろいろと困難がある。当分のうち電燈はつかない。バラックを建てるにも、材木がないし釘がない、鋸も焼けてしまつて使へない。その上、梅雨がすぐにやつて来る。しかし、帝都護持といふことは、帝都を焼夷弾から防ぐといふことだけではなくなつて来てゐます。焼夷弾でやられてしまつても、なほここは日本の帝都です。さうして日本の帝都は、我々の生命を賭けて護るべきところなのです。」

「わかりました、会長さん！やりませう、頑張りませう。皆で助け合つてやり抜きませう。」

涙で眼をうるませてゐる者があつた。

息をつめ、拳を固く握りしめてゐる者があつた。

私達町会員は、かうして焼跡に残留し、ここを戦力化することを誓ひ合つたのである。

勿論、知己縁故を辿つて土地を離れた者も相当にある。けれども、最初は八〇世帯ほどが残つた。それから、二十二日隣組を編成し組長を決定した。一方で、私は、戦災地への住居再建が許可となるやうに、四方八方、奔走した。よかつたのは、所轄署の署長堀崎さんが最初に賛成し、私達を激励してくれたことだつた。それに、毎日新聞社が、力強い支援を与へてくれた。（私はこの両者に、実に深く感謝してゐる。この感謝を永く忘れまいため、殊更にここにハッキリとその名前を書いて置くのである。）四月下旬になると、当局は、戦災地バラック残留を黙認するといひ出した。しかもまだ一方には、さういふバラック残留の町会を解散せしめようなどといふ、不可思議な措置もとられたが、次には、バラックを、半地下式壕舎のみでなく、五坪以内なら、地上でもよいといひ、その建設を指導しようといふ態度をとるやうになつた。

当局の方針に、この変化が齎（もた）らされたのは、実に有難いと思ふ。

私は、私の町会員たちが、かうして残留し得たことを喜ぶだけではない。これによつて、今後また生ずるであらう新戦災地も、同様にして残留し、同様にしてその戦災地を、戦力化し得るやうになつたことを喜ぶ。

これでよい。私達は、まつしぐらに帝都護持の任務につけるのである。

（二）

町会の事務所は焼けてしまつてゐた。

ガリ板もなくなり、印判も紙も帳簿もない。朱肉やインクさへもないのである。

しかし、町会員のよき諒解のもとに、事務上の手続きは可能な限り簡素化され、日に日にその運営が円滑になつて来た。事務員も、今まで三人ゐたのが田舎へ行つてしまつたので、この一月に良人を喪つた戦歿勇士の未亡人と、三月に出征した軍人の妹さんとが、給料など欲しい人達ではない、どちらも町会長であるこの私より金満家であるくらゐなのに、進んで事務員になつてくれた。ガリ板で刷つた回覧板の代りには、口頭伝達が利用され、また太鼓を見つけて来たので、この太鼓を叩いて皆を呼び集め、常会を開いたり、野菜や魚の配給をした。その配給量は、罹災前より多いくらゐである。鰤の切身が来る、生鰊が来る、煙草も、はじめは入手困難で、誰が発見したか知れないが、柏の葉を刻んで喫つたりしたが、やがてこれも規定本数だけが来るやうになつたのである。

私は、朝毎に町内を廻つて歩いて、少しづつ殖えて行く畑を見るのが楽しみになつた。

畑は、焼け落ちた瓦やトタン板や鉄管や電線や煉瓦や壁土を、すつかり片づけてしまつた上で、漸く表はれて来る黒い土を、なほ深く耕してからでないと、上層土に含まれた有機物が全部焼けてしまつて、肥料効果が失はれてゐる関係から、野菜もろくに育たないといはれるから、女も子供も、手に豆をこしらへて土を掘る。私も、手の指に皸(あかぎ)れが出来てそこが化膿した。しかし、そんなことで降参するやうな者は一人もない。みんなが一生懸命だつた。さうして、一方には、防空壕を主体とした焼トタン張りのバラックに、入口の戸をつけたり、雨漏りの修繕をしたり、湿気を防ぐための床を張つたりしつつ、畑がだんだんに広くなつて来た。

ほうれんさう、きやうな、ねぎ、さつまいも、じやがいも、いんげん、えだまめ、かぼちや、きうり、とまと、かぶ、とうもろこし、ひま、それに混ぢつて、朝顔や日廻りなども芽を出した。少しづつではあるが、寄せ集めたら、罹災後一ケ月半の今となつては、既に一町歩に近い畑地が出来たわけである。

はじめに、私は、

「そのうちには、この町会へ、青物の買出部隊が来るだらう。」

と、冗談でいつた。

ところが、今では、冗談でなく、ほんとにさうなるのぢやないか、と思つてゐる。大部隊で来られては困るけれど、少なくとも知人が訪ねて来た時、お土産に赤蕪を一把持つて行つて貰ふ、といふことぐらゐは出来さうである。私の家では、菜や豆のほかに、さつまいもの苗を入手したので、早速とその畑を作つた。焼跡には、さつまいもがよくできるといふ話だ。それにお百姓の経験のある知人が来て、苗の植附を教へてくれた。

「まづ、十俵は大丈夫でせう。」といつたり、「はじめてのことだから、ろくな芋はならないね。五俵ぐらゐかな。」などといふ。

私は、一俵がどのくらゐの量かわからない。尋ねると、一俵が十三貫目だといふので、それなら五俵でも六十五貫はある、この秋は、まづ我家の食糧事情は、大いに楽観して可なりだと考へたのである。もしかしたら、戦局の推移如何によつては、この地区が将来において、硝煙弾雨の実戦場となることもあり得るが、さういふ時には、兵隊さんに、うちの芋を食べて貰ふことも出来るのである。

私は、釣りが大好きだ。家財の殆ど全部を焼いた中で、鮎釣りの鉤だけは、ちやんと助けたくらゐだ。以前からしての理想は、晴釣雨稿といふことだつたが、これからはそれが晴耕雨稿に変る。もちろん、釣りの方も、行けさへしたら行くのだが……。

頭の切替へ――といふことが、屡々（しばしば）いはれて来た。実際それは必要なことで、誰しも自分の頭を切替へねば、この大きな戦争を勝ち抜けまいと気づいてゐるが、さて現実の問題としては、なかなか切替へが困難である。ところが、敵空襲によつて家を焼かれ、裸一貫になつて見ると、まづ第一に生活様式の全面的切替へが、否でも応でも必要になり、すると続いて、頭の切替へまでが、自然に可能になつて来る。

町会の人達が、□□□□□□□□□□□□□□に私は、随分焼きましてね。相当の金額で買つた贅沢品なんか、すつかり無くなつてしまひました。ところが、今になつて見ると、ああいふ物を、罹災前どうしてあんなに大切にしたか、不思議なことだと思ふんですよ。実用品ぢやありません。ただ飾つとくだけの品物で、飾つといて人に見せて、自分はかういふ物を持つてゐるといつて自慢する、それ以外には役に立たず、しかも、場所ふさげで困つてゐた。これを焼かれたら惜しいと思ひ、品物疎開をしようにも、輸送の途中で壊れやしないかといふ心配もあり、さてどうしたらよいかと迷つてゐたのですが、焼かれてしまつたら、大変に気持がサッパリし、もう惜しかつたとも何とも思ひません。あんな物よりは、畑を耕す万能鍬が一本欲しいですなあ。」

「イヤ、まつたくです。私も服を焼いたが、モーニングなど疎開しといて無駄なことしました。モーニングよりは、労働服です。労働服を一着、ぜひとも欲しいと思つてますが。」

などと話し合つてゐる。

強要された切替へではあるが、ともかく切替へが実行されてしまつた。戦争についても、敵に対する憎しみの念は倍加し、勝つまでは、文字通り土に噛りついてでも、今の不自由な生活を我慢し抜かうと、お互ひが心に誓ひ合つてゐるのである。

ラジオはむろん駄目になり、新聞も、はじめのうち配達されず、その頃に戦果発表のラジオを聞いて来た者が、もう燈火を消して暗くなつてしまつた夜の壕舎やバラックの間を廻り歩いて、大声に、その戦果を怒鳴つてくれたが、するとどこの壕からもバラックからも、いつせいに拍手の音が起り、また親切な伝達に対して、

「有難う、御苦労様！」

と叫ぶ声がした。

みんなが、どのくらゐこの戦果を喜び合つたか、よくわかる。

敵は、非武装の民家に盲爆を加へて、国民の戦意を低下しようと考へてゐる。

が、盲爆の結果は逆だつた。

却つて戦意が昂まり、裸一貫だから、もう何も恐ろしくはない、身一つで戦場に突入し得るといふ気持を起させた。少くとも焦土と化した帝都の残留者は、罹災後において、いつでももう斬込隊になり得るといふ自信を持つに到つたのである。

（三）

私達が罹災したのは、四月十四日である。その時は、町内約八百戸のうちに、辛くも二十戸が残されたが、爾来約一ケ月半。五月廿五日の夜は、またしても敵が頭上に押し寄せて来た。

南風の激しい晩で、火災が起つたとしたら、またしても相当の数が焼かれるだらうと案じたが、そのうちに敵の一機が高射砲にやられて火だるまとなり、町内から南方へ七八町離れた地区へ墜落すると見るや、敵はそのあたりを中心にして、四月十四日よりも更に多量の焼夷弾を投下しはじめた。

忽ち、火災が起り、その火災は、心配してゐたやうに、風で煽られて次第に勢ひを増して来た。さうしてつひに、焼け残つてゐた町内の二十戸も、猛烈な火焰のうちに巻きこまれてしまつたが、その頃に、前回罹災した地区、即ち私の住む近辺へ落下した焼夷弾の数は、あとで数へて見て、びつくりするほど多かつた。

地上のバラック、また半地下式の壕舎、合せて百戸。そのうちの約五十戸がポツリポツリと散在する地域に対して、数百発である。物凄い音と共にその数百発は炸烈し、あたり一面が忽ち昼のやうな明るさに変つたかと思ふと、次の瞬間に、飛び散つた油脂の固まりが、数千本の大蠟燭を一度に立てたやうにして燃え出したが、笑止にもその火焰は、路上や畑や壕舎の屋根にしてゐる土とトタンとの上で燃えるだけだつた。

幸ひにして、怪我人もない。人々は、

「オーイ、消した方がいいやうだぞ！畑の菜が枯れちまふぞ！」

のんきな声でいつて、バケツの水を撒いたり、ショベルで土を投げたりしたが、子供でも、三つや四つの火の固まりを消さなかつた者はない。それほど、火は消し易く威力がなかつたのである。

私達は、この夜の経験から、焼夷弾攻撃を少しも恐れないやうになつた。

一ケ月半前に焼けた時は、自分達の防火作業が不十分で、防ぎ得る火災までも防がなかつたのではなからうか、といふことを誰も一応は思つて見た。私も、罹災後は常にそのことが胸の中にあり、防空指導係長としての責任感が、多少とも私を苦しめた。しかし、五月廿五日、あの多量の焼夷弾を落されて見ると、四月十四日に助かつたにしても、五月廿五日には、やられたに違ひないと考へられ、して見れば一ケ月半前にやられただけに、もうバラックは出来てしまつてゐるし、早かつたのが却つて倖せだつたなどとも思はれる。胸につかへてゐたものが、すつと下つてしまつたみたいで、まことに気持が楽になつたのである。

私は、日本の内地を離れ、支那に満洲に、また遠く南方に活躍しつつある人の上に思ひを馳せる。その人達は、敵機の内地空襲が、どんな惨害を齎らしてゐるかと思つて、いろいろと心を傷めてゐるだらう。事実、惨害がないことはない。帝都は、昔の俤はなくなつた。あそこもここもすさまじい変貌を遂げてしまつた。が、諸君、安心し給へ。私達は、昔の姿の帝都を喪つた代りに、新しい姿の帝都を、これから急速に作り上げることが出来るのだ。死傷者の数は思つたより少く、毎日の乗物は満員で、重要な生産に従事する人々を運んでゐる。この人々の力で、帝都が再建出来ぬといふ筈はない。焼けて地上の物が無くなつた土地は、一枚の白紙である。この白紙へなら、理想通りにどんな絵を描いてもよいだらう。道路を広く取らうと思へば、飛行場も、欲しかつたら、自動車が横に百台並んで走る道路も作れる。任意の地へ作り得る。さうして、麦や芋や菜が青々と生え広がつた地域に点在する壕舎からは、それぞれの工夫で拵らへた通風孔が頭をつき出し、家族達は、美しい夕方の一時を、壕の外の芝生へ出て夕餉の席につく、といふやうなことになるのである。

どんなに苛烈な情勢のうちにあつても、私達は明るい前途への希望を抱く。その希望を達成せんがために、粘り強く戦ひ抜かうと決心してゐるのである。

第四部　銃後の暮らし

堤 千代

短篇小説

女郎花

（一）

小雨の暮がたであつた、私は百貨店のダイヤ買上出張所に供出に行つた帰り（と、いふと、指に、ぎらつかせてゐたことがあるみたいで豪勢だけれど、実はカナリヤの脚にはめても小粒なくらゐのを、これでも、お役に立つならと、出かけたのである）ひよつこりと、新橋のバスの停留所で、お蝶さんに、出会つた。緊急措置令以来、土地の妓（ひと）は残らず工場に進出して、昔演舞場に春秋二度の会で、技をきそつた以上の熱意をもつて、新しい職域に励んでゐると聞いてゐたが、なるほど、お蝶さんも履物からして、草履でもなく、東下駄でもなく、地下足袋であるのが、まづ変転を、偲ばせる。

「あら、まア、珍しいわねえ」と、馳けよつてきて、まだ、これは取れぬとみえる自分の肩で一ツ、どしんと、こちらの肩を、つつく、癖（くせ）を、やつて、私の蛇の目の中に寄りそつた。ズボン仕立のモンペの国防色が、雨の夕べの陰を帯びて、さえざえと、地肌が澄んだ顔に映つてゐる。

「誰さんは――」「あすこの、お内儀さんは――」と、日頃、心にのぞく面影の消息を、次々に聞く

第一巻第二号

と、お蝶さんは「アア、あの人はねえ」と、さも懐しげに知つてゐるかぎりを、早口で告げてくれる。

二人は夢中で、バスの二台までも、やりすごして、夕べの雨の中に立つてゐた。

「あら、大へん、今度こそ、のらなくつちや――」と、お蝶さんは夕靄の中に、ぼつと、紫の光を、にじませてゆれてくる、バスを、のび上つて見て、さけんだが、

「ねえ、ねえさん、あんた、おみや姐さんの、うはさ、知つてゐて――」

と、急に、声を落した。

「いえ。病気つてことは聞いてるんで、一度、見まひに行かうと、思ひ思ひしちや、ゐるんだけど――」

と、ハンカチで、かさの雫が、かかつたモンペの肩を払つてやる。

「なんでも、おみや姐さんの所に幽霊が出るつていふぢやありませんか。それで姐さんは病みついてゐるんだつて、評判よ」

「へーえ。幽霊ですつて――」撃墜された敵のビー29が、空から降つてこようといふ、ご時勢に、これは、又、くさ草紙趣味すぎると思つて、目をパチパチさせてゐると、

「本当ですつてさ。おみや姐さんが自分で言ふんだから、確でせう」

と、お蝶さんは、本当と確を重ねる。

「それア、神経衰弱よ」と、私は誰でもが出しさうな判断を下した。

「おみやさんは、あの十二月八日頃の、ヒリッピンに行つてゐたりしたことが、あつたでせう。あれ以来、体を悪くしてゐたやうだから、神経も弱らしてるんでせうよ」

と、私は、幽霊を、かたづけて、

「とにかく一度、近い中に見まひに行くわ、あんたも、ひまが、あつたら見まつて上げなさいな」

「ええ、さうしますわ。ぢア、姐さん、お先に、ごめんなさいよ」と、お蝶さんは自分が先頭を取つてゐた行列から、ひらりと、身軽に、バスに、とびのつて、

「今度の休電日に、配給のキャラメルを持つて、ねえさん所に遊びにゆくわ」

と、につこり笑つて、御順に奥の方へ、つめこまれて行つてしまつた。パラパラと、音を立てて、降り出した雨に、たたかれてゐる街路樹の汚れた黄葉(もみぢ)の落葉を、下駄の先で、よせて見ながら、私は、しみじみと、人の身の上を、思つた。

（二）

晩秋の、それは、この秋の中で、よりぬきと思はれる美しい日和の午後であつた。私はひまを作つて、おみやさんの見まひに出かけた。おみやさんは、アアした世渡りの女の運勢に多い、凶も吉も、三日と長もちをしないと言つた目まぐるしい過去を通りぬけて三十から年は違ふが、さる大実業家の正妻に、身がきまつた。それが二年ほどで主人が脳溢血で逝き、あとには自分より年上の、それぞれ、家を成してゐる息子、娘が控へてゐて、男親なきのちの一門のおさへといふわけにも、ゆかず、戸籍の上では立派に書き出されてゐる位置も、どうも実際では、浮ついた形になつた。そこで、親族会議の上、しかるべき金額と、地所つきの住居と主人が晩年身につけてゐた物や手まはり品一切を貰つて、籍を抜いて、先祖伝来生えぬきの三社さまの氏子に復つた。親身では、たつた一人の兄が、ヒリッピンに商売をやつてゐるのが危篤といふので単身、海を越えてゆき、骨になつた兄を胸にいだいて故国につれ帰つたといふやうな下町育ちに珍しい出足早なのも、おみやさんの持ちまへである。十五六の時、手ひどく、だまされたことがあつて、そのことだけは、いつも、のみすぎたりすると言ひ出しては涙をこぼして口惜しがつてゐた。確か高樹町といふ名で、よんでゐたと覚えてゐるが、それだけに、

おみやさんも、しんそこ、うちこんでゐたのであらうが、男の方は、しぼれるだけ、しぼつて、田舎の金もちの養子に、をさまつてしまつたといふやうな話だつたと、おぼえてゐる。土地の大姐さん株に、をさまつてからは、そんなことは、口にも出さないやうになつてゐたが、いつか電車の、のりかへの時、高樹町では、下りなかつたといふ、かかへの話を、きいて、よくよく、身にしみてゐるんだらうと、哀れになつたことがある。

おみやさんの今の住居は普請道楽だつたといふ主人が自分で図を引いて、木口を、あつらへて、全部、鉋なしの、なぐりといふ好みで、たてたささやかながら凝つた家で、綺麗に箒目の立つた、門内に、早咲きの、茶の花が、薄黄に咲いてゐる。町内の隣組一からげの出来合ひでない、みごとな石作りの防水槽に、なみなみと、水が、たたへられて、目高が浮き沈みしつつ、水に映る秋空を、のぞいてゐる。

「まア、本当にきてくれたのねえ」と、玄関にとび出してきた、おみやさんは敷居もかまはず、膝をついて、私の手に、すがるやうに、とりついた。成程、痩せて、一そう、髪が濃く、長くなつたやうなのを、えりの所に、たばねて、ねまきらしい袷に浴衣を重ねたのに、はばの狭い帯でゐた。

「どうなの、からだの方は――」

と、立つたまま、私は、その背中を、なでてやつて、

「でも、起きてゐられるのなら、大したことは、ないわね」と、きいた。おみやさんは、まだ私の手を離さずに、

「なんだか、一かう、らちが、あかないのよ」と、さびしく笑つたが、

「さア、まア、こつちにね」と、奥へ、ひつぱつていつた。縁に三鉢ばかり蘭の、極上のを、なら

べたのは亡き主人の名残りと思はれる。日向に、ねずみほどのテリヤが寝てゐる辺を、のどかに虻が、うなつてゐる。

まづ、ここでも、処置令後の、土地のうはさが出て、それが、しだいに昔を偲ぶ思ひ出話にのびて、暫くは一秒とおかず、しやべりつづけた。

「これは、病人用の配給の果物の柿よ。一つ、どう」と、おみやさんは笑ひながら、器用な手つきで、富有柿を、むいてくれる。

「これは配給にしちや珍しく、いい柿ね」

と、讃めながら、私は汁のたれる甘いのを味はつたが、小刀を手にしてなにげなく、かたむけた、おみやさんの横顔を見て、やつぱり病人だなと思つた。その三日月眉の間から、すつきりと、たかまつた鼻が、こけた頬へ、陰をつくつて、色褪せた緊りのいい口もとへ、かけて、さびしいものを漂はせてゐる。

「あんた、病気つて、どこが、わるいの」

と、私は、その感じにさそはれて、改めてきいた。

「神経衰弱つて、お医者さまは、さういふ、お見たてよ」

と、おみやさんは、ぼんやり、こたへて、小刀を、もてあそんでゐる。

「そんな大正時代の大学生みたいな病気、さつさと、なほしちまひなさいよ。ヒリッピンまで、おし出した元気は、どうしたの」

と、景気をつけて言つてみる。

「駄目よ、これは決してなほりやしない」と、つぶやいた、おみやさんは、長いえりあしの奥まで、のぞかして、うつむいた。

「私、これは、自分で罪を作つたむくいなの」

「まァ、むくいだなんて、おたがひさまにろくな事はしてこないけれど、あんたは昔から正直で気が小さくて、お座敷を貰ふのにだつて、ほどのいい、はづしかたができなかつたくせに。なにを、くよくよしてるの。さつぱりと、言ひなさいよ」

と、私は、すかすやうに昔なじみの友の顔をのぞいた。のぞかれた、おみやさんは、さらに、しよんぼりした。

「さうなの、私は、うそは下手だといふことは承知してゐるから、商売をしてゐる時でも、うそは口に出さずにきたの、それが一生に一度ついた、うそが、今、親身にこたへてむくいてるの。私、このごろ、うなされずに寝た晩は一晩だつてありやしない――」

私は、さういふ、おみやさんの浴衣に重ねた袷の肩のうすさむさうなのを病人らしい感じで、みまもりながら、急に不安をおぼえた。

「あんたのついたうそが、いつたい、どういふことを、しでかしたの」

と、私は、追究した。

「それはね、いはば、人一人の命が私のうそから一分きざみに、つまつていつて、体がもてなくなつたとでもいふんでせうよ。私のうそが、その人の幸福も命も、すひからしたつていふんでせう。私は一日に一分おきに、アア、すまなかつたと心の中で手を合せちや詫びてるのだけれど、その人は忘れてくれないと見えて、毎晩、いえ、ひるまでも、顔を見せに出てくるの。私、きつと、この思ひで死ぬでせう」と、おみやさんは、胸にせまつたやうに、ほツと息をついて銀色の小刀を六兵衛風の青い皿にのせた。

「古風に言へば、とり殺されるんだわね」と、言つて、ぼんやりしてゐる。私は、これは神経衰弱としても重い方だと、考へて、きせるに、とつておきの白梅をつめて火をつけると、相手に渡してやりながら、

「あんた、それは、あんまり家の中に、じツとしてるせゐよ。第一この決戦下に、いくら、私たちみたいな者でも、神経衰弱を、わづらつて、幽霊に、びくびくしてゐるなんて申しわけがないわ。それにこの頃の夜ぢや、幽霊より掩蓋なしの防空壕の方が、ずッとおつかないものでせうよ」

と、一気に言ひまくると、おみやさんは、きせるを手にしたまま、少し険のある目つかひをしてじつと、私の方を見返したが、

「そりや、このごろの御時勢に幽霊なんて長袖と一緒に女の身のまはりから切りすてちまつたものかも知れないけれど、私、自分がわるかつたと身を責めるから幽霊も恐いんだわ。さうでなけりや、神経衰弱のせゐとでも目のかげんとでも、なんとでも考へ直して見れば、幽霊なんて、在るやうで無くつて、きえるにきまつてて、ゆわかしの湯気みたいなものぢやありませんか。ただ、私、活字で書けば自責つていふのかしら。自分のしむけが、むごかつた罪だつたと思ひ返すから目にみえるものが恐くつて、つらくつて苦しいんだわ。一晩毎に、私、あばらが、全部くぼむほど、もがくんですもの」

と、きせるを、指で、まはしてみながら、

「いくら決戦下でも、米英の奴なら知らないけれど、自責をもたない人間はないでせう。私の病気は、あんたの笑ふほど、時勢ばなれも、してゐやしないと思ふわ」

と、おみやさんは、いささか興奮したらしく、早口に言つて、きせるを口にもつて行つた。

「なるほど、承れば、ごもつともね――」

と、私は、どこまでも軽い調子で、

「ぢア、その、これは――」

と、胸の辺で両手をそろへて、たらしてみせながら、

「いつ、どんなふうに出るの」と、きく。

「久しぶりだし、貰ひ物の松茸があるから、あんたの好きな土びんむしを食べさせるわ。とまつていつて、ちやうだい」

と、おみやさんは、きせるから、細く緊（しま）つた小鼻へ通ふ、うす青い煙をそつと手で払ひながら、愁ひのある人懐しげな目の色で、じつと、私をみた。

「さうしたら今夜の中に私の見るものが、わかつて貰へるわ。さう、あんたは情があるから、私の見るのが一緒に見えるかも知れない」と、言つた、おみやさんは、きせるを、捨てて、ほろりとした。

「さうしたら、あんただつて、私の苦がわかるわ。それア、かはいさうな幽霊なんですもの。幽霊なんて、いづれ墓の下から出てくるのかも知れないけれど、私の見るのは、骨の代りに桜貝が、うまつてゐさうな、可愛い、若い、うぶうぶした、おくさんなんですもの――」

（三）

その夜、とこに、はいつてからも、二人は枕をよせ合つて、浮世の苦労を仕尽してきた女同士でなければ出来ないやうな、親身な話を、しつづけた。秋の夜らしく町中のことだから、こほろぎ一いろだけれど、ほそぼそと虫の音もして、

「米英撃滅、火の用心――」と、路地から通りへ、まはつてゆく拍子木の音が、遠くなつても、明

らかにさえて伝はつてくる。

「まア、よく、話しこんだものね、かれ、これ、十二時ぢやないの」と、私は、ひきよせた夜具のえりに、あごを、うめながら、言つた。

「なアに、まだ、話し足りやしない」とおみやさんは、微笑んだ。

「十二時なら、そろそろ出さうなものね」

と、私は、あくびをしながら、

「おそい、おそい幽的殿だわ」とせりふめかしていふと、おみやさんは、

「おや、あんた、師直〔もろなお〕で、をさまつてるの、大分、アクがぬけたわねえ」と冷かした。

「さう、シャボンは配給が少いもの。洗濯は一切、火鉢から融通してるせゐよ」

と、私は、わざと、目をつむりながら、

「アア、一つ目小僧でも、雪女郎でも早く出てくれないかしら。眠くなつちまふ。なんて言ふと落語の野ざらしに、なつちまふけれど――」

おみやさんは、灯かけ(ママ)が薄く隅(くま)を取つた血の気の褪めた頰に、幽かな笑ひを漂はせて「それぢや、私には、さつきから、ちらちら、見えてゐると言つたら――」

「へーえ、本当……。どこにさ」と、口ほどにもなく夜具から、はねおきて、きよろきよろすると、おみやさんは、自分も起上つて、左手をついて、右手を細く白くのばして萎へたやうに肩を、ずらした形(なり)で、

「ごらんよ、ゐるから」と、言つた。

「えゝ、どこに、どのへんに――」と、その肩に自分の肩を、おし重ねるやうにして眺めまはすと、おみやさんは、ぐつと私の手を片手で握つて、

「ほら、あすこさ」と、指さした。壁に沿つて高脚の花台に青磁のつぼをすゑて、女郎花ばかり、よせて、さした、その影が、ぼつと、壁に映つてゐる。そのあたりを、おみやさんの指は、さしてゐる。

「なアに、あれは、花の影ぢやないの」

と、言つたが、じツと見つめてゐる、おみやさんの息もないほどな、一心さに、ひきこまれて自分も瞳をすゑてゐると――。私は見た。と、いふと、なアに、おいなりさまの、お下りの家鳴り震動を、本気で信じてる仲間だからと、ひやかされた上、一人がみると一人が見る共感作用とやらに、かたづけられるかも知れないが、なにしろ、私は、花の影が一そう薄れたかと思ふと、そこに、ほんのりと、浮いた、白い若い、ぱツちりと瞳の涼しい面影を見たのである。それが、かう、手の間に、指環のやうなものを、ころがしながら、ほろ、ほろと泣いて、

「やつぱり、私では、なかつたのでせうか」と、戸をへだてて外の雨の草むらから、被つた夜着の夢の中に通ふ、むしの音ほどに幽かで、細いけれど、ずッと、徹つてきこえた。おみやさんが、見えるのは、これであつた。

（四）

あの十二月八日の目前にせまつてゐた頃、おみやさんは、兄の危篤の報に、ヒリッピンに渡つた。おみやさんが、ついた時、病人は既にいけなかつた。わざわざ日本から、やつてきて、胸一ツ冷してやれなかつたのは、いかにも、ものたりなくて、ぼんやりしてゐると、病院に、もう一人若い同胞が入院してゐて重体だといふのを、きいた。勢ひこんできた、看護のやり場ではないが、異郷に、ただ一人病む心細さは、亡き兄と同じことと考へておみやさんは身も心も尽して、みとつてやつた。若いだけに回復が早く、おみやさんが兄の遺骨と共に帰る船の切符を買ふころは、彼は病院のコートで、

テニスが、できるほどになつてゐた。彼は安田といふ、或物産会社の社員で、二十五か六、育ちの良ささうな素直な、青年であつた。

「あれほど、おせわになつて、なんの、お礼も、できないので……。実に……」

二三日で、出発といふ、おみやさんに、彼は、しみじみと詫びた。

「まさか、これでも、お礼を頂くつもりでもなかつたんですよ」と、おみやさんは笑つた。弟といふ者があつたら、こんなものだらうと、思ふやうに、おみやさんは、この青年に温い感じをいだいてゐた。

「早く、お元気に、おなりなさいよ。又、日本で、あひませうよ」と、おみやさんは、自分の小さい名刺を渡してやつて、相手の東京の家の所書きを受けとつた。

「これは、おくさんだわね」と、おみやさんは、彼が書いた留守宅の名あてを見て、微笑した。「いやア」と、頭をかいた安田は、

「どうぞ、むさくるしい所ですが、お帰りになりましたら、一度お立寄り下さい」

と、言つた。「ええ、よりますとも、うかがつて、おくさんに、あなたのやうすを話して喜ばして上げるわよ」と、きさくに答へて、「おくさんは、おいくつ、さう、二十。去年結婚なすつたの。丁度、いい所ねえ」

と、笑つた。安田は、ただ、笑つてゐるだけであつたが、その無言の内にも、新婚の妻への優しい気もちが動いてゐるのが、敏感なおみやさんには、よく分つた。かうした初心（うぶ）な、しをらしい愛情で思ひ思はれてゐる若い二人を、おみやさんは、うすねたましいやうな心地で考へて、きめの粗い雑多な男女の中に早く、すれてしまつた自分を悲しく思ひ返したのであつた。おみやさんが、別れを告げて病室の廊下に出た時、安田が追つてきた。「どうも、かうして異郷の空で他人のあなたから、親身

も及ばない看護をして頂いて命びろひをしたことを考へると、このままお別れしてしまふには忍びないので——。なにか、自分の感謝をこめた品を、記念に、おもちになつて頂きたいと思つたものですから……」と、彼は言つて、小さいモロッコ皮の箱をとり出して、おみやさんに渡した。

「これは、つまらん品ですが、母の結婚指環ですから、いはば私には、なくなつた両親のかたみです。どうぞ、おをさめ下さい」

と、心をこめて言つた。箱の中の指環はダイヤを使つて、凝つてゐたが、目のこえた、おみやさんには、それほどにも感じられなかつたけれど、渡す人の真情に誘はれて、軽く額にあてて頂くやうにした。

「お母さまの、おかたみを、もつたいないやうですけれど、せつかくですから、一生、大切にしますわ」と、礼をいふと、安田は、気がすんだやうに、うなづいたが、

「実は、これは——」と、少し躊躇したが、つひに言ひ出した。

「家内が、ひどく欲しがりましてね。私がこちらに発つ際、今度のお別れのおかたみに是非おいていつてくれと、ねだられたんですが、私も両親のかたみですから、身につけていつた方が、よからうと言つて、やらずに、もつてきたのが、具合よく、役に立つてくれたわけですが——」と、冗談のやうに言つたが、つまりは新婚の妻にも惜しんだ品といふ意味をきかせて、自分の感謝の気持を知つて貰はうとしてゐるのだつた。

「まア、奥さんにも、お上げにならなかつたのに。それを頂いちや、奥さんから、うらまれるわ——」

と、笑ふと、

「いや、事情を話したら、あれも、さし上げたことを、喜びますよ」と、ひやかされても通じないやうな、まじめさで、こたへて窓の外の夜空を眺めた。その瞳の中には、おそらく若い妻の面影が宿

されてゐたに、ちがひなかつた。

おみやさんは、船の中で大東亜戦争の第一報を知つた。安田青年の消息は、砲煙の比島に、あとを絶つたのである。

東京に帰ると、おみやさんは安田の留守宅へ、一通よせた。まさか、自分から病中看護してやつたとも書けないから、兄が入院中にお宅の御主人と、お近づきになり、御交際を頂いたが、あちらでの、ごやうすを、お知らせしたいと思ふと、いふ風な調子で言つてやつた。するとをり返したやうに、おみやさんの家に、年配の、でつぷりと、ふとつた風采の上つた男が、たづねてきた。

「その男が、奥さんの、お父さんだと言ふのよ。奥さんが病気で寝こんでゐるからつてね。その、お父さんつて言ふのが、まア、めぐる、なんとかの小車つて、せりふみたいね、高樹町だつたのよ――」

おみやさんは苦笑した。安田の妻が高樹町の娘だと聞くと、おみやさんの気もちは、ガラリと変つた。高樹町は、いかにも実体な家庭の主人らしくなつておみやさんにも努めて昔話を避けるやうにしてゐた。娘と聟のことを、口にする時、父らしい温い情が自然に通つた。おみやさんは、自分が彼の為に、女のあらゆる苦しみを味はつてゐる中に富裕な家庭に、はいつて、のどかに日を重ねて、かうして人がらまで、高尚になつたのかと思ふと、忘れかけてゐた半生の痛恨が白熱して再燃してくるのを感じた。自分が、彼の為に泣いた涙の量だけ、彼の身うちの、どこからか、絞りとつてやりたかつた。併し、そんな心の中のことが、そのまま顔に出るにはおみやさんも苦労と劫を経すぎてゐた。その日は、いい加減に、あつさりと話して帰した。

「いづれ、娘が、うかがひますが――」

玄関で帽子を取つた高樹町は昔なじみらしい、ぶちまけた調子になつて

「おみやさん、一ッ願ひます。私は、自分が、お前さんに、いいことをしなかつたことは、ちやんと胸におぼえてゐます。お前さんと知つてゐたら今日も出せる顔ぢアなかつた。併し娘には、なんの罪もないのだから、どうぞ、聟のやうすを、聞かしてやつて下さい」

と、哀れみを乞ふやうに言つた。

「ええ、なんのことがありますものですか。なにが、あつたつて、お嬢さんの知つたことぢアなし。それに、ごぞんじの通り私は至つて、物おぼえが悪いから、過ぎたことは、皆わすれてしまひましたよ」と、綺麗な鼻の先で、うすく笑つて言つてのけた。それが正面から言ひ罵つたより内心の冷い憤怒を見せつけられた心地で、門を出る高樹町は、悄然としてゐた。

数日をおいて、安田の若い妻が女中に附きそはれて、たづねてきた。良人の消息を聞きたいばかりに、病を、おして出てきたと見えて、顔色も悪かつた。しかし、若く愛らしく、いかにも、初々しい人妻であつた。痩せた手で、衿を合せては、顔を赤くして息ばかり、ついてゐた。この薄紅の花のやうな女が高樹町の娘かと思ふと、おみやさんは、いつそ世の中は、つまらない心地だつた。おみやさんは病院生活中の安田の話を、ほどよく聞かせながら、殊更に愛想よく、あしらつた。安田の妻は、この、ぬけるほど美しい女主人を、いささか、仰天した気味で、どう見当をつけていいか、わからぬやうすであつた。おみやさんは、その日、れいの記念の指環をはめてゐた。安田の妻は、それに心づいて、しきりと目を注いで不安さうな、おぼつかなさうな迷つた顔をしてゐた。おみやさんは、そしらぬふりで、その指環の手で茶を、ついでやつたりした。若い妻は、たうとう、たまりかねたやうに、「あの、失礼でございますけれど、その、お指環は――」と、おづおづと言ひ出した。おみやさんは「はア、これ――」と指環の手を上げて見ながら、造作もなげに、「あら、奥さんに、お礼を申し上げませんで……。これは、比島（あちら）を出発（たち）ます時、旦那さまが、この当分のお別離（わかれ）の記念だとか、おつしやいましてね。病院に御一緒にをります時、ほんの一寸、お世話みたいなまねをしました、お礼のお心でも、いらしたのでせうか、無理に、これを下さいましたんですの。結構なものを、と思ひまして私、御遠慮して頂かないやうにしてをりましたんですが、あんまり、おつしやつて下さるのに、ナンだと思ひましてね……」と、あでやかな唇もとに指環の手をあてがひながら、さらさらと言つた。若い妻は、まだ不審さうに、じつと見入りながら、

「それは、なくなつた母のかたみだとか申しまして、金属類は全部献納した中に、これだけ残して大切にしてゐましたのですけれど……」と、言つて、あとは独り言のやうに、「私、宅が、比島（あちら）にたつ時に、ねだりましてもおいていつてくれなかつたくらゐでございましたわ」

と、つぶやいた。おみやさんは、

「おや、さうでしたか」と、意外さうに言つてみせて、

「奥さまに、お上げしもしないでねえ。そんな、お大切な物を、むやみと私みたいな者に下さるなんて、とんでもないことでございますわねえ」と微笑しながら指環を抜きとると、

「では、私から改めて奥さまに、お返し申しませうね。旦那さまが、お帰りになつたらお見せして、びつくりさせて、お上げなさいましよ」と、言つた。

指環を受取つた若い妻は、それを痩せた掌に転がしてもてあそんでゐたが、ふと、おみやさんが見ると、ほろり、ほろりと、涙をこぼしてゐた。

「宅は、あなたに、かたみにして頂くのでしたら、この指環が、そんなに、惜しげもなく、手離せましたのねえ」

と、言ふと、両手で、びつしりと顔を、おほつて、激しく嗚咽した。

「宅が、本当に思つてゐましたのは、私ではなかつたのでせうか」さう言ふと、若い妻は畳の上に泣きくづれてしまつた。その声は、魂が、ちぎれてくるやうな切ない悲しみをおびて、おみやさんの耳を、ついた。

「まア、あなた、そんな指環一つぐらゐでなんの、かんのと、お気を、おまはしなさるものぢやありまもん（ママ）よ。それぢや私が迷惑いたしますから――」と、冷たく言ひながら、おみやさんは、いつか自分も悲しくなつてゐた――。

「私は、娘に厭な思ひをさせて、私の心の中に続てゐる恨みを、高樹町に見せつけてやるつもりだつたの。その内、安田さんが帰つてくれば、解かることだから、かまやしないと思つてね。それがくすりが、ききすぎちやつたのねえ」と、おみやさんは、暗然とした。新婚一年で、別れた良人の愛情を疑ひ、迷ふ苦しみは、病む若い妻を、みる〳〵、衰へさせていつた。おみやさんは、馳けつけて、危篤の床に、事実と、過去からの事情を語つたけれど、若い妻は、もはや信じなかつた。おみやさんの一語一語を、大きく目を、みひらいて、きいてゐたが、

「アア、私が、病気なもんだから、そんな風に、慰めて下さるのですわねえ」

と、寂しく笑むと、すぐ、ほろ〳〵涙を、こぼして、ぼんやりと、誰に問ふともなく、

「宅が、本当に思つてゐましたのは、私では、なかつたのでせうか」と、それを言ふのである。若い妻が、なくなつた夜、彼女の父は、

「おみやさん、もう、これ以上の敵うちはできまいね。気がすんだかい」

と、言つて、声を上げて泣いた。

（五）

おみやさんが、若い哀れな人妻の幻を見るやうに、なつたのは、それ以来である。

「ほら、あすこに見えてるわ。ほら、あすこ……」と、おみやさんは指して、唇を、かんで、身を、すくめた。

「おみやさん――」と、私は、しつかりと、その肩をだいて言つた。私は覚つた。

この幽霊は、女心の迷ひが、迷ひに重つて見えもし、見せもするのである。その迷ひの中から、よびかけて、やらねば、千の事実は、もとより、仏も法も、耳には通ふまい。

「おみやさん、そんな指環を、よこしたつて、結局、安田さんの浮気ぢやありませんか。男の人が、細君より他の女に、熱を上げる、それア、つまり浮気でせう。浮気なんて、うつちやつておけば、水の泡みたいに消えちまふものよ。そんなことで良人の愛を信じなくなるやうぢや、旦那さまが、可哀さうね」

と、高々と言つた。女郎花のかげの指環をもてあそんでゐた幻は、ふッと、こちらをむいて、ききいるやうにしたが、そのままアリアリと、面影が微笑んで、うなづくやうに見えて、それなり、秋の灯に、うつすりと、壁に向けて、女郎花の影ばかり残つた。

おみやさんの所へ、幽霊は、こなくなつて、おみやさんは、モンペ姿で町内の勤労奉仕に出てゐる。

安田青年は、当時の比島を、無理に脱出したため、かへつて、無名の孤島に迷ひこんで、とんだ俊寛になる所であつたのを、このほど、我が潜水艦に、ひろはれて、久しぶりに、故国の土を、踏んだ。


（終）

村の運動会

短篇小説

壺井 栄

第二巻第一号

一

雨上(あめあが)りの空は深く、星の屑まで数へられるほど澄み渡つた秋日和(あきびより)でした。まるでその夜空(よぞら)のやうに、思ひ切り泣いたあとの浄められたやうなまなざしを、きまり悪さうにそらしながら、

「あゝ、よく泣いた」

と、両手で顔中をさすりまはし、

「あしたは村中の運動会(うんどうくわい)ですけれど、姉さん私の代(かは)りに行つて下さいませんか。私はまだ運動会どころでない気がして」

と云ひながら、義妹(いもうと)は国民学校三年と一年の娘のために、下着類(したぎるゐ)や防空帽子だの紅白の襷(たすき)などを調べてゐました。

「だつて私が帰つてゐなければあんた行くんでせう。行つた方がいいわ。それに子供といふものはやつぱり母親に来て貰ひたいのよ。私では代りにならないわ。だから、一緒にゆきませうよ」

私がさう云ふと、

「さうね。ぢやゆきますわ」

と云ひ、さう決ると気持がひらけたらしく、

「珍しい運動会なんですよ。村民と学校と合同で、何でも面白いことがずゐ分あるんださうですわ。私たちも婦人会員として竹槍の体操をやりますの。やあ、やあつて。毎晩おけいこしたんですけれど、なかなか揃はないんですよ。だつて、五十位の方たちにとつては、足並揃へて歩くなんてこと、何十年ぶりでせう。すつかり忘れてゐるんですもの」

さう云つて、義妹はくつくつ笑ふのでした。彼女は私の弟の妻で今二十八才、三人の子供を残されて弟に死なれたのです。船員だつた弟が昭南島で戦病死したといふ知らせをこの義妹から受けた時、私は弟の死を悲しむ心よりも、戦病死の内報有之候間御通知申上候といふ切口上的な簡単な手紙に腹を立てたくらゐでした。ただ昭南島で病死したと云つても船会社から通知があつたとすれば、もつと委しいことも分つてゐる筈、一体どんな病気でどんな風に亡くなつたのか。私にしては血を分けた弟のことですから、もつと細かく知りたかつたのです。それが分らなくて知らせられないとしても、この手紙には若い妻の嘆きや悲しみのかげさへないのです。案外そんな夫婦仲だつたのだらうか。それとも私に対して親近感がないのだらうか、そんな風にも考へられたほどその手紙は他人行儀だつたのです。しかしまあ、本当を云へば私と弟との交りは、形式的なつきあひだけで、お互ひの心の触れ合

ふ機会は非常に少かつたのです。私が実際に知つてゐる弟は、小学校五六年生までのことです。弟は、その時代の少年としては珍しい律気者で、子供のくせに遊びもせず家事を手伝ふといつた、修身の教科書にでもあるやうな所謂模範少年でした。謹治といふ名を持つ弟はまるでその名前に支配されてでもゐるやうにくそ真面目で、小学校時代に友だちと喧嘩をしたことがないと云はれてゐました。人に打たれても打ち返すといふことをしなかつたといふのですから。それなら意気地なしかと云へばさうでもないらしく、級長をしてゐたことなどを思へばおそらくよく出来てゐたのでせう。私はこの弟が十二の時に結婚して生家を出たまゝ、まるで弟とはかゝはりなく二十年近い年月を東京で暮しました。その間に二三度も会つたでせうか。結婚した翌年私が始めて生家に帰つた時、弟はもう叔父の家へ養子にやられてゐて、私がその養家へ訪ねていつた時にも弟はたゞにこにこと笑顔を見せただけで、ろくに話もしませんでした。大きな地球儀を土産にやると、さすがに嬉しかつたのか、「おほきに」と礼を云ひましたが、子供らしくそれをいぢくるでもなく、机の上に置くとすぐさま降りていつて、鍬をかついで畑へ出てゆきました。私は何となく可哀さうな気がして、生家へ帰るなり、「どうして謹治を養子になどやつたの」と母をなじりました。謹治がよその家へ子にやられて、苦労をしてゐるやうに考へ、そのために子供らしさが尚更失はれてゐるやうに思へたからです。

「でもお前、謹治は進んで貰はれていつたのだよ。たつた二人の男の子だし、私や不承知で何とか思ひ止まらせようと思つたんだがね、何しろ常吉——叔父の名——が、うちへ子に来れば上の学校へやつてやるからと本人を口説いたので、一も二もなかつたんだよ。それに第一お父つあんが大賛成で、貧乏人の二男ぢや分家したつて分けてやるほどのものはないんだから、他人の家ではなしゆけゆけつて云つたもんだからね」

「あたら男の子を」

「さうだよ」

しかし、さういふ母自身も別に後悔(こうかい)してゐる風もありませんでした。私は、大人たちが小つぽけな打算から子供を勝手気儘に扱つてゐるやうな気がして、暫くは謹治のことが心に引つかかつて離(はな)れませんでした。しかし、事実はもつと単純に自然に謹治を養家の子としてゐたらしいのです。謹治自身生みの親によりも、母の弟である養父によく似た顔をして居り、そんなことも謹治の養家に於ける在り方を決定的なものにしたやうです。

二

謹治は海辺に育つた少年らしく、その志望通り商船学校に入り、卒業と同時に海の上で暮すやうになりました。そんな訳で、謹治とは外の兄妹(きやうだい)とのやうに心を通はすことも少かつたのです。その間に一度、商船学校の白い制服の写真を送つてよこしたことがありましたが、驚くばかりの成長ぶりは、ますます弟との間に開きを感じさせられたやうで、何度も出して眺めてゐてもちぐはぐな気持がしたのを覚えてゐます。それは弟だといふ事実を知つてゐるから弟なので、もしも私がその事実を知らなかつたなら従弟だと思ひこむだらうといふやうな、そんな気持なのです。しかし弟である事実から半ば義務的にきやうだいとしての関心を持たうとしてゐたやうです。商船学校を卒業した翌年、弟は結婚しました。それは養母が病気になつたため、家で働く者がほしかつたといふ理由から、急に持ち上つた縁談だつたのです。結婚式は花婿が帰郷の機を見てといふことになり、花嫁だけの披露式が挙げられました。私の郷里は瀬戸内海の小さな島なので船乗りも多く、従つて花婿の留守宅へ花嫁を迎へる、かうした結婚方法は別に珍しくはありませんでした。ですから、それを何とかむづかしく考へようとは思ひませんが、弟の場合あまりに唐突だつたので、私はひそかな不安を抱きました。私自身もその披露式に参列した訳ではなく、ただ心ばかりの祝物を送つただけだつたのですが、それから三ケ月もたつた頃、弟から祝物の礼状がきた時、ふとその不安を感じたのです。弟の手紙は、まるで代書屋に書いて貰つたやうに味も素つ気もないものだつたからです。結婚の喜びや、新妻に対する心の動きはちつとも感じられないほど、簡単なものなのでした。

「弟は嫁さんが気に入らないのではないかしら」

私は夫に向つてそんなことを云つたくらゐです。しかし、これは私の杞憂だつたことが間もなく分りました。父の病気見舞に帰つた私はその時、初めて弟の新妻である芳子に会ひ、すつかり安心しました。一目見て、私は芳子の素直さが気に入り、そして、そのことから弟への愛情までが湧いてくるのを覚えました。その時芳子はもう大分目立つお腹をしてゐました。六月のことで、村は麦刈りをすませたばかりの時でした。芳子は大きなお腹を抱へて、私のために二番麦でハッタイ粉を作つて土産にあげようと云ふのです。縁側に持ち出した石臼を真中にして、私は芳子と向ひ合つて坐り、二人で石臼を廻しました。芳子の手はぽちゃ〳〵とよく太り、骨が丸く見えました。ハッタイの香ばしい匂ひと、ごろごろ廻る石臼の音の中で、私は聞いてみました。

「ね、謹治つてどんな男？」

芳子はびつくりした顔になり、瞬間臼への力がにぶつたのか、私の手は急に臼の重たさを感じました。彼女にとつては無躾な質問にも驚いたのでせうが、私の問ふ意味も分らなかつたにちがひないのです。

「私はずつと東京でせう。大人になつてからの弟を知らないの。声まで知らない。今はきつと芳子さんの方がずつとよく分つてるわ。いい人？　悪い人？」

芳子は、あらあ、と云つて赤くなりました。すると急に臼が軽くなりました。彼女は何を思ひ出して石臼を廻す手に力が入つたのであらうか。ただ私は、彼女が弟に対して不満など微塵も持つてゐないことを感じました。私は笑ひながら、

「ただね、私が知つてゐる弟は、くそ真面目な男の子だつたことだけよ。今もさうかしら」

芳子は眉を開くやうな表情になり、

「本当ですわ。私がかつぐと、あの人すぐ本当にしてびつくりするんですもの。冗談なんてうつかり云へないんですよ」

さう云つてくすくす笑つた。芳子は結婚後半年の間に四回、船が帰る度にその入港地へ呼びよせられたと云ひ、

「あの人つたらね、二人で並んでなど決して歩かないんですよ。あんまり度々細君を呼び寄せてゐると、笑はれるつて云ふの。私びつくりして、ぢや、この次は来るの止しませうかつて聞きますとね、結婚早々の女房が来なかつたら、振られたんだらうつて又冷かされるつて云ふんですの」

芳子はくつくつと押へたやうな笑ひ方をしました。私は弟が昔の通りの真面目屋であり、その真面

目屋の中には多分の恥かしがりが含まれてゐることを知つたのでした。

三

芳子は長女を生み、続いて二女を生みました。その知らせをうけた私はさゝやかながら楽しい産衣を見つくろひながら、

「芳子さんはまだ二十才でせう。ずゐ分有望ね。十人位の子福者になるかも知れないわ、そしたら一人位、うちでも貰ふんですね」

などと夫に向つて云つたりしたものです。私は弟が養子にやられた時の不満など忘れたやうに得手勝手を云ふ自分に気づいて、心の中で苦笑しました。

大東亜戦争以来海員の働きは第一線の兵隊さんと同じく、家庭を省みる暇もなくなつたことは云ふまでもありません。戦局の進展と共に、私たちはひそかに弟の無事を祈つてゐたのですが、戦病死の知らせをうけて初めて、南の海に活躍してゐたことを知りました。私はすぐ芳子に手紙を出しました。芳子からはすぐ返事がきて悪性マラリヤにかゝり、僅か一日で死亡したことを知らしてきました。そして例により変にかしこまつたやうな調子で、戦病死とは云へ日頃覚悟してゐたことが遂に来たまでですと書かれてありました。立派と云へば立派すぎるその覚悟の程にほつとしながらも、私は妙に寒い気持になりました。この頃の若い妻たちは嘆くことも悲しむことも出来ないのだらうかと思つたくらゐです。弟が最後に郷里の土を踏んだのは去年の六月のことで、一ケ月の休暇を終ると、いよいよ軍籍に編入され、油槽船の船長として一刻を争ふ激しい戦ひの海に在つたことなども、私は義妹の手

紙で委しく知ることが出来ました。

しかし、何となく、まだ物足りなさを感じながら、とりあへず帰郷した私は、先づ弟の家を訪ね芳子の憔れはてた姿にびつくりしました。あのよく太つてゐた芳子はまるで別人のやうにやせてしまつて、急に年とつて見えるのです。弟にそつくりの今年生れの赤ん坊に乳首を含ませながら、こみあげてくるものをのみ下しのみ下しする彼女の胸は、大きく波打つて、暫くは言葉もありませんでした。

「元気出してね」

さう云ふと、芳子は、

「えゝ」

と大きくうなづき、しばらくしてから、

「泣きたいのは私一人でないんですから」

と云つて微笑しようとするその頰をぽろぽろと涙がころがり落ちました。私は手紙には書けなかつた芳子の真情にふれて、貰ひ泣きをしました。

「恰度十年でしたわ。その間で、一番長い家庭生活といふのは、去年の一と月の休暇なんです。私が何より残念に思ふのはこの赤ん坊の顔だけを知らないで亡くなつたことです。あの人はほんとに子供を好きでしてね、家にゐる間中、両脇に抱いて寝たんですよ。その子供を、これから私一人が育てるなんて勿体ないと思ふのです。それにあの人は家庭をもつて以来、いゝえその前からでもいつも働くことばかしだつたやうですもの。ほんとにくそ真面目であの人ほどロマンスのない人はなかつたでせうね。ロマンスつて、恋愛的な意味だけぢやないんですけれど、いつか私がそのことを云ふとね、あの人はやはりそれを恋愛的なことのやうにとつて、そんな暇がなかつたつて云ふんですもの。でも子供だけは何て云ふんでせうね、あの人の生活信条を外した可愛がり方でしたわ。しかしこの赤ん坊だけは一度も抱かれなかつたんですもの。私、何だか一生の中にはぜひこの子をつれて一度昭南島へゆきたいなんてこの頃よく考へるのですよ。そしたら昭南島の夢をよく見ましてね。あの人が死んだので、私が代りに働くことになつてゐるんですよ。それから、親身も及ばないやうな看護をしてくれたといふ看護婦さんにも会つて、いろ〳〵臨終のことを聞いてゐるんです。夢で見た昭南島の景色なんかもはつきり頭にあるんですが、きつとこれは絵はがきか何かで見たのでせうね。私はほんとに機会さへきたら、昭南島へ行くつもりなんですよ。この私が、こんな大きな夢を持つなんて、それから、あんなにロマンスのない人が、自分の妻にこんなことを思はせるやうなロマンチックな死方をするなんて、何だか皮肉ですわね。こゝまで云つてしまふと何だか自分たちの家庭生活がいよいよお終ひになつてしまひさうで、私は本当に今日まで人に話もせず、又泣きもしなかつたんですけれど、今日からは大きな夢の方に生きませうかね」

無口な芳子が、この時は限りなく話しつゞけるのでした。私はたゞふんふんと返事をしながら、夜の更けるまで聞き役をしてゐました。それで幾分でも芳子の未亡人としての新しい生活の方向が決定されるならばと思つて。芳子は来年から国民学校の教師にならうと云つてゐるのです。

四

私たちは弁当をもつて、お昼前から学校へ出かけました。学徒の勤労奉仕で芋掘りも大体終り、麦蒔き前の、ちよつとゆとりのある季節なので、近年はこの秋の運動会が村民の楽しい年中行事になつてゐるといふことでした。お百姓ばかりでなく、漁師も商人も大人も子供も家を空つぽにして学校へ集つてきてゐるやうでした。山裾にある学校の運動場は、まるで盆地にあるやうで、見物人は山の傾斜面などにめいめい筵で席をとり、昔の野天芝居でも見るやうな有様でした。二十年ぶりに見る運動会は菊の花を両手に持つて踊つた私の少女時代の運動会とは全く異つて、学童の防空演習などもあり女の子は予科練の遊戯をし、男の子は航空体操です。学童の徒歩競走が始まると、声援する声々は村中に響き渡りました。それは凡ての私心を離れ村民が一体となつて喜び戯れてゐる姿です。見渡すと、いろいろな出来ごとにあつた人たちの顔が並んでゐます。校庭の桜の木の下で老夫婦揃つて軀をのり出して打興じてゐるのは三人の息子を国家に捧げた人です。孫のために今日はこゝへきてゐるのでせう。遺家族席を離れて、老夫婦二人で何かしきりに食べてゐます。来賓席の隣の遺家族席には、若い未亡人や年老いた親たちが顔を並べてゐますが、どの顔もおしなべてたゞ一つの喜びの表情ばかりです。弟の戦病死はまだ公報がないからと云つて芳子はその席へはゆかず、私と一緒に校庭の窓下の一般席に立つてゐました。部落対抗の綱引の時、私は芳子に代つて赤ん坊を抱いてゐますと、世話人が芳子を呼びにきました。芳子の部落側で二人足りないから芳子にも出てくれといふのです。

「出なさい、出なさい」

尻込みをしてゐる芳子をけしかけると、芳子はモンペの着くづれをつくろひながら悪びれもせずに出てゆきました。綱引には桜の木の下の老人も向ふ鉢巻に尻端しよつて出ました。一二の三よ、のかけ声もをかしく、やんやの中に芳子の部落の勝ちとなり、みかんを貰つて芳子は席にかへつてきました。上気して汗ばんだ芳子の顔は急に元気が溢れ出てきたやうに見えました。最後の村民競技として「生めよ殖せよ」に移りました。合図の笛の音で駈け出した人たちは、途中の到る所に待ちうけてゐる小さな生徒とジャンケンをします。勝つとそれが自分の子になるのです。子をつれた人はそれを負ぶひ、又は抱いて走ります。次の場所で又ジャンケンです。子供は二人になり三人になり、おしまひには五人も六人もの子供に腰や手にすがりつかれて、それを引きずりながら決勝点へ入る人もゐました。独身の坊さんが五人の子を授けられたり、子沢山のおかみさんが、こゝでは一人も授からず、やつきになつてジャンケンに力を入れてゐるのも人々の笑ひを煽りました。

「私も出るわ」

芳子は誘はれるまゝに、赤ん坊を私に託してある一組の中へ入つてゆきました。学生時代には駈けつこに早かつたといふ芳子でしたが、今日のスタートは誰よりもおそかつたのを見て、私は芳子の疲れを察しました。しかし、芳子はジャンケンをする度に子供を与へられて、忽ち六人の子持になり、一人を背にぶら下げるやうにし、二人づつの子供を束にして両手につなぎ、一人を腰にからみつかせて走りました。走るといふよりも、それは歩かせてゐるといふやうな悠長さでしたが、彼女は始終にこにこ笑ひながら腰につかまつてゐる子供に何か云つてゐるのです。それを見てゐると女教師になるといふ芳子の将来が非常に自然なことに感じられ、よかつた、よかつたと、私はひとり心にうなづきました。

「ほれ、ほれ、お前のきやうだいが沢山出来たよ」

私は無心の赤ん坊に語りかけながら、流れる涙をそつと赤ん坊の着物の袖でふきました。

大佛次郎

短篇小説

遅桜

一

駒寄を廻らして昼間も扉を閉ざしてある総門の横手、差当つて木戸口と云ひたいところだが、戸はなくて出入り勝手の通行口から、信乃は一歩寺内に入りかけ、声は立てずに、あつと叫んだ形であつた。

一目見た刹那は満目の花と云ひ得た。夕陽（ひ）が西側の山の影を地面に置いてゐたが、擢んでて高い茅葺屋根の楼門から、そこまで続く満開の桜の並木が、うらゝかな入日の光をじつとりと含み、濡れて輝くかの趣きだつたのである。

月並の物の言ひやうだとは知れてゐるが、花の雲。建長興国禅寺と二行に書いた額を掲げた楼門が、目前に高く見えるせゐだけではなく、木は一様に花傘をひらいたやうに枝が低い、これが花壇のやうに一面であつた。四月もなかば過ぎ、巨袋坂一つ越えて南に向いた八幡の段葛のそれが、風もない真昼も吹雪と散り初めてゐたことではあり、次は八重かと思はれたものが、同じ鎌倉内に在つて山一重を隔てゝ、この花ざかりであつた。

信乃の戸惑ひしたやうな心持は、花を思はずに

巻号
第二
第二

こゝまで来たと云ふ理由にも因つた。信乃が思つて来たのは、山の松と柏槇の巨樹の、冬を越えて来てきびしいとも云へる青一色の世界であつた。それも、南海に散つたと公電を受け取つて半月も経たず、二十三歳の我が子のいつまでも尽きぬ思ひ出と絡めて、花は念頭になかつた。鎌倉に寺の多い中にも禅寺らしい閑寂な環境、こゝの開山堂の昭堂の建物、これは自分が好きで、金釦の学生服の衛（まもる）を連れては再三、散歩に来た場所であつた。

「また、お父つあんの昭堂か！」

と、からかふやうに云ひながら、日頃はいそがしい父親と暢かに歩くのを悦んで出て来た衛（まもる）を、そのまだ英霊とは云ひ切れぬ面影を、親の心ではいつとはなしにこの堂の寂寞とした清潔さに、結びつけて考へてゐる。

建長寺昭堂、室町期の古い建立で国宝と成つてゐるが、杉の香のする坂道の奥、山ふところに隠れてゐる上に、黒門の前に無断立入るを禁ずと黒々と立札もあり、ひととほりの鎌倉江の島見物の人々は愚か、この寺まで来た人さへ、かう云ふ堂があるのも知らずに了る。またそのせゐと云つてもよいので、仏寺の匂ひさへ感じられぬほどに空々寂として清らかに――信乃に云はせれば、これこそ立派に日本的なものさと、何がなしに大づかみに云つて自分のことのやうに誇りたくなる、さつぱりとして充実した力感を、この山蔭に、見せてゐたものである。

衛がまだ我が手の内に在つた時、信乃は繰返してかう話したものであつた。奈良へ行つてもかう云ふ寺はない。あの時代に渡来した華厳、法相の宗旨の色調にも依らうが、奈良の寺は豊かで絢爛としてゐる、どこか騒々しいとも云へるのだ。この堂は禅寺だ。華麗な装飾はないが、それこそ無一物の姿で、白木の清々（すがすが）しさで淡々としてゐる。武家時代と云はれた昔の鎌倉を象徴するやうに、充実した力感と簡素な精神とを素朴に太く示してゐる。円覚寺の舎利殿でさへ、これに比べると、流麗優雅な女性的なところがある。この堂は男だ！　忌味なく、がつちりとしてゐて精神的に爽快なのだ。かう云ふ建物は武士の根城に成つてゐた鎌倉でなければ見られない。聞かせても学生服の衛に解るとは期待せず、たゞおのれの発見を誇つてさう説いて聞かせずにはゐられなかつたのが、まだ子供のやうに信じてゐた衛に立派に死なれて見て、ふと或る時、昭堂のことを思ひ泛べて、身もふるへるほどに深い感動を覚えた。衛にわかつてゐたのか？　それこそ親の慾目と云ふこともあるのだから、さうと信じるまでに到らぬ。しかし採用となるまでは親にさへ遂に断りなしでゐて学鷲と成ると、若い命を捧げて潔よかつた我が子なのである。お前にも分つてゐたのか？　これだけを尋ねられぬのが、信乃には心残りだつた。そこまでの男らしさを持つてゐた我が子とは、親が知らずに来たのであつた。衛は口数のすくない子供であつた。物も云はずに、行動に出て、それが栄誉ある最期と成つたのである。

その子の死を東京から慰めに来てくれるらしい友達の親切を受けて、北鎌倉の駅で会はうと云ふ約束、途中の道筋に在る昭堂へ寄つて見る心は動いてゐながら、不意と眼前に現れたこの花は、予定にはなかつたものだが、都会から来る友達の為には好い馳走と思はれた。東京あたりの埃つぽい花とでは、しつとりとした光からして比べものに成らぬ。高い楼門のほかに、柏槇の巨木が背景となり、なほ、あたりに美しい松山が、幾重にも重なつて、この低く垂れてゐる花の雲を抱いてゐるのである。

満足してさう眺めながら、信乃の足は、自然と昭堂の坂道へ向つた。細い杉の木が道に乱雑にすくすくと立ち、冬の雪折竹が崖から垂れて往来の邪魔をしてゐるやうな小さい坂道である。乗物の不便もあつて、五山の第一、建長寺はまだどことなく田舎寺の頼もしさを留めてゐる。

二

昭堂の中心は、白昼も絶やさずに堂の奥に点(とも)つてゐる燈籠の灯影に在るやうに信じられた。

　茅葺の堂の内部は、前庭に堂を隠すほどに枝をひろげてゐる柏槇の大樹のせゐで、薄暗く成つてゐる。門を入つて近寄りながら、云はゞ堂は洞穴のやうに暗く、その奥に、この一点の灯が点つてゐて人の目を惹くのである。そのほかに、堂内には何もなかつた。一段と奥に戸口があつて、それから先が開山の龕と成つてゐるのだが、厚い扉を左右にあけてある時も奥は遠く、閉ざしてあれば薄く苔の色を置いた土の固い平土間がひろがつてゐるだけで、広いだけで、がらんとして鉄の香炉を一基、奥に据ゑただけのものと成る。燈明は、そこに燃えてゐて、近づく者の瞳に映る。堂の全部の中心と成つて、この灯がある。焦点を、かちつと決めて、あたりの空気をひき緊めてゐる。誰れしもさう感じるのだ。灯と云ふものは、いつも人の心を惹き寄せる。殊に、あたりが暗いと、さうなのである。

　その灯の為には外の春の光がまだ強過ぎるかと危んで門を潜つた信乃の瞳にも、黄ばむだ色が、堂を領める幽暗の中心と成つて見えて来た。堂の前に斜めに大きな幹を見せてゐる柏槇の樹は伝説があつて舎利樹と名付けられてゐる。寺内の別の場所に欝然と林を作つてゐる同じ樹が、開山が宋から遥々と種子を持つて来たと伝へられてゐるのだから、すくなくとも鎌倉時代から六七百年の樹齢を重ねて来たと決めて見てい丶老樹で、幹の太さも幾抱へかある。無造作に、この巨木は堂の前面を斜めに横切つて立ち、枝を低く垂れてゐる。堂の大半を隠してゐる方途のない立ち方がまた、東山時代の水墨画にのみ見られる禅味を帯びて大胆な構図とも云へた。昭堂の建物はこの樹を失くしたら、雄勁にひき緊つた趣きも半減する筈なのである。

　花はこ丶にはなかつた。舎利樹の沈んだ青い葉の色とともに、堂は寂び、この春昼の午後にも、建立せられた室町の時代からの闇を、口一杯に含んでゐて、近寄る者を迎へる。宝珠の形をした茅茸の大屋根には、草が萌えてゐるのである。

朦朧と燃える一点の灯は、この闇の奥に黄ろい。そして、こゝには何よりも人がゐなかつた。坊さま達が座禅を組む堂が両翼に在るが、こゝに人がゐたとしても、ひそとしてゐて、石だたみを踏む自分の足音だけが信乃に随いて来るのである。

信乃は顔付まで敬虔であつた。五十にならぬ男ざかりの上に美貌の故に年よりも常に若く見られてゐる男が、あたりを領めてゐる目に見えぬきびしい空気を顔の皮膚に感じてゐる。また、この中に溶け入るおのれに、人には説明出来ぬ幸福を覚えて行くのである。

「衛。」

振向けば、すぐに子供の明るい顔が見えるやうであつた。

「忘れちやゐまい、また、お父つあんの昭堂だ。」

神となつた衛は、信乃の背後について来てゐるのではなく、暗く見える堂の奥にゐるやうであつた。舎利樹の枝が伸びてゐる絹をひろげたやうに青い空から、信乃を見まもつてゐるやうでもあつた。きびしさに涙はなく男らしい、その快よさもあつた。

堂へ入ると四壁は裸かで、灰色をしてゐる。壁の腰を取つてある羽目板も、雨の日にも自在に通ふ外気に風化して骨のやうに白いのである。礼拝する仏像もなく基壇もなく実に、がらん洞の空間であつた。天井は高く、堂内は水を湛へたやうに、ひやりとしてゐる。しかも、その中に立つてゐると、寂寞としたまゝの無一物の状態が、信乃の心を動かして来るのである。洗ひ去つたやうな感情の爽やかさである。

三

「その堂から出て……下界の、と云つては、まだ勿体なからうが、楼門の前の花の雲のところへ降りて来た。花にさす夕日の光が、いよいよ明るくて、実にきれいだつたんだが……」

「それで?」

「妙な人間にばつたり出遇つたのさ。」

友は、無言で盃をふくんでゐたが、信乃がまた心の正直な、すら〳〵した調子で、

「昔の女さ。」

と云ふと、目を上げて見て、急に、

「へ、へ、出たか！」

にやりとして、もう、かなりに酔つてゐる膝を乗出さぬばかりであつた。

「それで、おいらも、ほつとした。」

「……」

「どうも、何となく、……話が……やはり、なんだよ、息子の戦死と云ふ影か何か、君に取憑いてゐるんで……気の毒なやうで辛抱しながら聞いてゐたんだが……出てくれたとは、やつぱり昔の信乃公だ。どんな化物か知らぬが、これァよく出てくれた！」信乃もぷつと、吹出しながらも、

「真面目に聞いてくれよ。そんなもんぢやないんだ。」

「は、は、は、……信乃公だ。信乃公だ。そんなもんぢやないんだ、も、久しいものだぜ。思ひ出すなあ。自由主義華やかなる時代、と近頃は妙ないびられ方をしてゐるが、もう、一代、もう一遍やつてくれと頼まれたつて、あんな馬鹿は出来るわけのものぢやないが、過ぎてしまへば、なつかしい。さう素直に白状出来ない奴がゐたら、俺れァ大嘘つきのこん〳〵ちきだと思ふ。」

かう云つた男が、催促顔に成つて、

「で？」

「……」

「誰れなんだよ？」

「久(きう)べいの、知らない口だ。」

衛(まもる)のことが、影のやうに胸を通るのを感じながら、信乃は、心地よく酔ひも廻つてゐた。近頃ない機嫌であつた。

「河豚仲間の久べいだから、話せることだなあ」

「思入れは願ひ下げた。」

酔つた目が、ぶつかつてお互ひに笑つたが、信乃は、やはり、惹入れられてしみ〴〵とした顔に

戻りさうに成る。

「我慢してくれ、また、衛の話だ。若さ、と云ふ奴――俺れたちが散々、虐使つて勝手なことをした、その若さと云ふ奴をだな。」

「云ひなさんな、それァ……俺れも真直ぐに考へたことだ。実に、みんな、若いからなあ！」

「……」

「潔よい、とは、よく云つた。きれいなんだ実に。……まつたく、こちとらのやうに、今の年齢までのんべんだらりと生きてゐて、脳天は薄くなるし、この辺が白くなつて……思へば馬鹿なことをやつて来たものだ、と、笑つて済むんならいゝが、夜半に起きて急に思ひ出して、忌々しくてたまらなくて、空の咳払ひが自然と出るやうな年頃と成つちや、どう見ても、きれいとは云へない。……まつたく積悪と云つた感じだ。何より、健康に毒さ。」

「いや、そこまで、僕を交際はせなくてもいゝ。」

「いや、お前さんのは、澄し屋で、気取りが多かつたと云ふだけよ。その代りには、俺れよりも罪を作つたと云ふものだ。」

「そんなものぢやないよ。」

信乃も、いつか惹き入れられて、昔の若い日の調子だつた。言合せたやうに、二人とも猪口をふくんで、話は途切れ、しをらしく、しんとした感じだつたが、

「まつたく、春らしい、暖かい晩だなあ。」

と、感に耐へぬやうに外の、月明りの地面に白い花へ目を走らせて、

「聞くぜ。承りませう。」

「いや、……」

「てれなくていゝ。お互ひの仲で。」

「いや、あつたと云へば、有つた。なかつたと云へば、さうも云へるやうな……」

「急に、逃げることはない。」

「本統なんだよ。確かに、どつちからも惚れてはゐた。また、ぢり〱ともうどうか成るより他はないと云ふところまで来てゐて、その癖、その、立ちすくんだまゝの姿で、うやむやに別れて了つ

た、と云ふ、」

「好かねえね。」

と、昔からの癖で、ぴくりと太い眉が動いて、

「なさけなや。信乃の、例の、罪作りの手か！」

「が……」

酔つた信乃は、洗ひざらひ、その場に投げ出して了ふやうな調子で云つた。

「僕ァ、惚れてゐたんだ。まつたく……どんな無理をしても、世話したいとまで思つた。」

「……」

「昔話だがね。」

「一々、水を割りなさんなよ。合の手は抜きだ。今はどうだ？　今日、そこで出会つた工合ぢやァどうだ？」

「久べい。」

きびしさは、やはり、消し難い衛の追憶の為であつた。かう云ふ席、また、かう云ふ古い友達に向けて、と、すぐに顔色は柔らぎながらも、

「年齢を考へてくれ、僕は四十七だ……。」

「若いさ、老けたがるのは、お前さんの勝手だらうが……久振りだ。念入りに、意地の悪いことを云ふぜ。まだ、お前さん、若いよ、それからだなあ、……どう云ふいきさつがあつたか、俺れァまだ知らないでゐる。が、信乃公が正面を切つて、惚れてたんだと云つて、だね。その間幾年経ち候か知らないが、ぼんやり、とそのまゝかへ？　いやさ、何ともないものと立派に云へるのか？」

「……」

「え？　信乃。」

「すこし……煩い。」

「煩からうとは、冒頭に断つてあるんだよ。それからだな、俺れァ、馬鹿と云ふ馬鹿を、あらかた仕尽して来て、手前でも、もう卒業したと考へるやうに成つてから。初めて悟りを開いたのは、人間の値打は、この、……相手は、人にしろ仕事にしろ、本統に相手に惚れることが出来る人間かどうかで決ると云ふことだつたんだ。坊主臭くて憚り多いが、人生の第一義がこれさ。おいらがし

て来たのが馬鹿の骨頂だと自分で云ふのも、何度繰返したところで同じことの、切れつぱしだけの惚れ方をして来て惚れたの、はれたのと思ひ込んで来た到らなさだ。惚れるのは、心の真実な人間に限つてゐる。馬鹿か抜作かも知れんよ。しかし、そんな人間が目の前へ出て来たら、俺れァ本統に頭をさげる。」

「……」

「近頃の、街の人情、すたれたと云ふ。若い奴が、いくら工場で働いて草臥れてゐるか知れないが、電車の中で、よぼ〳〵の年寄を立たしておいて平気で腰かけてゐられる、と云つた、ありきたりのことなんだらうが、世間がそれかと思へば、見てゐてなさけなくもなれァ日本の行く末のことを考へて淋しいとも思ふ。人に、しん底から惚れたと云ふきれいな話が聞きたかつたんだ。えゝ。」

「酔つてゐるぜ。」

と笑つて見せたが、流石に、目を伏せた時、信乃は、しみ〴〵とした物の見詰め方であつた。

「お互ひ、古つぽけた。僕のも、やつぱり切れつぱしだつたらう。のぼせ上つたと見えて、やはり上(のぼ)り坂の途中でがくり、だ。真気(ほんき)のやうでゝ……難しいものだつた。今日のなんぞは、三年振りの対面で、どきつとしたのは、顔を見てその人間と気がついた刹那だけのことだ。楼門の方から花を潜つて、おつな、若い奥さんが来ると思つて……見損じも起る筈だ。近頃の、防空服姿。男のズボンにジャンパーと云ふ出立(いでたち)だらう。お正月のお座敷にあびるほど飲んで出(で)の着物の裾を取つたまゝ往来の門松へ、——休むつもりで島田に結つた首を突込んだまゝ、夜が明けるまで知らずにゐたと云ふ、小意気な気性(きつぷ)の女とは、見えやうがない。」

「ふむ。あのぺら〳〵した、御幣を持たしたら山王様の申し子みたいな、上下(うへした)揃ひの、色物のもんぺいぢやなかつたのだな」

「男装さ。立役(たち)の衣裳か。」

「母びと、賞(ほ)めておやりなされ、だ。似合つたらう。いやさ、美人だつたらう。」

「若くは見えた。」

「手放しでおいであつて結構。」

「いや……」

と、やはり、てれた顔付に、若い日の面影は見えた。純で、人みしりまでして、話を引出すのには、よほどお神酒が入らないと取扱ひにくかつたお坊ちやん育ちである。

「こつちが思はず赧くなつたぜ。会へば云ひたいことも云はず、酒ばかり乱暴に飲んで、別れて……事情もあつたが、云へば、そのまゝ生殺しに遠のいて了つた。そいつが、どつと、思ひ出されて来たんだ。」

「……」

「動きが取れず切ないばかりだつたその時分の気持が、ひよい、ひよい、とだな。」

友は、手を拍つた。

「うぶだ。……何年振りだつて？」

「三年……もつとも、それ以来、あゝ云ふ土地からも一切きれいに足を抜いた……さうよ、その翌々年が、衛（まもる）が、飛行機へ乗るやうに成つた年で。……」

「まア坊には、この幕は、ちよつと遠慮してゐて貰ひたい。飲んでくれ。男酌だ。兵隊……と行かう。いや……それで、何を話した？」

「碌な挨拶は出来ないさ。」

「ごもつともだ。暫く、か？」

「……」

「なつてねえなあ。」

と匙を投げたやうな首の振り方で、

「しかし、勿論、この茶屋も待合も、ふつつりと消えた御時世で、看板はおろしてゐるんだらう。いやさ、て、挺身隊か？ 検番の二階へ大小老若集つて、殊勝とは云ひたいが、シャツのボタンかゞりか、薬のレッテル貼り。変れば変る世の中だ。聞いてやつたか？ ちえッ、ぢやァ何を話したんだよ？ 「暫く」は分つてゐる、その次だよ。え、まさか、御丈夫ですかぢやなかつたらうな。いつそ、こゝへ引張つて来れァよかつたに。」

「……」

「おいらならば、だね。そんな昭堂とやら云ふ抹香臭いところへ行つて、死んだ倅のことを、散々、考へた後なんだから、これこそ仏の引合……」

「冗談ぢやない。」

と、信乃は、思はず笑つて、

「さう云へば、向ふで聞いたよ、お宅でも、皆さんお変り御座いませんか。」

「ちえッ……」

「いや……その返事が、俺れもどうかしてゐる。うつかりと、有難う。」

「有難う?」

と、大きく云つて友達は目を皿のやうにした。

「それだけか?」

「……」

「衛君のことも話さずに?……ふうん。やつぱり、信乃公だ。それァ薄情だつたぜ。水臭く、挨拶だけか? 可哀想に。なつちやァゐねえ! せめて、まァ坊のことでも話してやれば、これァ人情だ。世間の変り目だつてもつとお互ひの胸にはつきりして……行きがかりも何も、消えたらうによ。罪な真似をしやァがる!」

俯向いてゐた信乃は、不意と顔を上げると、はつきりと云つた。

「それァ違ふだらう。」

「……?」

「衛は、俺れたちだけの子供だつたとはもう思つてゐない。手前の不人情の蓋をするのに、あれのきれいな名が持出せるか。」

酔つた勢ひもあつたが、両眼が熱く成つて来て、

「馬鹿云ひなさんなよ。久兵衛。」

友がまた酔ひがさめた面持で、

「そいつは堪忍だ。……」

「……」

「しかし……そんなもんかなあ。いや、俺れァ悪い気で云つてるのぢやない。男と女とのなあ。

未だに度しにくゝ古いのは、俺れだけなのか？」

「いや、それァ違ふ！」

「しかし、信乃公が世話をしようと云ふ気持まで出たと云ふ……そこまで行つた相手によ。お変りなく、有難うつて……そんな淋しい世の中があるかい！　もう、ちつと、人情は……」

「……」

その淋しさがわからぬ信乃ではなく、笑ひそらしながら窓の外に向けた目は暗かつた。

「久兵衛の云ふことは分るよ。しかし、だな。……」

「うんにや、わかつちやゐねえ。」

「ぢやァ、どうする？」

「かうしろと云つて動く信乃ぢやないだらうが……鎌倉で、さう云ふのが泊りに来るやうな家は、どこと、どこだ？」

「なんだ！　今から捜す気か。」

「馬鹿と云ふだらう。」

「そんな家は、今どき、もうないだらう。どこも、工員の宿舎だ。」

「淋しいや。人情だけは、ほんの切れつぱしでもいゝんだぜ。御時世の変つたのは、俺れだつて遅ればせながら充分承知のことだ。たゞ、その、人のなさけと云ふ奴よ。」

「久兵衛。それが一々、思ふとほり出して見せられゝば、この世に苦労はないのだ。」

「そんなことァ知つてらあな。だが、よその国ぢやない、日本によ。俺れァ嫌だね。薄情な奴は嫌ひだ。たかゞ、あゝ云ふ社会の女、たかを括つてさう見るのが……」

「違ふ、久兵衛、それァ違ふ！　そんなことが、お前に分らないか。……変に、こじれたもんだ。飲まないか。」

差せば受ける。が、しんとした顔付に、それこそ昔からの、この友人の一国な気性が、なつかしくも、またこの場には迷惑千万にも、ありありと描き出されてゐて、信乃は思はず沁々となつて来る顔を起した。

「よく、喧嘩しちや酒を飲んだが……」

子供まで戦場に送る年齢になつてゐて、歳月から来る侘びしさとでも云ふのか、昔ならば笑つて済ませたことが、懈く、溶け切れぬものと成つて胸につかへてゐるやうであつた。

「機嫌をなほしなよ。」

「別に腹を立てゝゐるわけでもねえが……」

何となく、外の世間と自分との間に在る喰ひちがひとでも云ふのか、こちらの胸に在るのは、その苛立しさに違ひなく、旧友に向けたものではなかつた。

「月がいゝから、花がきれいだらう。」

「うむ……」

億劫さうなのに、信乃は思はず微笑つて、

「昔どほりの久兵衛を見た。」

「お前さんだつて、如何にもさうだ。確かに会へば、年齢は忘れる。」

「そんな年寄染みた台詞も、偶には、出るのか。」

「自分だけ、何度、お飾りを潜つたか、忘れたやうなことを云やがる。」

ふいと、この男が何を思ひついたのか、前屈みの姿勢でゐたものが、まるく肥つた肩を幾たびも揺ぶるほどに、声を揚げて笑ひ上げて、その果に、

「さうかよ。」と、遽かに分別臭い声で云ひ放つた。

「信乃の色をんなも、今は、工場へ通つて、堅儀に働いてゐるわけなんだなあ！」

友達に向けた悪まれ口で云つたものが、質実に誰れも目を据ゑて働いてゐる観のある現代の有りやうが、遽かに山のやうに動かぬ重味のあるものと成つて、肩に迫るやうな心持であつた。いやは や、とんだ色ごとで、と一層にくらしく、出る筈だつた二の句さへ、塞がつて、

「これァ無理をして会はせようなんて、しないことだつた。やつぱり、俺れァ気がつくのが遅い方か。」

この男だつた。外へ出て夜桜の境内を横切つてから、信乃が得意で昭堂を見せに暗い坂道を連れ

込むと、月明りの柏槇の影を欄間に描いた夜の堂の奥に相変らず点つてゐる燈籠の灯の影を見ると、

「なんと。」

と、感心したやうに立ち止つて見て、

「この灯(あかり)は、妙にまた、艶(なまめ)かしい。」

昭堂の春の夜は、あたりの松山をこめて朧ろには違ひなかつたが、信乃とはまつたく正反対に、不思議な見方が出来るものであつた。

（了）

窪川（佐多）稲子

短篇小説

たゝずまひ

巻二第三号

四時にあく銭湯のいつとき混み合ふのも、夕御飯どきになるとちよつと透く。その頃合にと、幾枝は国民学校六年生の娘の芳枝を連れて行つてゐた。

通りの版行屋のおかみさんの顔を、幾枝は流し場の人の肩の間に見つけた。いつもならば別に気にとめるほどの間柄ではないが、二三日前からその店先に出征の旗が立つて、夫婦二人暮らしの、と言つてもついこのほど貰ひ子をして、生れたての男の子をおかみさんはいつも胸に抱いてゐたが、その夫が今日明日に征つのだ、と聞いてゐたので、幾枝は目についた。店先でよく愛想のいゝおしやべりをしてゐて、隣の花屋へお弟子のお稽古の花を取りにゆく幾枝を見かけたときも笑つて挨拶をする人で、眇目なのが却つて気性の、ある旺盛さを見せてゐるやうなおかみさんだが、今日は赤ん坊も連れず、気ぜはしさうに顔を伏せて洗つてゐる。四五年前、嫁に来立ての頃は、身じまひよく合せた襟元に白い割烹着をかけて、これは背のひよろ高い、もそつとした夫のうつむいて版行を彫つてゐるそばに坐つて自分も何か手助けをしてゐた。それが表近く通りへ真正面に向つて、しかも喰つ付くやうにして並んでゐるので通りかゝつた人が却つて急いで目を反らすといふやうな頰笑ましい風景で角の八百屋の娘がお花の日に幾枝のところに来て、くすつと笑ひながら話したことなどもあつた。その店先に出征の旗の立つたのを見つけて幾枝は版行屋のおかみさんの貰ひ子をした心根のうちに、今日の覚悟のあつた上かしら、と、しーんとした思ひをした。この版行屋の裏側に、芳枝の仲善しのみえ子ちやんの家があつて、そのみえ子ちやんから噂を聞いて芳枝が版行屋のおかみさんの話を母にしたのもついこの頃であつた。

「版行屋のおかみさんね。貰つた赤ん坊がもう、とつても、可愛くて可愛くてね、誰にでも自慢ばつかりするんだつて。そしてね。『私、お乳が張つてしやうがありませんわ』なんて言ふんだつて。自分が生んだんぢやないからお乳なんか出やしないのに」

版行屋のおかみさんの眇目の愛らしさをおもつて、幾枝は、ふーんと頰笑んだ。そんな噂話をするやうになつた芳枝の年頃も思ひ合せた。

手拭をしぼつて、芳枝より一足あとに風呂場から上つてゆくと、脱衣場の大鏡の前で、洗つたおかつぱの髪を梳いてゐた芳枝がくるりと母の方へ向いて、

「母ちやん、みえ子ちやん縁故疎開に変つたんだつて。」

と、低い声で早口に言つた。

「あら、さう、誰に聞いて。」

「版行屋のおかみさんが今、さう言つてゐたわ。」

いつの間にそんな話を交してゐたのか気づかずにゐたが、

「さうお、それは困つたね。」

と、幾枝も、初耳のその話に、気持はすぐ芳枝をいたはることに動いて

「ほんたうかしらね。」

「ふーん。」

小柄な方で、気持は細かく働く子だが、下のない故か幼なさのまだ脱けない芳枝は、感情をすぐ面に現はしたりすることを知らない。胸よりもまだお腹の方が張つてゐる子供つぽい姿を露はに鏡に写してまた髪を梳いた。櫛を引くたびに濡れたおかつぱの先から水気が散つた。

風呂屋の軒を出たとき、芳枝が、

「ちよつと、みえ子ちやんち、いつて来んね。」

と、言つた。

「あゝ」

と、幾枝が言ふと、芳枝はそのまゝ大通りを我が家とは反対の方へ走つて突つ切つて行つた。白地にえんじ色で大きく籠目を描いた浴衣の短かい下に、細い足が出て駈けて行くのを幾枝が見送つてゐると、うしろから出て来た版行屋のおかみさんが、これも気が急くといふやうに足を内輪に運ばせながら、小走りに芳枝のあとから大通りを駈け抜けて行く。夕陽が斜めに射して、勤め帰りの客をいつぱい乗せたバスが通り過ぎると黄色い埃が舞つた。若い人妻と、六年生の少女と丁度あと先きに一緒に走つて行つた姿を眺めてゐて、幾枝は、あゝ今は、みんな大変だ、と、その大変な気持を小さな我が子が感じて、走つてゐるのか、と可哀想におもつた。集団疎開をすることに決めて、仲善しのみえ子ちやんが一緒に行くといふことを唯一の心の頼みにしてゐた芳枝が、今聞いた話であわててゐるのが、その姿にいつぱいに出てゐた。

芳枝といふ子は、これまでの友達の交り方を見てゐると、ひとりの仲善しを作つてその子とばかり行き来をしてゐる方で、級長なども度々してゐながら決して大勢を牛耳るとか、みんなの中で人気ものになるなどといふことの出来ない性質であつた。兄の浩一の、誰にでも穏やかに、それでゐて一歩退いてゐて交るといふやうな性質とは正反対であつた。一年から四年までは、同じ組のかはりばんこに級長をしてゐた子どもと仲善しで、その子が五年の時から組が変ると、今度は、みえ子ちやんだけが芳枝の友達であつた。性質のうちにある粘つこさがあつて、それが今年中学三年生の兄ひとりで弟妹のない、そして、父親を早くから失つてゐて、活花の師匠をして暮らしを立ててゐる女親との静かな生活なので、余計に内側へ〳〵となつてゆく故かも知れなかつた。学校から帰つて来ても、何度か、「みえ子ちやんち、行つて来んね」と、その度に同じことを言ひ残しては玄関を出ていつたものだ。

そのみえ子ちやんがいよ〳〵縁故疎開と決まつて、芳枝がどんな風になるだらう、と幾枝は、集団疎開に近いうちに手放すだけに心にかゝつた。ときぐ〵自分の机の上で、タッタッ〳〵と鉛筆の音をさせて何か書いてゐた。そしで、それがすむと、「みえ子ちやんち、行つて来んね」といつもの言葉を残して馳けだしてゆく。手紙を書いて渡して来るのらしい。約束を破つたと言つて喧嘩でもしなければいゝが、と、母らしい気づかひで、幾枝は、慰めながら探りを入れることがあつた。そんな風もなくて、また別に愚痴らしいことも言はない。母親の前にも、いつも同じ顔をしてゐた。

いよ〳〵みえ子ちやんが紀州の祖父母の家へ立つといふとき、幾枝は芳枝を連れて近くの省線の駅まで見送つた。夜行で立つといふことで、同じ背恰好の二人の少女が手をつなぎ合つて先きに歩いてゆくと、折から昇つた月の光りを前から受けて、二人の少女の輪郭が黒く浮いて見えた。みえ子ちやんの母はひとりきりの我が子を送つて一緒に郷里へ立つので、大きなトランクを下げた見送りの夫とは離れて幾枝と並んで歩きながら道々も一緒に集団疎開と決めてゐて急に縁故疎開に変つたことを幾枝にすまながつてゐた。

少女たちの別れは母たちの前の故か淡々たるもので、白いピケの帽子をかぶつたみえ子ちやんが身体を斜めに曲げて気取つたおじぎをすると、芳枝も、

「さよう、なら」

と、外所ゆきの少女らしい張りのある声で言つ

ておじぎをした。

階段の上にその姿が見えなくなるまで見送つてゐて、それから幾枝は、芳枝の小さな手と自分の手とを握り合せて月夜の道を帰つて来た。

「また仲善のお友達をつくるのね、誰か仲よしになつて下さるお友達あるでせう。」

と、歩きながら言へば、

「うん、もと子ちやんとね、今度、集団疎開に持つてゆくビーズを買ひにゆく約束をしたのよ。もと子ちやん、とても偉くなつたのよ。」

と、いくらかの羞ぢらひを見せて言つた。

幾枝のうちでは、男の子は、勤労奉仕の工場から帰つて、今夜はまたすぐ数学の勉強に出かけてゐた。幾枝たちが我が家へ這入ると、座敷いつぱい月の光りが射し込んでゐる。電灯のスヰツチをひねると、却つて荒々しい明るさになり、無残に何かを踏みにじつたやうで幾枝は、

「少し電気を消してゐませうね。」

と、もとの月明りにもどした。

「少し、休まないか。」

と、幾枝は、女暮らしの気易さに畳の上に身体を伸ばして、ラジオをかけてゐる芳枝を呼んだ。芳枝が母のそばに同じやうに寝転ぶと、二人の姿が月の光りに浸つた。ラジオは、もう演芸放送も終つてニュースのあとの静かな音楽になつてゐる。幾枝は西洋の音楽は、誰の曲やら、何の曲やらわからないまゝ、その静かな優しい音の流れは耳に心よかつた。

「いゝ音楽をやつてゐるね。」

と、幾枝は、黙つてゐる芳枝に話しかけた。

「うん。」

と、母には背を見せてゐる芳枝はさう言ひ、暫らく黙つてゐたが、突然子供つぽく声を上げて泣き出した。しく〳〵泣き出すのではなく、いきなり高音に泣き出したのだが、女の子なので細く透る泣き声で、如何にも堪へてゐたものが急にほとばしり出たといふ風で哀れに聞えた。我が子のその泣き声を幾枝は、いじらしく聞いて、

「どうしたの、みえ子ちやんが行つてしまつたからかい。」

と、片腕に入りこんでしまふ肩を抱いてやりながら、言葉や表情には出さず、たゞ、これは大変だと一生懸命に馳けまはつたり、ぢいつと堪へたりする性質が、もうこの小さいひとりものに現はれてゐるのを、いじらしく可愛らしくおもつた。感情を面に現はすことを知らないのではなくて、もう押へることを知つてゐる性質なのだ。と、幾枝は女親らしく、自分の過ぎ来し方に思ひ合せて、女の子の将来をおもひやつた。

芳枝は暫く泣いてゐて、そのあと泣きやんでも別にその泣いたことには触れず、母親の蒲団をのべるのを、いそ〳〵と手伝つた。目にだけ泣いたあとを見せ、口元では頬笑んでゐる。自分が泣いたので、また母親と一層仲善になつたやうなうれしささへ見せてゐた。

芳枝のいよ〳〵集団疎開地の草津へ立つ日になつた。五年と六年は夜の汽車になつて、八時に出発であつた。立つ日まで浩一とふざけ喧嘩をしてゐたが、そのときになると浩一は、芳枝の持つてゆく鞄を自分が下げて、省線の駅へ先へ廻つた。父兄は、学校まで、少くとも省線の駅の改札口まで、ホームへは絶対に入らぬやうにと学校から申渡してあつた。

身体相応のリユツクを背負つて、ズボンをはいて、赤いベレー帽をかぶつた芳枝を連れて家を出ると、外はまつ暗で、やはり子供が一緒に立つてゆく近所の家からは、提灯をさげて出て来た。

「あゝ、おうちにも提灯があつたのに、持つて来ればよかつたね。」

何ひとつ手落ちのないやうにと、今日まで他の仕事も手につかず忙しがつてゐた幾枝は、提灯を思ひつかなかつたことが残念だ、といふ風で、暗い道を気負つて歩いた。あちらこちらの露路や横町から、子どもとその親たちが出て学校へ急いだ。

学校へついてみると、校庭にはもう同じやうにリユックを背負つた子どもが並んで、多くの親たちの上づつた声も聞えた。提灯が幾つも手にかゝげられて、夜のいで立ちはもの〳〵しかつた。

壇に立つて挨拶をする校長の、みなさんの御協力でいよ〳〵今夜出立の運びになりました、と父兄に向つて言つた声にも、苦労のあとが響いてゐた。男の子、女の子、今日の多くの正行たちは、声を揃へて、

「行つてまゐりまアす」と、叫んだ。

拍手の鳴りつゞく間を子供の列は校庭を出初めた。大きなざわめきがその列とともに流れ、子どものそばからおくれまい、と親たちが列の両側に小走りに従いて走り出した。幾枝も芳枝のかたはらに、弁当の袋を下げて急いだ。崖下の狭い道が、提灯の灯に守られた学童と親たちでいつぱいになり、子どもが馳けると親もいつしよに走つた。

「途中で汽車の中でなるべく眠るのよ。寒くなつたら上着を着るのよ。」

幾枝は何度も言つたことをまたくり返して言ひながら、横に我が子の赤い帽子を見い〳〵小走りに馳けた。

途中の急な坂を大通りへ親と子のその列は馳け上つて行つた。切迫した一図な感情の流れも列とともに馳けてゆくやうで、それが、たくさんの提灯の高くかゝげられて進むもの〳〵しさに引しめられてゐた。

ガードの下も見送りの家族がいつぱいで走るやうに来かゝつた学童の列を囲んで、わあつと声を上げた。学童の列はその中を走りつゞけて、そのまゝ、先頭はもう改札口を馳け抜けてゐた。思ひ切りの悪い親たちの中をすり抜けるやうな素早さだ。その素早さに幾枝は虚をつかれて、

「兄ちやんが荷物を!」と叫んで、浩一がどこにゐるのか、と、その場にうろ〳〵と我れを忘れた。狭い構内に、何かわアといつぱいの人声が満ちてゐる。赤い帽子の芳枝の頭が、その人混みにまじつて見えなくなつてしまつた。赤い帽子が階段の上にちら、と見えて隠れたやうな気がしたが、

それもたしかにはわからない。最後に母と目を見合すことの出来なかつた芳枝の心を可哀想におもひながら、自分もぼんやりと、今はもう我が子の昇つていつた階段にはうしろを見せて立つた。そして初めて構内のわアといふ人声が、青年団と女子青年団の団員たちが両側に並んで、小旗を振りながら歌を歌つて見送つてゐたのだ、と知つた。

「浩一はどこにゐるのだらう。ぼんやりしてて、荷物を渡し損ねたのぢやないかしら。」

と、今度は荷物のことが気になつて駅を出てくると、上の方の高いホームから、はつきりとしたひとりの男の子の声で、

「元気で行つて来るよッ。」と叫ぶのがとゞいた。それにすぐ応じて、ガード下からは大勢の父親たちが「元気で行つて来いよッ。」と、言ひ合せたやうにみんな同じ言葉で叫んだ。

ひとりの男の子の声に、大勢の男親たちが勢ひづけられ、すがるやうに答へたのである。

あゝ、まだこの上のホームに芳枝はゐる、と、幾枝は、ホームの崖下のこの頃建物疎開で、その一面取りのぞかれた空地の、片づけも終つたばかりの石ころの上をホームの下へ走つて行つた。そこにももう提灯を振つて子供の名を呼びつゞける親たちが闇の中に立ちつくしてゐた。おもひ〳〵我が子の名を呼ぶ親の声が、跡切れもなく続いてゐる。

幾枝も芳枝の名を呼びつゞけた。お前の親もこゝにゐるようと、その想ひで叫びつゞける。崖の上のホームは、電灯の下あたりにたくさんの子どもの姿は見えてゐても、ひとり〳〵の顔は見えなかつた。電車がまもなくホームへ入つて来ると、またひとしきり呼びかける親の声が高くなつた。電車の明るい電灯の中へ、なだれ込む子どもの姿が見え、赤い帽子が見えるやうな気がする。が、その帽子はこちらへは向かない。そして、ひとしきり親たちの叫びつゞける声をあとに電車は動き出した。

親たちは、今はもう仕方なく、興奮のあとをが

や〳〵と話しながら散り初めたが、そのざわめきにはいちやうに、ある優しさがにじんでゐた。連れ立つた近所の母親と歩いてゐる幾枝の肩を、追つて来た浩一が、ほつと叩いた。

「あつ、よかつた。荷物どうして。」

「ウン、持つて行つてやつたよ。僕、定期券を持つてゐるから、電車まで従いていつて渡したよ。」

「あゝ、よかつた。もうそればかり心配して、最後に芳枝の顔も見やしない。それぢやおしまひまで芳枝を見送つてやつたのね。」

「ウン」

と、笑つて、その笑ひの中に兄らしい気持を見せた。

芳枝が立つと、幾枝は家の中を片づけ始めた。寒さにむかひ、障子を出して手持の紙ですつかり張り替へた。この秋に、障子を張り替へるといふのも考へてみれば図太いが、それは人の暮らしのつゞきであつた。狭い庭の植木に、藪鶯がちゝ、ちゝと鳴いて遊ぶを見てゐると、人が障子を張り替へるのも仕方がない、とをかしな考へ合せだけれど、そんな風に幾枝はおもふのであつた。それでも若干の衣類の疎開は長野の知るべへ頼んだ。

このやうな激しさのうちに、幾枝のお花のお弟子たちの、挺身隊などでお稽古に来る日の少くなるのも仕方がなかつた。それでも幾枝は、お花の日には、たゞひとりのお弟子のためにも、座敷をとゝのへた。池之坊華道教授、吉川幾月と書いた門の札に、いたづら坊主たちが泥の手をこすりつけて汚してゐるのを見つけると、その度に丁寧に雑巾で拭いた。そして婦人会の勤労奉仕で町内のある大きな工場へ手伝ひにゆく日には、欠かさずに行くやうにした。こんな工場で、浩一も働いてゐるのかしら、と、工場から帰つて仕事の話をして、

「お前たちのも、こんなかい。」

と聞くと、

「いや。」と、首を振つたきり知らん顔で新聞を読みつゞける。

妙に素つけないので押して聞くと、

「防諜だよ。」

と、ずばり、と言つた。

「あつ、さうかい。母ちやんが悪かつたね。」

気負つて取り澄ましてゐる男の子の顔を、幾枝は眺めるやうに見た。毎朝、鉄かぶとを背にして家を出てゆき、ある時は帰宅するなり台所の母の前に立つて、

「母ちやん、今日は配給があつたよ。当ててごらん、衣、食、住のうち、さうだな、住だな、上に、ちの字のつくもの」

と、ちり紙を出したりした。

静かな生活であつた。が、幾枝は収入の減つてゆく自分の経済を、目の前のことではないけれど、ぢいつと考へられる時がある。が、まあ、何とかなるだらう、と、長らく女手でやつて来た強さですぐ忘れた。そして暇のある時は座敷に坐つて、ひとりで花を活けた。我が家にその香りを欲しくて、この季節に幾枝は好んで菊を活けた。もんぺの膝をきちんと揃へて菊の枝ぶりを直してゐると、今までになく、心のすわつてゆく、不敵なものをさへ我が心に感じた。

阪行屋のおかみさんも夫の征つたあとの家に赤ん坊と一緒に暮らしつゞけてゐる。

陽の当る店先で、ねんねこで負ぶつた背の上の赤ん坊に、小犬を見せて喜ばせてゐる姿を見たことがある。赤ん坊の頭にはリボンをつけた小さな防空頭巾がかぶせてあつた。そんなのどかな風景も、東京にすでに一度は空襲のあつたあとのある日であつた。月に日にきびしさが加はれば、人々の営みもそれに添つて競ひ立ちむしろ、朝な夕なおくりむかへる今日一日のことに張り合つてゐるかと見えた。その張り合ひに人々は幸せを見出してゐるかのやうに見えた。

東京に初めて空襲のあつたのは、晩秋のあるお天気のよい日中であつた。幾枝は、警戒警報が出ると、とりあへず身をとゝのへ、大事な持ちものをリユツクサツクへ詰めた。もんぺの上下の着更へも、幾枝の職業柄、人前へ出ることを考へて入

れた。そしてお花の道具ひと揃ひだけは、と、花鋏を、うこんの布に包んだ。

座敷に坐つて、その支度をしてゐながら、幾枝はふと、大石内蔵助のやうだ、と思つた。自分の姿を、何故大石内蔵助だ、などとおもふのだらうと、ひとりでをかしかつたが、待避の支度にも自分の仕事の道具を忘れずに入れるその心構へで、自然に気負つて、端然と胸を張つて坐つてゐて、その坐り方から舞台の大石内蔵助をおもひ出したものらしい。正行がゐて、大石内蔵助がゐて、と、ひとりでつぶやいて頬笑んだ。

そのうちに空襲は偵察だけではなくなつた。どろろん、どろろん、といふ音と、ラジオの情況放送を、幾枝はひとりきりの壕の中で聞いた。さうしてゐるとき壕の蓋の隙間に、ふと、美しく白く光るのを見つけて覗くとそれは空の輝きであつた。そんな空の光りに気のつく呑気さも、小さなものを手許においてゐない気強さにちがひなかつた。あたりはしんとしてゐる。子供の多いこの辺りにしては不思議なほどの静かさだ。そのしんとした中で、座敷の柱時計がボーン、ボーンと二時を打つた。おや、時計は廻つてゐる、と人がみな壕の中で息をひそめてゐる時なので、座敷のうちでいつものとほりに時をきざんでゐる時計の音が季節はづれのやうなをかしさに聞えた。

待避解除！　と、やがて警防団員の呼び声が伝はつてくる。それを合図に、さあ、とばかりに、今まではしーんとしてゐたあたりが、急にがやがやと人声を取りもどした。

「あーあ、腰が痛くなつたわ。」

と、笑ひながら出て来たらしい横町のにぎやかなひとりのおかみさんが
「でもまあよかつたわね。敵機は逃げちやつたんでせうか。にくらしいわね。」と、言ひ、つゞけてすぐ、

「まあ、お宅の山茶花、今年はよく咲いたわねえ。」

と、のどかなことを言つてゐた。

壕の泥を払つて出て来た幾枝もまた、玄関へ入

つて、昨日出稽古に履いて行つたまゝ下駄箱の上にのせておいた駒下駄のはな緒の、絹天特有の柔かにふくんだ紫の色をびつくりしたやうに眺めた。はな緒の色だけではなく、桐の細手の駒下駄そのものが柔かく目にとび込んできたのだが、その桐の駒下駄の味はひに、平和なときの生活を、ふと遠くにおもひ出した。何かとらへどころのない柔かさであつた。

　表ではもう子どもたちが、今まで押へられてゐた活動力を思ひ切り発散させるやうにさわぎ出してゐた。ズックの靴を脱いで座敷に上つた幾枝はあわたゞしさの残つた座敷をいつときも早くもとへもどさうとするやうに箪笥の上には、芳枝の居た時のまゝ、人形などのかざつてある座敷を、さつさつと掃き始めた。

　四五日前に一房咲き出した植木鉢の海棠の紅色の小さな花が、一輪はもう散つてゐるのを縁側に見つけた。苔をおいた鉢の土の上に落ちてゐるひとひらの花弁を、防空服装のまゝの幾枝は縁にかがんて（ママ）つまみ上げて掌にのせて眺めた。薄紅色のその花弁は、ちりめん皺をよせて、幾枝の掌の上で、あるとも知れぬ柔かさでのつてゐた。

　庭につゞいた隣りの家で、今年五つの男の子が母に言つてゐる。

「母ちやん、敵機はもう来ない？」

「あゝ、もう来ないよ。逃げちやつたよ。」

「ほんたうにもう逃げちやつた。」

と、優しい気性の男の子がまだ不安が残るのかくり返して聞いた。

「あつ、逃げちやつたんだよ。」と、今度は母親は言葉をつよめた。

「今度、いつ来るの。」

「知らないよ。母ちやんそんなこと。アメリカの敵機は人間ぢやないんだから。」

「アメリカの敵機は、人間ぢやないの。」

「あゝ、さうだよ。」

　幾枝は、母と子のおもしろい会話に頬笑んでぢいつと聞いてゐた。

特別な腕章をつけた八百屋の若い男が、次、何人、と勢よい声で言ひ、俵を積んだそばで、土のついた紅赤のさつま芋を、手早く秤にかけてゐた。

「はーい、次は五人。」

と、配給を受ける女の声が、これも勢ひづいてゐる。人の営みの張りをみせて。

「夜、来ない?」

「うるさいねお前は。母ちやんは敵機の番なんかしてゐないから知らないよ。」と、母はうるさくなつたらしい。

「大丈夫?」尚、しつつこく言ふ子供に、母は哀れになつたとみえて、

「お前はほんたうに男の子のくせに。来るなら来てみろ赤とんぼ、プロペラばかりか腕も鳴る……」と、をかしな調子で歌ひ出してゐた。

門口にばた〳〵と足音がして、組長の、張りのある若い声がした。

「吉川さん、おさつの配給です。今のうちにすぐですつて。」

警報の解けたうちに、といふ忙しさをふくめてゐた。

「はい。お世話さま。」

幾枝が大風呂敷を用意して急いで出てゆくと、大通りの八百屋の前には髪を布で包んだ主婦たちのひとかたまりがもう集まつてゐて、腕に何かの

日本の水

伊藤永之介

巻号
第二
第四

報道班員として半年足らず中支に従軍して帰還してから一ケ月足らずの、十二月の半に、私は疎開して以来住んでゐる横手の町から四時間ほど汽車に揺られて、北秋田郡の銅山に出かけた。汽車の時間を知らせてあつたし、この前たづねたとき迎へに来て呉れた友人の原田が、ひよつとしたら来てゐるかと、軽便鉄道への乗換駅に降り立つと、私はきよろ〳〵見廻はしたが、それらしい姿がないので、駅前の広場を右手に横切つて向うの、その軽便鉄道の駅に足を運んで行つた。ところが、その工夫の詰所みたいな小さな駅には、熊みたいに着ぶくれた人々が、切符売場に行列をつくつてゐるが、その窓口は締つてゐるし、その上にかかつてゐる時刻表を見ると、次の列車までは二時間以上も間がある。おや〳〵この人たちはそんな時刻まで辛抱強く待つつもりなのかと、私はあきれながら、腹を決めてそこを出て歩き出した。銅山はその鉄道の最初の駅で、一里と少しの距離であつた。

鉄道の線路を行くと早いが、町はづれまで来て、この前歩いたことのある線路の方を眺めると、雪が相当深いし、誰も歩いたあとがない。これは迂も駄目だと判断して、遠廻りではあるが、普通の道路の方を私は歩き出した。しかし私はそのときスキー靴を履いて来てゐたので、途中の村まで来たときには、もう相当に疲れてゐた。従軍に履いて行つた編上は、湖南の洞庭湖畔に入つたとき、てうど一日として晴間のない長雨が二十日もつづいて、縫糸が腐つて底がはがれさうになつたが、修繕する暇がないので、そのままで帰つて、まだ手入れをせずにあつた。スキー靴は土踏まずが無いために草臥れるし、一足毎にずるり〳〵と滑る。幸ひに雪は小降りであつたが、いよ〳〵森を越えて鉱山町に入るころにはへと〳〵に疲れ、真直に鉱山事務所を目差して、庶務課の原田の卓のそばの椅子に腰を降したときには、ものを言ふのも億劫であつた。

「どうです、現場を見ませんか」

昔東京で知り合つた仲である庶務課長の長信田は、間もなくさうすすめて呉れたが、私は正直のところそれは明日のことにしたかつた。しかし折角さう言つて呉れるので、私は原田の後について事務所を出た。原田は私と同じに最近東京から疎開して来て、ここに勤めるやうになつてまだ半年そこ〳〵で、よく勝手がわかつてゐなかつたので、巡視の一人に案内してもらつた。

「大沢の撰鉱場の方は、まだ出来上つてゐないから、行つても仕様がないだらう」

原田が言ふと、巡視は私たちを、もう一つの最近完成して動きはじめてゐる新しい撰鉱場の方に導いて行つた。

「大沢はあれだつたな」

鉱山町は南だけが展け三方山にかこまれた一寸した盆地のなかにあつた。そしてその盆地の地下を坑道が縦横に走り、そのため盆地のある箇所は沈下して皿のやうに凹んでゐた。その西側の相当に高い屏風のやうな山の腹に、目下極力完成を急いで工事を進めてゐる大撰鉱場が、鉱山の雑多な建物の上に見えてゐた。雪で真白に山腹に階段式に這ひよつてゐる紅つぽい木口も新しい建物の屋根の上には、工事を急いでゐる人々の姿が点々と胡麻を振り撒いたやうに見えた。

「大したものだなあ」

私は思はずさう感嘆の声を上げずにはゐられな

かつた。この前私が初めてこの鉱山をおとづれたのは、従軍に出発する一寸前の初夏の候であつたが、そのときはまだやつと土木組が入つて基礎工事に手をつけたばかりであつた。もう一つの、これから見に行く撰鉱場の方もやつと機械をぼつ〳〵入れはじめたときであつた。それが私が一寸大陸に行つてゐる間に、もう活動を始め、従来の撰鉱能力の十倍にも及ぶといふもう一つの大撰鉱場の方も殆ど出来上らうとしてゐる。一躍ここに従来の生産力の十数倍の大鉱山が出現しようとしてゐるのである。私は自分の故国を離れてゐる間の、滅敵の戦にそなへての、このすばらしい生産力の増強に、強く胸を打たれずにはゐられなかつた。

「いつ完成するのかね」

「いや、もう機械が方々から届いて、片つぱしから据ゑつけ始めてゐる、雪の中でどん〳〵やつてゐるんだよ」

完成した撰鉱場の方は、すぐ町の近くにあつた。氏名と並べて「機械係」と胸に記した巻脚絆姿の小柄な四十がらみの年配の人が、そこの浮游撰鉱場を案内しかけたが、

「ああ、こつちからではいけない、向うから見ませう」

と、引き返して外に出て、ずつと廻り路をして、撰鉱場の上の方にのぼつて行つた。しかし行つてみると、そこは動力がとまつてゐて、機械が重々しい姿を見せ、ベルトが鉱石を乗せたまま冷たく静止してゐた。てうど休憩時間なのであつた。

「動いてゐないところを見たつて仕様がない、どうだい、明日にしたら」

原田は私のうしろから呟いた。

「さうですな、明日になさつた方がいいでせうな、機械係の岡田と言つて電話をかけて下されば、すぐ分りますから」

で、私たちはまた翌日、十時半ごろにそこへ出直して行つたが、その岡田といふ人は、撰鉱場のいちばん上の捲揚場から始めて、順々に叮嚀に案内してくれた。

やがて撰鉱場を出て、すぐその前の工作所のストーヴであたたまつてゐるところへ、浅黒い顔のずんぐりとした若い人がやつて来た。原田はすぐにその人を私に紹介したが、それは赤沼といふ華

人労務者の合宿所の興亜寮の寮長であつた。この鉱山には近年多数の半島労務者が働いてゐたが、最近は華人労務者もその半数ぐらゐ入つて増産に協力してゐた。この前来たときは、てうど入山したばかりでまだ就業してゐなかつたので、私はそのときはその興亜寮を訪ねてもみなかつた。しかし、それから間もなく従軍の途に上り、中支の各地で苦力や百姓の姿を見るにつけて、この鉱山に来てゐる華人労務者たちを想ひ出すことしば〳〵だつたので、私はここにやつて来るなり、庶務課長の長信田に向つて、真先にそのことを口に出さずにはゐられなかつた。

「迚(とて)もよくやつてゐます、半島人よりもずつと能率を上げてゐますよ」

坑内の切羽は、この前来たとき見てゐたので、今度は私は、主として撰鉱場を初め坑外の施設や作業状態を見学することにして、その予定の中に華人労務者の合宿所の興亜寮をも加へてゐた。で長信田課長は、その寮長の赤沼をこつちに差し向けてよこしたのであつた。

「あれが、華人が半年間に築いたズリの山ですよ」

工作所を出て、盆地の奥の方に向つて少し行くと、その左手に、人工とは思はれないほど大きな丘を為してゐる廃石の山があつたが、赤沼はさう説明した。

蓑を着た十人ほどの華人たちが、雪で真白なその丘の上で焚火をしてゐた。

その丘の右手を露天掘の現場へ行く道路の途中の左側の土手に、勤労奉仕隊と華人労務者との二つの菰がこひの休憩所があつた。赤沼はその手前の方の一つに、我々を導いた。てうど昼休み時刻であつたので、地下足袋に巻脚絆をして防寒の蓑を着た姿の華人たちは、広い土間の三ケ所の焚火に集りながら、寮の炊事場から昼食の餅子(ピンズ)の届くのを待つてゐた。寮長の赤沼の姿に気がつくと、華人たちはいつせいに振り返つて、一人々々姿勢を正して叮嚀なお辞儀をした。それらの顔には、私が中支の従軍中にしば〳〵見かけたやうな、日本人に対する変に不透明な色はなかつた。みんな微笑をたたへ親しげな眼を私たちに向けてゐるのが、鉱山当局の取扱ひに信頼して作業に従事してゐることを物語つてゐた。

興亜寮はそこから更に数町先の殆ど盆地の行きどまりに近い丘の上に、まだ木口も汚れない幾棟かの宿舎を並べてゐた。事務室には寮長の寮訓がかかげられ、硝子窓の横の黒板には、坑内労務者の出勤時刻が書いてあつた。大体は露天掘の運搬夫として働いてゐたが、一部分は坑内にも入つてゐるのであつた。

「困つてしまつた、また鉄管が凍つてしまつて――」黒い上衣の事務員が、さう言つて卓子の向うから立ち上つて来た。

「またか」

赤沼寮長は当惑げな顔を上げた。

「湯をかけてみたが駄目だ、またいつの間にか栓を締めたんですよ」

「何ですか」

横から私は赤沼寮長にたづねた。

「いや、風呂なんですがね、栓を締めると凍つてしまつて、お前たち風呂に入れなくなるから、開けつぱなしにして置けと、何度言つても駄目なんですよ、誰かいつの間にか締めてしまふんです」

寮では燃料不足の折柄隔日に華人たちに入浴させてゐる。ところが、華人たちはいくら言つても水道の栓を締めてしまふので鉄管が凍つて、急に寒さが厳しくなつたここ一週間、殆ど風呂が立てられなくなつてしまつたのであつた。

「なるほどねえ――」

私はその華人たちの行為に、別な意味で強く打たれながら、やをら言葉をつづけた。

「それは大陸の水は悪いから、華人にしてみれば、結構な水をどん〳〵流しつぱなしにする気になれないんぢやないんですか」

まだ一月余りしかたつてゐない大陸から帰還の折の、あの玄海灘の青々とした海の色が、自分の眼にはまざ〳〵と浮んで来てゐた。関釜連絡船のデッキで、あの鮮やかな黒潮の色に痛いほど双眼を塗りこくられたとき、私は初めて大陸を離れた実感を強く感じた。壁土を解いたやうな赤い揚子江を初めとして、どこと言つて汚れた水のほか見ることのない大陸から、青々とした潮の八重潮にかこまれた東の国日本に帰つて来たといふ思ひが、全身に快く滲みとほるのを感じた。

健康には自信があつて、汗疹（あせも）はかかなかつた私も、向うに行つた日本人の十中の八九までは初めのころやるといふ下痢だけは、やはり人並にやつた。冗談ではあるが、飛んでゐる雀が焼けて落ちるその雀焼が食へるとか、印度人が国に避暑に帰るとか言はれるほど暑い漢口に着いたのは、てうど猛暑の頂上の七月下旬で、煮湯のやうに湯気の立つてゐる感じの揚子江を遡上する途中でもうそろ〳〵やりはじめてゐた一行の面々は、一人残らず殆ど全身にひろがつた汗疹に苦しんでゐたが、人一倍汗をかく私だけは、不思議に目に立つほどのぶつ〳〵は出来なかつた。それで私は、マラリヤその他の病気に対しても大いに自信を強くしたが、やがて漢口から湖北の西北部に入つて間もなく下痢をはじめた。大体私は間食をしないせゐもあつて腹をこはすといふことが滅多になく、こはしても以前は、よく噛んで食ふやうにすれば癒るし、それでいけないときには、一日絶食すればけろりと快くなるといふ風であつたが、それがつい近年になつて、年のせゐでもあるのか、時たまに下痢をすると、よほど食事に用心をしても、十日間ぐらゐつづくことがあつた。で、そのときも、またその癖が出たぐらゐに考へてゐたが、どうしてそんな生やさしいことではなく、ただ不消化便がつづくといふ程度とは事変つて、たちの悪い便が終りには血便になりさへした。そのとき私は、漢水の北側の鄂中地方の警備隊を四、五日泊りで歩き廻つてゐたが、長江埠で始つた下痢は、雲夢に行つて三日、四日とたつても癒らなかつた。軍医に話をすると、それは水のせゐだ、こつちの水は無機塩類が多くていけないのだ、といふ話であつた。ますますひどくなるばかりなので、旅先で絶食するのはかなはないと思つて、それまで様子を見てゐた私も、つひに決心して、その雲夢を立つて応城に向ふ日の朝から絶食を始め、てうど正午ごろの出発に間に合はせて、炊事当番が特につくつてくれたお粥と豚肉と野菜の煮込みに、しみ〴〵と感謝を覚えながらも、咽喉から手の出るやうな食ひ意地を無理に押へつけて、そのままトラックに乗りこみ、空腹の体を半日手荒く車上に揺られてへと〳〵になつて応城に着いたが、その日はつひに一物も腹に入れずに我慢し、翌朝、旅館の女中に頼んでつくつてもらつた粥を、恐る

〱すすつて様子を見たが、やはり駄目であつた。生憎の雨続きに足を取られて、私は十日間その旅館にとぢこめられてゐたが、その間三度に三度粥をすすり、少しでも腹にわるいやうなものは一切箸をつけずに、そぼ降る雨を侘しく眺め暮らしたが、そこではつひに頑として癒らなかつた。雲夢を立つときに軍医から貰つた二日分の薬も、同宿のある少尉から貰つた「アイフ」といふ薬も、何の効き目もなかつた。これほど気をつけても癒らないといふはずはない、これはてつきり軍医の言ふ通り、水のせゐにちがひない、と私は思つた。

と言ふのは、ここの水は、お茶をいれると古池の泥みたいなどろりとした黒い色になつて、いやな苦い味がする。鉄分が多いのか、しばらくするとそれが真黒な色になる。私はそれがいやで、お茶はなるべく飲まないやうにしてゐたが、と言つて、食後に全然飲まないといふわけにはいかないし、どうせ、食物はみなこの水で煮炊きするものである。聞けばどこの家の井戸も同じだといふことだし、井戸の無い家では、旅館の窓から見えてゐる水牛や鵞鳥の遊んでゐる沼の腐つたやうな溜り水を飲んでゐるのであつた。私は観念して、食後にはその黒い苦い茶を、茶碗に半分ほど顔をしかめて飲むよりほかなかつたが、どうしても下痢がとまらないとなると、私にはこの水以外に原因があるとは考へられなかつた。

その応城からやがて徳安に行つたころ、やうやく私の腹は一旦かたまつたが、それから漢口に戻つてしばらくすると、またもやゆるくなつた。漢口は水道の水であつたが、それも揚子江の赤い水を少し濾過した程度のもので、やはり生水は危険なのであつた。

そんなわけで、応城での下痢以来、私は緑ゆたかな水清らかな故国に遠く想ひを馳せずにはゐられなかつたと同時に、この大陸の汚れた水といふものから引き離しては、華人の生活を見ることが出来なくなつた。たとへば、あのどんな人間でももつてゐると思はれる眼疾と皮膚病である。ぱつちりとした眼といふものは滅多に見ないし、南京や漢口の繁華な街を歩いてゐる着飾つた姑娘にも、その手足のどこかに皮膚病を患つた後の汚染(しみ)を認められないといふことはない。いはんや田舎に行くと、どんな人間もみんな皮膚病にかかつてゐるといつていい。これなども、あの汚れた水と無関係なものではないはずである。生活の根源であるところの水が汚れてゐるといふことが、その生活のすべての穢なさと不潔さを生み出してゐるのである。あたりかまはずペッぺと唾を吐いたり、手洟をかんだりする。食卓の上も足もとも食ひ殻で散らかして、塵芥溜のやうななかで平気でゐる。これなどは論外であるとして、私の我慢出来なかつたのは、箸を汚れた食卓の上にぺたんと置くことであつた。初めにさうして置くことはかまはないとして、一度食物を摘んだ箸を、またさうして下に置くことは、どうにも不快でたまらなかつた。しかるに、箸を皿の上に載せて置いたりすることは、日本で茶碗の飯に箸を突つ立てることを忌むやうに、向うでは不吉なこととされてゐるといふのであつた。そんな馬鹿な話があるものか、汚れた箸を何度も食卓の上にぺたんと置いて、またそれで食物を摘んで食ふことこそが、病気のもとになつて、不吉であるはずである。あべこべぢやないかと、私は華人の席につらなつて食事をする度に、そのつまらない習慣に内心たまらない腹立たしさと不愉快を感じたが、しかし考へてみると、華人にとつては、それは大して気になることではないのであつた。何故といつて、お丸を洗つたり洗濯したりしてゐる沼の水で煮炊きをし食器を洗ふといふやうな向うの生活にあつては、食卓の上が特に不潔であるとはいへないのである。

要するに水である。清らかさといふことを尚ぶ日本人の気持といふものは、到るところの水といふ水が清らかな国土にあつての感情であつて、その水が悉く濁り汚れてゐるといふやうな土地にあつては、ちつとも切実なものではないのだ。従軍の途々、さういふ不潔さに接する度毎に、私は緑ゆたかな日本の国土を遥かに胸に描き、清らかな水を想ひ浮べずにはゐられなかつた。

「宿舎を御覧になりますか」

赤沼寮長は、やをら立ち上つて、幾棟かの宿舎のうちの、事務所のすぐ近くの最初の一棟に私を導いた。入口近くの畳の上に寝てゐた背の高い男が、むつくり蒲団の上に立ち上つて寮長にお辞儀した。

さう笑ひながらいつて、赤沼寮長は踵を返して外に出たが、そこの寮の棟と棟の間をつなぐ廊下にある洗面所の前まで来ると、急に立ちどまつて、水道の栓をひねつた。そして、てうどそこへ通りかかつて、姿勢を正してお辞儀してゐる華人に、冷い水銀のやうな水の流れ始めた水道の栓を手真似で示しながら叫んだ。

「開けて置くんだよ、開けて——」

「病人です、風邪をひいたらしいんです」

私にさういつてから、寮長はその華人に言葉をかけた。

「どうだ、いいのか」

真中がずつと奥まで一間巾の土間の通路で、その両側が畳敷の床になつてゐたが、そこにはきちんと折り畳んだ蒲団が、窓の下にずらりと並んでゐた。掛布団はあでやかな色彩の人絹で仕立てたものであつた。

その隣の一棟は炊事部であつた。前垂がけの数人の華人たちが、大きな蒸籠(せいろ)で、昼食の麦粉の餅子(ピンズ)をつくつてゐた。ここに来てゐるのはみんな北支の農民なので、米食をする中支人とちがつて粉食なのであつた。

私は蒸籠の蓋を持ち上げてみたが、飯ならたつぷり茶碗に一杯ほどの分量はあると思はれる白い餅子が、湯気のなかにぞつくりと並んでゐた。それ四つが一人一食分の主食だとのことであつた。

「現在みんな二人分も働いてゐますがね、この餅子をもう一つふやしてくれれば、四人分働くといつてゐますよ」

巻二第五号第

短篇小説 青春の別れ

丹羽文雄

旅装のまま私は仏壇にむかつた。兄が蠟燭をともす、私が線香をあげる。そして四年ぶりに父に向きあふといふ改まつた気持になつた。生前は歩行も困難なほど衰へてゐた父は、いま一片の位牌にかはつてゐた。釈世燈居士と戒名を目読しながら私の胸中は、不思議と軽いのである。悲しみに遠い感情であつた。父の死に対するこの感情は、或は不埒千万であるかも知れないのだが、私は正直なとこ、この実感に対して少しもうろたへなかつた。それは予定のとほりであつた。父危篤の電報をうけていそいで奉天を発ち五日目にやつと関西の故郷にたどりついた長い道中、胸を去来する思ひは、この実感の予感であつた。四年前に父と別れる時から、父の死を迎へる覚悟は準備をして、今日までにそれを小出しに味つてきてゐたからであらう。五日の旅行中に父は死に、葬式もすんでゐた。これも覚悟の上であつた。

「お父さんは本当にええ往生やつた。今夜があぶないと医者に言はれてたので、親戚一同が枕許にあつまつてると、晩の九時ごろやつたな、ひとりがふいに、いまお父さんが瞼をぴくりと動かしなさつたといふので、わしがいそいで呼吸をみると、もう絶えてゐた。死んでからもまるで生きてるやうにみえた。瞼をぴくりと動かす時まで、お父さんは楽々と眠つてゐたんやからな」

うしろで合掌をしてゐた兄が言つた。私はうなづきながら線香の烟をながめてゐた。白い濃い烟はあとからあとから立ちのぼつた。細いながらも、それは烈しい、豊富な勢ひで立ちのぼつた。消えることもない烟にみえたが、それでも仏壇の天井のあたりまでのぼると、そこはかとなく消えてゐくのである。初めは何気なく烟をながめてゐた。烟は生きもののやうに絶えず動いてゐた。烟は勢ひをつけて、ゆれながら、時には一本の棒のやうにのびながら、偶然性に富んでゐた。巧みに輪をつくつたり、結ぼれたり、こんぐらかつたり、消えたり、水に流したりしてゐたが、生あるものの如き烟の動きをみてゐると、ふつと私は悲しくなつた。そんなところに悲しみのきつかけが待ちかまへてゐようとは意外であつたが、私は涙ぐんだ。

思へば、父は母を早くに失つた私たち三人の兄弟を母代りに育ててくれた人であつた。

「お父さんの死の瞬間のやうすは、僕に想像できてゐたんだ。きつと楽な往生にちがひないと、希望のやうに信じてゐたんだけど、兄さんにさて言はれてみると、僕の想像がまんまと当つてゐたことが何より嬉しいんだ」

兄は微笑して、「死を喜ぶなんて、ひと聞きが悪いが」

「しかし、まるまる僕の想像どほりであつたことを、あとになると、僕はかへつて悲しがるかも知れないんだけど」

「お父さんについては、もうあれ以上のことは望めないにしろ、やつぱり死は悲しいものやな。一人の人間が急にゐなくなるのや。その人間の空間だけでも埋めることは、たいへんな仕事だからな。僕たち兄弟は、その空間を埋めるのにこれから死ぬまでかかるんや。お父さんの生涯、習慣、言葉、ほんのちよつとした口調や、あの七十五歳のよぼよぼの枯木のやうな肉体、信念、性格、手紙や画、希望など、どつさりあとに残されてゐるからな」

仏壇の前でそんな会話をとりかはしてから、急に兄は私の手をとらんばかりにして一室にはいつた。兄が何か特別なことを切り出さうとしてゐるのは、その顔色に十分うかがはれた。坐るなり、

「礼三はいつまでこちらにゐられるかな」

「来月の五日か六日にかへる予定なんだけど」

「それならざつと十日間はあるな。その間に礼三のお嫁さんをきめてしまふ」

「十日間に？ そんな無茶な！ 第一お父さんの三十五日忌もまだすまない内ぢやないか。それは少し乱暴だ」この兄と私は四つ違ひである。

「いや、礼三の結婚こそ、お父さんにとつては何よりの喜びなんやからな。お父さんは、礼三のお嫁さんのことばかり心にかけてゐられた。今度はまとまりさうやと、ひとりで意気込んでゐるかと思ふと、やつぱり駄目やつたとがつかりしてみせたり、あちらこちらにお嫁の口をかけては、あの不自由な足でいちいち人物査定に出向いたりしてゐられたからな。何や、満洲で、そんな話もおこらなかつたのかな？ 礼三はいくつや？ 二十九やないか。いつまで独身でゐられると思つとるのや。礼三はさういふ点あんまり子供子供しすぎるぜ」

「僕はさういふ点、仙台の兄さんのやうな甲斐性はまるでないんだ」長兄は今年四十二歳であつた。

「うん、仙台の兄は、その点あんまり甲斐性がありすぎるが、ありすぎるのも困つたことやけどな。さうかな、四年間の満洲生活で、そんな話が一つも起らなかつたといふのかな？」

「一つ二つは、あるにはあつたけど、僕、まじめに考へてもみなかつた」

「肝腎なこととなると礼三はいつもお父さん任せやつた。お父さんも礼三のその心が何よりうれしかつたのやけどな。なに、十日間あれや、何と

かなる。兄さんも心あたりがないこともないから」

「困る、いやどうしても困るな。結婚は一生の問題だ。結婚に対して何の覚悟もできてゐないのに、いきなりぶつつけられては、第一結婚そのものを侮辱することになるんぢやないか。困つた出発になるんぢやないかと思ふんだけど」

「この時代に、何を贅沢いつてるんや」

「それにさう簡単に扱つて貰ひたくないからな」

「縁は異なものといふ諺には、礼三の不平不満を十二分につぐなつてくれるものが含まつてゐるんや。何や、礼三は、怯えてゐるんやないか、阿呆な！」

その夜、私は床についてからもう一度兄の唐突な申出を思ひだしたが、ひとごとの気持であり、第一十日間でまともな結婚ができるとは考へられなかつた。もし出来たにしても、私はあくまで仮の出来事として感じるにちがひない。どこまで未来の妻の実感が得られるかと心細かつた。

翌日、私は四年前、つまり満洲の或る軍需工場に徴用をうけて渡るまで勤めてゐた会社へ、正式の辞表を出しにいつた。満洲からかへればまたそこへ勤めるつもりでゐたが、四年間に私は満洲の土になつてもよい心になつたからである。会社では、即座に退職金を出してくれたには恐縮した。課長や部長もあつまり、二時間も私はあちらの話をした。

帰宅すると、兄がゐなかつた。兄は夜おそくかへつてきたので、会社の話は翌日にすることになつた。

中一日をおいて、

「加納町の伊勢準一郎さんの娘さんと見合をするところまで漕ぎつけたからな、午後からわしと一しよに出向いてほしいんや」と兄が言つた。

「伊勢さん？伊勢課長には一昨日会社で逢つて、いろいろと満洲の話をしてきたばかりなんだから、何だかへんだな。兄さん、その時にはまさか話はなかつたんだらうね？一昨日までは？」

「いや、あつたのさ。もつとも伊勢さんもわしと石田の叔父と二人で自宅に出向くと、今日は会社で、弟さんに逢つたばかりだとびつくりしておいでだつた」

「さうだらう。まるで騙討みたいだから。それにしても今日見合だなんて、困る、困る、兄さん、見合なんて、とてもデリケートなものなんだから。おいそれと出来ることぢやないよ」

「といふと、礼三も結婚に対しては用意万端気持の上では整へてゐたわけになるな？」

「何しろあまりに無慈悲すぎるよ」

それでもたうとう伊勢家に出向いて、私は見合をすることになつた。印象は？とかへりの道で、兄に訊ねられた。

「眼鏡をかけてゐただけは覚えてゐるんだけど、さあどんな顔だつたかしら」「五尺二寸は十分にある立派な体格や。縹緻（きれう）も十人なみや。大柄なわりに立居振舞がはきはきとしてみえたのは、しつかりものの証拠やないかな。二十二歳やからな、礼三のお嫁さんにはもつてこいだな」

「それにしても、まるで娘をさらつていくやうな結婚に、伊勢課長は気を悪くしてないかしら」

「伊勢さんはお父さんとも知合やつたからな、それに礼三のことは会社でよく知つてたから話がこんなにうまく進んだんやぜ」

「勿論さういふ予備知識がなければ、人間の一生の問題をあんまり粗末に扱ひすぎる。しかし兄さん、僕、どうでもいいんだよ。断られようとどうしようと」

「弱気やな。ふふふ、礼三はもう結婚の気持でゐるんやないか」

「兄さんの心理透視術には敵はないよ」

たとへ結婚が特急列車のやうに運ばれるにしろ、結婚といふものに対する青年の最後の言葉は決して簡略にすまされるものではなかつた。私はせめて自分ひとりでも、心中におびただしい言葉を溢れさせて、自分の結婚を説明し、己を納得させ、結婚の厳しいが人間的な重量感は普通の限度いつぱいに感じたいものだと思つた。

次の日は何の沙汰もなくすんだが、その次の日には結納が交された。一日置いて、兄のこの家で結婚式をあげることになつた。私の身にかはつたこととといへば、四年前まで幼い時から馴染んだ部屋から、一番上等の二階の座敷に移されたことである。

「いくら弟やいうても、明日は新郎やからな、今日から礼三の身に箔をつけておかないと心配や」と兄はまじめに言ふのである。

その宵、思ひがけない大友信吉が訪ねてきた。私の帰国をひとづてに聞いたからといひ、大友は戦闘帽、作業服、巻脚絆、胸には某軍需工場のマークを縫ひつけてゐた。

「君は入隊したと聞いてたが」

「○ケ月の教育で除隊になつたが、それまでNの航空機工場に徴用になつてゐたんだよ。それまではずうつと永く大阪にゐたんだけど、除隊になつてこちらへ帰つてきてから、またこの工場にはいつた」大友は胸をなでた。「僅か二、三ケ年の出来事だつたが、僕としては精一杯のことを経験してしまつたよ。そしていまの僕は、青春と別れようとしてゐるんだ、いや、むりやりに別れさせられるといつた方がいいんだが」

私は気弱に、中学時代の友の顔を見まもり、

「それはいつたいどういふ意味か」

「僕も来年は三十歳だよ。いい加減落着いてもいい年齢だからね。しかしさう願ひながらもすべて逆になるばかりだつたよ。君は親がかりの身分だから、ああ、さう、君のお父さんはこの間亡くなられたばかりだつたね、しかし君には立派な兄さんがゐるから安心だが、僕は、僕にも兄はあつても、兄ひとりの生活が精一杯だから、よりかかつていくなんて考へられないんだ。自分の身の始末は自分でしなければならないんだからね。相手はあつたよ。一年ばかり交際してたんだがね、二十歳だつた。軍需品をつくつてゐる小さな協力工場主の次女だつたが、僕は真剣にぶつかつていつたんだ。僕のもつてゐるものは、あらひざらひ晒

け出したんだ。青春の最後の一滴までといつた気持だつたよ。それには何の無理もなかつたよ。自然にすくすくとはぐくまれ、育つていつた情熱だつた。もつとも当事者間では、どんな矛盾も飛躍もその場その時には何ものにも代へやうのない自然であり、真実なんだからね。僕が徴用になつた時は、最高潮だつた。僕は何も考へなかつたよ。何も見なかつた。相手に逢ふことだけにすべてをかけてゐたんだ。その間だけ僕はいきいきと生きてゐたんだから。はじめの内は相手の方で怯えてゐたけれど、しまひにはむしろ相手の方がすべてに積極的になつてきたんだ。僕の境遇がどうならうと、僕がどんなに遠い所へいかうと、きつとついていくと誓つてくれてたんだ。青春なんて花火だからね。ぐんぐんのぼつて、ぱあつと火花を散らすところまでは一途にのぼりつめるものなんだ。ぐんぐんのぼつてゐる、のぼりづめの自分を反省してみることもあつたが、その勢ひには陶然となつてしまふんだ。君には判らないかも知れない。君は昔から……」

私は苦笑した。中学生時代からつけられたあまりありがたくもない綽名を思ひ出したからである。

「或る時、いつしよに温泉場にいつたよ。驚くかね？その時、相手は髪を切つて誓ひをたててくれたんだ。古風なやり方だつたが、僕は古風なやり方が何よりうれしかつた。あの時は、あの古風なやり方でないと、がまんが出来なかつたかも知れないが、君、女はああいふ時に本能的な技巧を用ひるものなんだね。僕の気持はぎやふんとなつてしまつたくらゐだつたよ。甘すぎたのかも知れないさ。いや、たしかに甘かつたよ。もつと他に誓約させる方法もあつたのだらうが、あの時はあれ以外にない気持だつた。僕は約束を実現することに生甲斐を感じた。僕の青春の資本のすべてをかけてしまつたんだ。さうぢやないかね。三十もすぎてしまへば、もうそんな夢を追ふことは出来ない。それや世間にはいくつになつても追つてゐる人もあるだらうが、僕には出来ないんだ」

私はつよく頷いてみせた。青春を年齢的に区切つた考へ方は、また私の考へ方でもあつたからだ。

「僕の徴用は○年間といふのだつたよ。しかしその期間後にうまく相手と結婚できるとは考へられなかつた。戦局と睨み合はせると、僕は苛立つばかりだつたよ。それで遮二無二Nで新居をかまへようと考へついたんだ。住宅難はどこも同じだつた。僕は同僚間を駈けずりまはつた。休日は借家さがしさ。それでも一年間は駄目だつたね。やり切れない気持を相手に手紙に書くことで、自分をなぐさめてゐたんだ。初の内は相手から激励の手紙が届いた。今からみると、それは昔の情熱ののこり火だつたよ。のこりのほのかな暖さだつた。地理的に距離をもつてゐることが、何よりいけなかつたのだが、それには気がつかなかつた。僕は借家さがしで、自分ひとりが現実に頬を殴られてゐるものとばかり考へてゐたんだが、僕らの情熱はそもそものはじめから殴られる役をあてがはれてゐたんだ。一年が過ぎると、相手の手紙のやうすがだんだんと変つてきたんだよ。相手も僕と一しよに現実と戦つてゐると考へてゐたのは、大きな誤算だつた。相手から便りが次第に遠ざかつた。僕はやつきになつたが、たうとうなしのつぶてになつてしまつたんだ。そんな時、切つた髪の毛や、誓ひの手紙が何になるといふのだらう？訴へて出るにしても、どこへ出たらいいのだ。誰に訴へたらいいのか。二人の間だけに生命のある手紙や髪の意味ぢやないかね。手紙も髪も、僕らの青春のよろこびに拍車をかけてゐただけで、将来の約束にははじめからまるで無力だつたんだよ。冬だつたが、不意に相手から逢ひたいから来てくれと手紙がきた。あいにく僕は工場の関係で出られなかつた。三月になつて、やつと僕は休暇をとつた。すると今度は相手から逢ひたくないと言つてきたんだよ。押しの一手で逢ひにいく心にもなれなかつた。今にすると、あの時無理にも逢ひにいけばよかつたのではないかと考へてるんだが……だつて女て、自分に処する実体に立ち向へば、自分の残酷な手紙のことなんか手の裏をかへしたやうに忘れてしまへるんだからね。間もなく相手から、互の関係を水にながしてくれと言つてきたんだよ」

大友信吉の告白には、はじめて告白をする場合のあらあらしい生気が感じられた。いままで誰にも打ちあけてはゐなかつたのであらうか。打ちあける恰好の相手が見つからなかつたのではないか。さういへば私は昔から話す方よりも聞き手にまはる性格であつた。ある時私は、小説家になりたがる中学生の友から腹案の小説を三時間にわたり聞いたことがある。私の性格か、顔のどこかにはひとの告白を引き出す色彩か何かが生れつき備つてゐるのではあるまいか。

「恰度その頃だつたよ、一軒の借家がみつかつたんだ。四十円の家賃だ、日給三円の僕には重荷だつたが、二の足をふめばまた一年間足を棒にしなければならないので借りたよ。借りてしまへば方法はつくものと思つた。しかし一ケ月住んで早々に悲鳴をあげるのではないかと思へたが、いつも相手を間に入れて考へる癖がついてゐたので、僕は割と耐へてゐられたよ。家を借りた時に別れの手紙だつた。があんとやられたよ。なにほかに相手がゐないわけでもないとふてくさつてみたが、負惜しみだつた。空威張する自分が惨めで、可哀さうで、僕は泣いたよ。ところがその日から三日目に、お召をうけたんだ。僕は呆然となつたよ。しかしお召は絶対であり、この僕が今までの世界から截然と別の世界にとびこむんだから、かへつて救はれたやうに思つたよ。徴用のときは辛かつた。といふのも、辛くなかつた生活と比較するからだよ。ところがお召となれば」と言つて気がついたらしく大友は、苦笑をうかべた。「君も徴用だつたね」

「しかし僕の場合は、すべてが軍隊式だから、君ほどのことはないと信じるよ」

「さうかも知れない。君は徴用の国家性を十分考へてみたことがあるかね」

「さういふことを特に考へてみないほど僕の境

遇はめぐまれてゐるとでも言へるね」

「軍隊では人間がかはるからね。ところが僕は〇ケ月で除隊だつた。それからこの工場にはいつたんだが」と胸をちらりと見て言つた。

「その相手のひとは、そしてそれから一度も逢はないのか」

「一度逢つた。召集をうけて入隊するまへに一度逢つた。しかし逢つたとは名のみで、一と言も言葉をまじへないんだからへんなものだつた。口を噤んでゐたのは相手の固い意志なんだからね。それがぴんと僕に応へたのさ。勿論面会に来たのではなくて、僕が相手のところまでのこのこと逢ひにいつたのだが、たうとう一と言も交さなかつたよ。しかしその時の相手の姿は新鮮だつた。思ひ出すときも、いつも新鮮なんだ。未練だらうね。僕の気持の中には、いつでも相手がかへつてきても十分にうけ入れられる余地ができてゐるんだよ。と言つて僕が相手の父親に逢ひ、頼むといふことは出来ないんだ。生活がまるでちがふからね。小さいとはいへ、かりにも工場主なんだから、僕は素寒貧だ。物質目当の求婚と誤解される恐れが十二分にあるんだ。なあんて、そんなことにまで気をまはしてゐる僕の図は醜態だが、そんな気があるものだから相手の父親に手紙を書きながら、いまだに出すことが出来ないんだ」

大友信吉は相手の容貌姿体については、一と言も説明をしないので、私は想像をたくましくするほかはなかつた。それには四年ぶりに内地にかへつた私の驚きも加はるのである。女子のもんぺ姿は満洲でも決して珍しいものではない。今日ではあたりまへの姿である。しかし内地にもどつて、いきなり女学生が制服の下にもんぺをはき、黒い運動靴をその下にのぞかせてゐる姿には、何か妙な感じをうけた。それは女学生だけではなかつたが、これまで養はれてきた美の感覚といふものからは、ひどく勝手のちがふものであつた。内地の女性は年齢をとはず地味になつてゐる。黒づくめのものもあつた。それを越えて、うす汚いのも多いのである。色彩の観念が急になくなつてしまつたのではないかと思つた。日本女性に特にそなはつてゐる色彩感覚が麻痺してしまつたのではない。内地も戦場の覚悟が、派手な色彩を抹殺してしまふのは当然であつたが、そのやり方が、その方法に女特有の或る種の怠惰がしのびこんでゐるのではないか。戦場覚悟が女のつつましやかな本能的な主張すら抹殺してゐるのは、ゆきすぎではないかと疑ふのである。それにもんぺ姿になつてから、内地の女性が立居振舞に行儀の悪くなつたのもたしかであつた。私は満洲からの列車内で、さういふ例を度々目撃してゐる。色彩は荒れた気持も和げてくれるものである。実利主義が女性の感覚を怠惰にすることは、おそろしいことだと思ふ。電車を待つてゐる間に私は、黒つぽいづくめの群の中で、たつた二人の若い娘が臙脂の上衣をきてゐるのをみて、ほつと眼に和やかな明るみをうけた印象は忘れかねるものである。私は急に顔の赤らむのを意識した。それは明日結婚する相手が、どのやうなもんぺを用意してゐるだらうかと想つたからである。私は無意識に、大友信吉の相手と自分の相手を比較してゐた。しかし、幸ひなことに大友は私の結婚のことを知らないらしい。

「君はもうB29を度々見かけてゐるだらうね？」

ふいに友は話をかへた。

「音はきくが、まだよく正体はみてゐないんだよ」

「この辺には毎日のやうにやつてくるが、たいてい帰りがけだね。僕はあの爆音をきくと、君とはちがつた感じをうけるんだ。いや、敵ぢやないよ。敵を追ふ空冷式の双発の爆音だ。なつかしい双発なんだ。あの形態からうける感じは、とても温くて、切ないほどなつかしいんだよ。徴用時代の気持になるんだ。同時にあの苦しい時代がふいに迫つてくるよ。それは道路一杯にひろがつて工場に急ぐ工員の群なんだ。怒濤のやうにあとからあとに押しよせる毎朝の凄じいいつ時なんだ。咬みつくやうにわめきたてる空気ハンマーの響きだよ。リベットを一本一本叩きこむ音なんだ。職場のたれかれなしに顔が思ひ出されてくるんだ。寮の生活が思ひ出されてくるよ。自分の知つてる一人二人は、もう結婚してるかも知れないと思ふ。自分の青春に手際よく切りをつけることができなくて、僕のやうにいまだに独身で、翼工場であの轟音の中にくらしてゐることだらうと思ふよ。をかしなものだ」

その夜、私は大友信吉の話で頭の中をかきまはされた思ひであつた。大友信吉はながい間一人を思ひつめてゐながら不調に終つたが、私は何の支度もなく肉親にあてがはれた女性と未来を契ることになる。そして大友があれほど躍起となりながら、若しかして結婚ができたにしても、私ら夫婦ほど仕合せにいかなかつたとしたらどうなることか。それをどう判断してよいのか。誠意と情熱の点では、大友は私の何百倍もはげしいかも知れないのであるが、この現実がはたして誠意だけで割り切れるものではないとしたならば、大友信吉はいつたい何に縋りつき、どこにゆき着くのであらうか。一つの青春が誠心誠意をつくして亡びていくのである。落葉のやうに、だれもふりかへらない。

——運命!

だれがこのやうな巧妙な言葉を考へ出したのであらうか。この上もなく残忍で、正確で、あますところのない表現ではないか。

それでも私は眠つた。結婚の当日をむかへた。私の運命は友に対して情容赦もなく薄情であり、わがままであつた。

この日は朝から何かと気が落着けなかつた。整理しなければならないことに何一つ手がついてゐない不安のやうであつた。そのくせ動いてゐる気持の基調は、あくまではなやかな種類であつた。この朝から私はむつかしい顔をしてゐようと努力した。二十九にもなりながら、にやにやしてゐることが気まりわるくて耐らなかつた。うつかりしてゐると私は気のゆるみから自分の顔がひとりでに明るく笑つてゐはしなかつたかとひやりとする。午後から雪になつた。
夕方から式が挙げられた。双方の親や親戚が十三名あつまつたが、結婚式とはいへ、料理屋が悲鳴をあげるのである。それでもやつと卵で膳の上を賑やかにしたが、精進料理に近かつた。酒だけは特配になつた。

夜が更けるにつれて、雪はさかんに降つた。清浄な雪の日の結婚と兄はよろこんでみせたが、私もそれをまじめに考へた。

一と夜のうちに二十糎（センチメートル）もつもつた。雪のせゐかいつもの朝よりあたりが静かであつたが、それも私たちのためのやうに感じられるのがをかしかつた。妻の朝枝は応急の結婚なので、トランクを三つもちこんだにすぎなかつた。鏡台は嫂のを借りてゐる。

兄の部屋で兄家族と私達は、さつそく昨日の紅白の餅を切つて、火鉢で焼いた。たつた一と夜でちがつた家族の中にはいりこみ、馴れ馴れしくふるまふことは、さすがに妻には苦痛な風であつたが、これは兄の考へからであつた。一しよに火鉢に手を出してゐると、私だけが兄家族の中にはいつて、新妻をおいてきぼりにしてしまふのである。嫂や兄が何かと妻を話の中にひきいれてくれたが、私自身がいまだに独身者のやうにふるまつてゐる。気がつかずにさうしてゐた。

その時、表戸があいて、誰かが靴についた雪を閾で叩き落してゐる音が聞えてきた。嫂が出ていつたが、

「ああ……いらつしやいませ、恰度都合のよい時でした。皆さんお集りでございます。今も主人とお噂をしてゐたところで……」

気配から、仙台の長兄が来たやうすであつた。案の定、仙台にゐる長兄がトランクをさげて、部屋にはいつてきた。中の兄につづいて私も、改まつて挨拶をしたが、

「礼三さんにええお嫁さんが見つかりまして……」

と嫂がさつそく註を加へるのは、それが当然で

あるにしろ、私は顔の赤らむ思ひであつた。見つかつたといふのも何か探しもののやうでをかしい。

「ほう、さうだつたのか、勇二郎の手紙には、礼三が満洲にかへるまでに是非結婚させたいと言つてきてたが、まさかと思つたんだ」

この長兄は父の死にも間に合はず、葬式にも立たなかつた。仙台からの切符の都合や、それに長兄はその時三十九度の風邪熱で床についてゐたからである。その時妻が長兄のまへに両手をついた。長兄は遠慮のない目で眺めやつた。

「朝枝と申します、ふつつかものでございますけれど、どうかよろしくお願ひ申します」

「ああ、あなたか。よく来てやつてくれましたね。礼三はいい奴ですよ。よろしく頼みます」

ざつくばらんな長兄の挨拶が、ひどく私の気にいつた。よく来てやつてくれたの一言が切なく胸を打つた。それにちがひなかつた。数日後には私は満洲にかへるのである。向うで新居をかまへ、二、三ケ月あとに妻を迎へるのである。はやり言葉の大陸の花嫁とはいふものの、嫁ぎゆく身とすれば、よくよくの覚悟でなければならないのだ。

夕方になり、嫂が風呂焚きに手こずつてゐるので、私が代ることにした。

人手がないので、煙突が煤でつまつてゐるから燃えにくいのである。せまい窯に薪をつつこんでゐると、

「お手伝ひさせて下さい」

妻がもんぺ姿になつて傍にしやがんだ。仕立てたばかりの紫地に大柄の花をあしらつた派手なものであつた。新妻にふさはしい色彩であつた。

「うん、手伝つて貰はうか」

と言ふのと同時に、

「せつかくのもんぺが汚れますから」と嫂がとめた。

私は黙るより仕方なかつた。それでも妻は私に薪をはこび渡すのである。窯は十分掃除がゆき届いてゐないので、煙が逆戻りする。煙たくもあり、妻との共同作業が面恥しくもあり、また気の毒で

もあつた。

いつもの習慣で、長兄が一番風呂にはいることになつた。

「お湯のお加減は如何でございますか」と妻が訊いた。

「ああ、いいお湯だ。しかし、これやすこし煙たいね」

「中へも煙がもれるのかな」と私。

その時、窯の上ののぞき窓があいて、一杯に兄の顔が出た。

「なあんだ礼三たちか。それや気の毒だ。新婚早々の風呂焚きは、気の毒だよ」

「いいんですよ、兄さん」

窓はしまつた。

長兄が折をみて、私ひとりに向ひ、

「礼三はその髭面（ひげづら）で式をあげたのか」

「はい」

「馬鹿だな。礼三は週に一回も剃らないんだらう？ 頭を刈る時までのばしてゐるんぢやないか。結婚式に顔をあたるくらゐは、新郎の常識だよ。お前つて奴は、ちつとも洒落つ気がなくて、昔とおんなじだ。青春の最後のことぢやないか」

さう云へば、大友信吉はきれいに髭を剃つてゐたと私は思ひ出した。

嫌はれもの

短篇小説

武田麟太郎

第二巻第七号

出かけようとしてゐるところへ、折悪しく冷い雨であつた。朝から低く曇つてゐた空は、たうとう持ち切れなくなつた形だが、さて降りはじめたとなると、いつか風さへ出て来て、横なぐりの凄まじいいきほひで荒れだした。

「——大丈夫か知ら?」

と、妻は心配さうにいふ。自分はうんと曖昧に答へたが、数日来の風邪も抜けきつてゐなかつたし、このひどい天候に雨に濡れて浅草まで行くのは、実をいへば些か辛かつた。

未練らしく窓から外を眺めてゐるうちに区民葬の時間は迫つて来る。要慎をしてもう一枚襯衣を重ねた上に、冬の外套を出させた。

「——顔色が悪いわ、本当に大丈夫?」

また繰返していふ。彼女にしてみれば、熱のある身体では無理ではないかといひたかつたのだらう。

「——なに、温くして行けば、……」

と、自分も心細いながら、強ひて元気をつけていつた。自分の気持として行かずにすますことも出来ない。

「――誰一人お詣りする者もゐないでは、堂本があまり可哀さうだからな」

「――それァさうですけれど、……本当に親戚の方はゐないのか知ら」

「――探せば、どこかに遠い縁につながる者がないわけはないだらうがね、……」

しかし、自分の知つてゐる限りでは、文字通り天涯の孤児といふのが堂本の身の上であつた。

大陸に永い間転戦した後、遂に壮烈な戦死をして、こんどその遺骨が還つて来たけれど、誰が受取人になつてゐるのだらうと、自分はそんなことも心配してゐた。軍隊の方の手続きで、彼はどのやうに処置しておいたのだらうとも考へてゐた。

その日の午後、浅草の国民学校で、多くの戦友たちと一しよに、区民葬が執り行はれることになつてゐた。だが、彼だけは恐らく参列する遺族も知人もないのではないかと思ふと、どうあつても自分は行つてやりたかつた。

「――あんな乱暴な奴だが、根はなかなかどうして寂びしがり屋なんだから、せめて俺だけでも参詣して、霊を慰めてやりたいんだよ」

さうも自分はいつた。

といつて、自分も別に深い縁故があるわけではない。唯、みんなに嫌はれ通して、まともにつきあふ人とてはなかつた堂本に、昔からの知合のせゐもあつて、比較的突つぱなさないで軽く接触して来た関係にすぎない。

もつとも、彼が出征に際して、自分に托して行つたあることを、心ならずも果し得なかつたが、それを霊前に詫びるつもりもあつた。このことは、しかし、全く自分の責任ではなく、彼の誤算から来た委嘱であつたのは、あるひは彼自身が十分承知してゐたと思ふ。いや、すでに神となつた現在では、すべてを見透して、許すも許さないもないよ、あれは俺のとんだ自惚だつたよと、笑つてゐるかも知れない。……

さてと、自分はもう一度時計を見て玄関に立つた。まだ少し季節には早いが、すつかり着ぶくれた冬装束で、身体が窮屈だ。その上体をかがめて靴の紐を結んでゐる自分のうしろから、帽子を膝に持つた妻が、

「――富子さん、だつたか知ら、……確か富子さんでしたわね、あの方、堂本さんの戦死をなすつたのを御存じでせうか」

と、声をかける。

「――うん?」

自分はそのまま手を休めないで、足ごしらへが出来上ると、帽子を受け取つて、

「――知らないだらう。結婚して名古屋の方へ行つたきりらしいから」

答へながら、自分はいつかもこんな会話を妻とかはしたことがあるぞと思ひ出してゐた。さうだ、新聞で、「興亜の礎」とか「大東亜の華」とか名づけられた欄に、郷土出身の戦死者の名が出る、その中に堂本の名を見出して、我々も彼が散つたのをはじめて知つたわけだが、その時にも富子のことが我々の話題にのぼつたはずだ。やはり、そこは女で妻が云ひ出したのであつた。

「――おい、堂本は戦死してゐたんだ」

永い間、彼から通信がとぎれてゐたので、折々はどうしたかと気にかけてゐたら、すでに護国の鬼と化してゐたのだ。自分は明かに昂奮してゐた。

「――まァ、さうでしたの」

水仕事の途中で、その手を拭きつつ、妻も真剣な眼で朝刊をのぞき込んだ。

「――いつ頃のことなんでせう」

「――さァ、それは書いてないが、……だが、発表になるまでには、ちよつと時間があるにちがひないから、今年の春頃かも知れないね」

妻はお燈明を入れて合掌してゐた。

「――あなたのおつしやつたことが本当になりましたわね」

「何が?」

「――何がつて、堂本さんが出発なさる時に、手柄を立てるなんて慾を出すな、唯、死んで来い、

死んで来いつて、そればかりおつしやるんですもの、折角の壮途に何だか不吉で、堂本さんに悪いやうな気がして、私、はらはらしたわ」

「――莫迦ア云つちやいけない、兵隊にとつて、死んで来いつて云ふほど、めでたいことがあるものか」

「――それァ判つてますけれど、……でも、堂本さんもいつにない神妙な生真面目な顔で、その覚悟でをります、死んで参りますつて受けこたへしてゐらしたから、私も安心しましたの」

「――うん、ところがあいつのことだから、さう易々と死ぬとは俺も考へてゐなかつたのさ、あれで、幾度も白刃の下をくぐつて危い瀬戸を渡つて来てゐたんだからね、どんな喧嘩にだつて、かすり傷ひとつ負はなかつた、私ァ不死身ですとよく冗談でなく云つてたが、まア、あの獰猛な顔(かほ)貌(かたち)を見たら、怪我や死神の方で逃げたくなるだらうからね」

「――だつて、あなた」

と、妻は笑つた。

「――つまらない喧嘩と戦争と一しよになすつちやァ、……」

「――うん、だけど、話がさうなんだ、それに、……」

自分は尚も云ひつづけようとして、さすがに口を噤んだ。以前はとにかく、今は彼も靖国の英霊だ、その人を評する言葉としては不謹慎すぎるとさしひかへたのだ。

「――それに？」

妻は一瞬訝しさうにしたが、すぐに自分の云はうとした意味を感じたのか、

「――さうねえ」

と、うなづいて、下うつむいた。

……自分は、憎まれつ子世に蔓ると云ふ通俗的な言葉を吐かうとしたのであつた。戦争に行く前の堂本は、まさしくその憎まれつ子であつたから。全く人には蛇蝎視されて生きてゐた彼。公園を根城にする不良少年あがりで、性格は極めて小心で

卑屈なくせに、酒を飲むと、突然人が変つたやうに傲慢になり、兇暴になる。その酒がまた底なしと来てゐるので、随分あちらこちらの飲み屋も持てあましてゐた。これと云つた職業もないわけだから、その点でも誰彼の見境なく悩ましてゐたものだ。しかも、無心をする相手に恩義を感じるどころか、ちよつとの云つた道義心は少しもないし、却つてちよつとのことを癪に触へて乱暴を働いたりする。云ふならば、いやな奴の一語につきる彼は、容貌までがそれにふさはしかつた。づんぐりと太い四角な肩を振り立てて押し歩き、醜怪限りない眉目は惨忍刻薄な性格を現して、唯それだけでもう人を脅迫し威すに足りた。一眼見ても不快感にたまらなくなつて、顔をそむけたくなる。

自分にしても、古い知合だとは云ひ条、そしてなぜか他の人ほど迷惑を蒙らなかつたものの、それでも何とも好感を持ち得なかつた場合が再々あつた。

だから、正直に云つて、彼が応召すると聞いて、厄病神を払つたやうに、ほつとした人々もかなりゐたと思ふ。洋食屋の安井軒、飲み屋の葵バー、映画のブロマイド屋のキャビネ堂、宿屋の厚木旅館、各常設館の支配人たち、数へ立てれば、いくらでもあるが、常日頃彼が厄介をかけたり、たかつてゐた人々は、何がなしにうるさい存在がゐなくなるのに、人知れず悦んだのではないか。あるひは、それこそ大きな声では云へないが、彼がこのまま帰つて来なければいいとまで望んだものもないではなからう。——もつとも、これらの個人的な私情と、名誉ある出征軍人を送る気持とは、別のことであるのは、あらためて断るまでもない。

だが、当の堂本も、入隊の日が近づくに従つて、さすがに人柄も変つて来た。かつてない厳粛な面持になつて、古い行状の数々を今更のやうに清算したがつてゐた。反動的に窮屈なばかり生真面目な様子で、ちよつと身につかず、滑稽なところもあつた。自分たちにも莫迦叮嚀に出て、いやに懺悔的な口調を弄して、過去を謝罪したり、大袈裟な身振りで後悔を語つた。もちろん、これは結構な、彼のためにもいいことであつた。……

妻はまたその新聞に眼をさらしてゐたが、こんどはふと思ひ出した風に、

「――あの人もこの新聞を見て、びつくりしてるでせうね」

と、ぽつんといふ。

「――誰のことだ」

「――ほら、何子さんでしたつけ、征く前に堂本さんが好きになつたといふ人」

「――うん、あのお嬢さんか、富子さんだらう」

「――ええ、さう、その富子さんも感慨無量でせうね」

「さァ、結婚してから東京にはゐないらしいから、……この記事も市内版だけだらうし、知らずにゐるよ、きつと」

「――さうだとすれば、その方がいいかも知れませんわねえ、相当あの人も堂本さんには悩まされたんだから、……だけど、堂本さんはたうとうあの人がお嫁入りしたのを知らずじまひでせう」

「――ああ、知らずに死んだわけだよ。しかし、お前の真似をしていへば、その方がいいかも知れないさ、……どうにも俺は残酷なやうな気がして、事実を書いてやることが出来なかつたが、……いや、書いては破り、書いては破りして、富子さんの依頼を実行出来なかつたが、……結局、彼は幸福な念ひを抱いたまま、幻滅の悲哀を味はずに死んで行けたのだから、まだしも、俺の無責任もいひわけが立つといふものさ」

それでも、自分はあの富子事件のいきさつを回想しながら、些か憮然としていつた。

「――をかしなことをいふやうですけれど、……」

一度もその話題にのぼつてゐる富子に逢つたことのない妻は、尚もそれに拘泥してゐた。

「――あれは、ひよつとしたら堂本さんのお芝居ぢやなかつたかとも思ふんですよ」

「――ふん？」

「――いいえ、堂本さんははじめつから、富子さんに嫌はれてゐるのをちやんと見抜いてゐたんぢやないでせうか。それでゐて、まァいふなら寂しい自分をあやす子守歌みたいに、――俺にはこんなに美しい恋人がある。さうわざと思ひ込んで、内地で自分の帰るのを待つてくれてゐる。自分に元気をつけたり、お友だち、戦友ですか、みなさんにも自慢ばなしにしてゐるうちに、……自分をあやすつもりでうたつてゐた嘘の子守歌に、ついだまされて、いつの間にか本当のことのやうに考へられて来た、……そんなことぢやなかつたんでせうか」

「――なるほど、さういはれてみると、……自分をあやす子守歌か、なるほど」

「――いやですよ、そんなに感心しちやァ、……でも、お芝居をしてるうちに、何かの役を演じてるうちに、その仮の役が本当の自分であるやうな、妙な気分になることはありますものね」

「――なるほど、いや、大きにさうかも知れない、まんまと彼自身も含めて、俺たちもかつがれてゐたんだね」

「――ええ、それだつて、戦争に行つてらつしやる身にとつては無理ないとは思ふわ、それが少しでも楽しい念(おも)ひの種になつたとしたら、富子さんにも御迷惑でせうけれど、我慢して頂かなければね」

夏の朝、食卓に向ひながら、二人はこんな風に話した記憶がある。……

今、また出がけに妻は富子のことをいふ。さういへば、三年前堂本が出発の日もこのやうな荒れ模様であつた、夜来の秋雨に風が加はり、傘もさして立つてゐられない位であつた。その時、見送りに行つた自分は、はじめて富子に会つたが、大柄の男好きのする美しい娘なので、すつかり驚いたのを覚えてゐる。

「――段々ひどくなつて来ますわ、こんな時にこそ円タクがあれば便利ですのにね」

妻は自分を頼りなげに見送つてゐる。風が蝙蝠傘を奪ひさうになるし、さしてゐたところで、大して役に立ちさうにもないほど、家を出て数軒も行かない間に、自分の外套の肩や前は重く濡れて了つた。

○

堂本に委托されたといふのは、その富子のことであつた。万が一、生きて還るならば、結婚するつもりでゐる、留守の間は何かにつけてよろしく頼むといひ置いて、彼は勇躍征途についたのである。

それまで、自分はどんな形ででもあれ、堂本と女と結びつけて考へたことはなかつた。事実、放縦無頼な日々を送つてゐた彼は、色んな女にいひよつても、簡単に毛嫌ひされて、てんで問題にならなかつた。俺は女は駄目だとあきらめて、それだけ女たちを口汚く罵り、こちらも最初から粗暴な態度に出て、ひそかに惨虐性を満足させてゐた。

だから、その堂本が富子の問題を打明けた時、自分は思はず彼の顔を見た。えつと声に出したやうな気もする。

「——まァ、笑はないでくれよ」

いつもの彼なら、自分から笑つておいてさう冗談めかしながら、この俺もたうとう恋の奴になつたよと、一切のいきさつを物語るところであらうが、いよいよ奇妙なのは、極めて真剣な様子で、気弱く涙ぐまんばかりにしてゐた。誇張をすれば、この鬼をも取りひしぎかねない男が女々しく涙ぐんでゐるとは意外すぎた。

「——どうしたんだ、どこの娘だ、それは、……」

これも柄になく、言葉少なになつてゐる彼に、自分は勢ひをつけるやうに、うまい聞き手の役をつとめねばならなかつた。

その頃はよく現地へ出発前に、市内の民家に分宿したものだが、富子はさうしたある金持の娘であるといふ。そして、堂本は、彼一流の表現に従へば、天地神明に誓つて、一点の嘘偽りもなく、心底(しんてい)から彼女に惹かれて了つたと告白する。

「——ふむ」

と、自分は唸つた。常識的に判断しても、今までの彼の対女性経験からいつても、それは所詮叶はぬ恋、手の届かぬ高根の花に魅せられた彼が、出征前夜のことであるだけに、滑稽といふよりは、気の毒な思ひが先に立つた。

しかし、自分のさうした早合点はすぐに是正されねばならなかつた。堂本のいふには、すでに早や、一しよになる約束をした、もしも生還すれば、結婚してくれないかと切り出したら、承知してくれた、さうはづかしさうに附け加へたから、もう一度、自分はえつと驚いた。

本当かいともいへずに、呆れてゐたが、彼はうれしさうに、

「——生れてはじめて女に好かれましたよ」

「——さうかい、それは重ね重ねおめでたい」

自分はきつとどこか気のないいひ方をしたのだらう、それほど飽つ気にとられてゐたのだが、彼が怪訝さうにしたので、

「——いや、おめでたう」

と、あらためて力を入れて祝つた。

戦地からは、まづい字で度々軍事郵便を寄越して来た。いつも、軍務に精励云々の他に作戦、討伐の消息に加へて、といふよりは、大部分、富子とあの娘の名を呼びすてに書いて、彼女に対する切々たる愛情を訴へてゐた。まるで、自分にあてた恋文みたいな観さへ呈したのもある。また別な場合には、読んでゐても羞しくなるほどの惚気を綿々と書き綴つて来る。

自分は、二人の交情がそのやうに高まつて、将来の結婚が、戦争で鍛へられた彼をより立派な男に仕立直してくれるならば、こんなうれしい人生はないではないかと、単純に悦んでゐた。妻にもさう云つてゐた。

すると、去年のちやうど今頃、富子から、お逢ひして相談に乗つて頂きたいことがあるとの書信を受け取つた。至急重大な用件だと云ふので、いつか堂本を見送つた朝、彼女の美しさに舌を捲いて以後、一度も会つてゐないが、指定された場所

に出かけて行つた。

下町育ちの、年齢(とし)よりは地味な装り(な)をした富子は、なかなか用件を云ひ出しにくさうにしてゐる。

「――どう云ふお話ですか」

こちらが促しても、いつまでも固くなつてゐたが、やうやく、

「――実は私、最近縁談がありまして、……」

と、切り出した。それでと、自分はとぎれた彼女の言葉を待つた。

「――いよいよ決りまして、最近式をあげることになりましたので、……」

「――と云ひますと、……」

自分はちよつと錯覚を起しさうになつたが、もとより堂本がその相手でありやうはない。とすれば、その問ひは間が抜けてゐる。

富子は再びうつむいて黙つて了つた。それを見てゐるうちに、自分は腹が立つて来た。裏切の罪を自覚してゐるらしい、その恰好がよけい自分を忿懣に駆り立てる。

――それはひどい、女つてものはそんなに頼みにならないものか、しかも、戦争に行つてゐる男にそむいていいのか。

そんな彼女を責め立てる言葉が、咽喉をついて出さうになつた。だが、彼女と向ひあつて話をするのはこれがはじめてである、やはり遠慮があつて、云ひたいことも云へない。そこで、出来るだけ誇張してむつとした表情で、こちらも石のやうに黙り込んだ。堂本に代つて怒つてゐるつもりであつた。

「――あなたの方へも、堂本さんは私のことを何とか云つてよこしてをりませうか」

こんどはなぜか赤くなつていふ。

――いつて来るかどころの騒ぎぢやアない、書いて来るのはあなたのことばかりだ。

それさへ口にいへない位、自分は尚もむうつとした頑固さで、しかし、力を入れて大きくうなづいてみせた。

「――さうですか」

と、富子は弱々しく吐息をついて、

「――私にも、もしもうちで結婚を迫るやうなことがあつたら、あなたに相談して、いやだと押し切れつて、お手紙が来てゐるんですから、……」

自分は、何だ、では彼女は心変りしたのではないのか、自分を頼りにして、持ち上つてゐる結婚問題を解消したいといふのかと、早まつて、彼女の気持を疑つたのをすまなく思つた。しかし、これもまたれいによつて、自分の早合点であつた。

富子はいよいよ沈痛なといひたい顔色になつた。きつと平常は濶達で陽気な娘だらうが、この事件で散々悩んでゐるらしい傷悴ぶりである。

「――あなたも、私が堂本さんとお約束したと思つてらつしやいます?」

いひ方が変であつた。そんな事実はなかつたのだといひたげな調子である。

「――本当をいひますと、……堂本さんは何か誤解してらつしやるんです」

「――えつ、何ですつて、……」

「――……お酒を飲んでらして、冗談に、もしも無事に帰つたらなぞとおつしやつたもんですから、お給仕に出てゐた私が、曖昧に笑つてましたの、…返事の仕様がございませんものね……、でも、たつたそれだけのことを、本気におとりになるはずはないんですが、……」

と、苦しさうに、ゆつくりいふ。

「――最初、戦地からお手紙を頂いた時には、やはり堂本さんが冗談ばかり書いてらつしやると思つてましたの、そのうちに、段々とさうではないと解つて来まして、……」

彼女は慌てて、その時の情景を幾度ともなく想ひ起して、実際はどうであつたかと考へてみた。だが、何としても、堂本が誤解するほどのことさへなかつたといふ。

「――をかしいですね」

自分はそれで一切が腑に落ちたやうな気がしたが、一方また釈然としないものもあつた。それならば、なぜもつと早く、さういつて、事情をはつきりさせなかつたか、時が経過するに従つて、堂本の情熱はますますたかまつて行くばかりではないか、早ければ早いほど、彼もあきらめ易かつただらう、今となつては、ちよつと手おくれではないかといふ感さへある。

自分がそこを衝かうとすると、富子はかなり敏感な娘で、すぐに自分の意を察して、その点は私が悪かつたから、いくら咎められても致し方がないけれど、あの場合彼の手紙のひたむきな調子には、何とも返す言葉もないほどで、ぐいぐいと押されて、一言一句さしはさむ余地さへない強さで迫つて来たと告白した。

「——なるほど、さうでしたか」

聞けばもつともな次第であると、自分はうなづかざるを得なかつた。最初は口重な印象を受けたが、いつかなれて、彼女は縷々とその苦衷を語つて、自分は専ら聞き手に廻つてゐた。いふこともなかつたのである。

「——それに、戦地にゐらつしやる兵隊さんを下手にがつかりさせてもと心配しまして、そんなことをするのは何だか、とてもいけない罪を犯すやうで、……」

その考へに妙に拘泥して、つい今日の日に至つたと、富子は嘆く。

「——お帰りになつたら、よく諒解して頂けますやうに、お話するつもりですけれど、……」

自分として、彼女を咎め立てすることは出来なくなつた。

「——出来れば、そんなにまで想つて下さるのですから、私もあの方を好きになればよかつたんですが、……さう気持をつとめてもみました、けれども、どうしても駄目でした」

それ以上彼女は露骨にいはない、しかし、堂本を好きになるどころか、嫌つてゐるのは隠し得なかつた。普通の娘なら無理もない話である。

自分は寒々とした念ひにとらはれた、一抹の哀愁さへ伴つてゐた。なぜ、こんなまちがひが起つたのだらう。……

最後に富子は、

「――まことにあつかましいことなのですが、もしも、お願ひ出来るなら、……」

と、前置きして、彼女の本当の立場を、それとなく、堂本の納得いくやうに、戦地に書きおくつてくれないかと、頼むのだ。

「――判りました、何とかしてみませう」

自分は引き受けないわけにはいかなかつた。堂本がこの上なく可哀さうであつたが、彼女にも同情した。

だが、引き受けたものの、結局はその約束を果し得ないままに、堂本の戦死を知つたのである。悔恨に似たほろ苦いあと味を自分の胸に残しながら、……

○

「――どうしたんですよ、まァそんなに酔払つて、……危いわ、ああ、靴?、私が脱がせたげますから、さァ、立つてないで、そこへお掛けになつたら、……いいんですか、ぢやァ、私の肩につかまんなさい。いやだわ、ひよろひよろしてゐるぢやありませんか」

そんな調子だつたさうだ、その夜の自分は。あとで聞いたところによれば、……

「――あんまり晩いもんだから、随分心配してたんですよ、……はい、そちらの靴をあげて下さい、……いい按配に雨も止みましたけれど、お熱があるし、どうかと思つて、……」

「――心配なんかするない、見つともない、大丈夫なんだ」

「――ええ、それァ、大丈夫なのは、判つてますが、……あら、あなた、お傘(かさ)は?」

「――腕にかけてゐるだらう」

「――腕に?、…?ありませんわ、どこにも、……きつとまた電車かなんかにお忘れになつたんでせう、困つたわ」

「――けちけちするな、傘の一本や二本、……」

「――でも、今は大切ですからね、……さァ、もうよござんす、上つて、あら靴下も濡れてますから、これもお脱りになつて、……」

「――大切なのは、……大切なものは他にあるんだ、傘やなんかぢやァ、決してない、……おお俺は、……」

「――まァ、どうしまして、……どうかしたんですか」

「――莫迦ァ、泣いてなんかゐるものか、おお俺は、うううれしんだ、ううれしくつて、うれしくつて、……」

茶の間に入るなり、どつかと坐つて、また、

「――傘のことなんか云ふな」

「――云ふなとおつしやるなら、……でも、大へんな御機嫌ね、どこでそんなにお飲みになつたの、……よくお酒がありましたわね」

茶をついで出すのを、ぐつと一ト息に飲んだが、あつひのにむせつて了つて、暫くはこんこんと咳入つてゐたが、

「――あるはずさ、なくつてどうする、堂本の慰霊祭だ」

「――区民葬がすんでどこかへ行らしつたの」

「――どこへ？……さうさ、それから堂本の追悼会をやつたんだ、彼を偲ぶ会を、思ひ出の公園で、花々しく、……花々しくもをかしいが、まァあいつらしくさ」

「――へえ、会を？あなたお一人で、……」

「――莫迦だなァ、いよいよ以て、お前は、……会だよ、会と云ひや、あつまるんだ、何人もの人が会するから、会と云ふんだ」

妻は笑ひ出してゐた。

「――判りましたわ、でも、…」

「――でもたァ何だ、……おい、お冷水をくれ、うん、あァあ、うまい、……お前なんぞ、嫌はれものの堂本には誰かお詣りする者なんか一人もないだらうと思つてるんだらう、寂しいやつだ、可哀さうなやつだと考へてゐるんだらう」

「――あなたがおつしやつたんですわ」

「――さァ、それが大きなまちがひだ、自分一人だけが参列してやるんだなんて、恩にきせる根

性がいけないよ、そもそも、……自分だけがいかにも義理人情に篤いなんて面ァしてたら、とんでもない自惚野郎だ」

「――それ、みんな、あなたのことぢやないいんですか」

酔ひどれを持てあまし気味に、ちくりと刺すのに、てもなく自分は乗つて
「――さうさ」

と、大真面目であつたと云ふ。

「――ぢやァ、他にもどなたか」

「――どなたもこなたも来た、来てくれてたんだ、おお俺は正直、驚いた、あきれた、口がきけない位、うれしくなつた」

「――あんなに迷惑をかけ通してゐた嫌はれもんに、……葵バーの親父だ、厚木旅館の番頭だ、喜劇役者のモリマンだ、安井軒の兄ちやんだ、キャビネ堂のハイカラ息子だ、百花繚乱だ、花と云ひや、俺のかねての御ひいき、小野バラ子だつて来てくれてたんだ」

「――あなたのためぢやないわよ、それは、……」

「――もちろん、…さァ、それからが故陸軍上等兵堂本巳之助のために、おい、あの土砂降りの中を、国民学校へ集つてるんだ、どうだ、これが泣かずにゐられますか」

「――そんなに沢山のみなさんがねえ」

と、彼女も涙ぐんだ。

「――いや、俺は、最初は、連中も他に知人の戦死者があつて来たのかと思つたんだ、暫く、暫くとお互ひに挨拶してゐるうちに、話してゐるうちに、みんな誰もが、新聞で見たんで、堂本のために雨を冒して参列したといふことが判つた。お互ひに判つて、さうでしたかと、顔を見合して、ちよつとした思ひ入れさ」

「――うれしいわねえ、下町の人たちは、……」

「――さうとも、下町の人間は、……いや、何も下町上町の問題ぢやない、まして連中は公園の堂本にならそんな義理はない、さうぢやないんだよ、何ていつたらいいかね、唯知つてゐる堂本が、

故陸軍上等兵になつた、その故に敬弔の意を献げに来たんだ、だから、連中の前にあるのは、やくざな堂本ぢやなくて、護国の英霊になつた堂本なんだ、……事実、あいつの立派な軍服姿の写真も祀つてあつて、それを見てゐると、もう昔のあいつの長虫みたいな感じはどこにもない」

雨はすつかりあがつたが、風はまだ吹いてゐた。その音に酔つてゐる自分は暫く耳を澄してゐたが、

「――それからね、もう一つお前を驚かすことが、あるんだ、まだあるんだ、もつたいなくつて、話をするのも、あとに取つておいたんだ」

「――さうでせう、私もそれを聞きたかつたわ、ひよつとすると、あの人もと、さう思つたんだけれど、……」

「――うん、えらい、さすがだ、ほめてやる、その通りだ、……いや、俺も嘘ではないかと疑つたほどだからな」

「――その、名古屋でしたか、そこからいらしたんですか」

「――いや、さうぢやない、東京に帰つてたんだつて、旦那さんがやはり出征してね、……これも、北支だつて話だつたが、あるひは戦地で知らずに、堂本と顔を合せてたかも知れないね」

「――さうでしたか、よくお詣して下さいましたわねえ」

と、妻はそこに富子がゐるやうに、頭をさげてお礼を云つた。

「――待て、お礼は、……もつとよく聞いてからにしてくれ、……安達元衛門さまぢやないが、まだある、まだあるんだ」

「――まだ?」

「――さうとも、遺骨だ、係りの在郷軍人会の人にたづねてみると堂本だけは遺族が来てゐない、ゐないんだ、で、遺骨の点だが、もしも出来るなら、俺たちで引き取つて、手厚く法要をしようと云ふことになりかけたら、富子さんが、……」

「――まァ!ぢや、富子さんがまつつて下さるんですか」

「――あのやうなことがあつたのも何かの縁だらう、かまはなければ、私に引き請けさせてほしいとの申し出だ、連中は、富子さんが何者か知らないので、俺が説明する、そんな関係なら、堂本も悦ぶだらうつて、一議に及ばず結着した、軍隊の方の手続きさへすめば、まさか結婚した先きへは持つて行けないが、富子さんの実家の方へ行くことになつた」

「――よかつたわねえ、本当に、……」

妻は下うつむいて、鼻をならしてゐた。

「――ああ、よかつた、……富子さんも、さつぱりとした表情で……これで、堂本さんを少しでもお慰め出来る。さう云つて、悦んで帰つて行つた」

「――堂本さんも仕合せだわ」

「――嫌はれもんぢやなかつた、いや嫌はれもんが、戦争のおかげで大へんな仕合せな男になつたんだ……」

外では風は相変らずはげしいやうだ。しかし、家の中は却つてしいんと静かで燈火も明るく温い。自分たち夫婦は、それよりも明るく温い心持で、永い間無言のまま向きあつてゐた。

片信

室生犀星

第二巻第七号

どの家の庭にも花の咲くやうな樹木は一本もない。殺風景な、いがらつぽい樅の木がくろぐろと立つてゐるだけである。それでも裏町でも表町でも、にはかに人の声がし出して来た。近い山のなかでも人の声が起り、その声は晴れてさへ居れば日増に賑やかになつて来た。けれども、花をつけてゐる樹木はまだ一本も見当らない、何処も白みきつた枯木の山つゞきだつた。突風さへ起れば何時でも冬にもどりかける風景は、息を呑みこんで、何かを耐へ何かを俟つてゐるふうであつた。彼は庭に出て土を掘つてみると五〇くらゐの地下には、よごれた花岩石のやうな氷塊が横に長くもぐつてゐて、まだ、融けてゐる様子もなかつた。落葉とか、ゴミや土を被つてさへ居れば氷の層はみだれることなく、根を深い土の中にくひ込ましてゐた。きのふまでに小鳥の数はふえて来て、かけす、尾長、四十雀、山がら、頬白の五種類をかぞへるやうになり、温度も五十度に騰つたが、氷の塊はかげ地には勿論、思ひがけない処にからだをちぢこませて潜み、もはや土壌だか石だか分らないまでに古く固まり切つてゐて、それが砕いで見てはじめて氷であることが分るくらゐであつた。去年の十二月あたりから動かずにじつとしてゐる氷は、あるものは縞馬の尻のやうなぶちを持つてゐて、塵除けの穴の中にかゞみ込んでゐた。或日彼は水捌けをよくするために石垣の土管の中に棒切れをさし込んでみたが、中に閊へるものがあつた。よく見ると土管の奥の方に光つてゐる眼のやうなものが、動かずに棒切れを突き戻し、突つ込むほど勁く突き戻して来たが、つひに何度もつッ付くうちに竹の棒は折れて了つた。光つてゐる奴は氷だつた。熱湯をとほしてみても、がたりともしなかつた。恐らく此奴は春を送り夏越しでもする気かも知れない。

　彼はこの寒帯地方の冬越しに何が一等辛かつたかと問ねられると、すぐ、氷だと答へ、次には氷るといふこと、何でも彼でも氷るといふことが恐ろしいといひ、神秘的に似てゐるとさへ答へた。彼は二月にこの土地の病院に胃潰瘍の疑ひを解きに行つたとき、もう病院では胃液の検査ができない、何も彼も氷つて試験管をつかふ仕事はできないといはれた。彼は独逸人の相当名医がひらいた病院からかへりかけると、雪路にけさからまだ幾人も踏まない二、三の靴跡を見て、冬にうもれた感じを深めた。そして彼は二、三日後に歯医者をおとづれたが、此処でも何も彼も氷つて治療は四月までしないといふ張紙を読んだ。宿屋もホテルも閉つてゐた。町の雨戸もしめ切りだつた。何処を歩いても人の笑ひ声がしない、陽気なあかるい声が絶えてゐた。近い山の木々は突風に木膚をみがかれ、雪のうへに人のあしあとなぞなかつた。国民学校の生徒は七人とか十人とか一緒に縄につかまり、信濃の原野を学校に通つた。かれらですら黙然として歩いて行つた。吹雪に持つて行かれないための縄を確かりと摑んでゐた。

　彼は何処に氷が残つてゐるか、何処に残雪があるかを見て廻ることに意地悪い興味をおぼえた。実際は残雪といふものはないのだ、みな氷になつて固まつてゐたから、やはり氷にちがひない、氷を見ることは冬が去りかけたうしろを見るやうなものだつた。たとへば五十〔ママ〕度あるかと見れば、翌日は氷点下八度になり五度の日がつゞき、二度の日がまた来て春らしくなつた日、昼頃、突然、馬のやうな顔をした山吹色の虻が茶の間にふいに立つて来て、素早く飛び出して行つた一瞬の暖かさは、次第に本物に変つた。蝶といふものは黄ろい奴が早春では一等早くに出るものだつた。その黄ろい蝶は山の輪廓を一挙に消してしまふほど大きな輪をゑがいて庭一面にひろがつて去つた。いかにも、いま飛び出したばかりの慌しさがあつて、ゆつくり舞ふのではなく螺旋状に立つて行つたのだ。彼は雨が三日ばかり続いたあと、石垣の土管の中をのぞき込んで見たが、眼のやうな氷はまだ生きてゐて弱つたやうすもなく、あふれる温かい春雨をせき止めてゐて通さなかつた。外側に廻つてみても氷の緩んだ隙間がないらしく、たまつた雨水は表にながれ出てゐなかつた。土管の中央部に踞みこんだ細長い氷の棒は入口と出口を加へると四尺に近い、どこからも撮〔つま〕みどころのない長いものだつた。土管一杯に吸ひついたかれは執拗無類な手をもつて、そこに押しよせる雨水を一滴もとほすことがなかつた。黙りこくつたかれはその腹部にあたる真中には、まだ、氷点下二十二度の夜半の凍結力をかたいぢに持ち続けてゐて、外気にあてることがなかつた。大切な命のやうな腹部にはゴミや落葉の屑や砂礫を一杯に呑みこんでゐて、それらのささくれ立つた針状のやうな奴が、いまは氷を一日でも永く生かすための唯一のほねになつてゐた。氷には砂や泥が雑つてゐるほど永く生きるらしいのだ、彼は棒切れでつッ付いて見たが、依然、棒切れは手もとにこつんとひびきを返して来ただけで、小さな蚤のやうな穴すらあいてなかつた。

豆腐屋の横丁をまがり馬車屋さんの前をとほると、縁側で女の子が手毬をつきながら唄をうたつてゐた。てまりうたといふものを彼は久潤振りで聴いた。彼は表通りに出て時計屋のあるじがゐるかどうかをたしかめたが、あるじはまだ兎の耳袋をあて、犬の皮の胴着を著け、古毛布の膝掛に瘠せた膝をつつんで仕事をしてゐた。しかも電気暖炉のそばには乏しいが炭火までおこしてあつた。硝子戸が非常によごれてゐて寒天のやうに曇つてゐたから、あるじの顔がやつと分るくらゐだつた。それほどに防寒の設備をしながらなほ寒がるのである。あるじのゐることが分つてもすぐ硝子戸を開けて這入ることが出来ない、彼は往来に立つてあるじが往来の方を見てくれればいいがと思ふが、さうは、たやすく往来の方を向く時計屋さんではない。彼は杖で道路を二、三度敲きながら聞えたか知らと思ふのである。硝子戸の硝子が厚いらしく却々きこえさうには思へない。仕方なしに彼は往来に立つたまま少時店先を覗きこみ、あるじの注意力のあつまるのを待つた。それは、あるじが手をあげて合図をしてくれれば時計が直つてゐる証拠であるから、硝子戸を開けて這入つて行つてもいいが、合図をしないで時計屋さんがただ表を見るだけなら、時計は修繕してないのでそのまま黙つて帰る筈の約束になつてゐた。冬は指先がかじかんで時計のこまかい機械にさはれない、冬は休みだ、三月になつたら来いといふ話の、その三月も明日で四月にならうとする三十一日だつた。だが、時計屋さんは表をちよつと眼鏡越しに冷然と見ただけで、すぐ、うつ向いて仕事にかかつた。彼の顔を見たのやら見ないのやら、薩張りわからなかつた。分らないが約束だから彼はしかたなしに立ち駐ることをやめて、歩き出した。この町には一軒しか時計屋さんはゐない。疎開した千人くらゐの人びとは東京から持つて来た時計は、たいてい、ねぢが切れてゐるとか、早く進むとか、とまつてゐるかして満足なのはすくないらしい。そこで、一軒しかない時計屋さんに修繕をたのみ込んだ、引き受けてゐるうちに時計屋さんの机のまはりは見さかひのつかないくらゐに、数百の腕時計が箱の中と、抽斗と、硝子の戸棚にぎつしり詰つてしまつた。これらの時計は重なつて光り合つてゐる奴や、横向きや、腹這ひになつたのや、くさりとくさりと纏れてはなれない奴で身うごきもならないくらゐであり、何処の誰が置いて行つたのやら、何処の近村から出かけて来たのやら、一々、帳面をくつてしらべなければ分らなかつた。帳面をくつて見ても一個や二個くらゐは見当のつかないくらゐ、遠い日に預つたままで夏もくれ秋になり、たうとう、冬にはいつた時計もあつた。零下十五度平均の山中でともかく時計どもは冷えるだけ冷え切つて、あるじが着てゐる犬の毛皮の胴着の背中を見つめたまま冬を送つた。いくら正直で勤勉な時計屋さんでも客の顔を見ると、すぐ、どうしまして三月まで待つていただかなければ、しごとに手はおろされません、ここにあるのはみな三月にならないと機械の中に指のはいらないものばかりですと、時計屋さんは手をふつて少し慍〔いか〕つたやうな困り切つた顔付で客に云つた。そこには数百個の時計がそれぞれに光つた昔の石鹸箱のやうなニッケルの顔を、ずつと無表情のまま続けてゐた。だが、黄金(きん)時計なぞ一つもない、そんなものが飛び込んで来てもあるじは対手にしなかつた。不届千番な黄金(きん)時計だからである。ともかく時計はまだ直つてゐないのだ。彼は硝子戸棚のなかに順番を待つてゐる時計の蓋のうへに、うつすり置いた埃さへ想像しながら時計をあはれむの情を感じた。時計といふものは所持人の顔を知つてゐるものらしい、借りた時計はすぐ分るし、買立の時計もすぐそれらしくけばけばしくて、似合はないものである。永年持つてゐる時計は指先になじみがあつて、どんなに、ぞんざいに扱つてゐてもその実はやさしい大切な品物を持つとおなじ劬はり深いものがあつた。時計屋の前をとほると、だから何時でも彼は時計と彼との関係をひととほり考へ、早くなほしてやらんならんと、さう漠然と思つた。何処の何人に持たれても、かれはいやがるであらう、また決して似合ふやうな時計ではないのであるが。かれは金側を持つてゐたが戦争のために黄金の衣裳をすつかり脱いで、献上したのであるが、それ以来、ニッケルのふちを持つやうになつてもやはり時計は黄金側（きんかわ）時代のかれと少しも変らずに、馴染みぶかく手なれたものだつた。

　彼は少し伸び上るやうに悠くりと小さい山中の町を見て、何処にも早春ののびやかで晴ればれした日ざしをあびてゐる家々を我がことのやうに眺めた。まさに永い寒い冬だつた。東京に三十年も冬を送つてゐて他の土地に移住したことのなかつた彼には、この寒帯地方の極寒と闘ふことは容易なことではなかつた。彼は一月から毎朝庭に寒暖計を吊して午前七時半になるとしらべて見たが、一月の平均温度は氷点下十一度だつた。十七度が最低で三日間、十六度が四日間あつた。二月にはいると凡ゆるものが凍結して平均温度は十三度に低下して、二十一日には二十二度といふ記録破りの温度を示した。ともしびがふつと消えるやうに水道は夕方、出し放しにしてゐながら凍結して了つた。樺太が一月、二月、三月を通じて十二度五分あるさうだつたが、軽井沢とは二度ぐらゐしか違つてゐない。寒いといはれたモスクワがやはり三箇月を通じて平均十五度だが、それも、どれだけも寒さが厳しいとはいへない。ベルリンは氷点下に達してゐないから大したことはないのだが。しかし、此処の寒さも三月にはいると氷点下十度になり、ずつと暖かくなり出した。冬ぢうをとほして平均温度を統計して見ると午前七時半では外が零下十二度あるわけだつた。しかも田園や山中はもつと寒さが烈しいと見なければならぬ。ともかく、さういふ生れてはじめての寒い冬を越したことは、たしかに戦ひ抜いた猛けだけしい感じがあつた。燃料は碌にあるものではない。彼は三月になると着物がボロになり繕へぬ程になつた。それは冬の深さをくぐり抜けて来た旗のやうなしるしだつた。いま、家々の戸や雨戸のあいた町景色を見ると、どこにも、やはり戦ひ抜いた気合がうかがはれた。炭が半俵、薪が八把の配給といふのも、冬ぢうの燃料だつた。雨の日が三月になつて三日間、あとは凡て晴天だつた。ふしぎなほど乾燥期の晴天がつづいて雪は少ししか降らず、どこか満洲あたりの気候に似てゐて、突風さへ起らなければ寧ろ湿気がなくてすごしよかつた。

町端れの葵会館に幟が幾本も建つた。東京のある交響楽団の音楽団体が来たらしく、ビラは解氷期の町の辻々に翻つて往来の人びとの眼を惹いた。彼もしばしば葵会館に入場して映画や旅芸人の出演を見に行つたが、冬じうは休んでゐて春めいて来たので急に乗り込んで来たものらしかつた。冬越しの永いつかれ切つた町の人の喉の乾きをかぎあてて来たものかも分らない。去秋おそくに乗り込んで来た旅芸人の群は、彼のおぼえてゐるだけでも十七団体をかぞへてゐた。大てい、永くて二日間演つて発つて行つたが、なかには一晩きりで引き上げる劇団も多かつた。長野、上田、小諸、御代田といふ町のさびれた会館をめぐり、軽井沢に一晩演つと草津に行き、横川、磯部、安中、高崎といふやうに宿々を都にさして演劇しながら帰つて行くのだが、おそらく、かれらは北陸地方からながれて駅々を廻つて来るのであらう、高岡、富山、直江津、篠ノ井あたりも演つて来るらしかつた。かういふ時勢に旅芸人の生活が存在してゐるとは、彼は永い間知らなかつた。女芸人もあれば浪花節の一座もあり、また旧芝居ばかり演つて歩いてゐる団体もあつた。交響楽団といふあたらしい振れ込みはちよつと少かつたが、朝鮮楽団といふものすらあつたから、格別不思議ではなかつた。秋更けた宵を彼は根気好く出掛けて見に行き、どの劇団の役者も一様に変質者の妙な物さびしい癖を持つてゐて、それが彼に応へた。応へたといふよりもその癖が彼の心を惹いたのだ。どの役者も心にもないことを厭々演つてゐるのだ、演つてさへ居れば受けようが受けまいが、うまく演らうが演るまいが、そんなことに関係なく演つてゐた。他人の腹の立つやうなことを平気でいひ、観客を極端に軽蔑してゐるやうな物言ひの漫才なぞは、彼の方で赤くなるくらゐ応へた。しかし彼は熱心に通ひ、熱心にかれらの悲しみをくみとることにつとめた。つとめたといふよりも、彼はさういふ悲しみを受取るために出掛けたやうなものだつた。だから、或る役者の顔は何の関係もないのに永く頭にのこり、或る道化役は彼の寝ざめの眼にふいに現はれたりして、妙に気分を捉へた。かういふ昔の風俗画は冬まで続き、いかに、そんな旅芸人が多いかが分つた。町の人びとは行火を持ち込み、懐炉を抱いて、見るもののない山ざとの半夜をおくつた。もう、寒さが氷点下七、八度くらゐまで続く冬になると、映画も、旅芸人の群もあとを絶つて了つた。あとには雪と氷と突風としか町をおとづれない。しかも、かういふ旅芸人を見るために近くの村々のお百姓まで集つて来たが、お百姓のおかみさんなぞは夜道を二里も通ひ、峠のうへから雪道をついて下りて来たりした。あとを絶つた芝居は春になるまで見られなかつた。

彼はその晩、葵会館にはいつて行くと観客は一杯つまり、そこで冬じう無沙汰をしてゐた挨拶を交はしてゐる人さへあつて、なごやかな暢々したものであつた。餅、豆、馬鈴薯、ぎんなん、胡桃といふやうな食物をそれぞれの知合ひのあひだに頒けあふ光景は、打身になつて愉しまうとする心がまへの程が見取られた。ひと言でいへば春に酔ふやうな気持であるらしい。樺太くらゐの烈しい寒気と戦つて来た町や村の人びとは、この宵をしきりにして又働かなければならぬために、かうやつて馬鈴薯の丸煮をはこんで楽しまうとしてゐるらしく見えた。だから、彼も絶えず人のなかに出たことがなかつたので、ひとりで顔付もゆるやかになる気がした。

交響楽団は四人の楽士から編成されてゐた。クラリネットが一人に喇叭吹きが一人、太鼓叩きに手風琴といふやうに一向纏まらぬものだが、出演者も三人ゐて交替に出てゐた。しかも楽士は自分の番になると楽器を椅子の上に置いて、登壇して澄して歌つた。歌ひ終ると、ふたたび椅子のうへの楽器を取つて伴奏をした。それらは極めて内輪に行はれ不自然なところがなかつた。クラリネットを吹奏してゐる一人の老人がゐたが、かれだけは演奏せずに、演奏する才能がないのか、しじう、うつ向き加減にクラリネットを吹いてゐた。もう、五十歳を越えてゐるらしく難かしい苦々しい顔付だつた。永い間にかれは自分の顔をそんなにも苦虫を嚙み潰したやうに、こさへ上げたものかも分らない。クラリネットは相当に澄んでゐてどうやらこの楽団の指揮的な地位を持つてゐるらしく思はれた。あとの三人は時々この老人を振り返つて見てゐたから、年齢からいつても楽長なのであらう。

彼は昔の弁士といふものの生残りの姿を、それが田舎の劇場ではいかに必要であり暢やかで滑稽なものであるかを知つた。もう四十を越えてゐるらしい礼服を着た弁士は、反り返つて両手をふつて歌手の交替するごとにその紹介をした。かれは喉に引つかけたやうな気取つた声を挙げて、いま演奏する人はまだ若いが当劇団の花形であり嘗て某音楽学校に在学してゐたころは、その将来に楽団を席捲するくらゐの美しい声の持主であつたと紹介を済ますと、ふたたび、気取つた顔を反らせ、咳を一つした後に這入つてゆくのだが、その見えすいた古い型の道化じみた物腰が善良なお百姓達の喝采を博して、かれが出て来さへすれば観客は手を叩いた。そのたびに彼はつめたいよそよそしい気持になつたが、お百姓達の気持に合へば弁士の厭らしい物腰も問題ではなかつた。図に乗つたかれは益々顔を上向きにそらせては出たり這入つたりするうち、彼も思はず笑つて了つた。笑つたので苦い気持が一層烈しくなつた。弁士は最後にご紹介するのはやはり音楽学校出身でラジオにも出演されたことのある、純真な芸術家であると紹介した。名前は忘れたが間もなく登壇したのは背丈の高い、黒の服のよく似合つた、いかにも音楽家らしい気品ともいふべきものを、先刻から見た歌手にくらべて、ずつと多分に、ずつと奥床しくも髣髴させてゐた。かれは間もなく、低い、落着いた、どこにも無理や拵へもののない声で古い昔からある、小野の小百合とか、何とかの子守唄とかをうたつた。声はうつくしくはない、従つて気取らない、ありのままのものを出してゐるやうなかれの歌は、先刻からの轡(くつわ)虫のやうにさうざうしい歌を聴いてゐた彼には、何となく襟を正さして来た。つまり気を取り直させるやうなかれのなだらかな声の自然さが、この宵も来まじきところに来た悲しい取り繕へない彼の心を、いまはすつかり立ち戻らして来たことを感じた。彼はちよつと褒めたいやうな気になつて、宵更けた往来に出てから、ふと、奥田良三といふ音楽家に似てゐると、ひとりごとをいつた。あの人だつてよい生活と勉強する余裕があつたらああいふ楽団に紛れ込んで、田舎なぞを廻らなくても、よかつたのであらう。彼は音楽といふものはまるで分らなかつたが、しかし、いいものを聴けば何も分らなくても、そのいいといふ感じだけは受ける筈だつた。お百姓達の喝采は他の歌手にくらべてずつと永く続いたことからも、かれがすぐれた歌手であることが分つた。

卷二号 第八第

山村

短篇小説

榊山潤

一

遠雷の音である。この山村にもしばしば敵機が通ひ始めて、誰も彼も、空のひびきには敏感になつてゐる。畑に出て雑草をむしつてゐた三吾は、おやといふ気持でまぶしい空を見上げた。勿論そこに、友機の姿も、きらきら飛行雲をひく小癪なB29の姿もある筈はなかつた。再びひびいた音で、遠雷と分つた。苦笑が浮ぶ。痛い腰をのばして眉に迫る山脈に目をやると、ひと際高い安達太郎山（あだたろさん）の頂に、灰のやうな雲が襲ひかかつてゐる。見る間に毒々しい雲の峰が、その背後から新しい山脈を造り出すかにもくもくと頭を擡げる。

「ほう、やつて来るな」

三吾は額に滲む汗を、汚れた手の甲で拭いた。ぢりぢりと皮膚を灼く熱風の中に、清涼な風が吹き始めた。遠雷は、もう遠雷ではなくなつた。美しい見事な雲の峰は、山脈の彼方から延び上つて忽ちに空の半ばを蔽ひかくした。兎の草を採りに裏山へ入つてゐた十一の長女と八つの長男が、草を充した手籠を振りながら駈け下りて来た。びしやつと、空の面を途方もない平手で叩いたやうな音がした。電光が目を射る。

ひやあ、と長男がおどけた顔で頸をすくめた。ぱらぱらと太い雨粒が落ちて来た。三吾は手を洗ひ、縁側に腰をおろした。

「いい雨だ」

青空は全く姿をかくして、沛然たる雨になつた。埃に白く汚れた目前の大豆畑が、青い滴を垂らしながら快げに身ぶるひする。

「あの蛇、何処へ逃げたばい」

「もうとつくに穴へ入つたばい」

「だつて、穴へも雨が入るばい」

「蛇は、雨なんか平気だわい」

半分田舎言葉になつた、長男と長女の会話だ。三吾は縁側に上つて刻み莨（たばこ）を一服やりながら、相手になつた。

「蛇がゐたのかい」

「うん、とても大きな奴」

長女が、指をまるくしてその太さを示しながら、

「博（ひろし）つたら、そいつを殺すといつてきかないんだもの」

「殺して、持つて来たらよかつたぢやないか。蛇だつて、大切な食糧だぜ」

三吾は、ビルマ従軍中に、基地で食つた蛇の味を思ひ出した。

「いやだ。あんなめんごく（可愛い）ないもの」

長女は身ぶるひした。

「俺は持つて来ようと思つたんだ。さうしたら、姉ちやんが止せといふから――鎌で、二つ毆つてやつた」

長男は、いつぱしの手柄顔をした。よちよち歩きの次男が紙飛行機を飛ばせ、次女が言葉すくなに積木を重ねてゐる間に、妻がお茶を入れた。

「さあ、雨降り正月――お婆さんも縁側にいらつしやい。いい雨ですよ」

小さな町から更に三十分もかかり、まる一日人の顔を見ない日もあるこの山村の生活も、愉しかつた。旅行以外に田舎を知らなかつた三吾は、此処へ来て始めて土の重さを知つた。鍬の使ひ方を

知つた。文句はない。大根でも、蕪菁でも、馬鈴薯でも、大豆でも、播けばきつと芽が出て食へるやうになる。その有がたさを身に泌みて知つた。これも戦争のお蔭である。

雨は二時間ばかり降つた。たんまりした雨量である。乾き切つた地面は十分に水を吸ひ、洗はれた樹木は生き生きとざわめき、陽光が金の粉となつて濡れた茂みに飛び散つた。

その時、縁から見える下の小径の果に、二人の子供を連れた男女が、ひよつこり姿を現はした。何か背負つてゐる。近くに寺があつて、この小径を登つて来るのはこの辺のお百姓さんか、寺の客か、三吾の処の客に限られてゐた。未だ小さく、うねつた小径の果にある一組の家族が、百姓でないことは分つてゐる。寺の客であらうか。

三吾は気にもしないで、自分の部屋に入つた。百姓着を脱ぎ、浴衣になつて机の前に坐つた。ぢき夕方になる。土が濡れては百姓も出来ないので、かかつてゐる仕事を一、二枚でも書かうといふ気になつた。寺の境内で、疎開の子供たちが騒ぐ声がきこえる。三吾の子供たちもそこへ行つたに違ひない。家の内は森閑として、開け放した窓から、軒下を伝はる煙が見える。妻が夕食の支度を始めたのであらう。

間もなく、長女の叫ぶ声がきこえた。

「お父さん、井田さんよ。井田さんがお出でになつたのよ。お父さん」

何、井田が――莫迦を云へ、といふ気持で三吾は立上つた。

二

全く、思ひがけぬ珍客である。三吾は狐にでも魅された感じで、庭に立つた井田夫妻を眺めた。すると小径の果に見えたのは、彼らであつたのだ。

「どうした」

上れといふのも忘れて、そんな言葉が口に出た。だが――どうしたと訊くだけ野暮であつた。井田の国民服は泥にまみれ、細君のもんぺも同様、而も裾の方が焼けこげて破れてゐる。井田は背負ひ袋に風呂敷包みをぶら下げ、妻君は風呂敷包を背負ひ、子供たちは可憐な背負ひ袋に水筒をかけてゐる。これは間違ひなく、東京の戦災者の姿である。

「ああ、ひどい目に遇つたよ」

挨拶などは必要のない間柄だ。井田はまあかけろと、女房や子供に命令の語調で云ひ、先づ自ら縁先に腰をおろし、莨をとり出した。

「此処はなかなか分らず、途中で間誤ついてゐるうちに雨だらう。でも幸ひに、この下の百姓家で雨止みをしろと声をかけて呉れたので、遠慮なく上り込んで、お茶などご馳走になつた。一時は、こいつは参つたと思つたよ。道がはつきり分つてゐれば、ずぶ濡れも大したことはないが、何しろ目標がはつきりしないのでね。心細かつたよ。あの百姓家がなかつたら――」

「一軒家だな」

と三吾は手を拭き拭き出て来た妻を振返つた。

駅のある町を外れて村へ出ると、家は数へるほどしかない。疎らな家もしばらく絶えて、此処へ上るまでに唯一軒の百姓家があるだけである。部落では、その家を一軒家と呼んでゐる。

「いや、片田舎で道が分らぬのは大変だ。殊に俄か雨では、道を訊く百姓もゐないしね。しかし、来るなら来るで、何故電報の一本も寄越さないか。時間さへ云つて来れば、駅に迎へに行つたのに」

「まあ、そんなことよりあんた」

と女房が落ち着かなげに「上つて頂いたらいいぢやないの。お話はゆつくり出来るのだから」

「さうだ。これはうつかりしたよ。失礼、さあどうぞお上り下さい。ずつと通つて貰ふほどの家ぢやないが」

女同士の長い、丹念な挨拶が傍で始まつた。

井田は絵をかいてゐるが、三吾とは小学校以来の友達だつた。東京で、小学校以来の友達などはあまり類がないが、二人はその類の尠い友達の一組だつた。大東亜戦が始まると殆んど同時に、三吾は軍に従つてビルマへ出かけた。井田も画家として従軍した。三吾がビルマにゐる間に、井田は一度帰つて来て、二、三の戦争画大作を描きかけた。休養の閑もなく再び従軍した。さうして井田は、大東亜各地を余さず廻つた。三吾がラングーンから、昭南へ出て帰国と決つた日に、間もなく井田がやつて来るといふ噂を新聞社の人からきいた。井田を待ちたかつたが、軍の命令であれば、徒らに日を送つてゐる訳には行かなかつた。三吾が内地へ戻り、病気をして入院した。病院を出てからも衰弱はげしく、思ふやうな仕事も出来ぬうちに、おくれて帰つた井田は四、五の大作を仕上げた。展覧会での評判もよかつた。三吾はひそかに、井田の肉体の強さに呆れ、羨望に堪へなかつた。

その間にも、井田は傷痍軍人の寮などを見舞ひ、新しい画境をひらいて行つた。間もなく彼は、敢然として、まことに言葉どほり敢然として、工場の中に飛び込んで行つた。彼自身、一労務者となつて飛び込んだのである。

「大東亜の基礎は出来た。この基礎から、大きな歴史が立上る。輝かしい時代だよ。だが、この大建設を仕上げるか否かは、一に国内の努力如何にかかはつてゐる。銃後必死の努力なくして、われらの新しい歴史はひらけないよ。これからは国内だ。国内必死の敢闘を、俺は俺の画布に刻み込んでおきたい。それには、俺が先づ敢闘の一個人でなければ駄目だ。労働には馴れないが、そんなことを云つてゐる場合ではない。出来る。やつて出来ないことはない」

その時、井田は三吾を訪れてさう云つた。三吾はそこに、ぴちぴち撥ね動いてゐる情熱の火花を感じた。

「しかし、身体は大丈夫かい、働いて、その上に絵を捨てないとなると、如何に頑丈な君の身体でも心配になるね」

「絵は捨てないよ。これは俺の生命そのものだからね。しかも今は、各個人の生命をせい一杯に発揮する時だ。一つの生命を、三つにも四つにも使ふ時だ。俺は夜勤を志望したよ。帰つて午前中睡る。午後は絵をかく。夕方また工場へ出かけるといふ予定だ」

井田はその通り実行した。些かも疲れを見せぬ姿に、三吾はむしろ脅威を感じた。この男こそ、今の日本を代表する一人物と感じ入つた。

三

井田は旗本の血につながる生粋の江戸つ子だが、三吾もそれに近かつた。原籍は死んだ父の郷里にあつたが、父も亦年少郷里を飛び出して、家は勿論、残つた田地も人手に渡つてゐた。父は東京暮しに故郷を忘れたやうになり、一度も帰つたことはなく、従つて三吾も、父の故郷がどんな土地であるかを知らなかつた。

疎開問題が頭を擡げた。三吾は早くから疎開の必要を感じてゐた。この戦争に勝ちぬくためには、東京の焦土などは平然と迎へる覚悟が必要であつた。それには、老婆、子供などの足手まとひを、東京においてはならぬ。故郷のない三吾は、疎開地を妻の故郷に求める他はなかつた。とりあへず妻子老婆を東京から引揚げさせたが、一人残る覚悟だつた三吾は、一人暮しの不自由を忍びかねた。毎日外へ出て食事を摂るためには、殆んど一日が終つてしまふ。これでは仕事が出来ぬ。そんな生活が軀にこたへるのも、身体が未だ十分でなかつた証拠であらう。

「君も田舎へ引揚げろ」

と井田は云つた。「君の健康は未だ駄目だよ。田舎へ行つて、土いぢりでもしながら、仕事をしたらどうだ」

「さう思つてゐる。処で君はどうする」

井田自身の心配は不要らぬ（ママ）が、井田も三吾同様晩婚で、二人の子供は幼かつた。

「いや、俺は子供にも、空から来る敵野郎に、荒れる東京を見せておきたい。こいつらを真底まで、戦争つ子として育ててやりたい」

さうして三吾は井田とも別れて来たが、遠くなつた井田からは、葉書の便りも殆んどなかつた。

友達といふものは、それでいい。日々の消息は分らず、どうしてゐるかと心に描く姿はあつても、今更改まつて近況を報ずるやうな、水臭い気持になれぬのは三吾も同じであつた。それに、井田は忙しからう。三吾も三吾なりに忙しかつた。戦ひだ。片田舎の山村にも閑日月があらう筈はない。馴れない田舎生活といふより、むしろ原始生活の中で、三吾は身体を劬りながら働き、片手間に自分の仕事をした。せめて野菜なりと自給自足といふが、いつたい人間はこんなにも物を食ふものかと、今更驚くやうな気持だつた。糊口を凌ぐといふが、これまで机上で稼ぎ出した食物を、今度は、未墾の荒地を掘り起して育てるのだ。なかなか大変なことだつたが、そこにまた、これまで味へなかつた愉しさもあつた。二、三月前に、井田から久振りに葉書が来た。詩のやうな次の文句に、防火頭巾を被つた子供の絵が描いてあつた。

　腹が減つてもひもじくはない
お前たちはさむらひの子供だ
敵の爆風で窓硝子が吹つ飛ばうと
あわてるな
　お前たちは日本の武士の子供だ
それだけの便りだつたが、井田一家の日々がそれで十分に分つた。
「やつてゐるな」
三吾はそれを妻に見せ、妻は子供たちに読んできかせた。
「私たちも、東京にゐた方がよかつたかも知れない」
何となく、呟く調子で妻が云つた。
「さうだよ、俺が東京にゐたら、焼夷弾を摑んで放りなげてやらあ」
長男が肩を怒らせた。この長男は学校から帰ると、鉄兜に玩具の太刀といふ物々しい恰好で、畑の間や山を歩きまはる。敵がこの辺に上陸して来ないといふことが、最大の不服なのである。長い雨の後で、三吾が刀に手入れをしてゐると、部屋へ入つて来て目を輝かした。

「それは、本当に斬れる」

「斬れるとも、敵が上陸して来たら、これを一本お前にやる。これで、敵を突きさしてやるんだ。敵のおへそを目がけて、うんと突くんだぞ」

三吾は一本の脇差を示した。

うん、うんと、長男は頷いて、更に目を輝かせ、きつと呉れるね、と念を押した。

「それで敵を斬つてやる。うんと斬つてやる」

「さうだ。それでお前も、井田さんとこの一郎ちやんに負けないぞ」

長男が出て行つた後で、三吾は脇差の刀身に見入つた。一種の感慨が、水のやうに胸を浸した。これは妻の父から贈られたものだ。妻の家は二本松藩士で、父は落城の時十歳の少年であつた。父親と祖父はこの戦ひに死んだが、父は年少の故をもつて少年隊にも加入出来なかつた。母に連れられて、死体の横はる道を米沢に逃れたが、その時持つてゐたのがこの脇差であるといふ。

四

井田の細君は縁側に風呂敷を拡げた。土産の心算の、非常用の缶詰などが出て来た。大きな穴のあいた釜や、鍋などもそこに入つてゐた。

「こんなお釜、これでも何とかして使へないこともあるまいと、持つて参りました。井田に笑はれたんですけど、焼跡から出たものは、どんながらくたでも、惜しいやうで捨てる気にならないんですの」

「さうでせうとも。大変でしたわね。このお釜だつて、直せば結構使へますとも。この村にも、時々鋳掛屋がまはつて来ますから、今度それに直させませう」

井田は三吾の浴衣に着かへて、三吾の部屋にくつろいだ。

「俺もこれで、銃後の勲章を一つ貰つたやうなものだよ。何も彼も焼いて、いつそさばさばした。余計な蒲団だけは玉川の識合にあづけておいて助かつた。こつちに送るやうにして来たから、間もなく着くと思ふ。とにかく、女房、子供だけは頼む」

「引受けた。狭い破ら家だが、当分家にゐる心算で、その間にせつせと部屋を捜して見よう。町も村も一杯だが、何とかなるだらう。何とかなる。俺は近ごろ、この信仰を捨てられなくなつた。人間、いざとなれば何とでもなる。道窮るところ、必ず通ずるところがある。しかし、君たちはいい経験をしたよ」

「処でどうだ。こつちの生活は」

井田は話題を換へた。

「こつちの生活も、考へて見ると面白い。始めはひどく参つたがね。田舎も東京と同様、決して物資は豊富でない。いや、村には野菜や薪の配給もないから、東京より更にひどいかも知れぬ。女房の親類はあつても、さうさう頼る訳には行かんからね。まるで、俺たちは無人島に流されたやうな気持だつたよ。土を掘り起したくも、鍬がない。種も思ふやうに手に入らん、といふ状態だつたからね。その内、兎がひと番〔つがい〕手に入つた。去年の冬は雪がひどく、寒さがきびしかつた。大抵の百姓家は片手間に兎を飼つてゐる。供出を済ました後で、冬用の食糧にするのだが、冬が長かつたので、殆んど兎を食ひつくしたらしい。そこで俺は先づ兎を殖やしてやらうと決心した。十分に餌がないので、雪の積つてゐる樫の葉をとつて、囲炉裏で乾かしてやつたりした。春先になつて、そいつが七つ仔を生んだ。その仔を二つやつて、知合つた百姓家から古鍬を借りた。売るといふ訳には行かんが、いつまで使つてゐて呉れてもいいといふ条件でね。まあ、そんな風にやり始めた。いろんな場合に、兎の仔は大いに役に立つたよ。そこで俺は考へた。金のなる樹といふが、いひかへせば金は山野に充ちてゐる。雪に埋れたスカンボの赤芽も、鍬に変る一材料だつた。まめに、丹念にやるといふ以外に、田舎での暮し方はない。壁が破れたら自分でネバ土をとつて来て塗りつける。何でも彼でも、自分の労力に頼るより仕方がないんだ」

「成程ね、俺たちはこれまで、生活の一切は金銭で解決できると考へてゐた。実際またさうだつた。それが都市生活者の実体だつたが、さういふ観念が根こそぎくつがへされる時が来たのだね。身をもつてそれを味ふのも、貴重な経験だよ」

二人は少時黙つた。期せずして二人の頭に浮び上つたのは、南方で占領直後に入つた町の印象だつた。敵が完全に破壊して逃げた町——言葉通り焦土と化した町に、原住民が戻つて来た。竹と枯葉の家が建つ。焼トタンが集められる。そこでは、穴のあいた洗面器も、缶詰のあき缶も、汚れた麦酒瓶も、生活のための必需品であつた。原住民が血眼になつて掘り出すそんながらくたを、何にするのかと眺めた三吾たちは、やがてすぐ、そんな物の必要を痛感した。一杯の水を飲むにも、缶詰のあき缶は調法であつた。今や半ば焦土と化した東京で、井田は再び従軍生活の印象を生々しくしたであらう。焦土に立つてめげない生活の芽を立直さうとする原住民の気魄が、今更強く胸にひびいた。場合は少しく異るが、片田舎へ来てから三吾もしばしば当時の情景を人ごとでなく思ひ出した。孤島へ上つたやうだといふ三吾の形容は、何もない処に生活の根を張り出さうとする努力を意味してゐた。

「いい雨でございやした」

庭先といつても、上の部落から田圃へ通ふ路になつてゐる。鍬をかついだ一人の百姓が通りかかつて、にこやかに頭を下げた。

「いい雨でしたね」

三吾がそれに応へた。「まあ、休んでいらつしやい。お茶が入つてゐますから」

「はい、有がたうございやす。東京のお客様ですかい」

「さうです。東京の話でもききませんか」

「はい、またゆつくりきかせて頂きやせう。ご免なして——」

慇懃に頭を下げて背後の樹立に姿を消した。

「あの老人、いくつぐらゐに見える」

「さあね、一寸見ると、八十くらゐに思へるね」

「さうだらう。百姓は皆、年よりひどく老けて見える。大変な仕事だからね。あれで六十二か三だ。子供が三人あつて、皆戦争に征つてゐる。一番末の子が今年二十で、これは航空部隊だ。戦闘隊だよ。俺も一度遇つたが、頭のよい、立派な軍人だ。まあ、子供たちは皆若いし、立派なのは当然だらうが、俺はあの一家に感心してゐる。家にゐるのは老人夫婦と長男の嫁の三人だが、それで一町歩の田畑をやり、養蚕も負けずにやる。黙々として、昼夜の別なく働きつづけてゐる。米その他の供出なども、あの家が一番早いさうだ。この危急な時に、何彼と空まはりのお喋りが上の方に多いのは困りものだが、ああいふ老人を眺めてゐると、そこに日本の本当の精神に突当るやうで頼もしい」

五

井田は二晩泊つて、帰つた。帰る朝、改まつた調子でいつた。

「では、女房と子供をよろしく頼む」

今更水臭い、可笑しいやうな調子だつたが、しかしその中には笑へないものが籠つてゐた。東京はすでに空からの戦場だつた。井田はそこへ帰り、工場に働くことで東京を死守しようといふのだ。飽くまでも頑張らうといふのだ。再び戦場へ戻るといふ意味にもなるし、一つ間違へば、東京を枕に敢然と討死するといふ覚悟にもなる。

「工場では、君を待つてゐるんだらうね」

出来るならもう二、三日、井田を静養させてやりたかつた。

「待つてゐるといふほど、重要な存在でもない。が、工場での俺の仕事は案外に多いのだよ。働く片手間には、壁新聞の絵も描くし、近ごろはその文句まで、書かされることが多い。仕事の多いほど、俺には愉しいよ。かうなつては、当分絵も描けまい。何しろ防火第一で、自家の焼けるのを振返つてゐる閑がなかつたから、画布も何もすつかり焼いてしまつた。これからは工場専一だ」

その工場の寄宿に、井田はこれから入るのである。

「しつかりやつて呉れ。奥さんたちの方は、こつちで引受ける。町の部屋借りよりも、村の百姓家でも借りた方がよからう。心当りのないこともないので、早速奔走して見よう」

「ああ、村においてやつて呉れ。今度は子供たちに、農村の暮しを身につけさせるのがいい薬だ。子供たちも、さうさうに手はかからないのだから、いくらかでも土地があれば、女房も百姓の真似事でもしたいといつてゐる。役には立つまいが、百姓仕事の手伝ひでも何でもするだらうから」

「その心算でゐて呉れれば、申分ない。どうも疎開者は、ぶらぶらして食ひ物ばかり集め、田舎の食糧事情をますます窮屈にさせるといふ不満と反撥が、大分ひそんでゐるやうだ、が、都会で育つて都会で暮して来た者に、すぐ薪を背負へ、未開墾地を拓けといつたつて、それは無理だ。人はそれぞれ身についた技術を持つてゐる。その技術を生かすやうにしなければならんのだが、それを生かせないのは愚かな今日の公式主義のわざはひだよ。百姓は縫ひ物の閑さへなくて困つてゐるのだから、先づそんな処から、奥さんに田舎の助力をして貰ふのだね」

「それは、よろしく君が指導してやつて呉れ」

午前の汽車で、井田は立つて行つた。井田の細君、子供たちと一緒に、三吾は駅まで見送つた。細君たちは先へ帰し、その足で三吾は心当りの百姓家へ行つた。そこに、空いてゐる木小屋のあるのを知つてゐた。少し手を入れれば十分に住める。畳だけは困るが、秋までは蓆を敷いても暮せないことはない。床はちやんと張つてあつて、東京の床板とは違ふのだ。冬になるまでに村役場へ頼み、代用畳の特配をして貰へば差支へあるまい。

「東京からお客さんでしたとない」

そこのお上さんは、もう三吾の家に東京の客があつたことを知つてゐた。この片田舎では、人の往来はその日のうちに一里四方には確かに拡がる。疎開者は相当入つても、未だ未だ見知らぬ人間の往来が珍らしいのである。それを機会に、三吾は木小屋のことを頼んだ。

「さあ、あんな処へ、住んで貰へやすかい」

お上さんは驚いた顔をした。「もつとも、向うの悟一さんの処へ、こないだ東京の人が来なさつて、空いてる豚小屋を見て、これでもいいから借して呉れつて——悟一さんも困つたといひやすない」

「いや、人間なんてものは、贅沢をいへば際限がなく、またせつぱ詰ればどんな処でも暮して行けるものですよ。これから、敵の空襲が全国的にひどくなつたら、われわれは、大昔の人間のやうに、穴を掘つて住まなければならんでせう。それでも、結構生きて行けるでせう。あの木小屋なら、結構すぎるくらゐですよ」

「さうかない。では、父ちやんが戻つたら、よく相談しておきますわい」

六

翌日、そこの主人が野良へ出る途中三吾の家へ寄つて

「あんな小屋でもお役に立つなら、お貸ししやせう」

といつた。こんなに簡単に貸して呉れるとは思はなかつた。戦災者に対する同情は、この山村に充ち溢れてゐるのである。三吾は感謝した。早速一家総出で木小屋を片づけに行つた。その家の息子が、不細工ながら窓をつけてくれた。井田の細君はそこに移つた。

井田から葉書が来た。軍の仕事で、特攻隊の某基地に行くことになつた。帰つたら、そちらへ行く機会がありさうだと書いてある。当分工場は休むのであらう。

さうしてその時も亦、ふいに井田はやつて来た。夜汽車で来たといつて、三吾の家が雨戸を開けた

ばかりの時である。

「早いな。未だ寝てゐるかと思つたよ」

昨夜は汽車で一睡もしなかつたといふが、井田は疲れを見せぬ元気な顔で笑つた。

「まあ上れ」

三吾は急いで部屋の蒲団を片づけた。「直ぐ君の家へ案内する処だが、まあ、こつちで朝飯を食つて行つてもよからう」

「さうして貰はう。握り飯は持つてゐるから。味噌汁だけご馳走になるよ」

が、朝の食事は終つても、話はつきなかつた。井田は特攻隊基地の模様を昂奮をもつて話した。三吾は抑へがたい感動でそれをきいた。知らず識らず時が経つた。日曜だつたので、三吾の子供が井田の細君を呼びに行つた。歩いて二十分はかかる距離である。

好いお天気でと声がした。井田が始めて来た夕立上りに、鍬をかついで声をかけた老人である。

「好いお天気ですね。まあおかけなさい」

と三吾が云つた。老人は縁先にかけ、懐から一枚の新聞をとり出した。

「自分の倅が特攻隊に出ましてない。この新聞に出てをりますわい。今朝町へ肥汲みに行きましてない、これに出てゐると話をきいて、新聞屋へ行つて頼んで貰つて来やした」

新聞は三日に一度、他の郵便物と一緒に溜つて来る。その日の新聞は、三吾の処にも未だ来てゐない。取出す老人の手先が微かにふるへ、目は輝いてゐた。ああ、老人はその喜びを抑へがたく、三吾にも知らせに来たのであらう。

「さうですか。それは――」

三吾は新聞を拡げた。それは、或基地から出発する特攻隊の写真と、その情景を紹介してある記事であつた。その写真の左端に映つてゐるのは、確かに老人の末子、戦闘隊にゐた近藤曹長にちがひなかつた。記事の中にも、近藤曹長と出てゐる。

「どれどれ」

と井田も新聞を覗いて、「この人が」と頓狂な声を出した。

「近藤曹長が、あなたのお子さんですか。近藤三郎と仰有いますか」

「さうですわい。よくご存じで」

「うつかりした。さう云へば、この町の近くの生れだと曹長が云つてゐた。僕はこの時、この基地にゐたのですよ」

「さうすると、お客さまも兵隊で――」

「いや、こつちは絵かきで、軍のご用で基地へ行つたのですよ。それはまた奇遇だ。ほんとうの奇遇だ」

「それは」

老人の眼にきらりと熱いものが光り、老人は云つた。「倅野郎は、雄々しく出かけて行きましたかい」

「ええ、笑つて出かけて行きましたよ」

井田は写生帳を出して、部厚い頁を繰つた。「これです。近藤曹長を写生したのが、此処にありますよ」

「ああ、倅野郎だ。これは倅野郎の顔だ」

老人は感動のあまり叫んだ。「お客さま、済まねえですが、これをちよつくら貸して下さるめいか。婆さまにも見せてやりたいで」

「お持ち下さい。それを差上げてもいいが、いや、どうせ二、三日此処にゐますから、それを油絵に描いて、贈りませう」

「さうしてお貰ひなさい。ちやんとした絵にして、飾つておくといいですよ」

井田は、近藤曹長の油絵にとりかかつた。特配の絵具と画布で、出陣直前の近藤曹長が、生ける人のやうに再現された。

老人の喜びは云ふまでもなかつた。

「お礼は、いくら上げたらいいですかい」

「そんなもの、貰ふ気なら描きませんよ」

その絵が気に入つたやうに、井田はいつまでも画面に見入つてゐた。

第五部　異郷を想う

雨の感想

周作人

今年、夏秋の間、北京では大した降雨もみなかつた。別段田舎で旱乾といふのでもなかつたが、市中でも雨には苦しまず、誠に結構な塩梅だつた。北京での一年間の雨量はもと〳〵甚だ少ないけれど、しかしその降り方たるや多少変つてゐて、一年間の総量の三分の二強が六、七、八月に降り、而してまた七月の雨が此の三ケ月分の一半に達する。斯ういふ訳で夏から秋へかけての苦雨はなか〳〵に免れ難い。民国十三年と同二十七年のことである。院子の裡の雨水が入口の踏段の高さに溢れ、西の書房内にまで侵入し来つて、私の『苦雨斎』（註二）の名称を証実したが、それは両度とも七月中下旬のことであつた。あゝした雨の勢ひや雨の音といふものは、思ひ出すだけで嫌になり、自然私は北京の雨に何等の好感も持つてゐない。だからして今年のやうに雨量が少なかつたといふのは、事は瑣細であるけれど、私としては誠に有難かつた。

もつとも、雨を語る場合、何でも彼でも嫌悪すべきものだとして、一口に抹殺し去つて仕舞はうと言ふのではない。此の点は差別を立てて言はなければならず、而してそれは時令によるといふよりも、寧ろ地方によると言ふべきであらう。ある地

巻一号 第一第一

方では、雨は、たとへ喜ぶべしとまで言ふには及ばないにせよ、決して厭ふべきものではない。ひつくるめて南方とだけ言つたのでは、恐らく要領を得ないだらうから、具体的に述べてみるが、たとへば到処に河流があり、満街、石板路（註二）であるといふやうな地方では、雨は決して厭はしく覚えられぬ。さうした地方ではたとへ大水が出て、水災を成したにしても、それでも尚ほ人をして苦雨の感を抱かせるまでに至りはしない。私の故郷は浙東の紹興であるが、此の紹興がさうした好き例である。城内の町筋といふ町筋は、殆んどどれも一条の小川と平行し、その結果道路に橋が甚だ多い。交通には大小の舟を利用するし、民間の飲食や、洗濯も河水に頼り、自用の井戸の設けのあるのは大家だけで、一般には雨水を儲蓄て飲料とする。河岸は大抵四五尺の高さなので、どんなに雨が降らうとも平気であるが、たゞ上游の水が発して、閘門が淤塞り、下流へ通じなくなつた場合にだけ水災を成す。もつともそれでも田野郷村に多くの被害あるのみで、城内の河水までが溢れて岸に上るといふことはない。従つて城内に住んでゐる人々は長雨に遇見つても、水が部屋の中にまで灌ぎ込んで来はじめないかなどと心配する必要を持たないのだ。何故なら雨水がみな河の中に流れ入り、河はまたあふれもせず、水はどし〳〵流れて逝つて、院子だの街上に溜りはしないが、これには道が全く石板路であるといふことが関係してゐる。私達は曾て下水とか溝渠とかいふやうな名称の口にされたのを聴いたこともないのであるが、但し石板路の構造はどうやら下水計画を含んでゐるものらしく、概ね石板は石条の上に架せられ、雨水は多少に拘らず、全部、石板の合せ目からその下へと抜けて一緒になつて河へ注いで行くのである。人家の内部の通路や、院子、即ち所謂明堂に至るまで石板ならざるはなく、大型の方塼で地を畳むのは室内だけのこと、かういふのを俗に地平といふ。私の実家には長方形の院子があり、南北両面の楼房の雨水が其処に注ぐやうな仕掛けになつてゐたに拘らず、たとへ三十八時間以上降りつゞけに降つた場合でも一寸、半寸の雨水すら溜らなかつた。今から考へてみるとどうも奇妙でならない。秋季、長雨の折柄、小楼または書房の中に寝て、夜もすがら絶えざる雨声を耳にするといふのは、固より一種の喧囂しさではあるけれども、それでも尚ほ一種の蕭寂だとは言へようし、或はまた面白さが覚えられると言つたにしても不可はないであらう。要するに、それは人をして憂慮せしむるやうなものではない。私の家には濂渓先生（註三）の夜雨書窓の一首の詩があるが、其の詞に曰く、

秋風埽暑尽、半夜雨淋淋。
繞屋是芭蕉、一枕万響囲。
恰似釣魚船、篷底睡覚時。

此の詩の裡に描かれてゐるのは、浙東の事ではないけれど、但し情景は似たり寄つたりで、要するに南方の夜雨を説いたものだと言つて好い。こゝにはすなはち頗る一種の情趣があり、書室に在つて雨を聴くこと、釣舟に眠るが如く覚ゆとあるのはなか〳〵面白さうである。降雨がどんなに久しくとも、道路がぬかるまず、院落に水が溜まらないとすれば、憂慮する必要もなく、只たつた一つ雨漏りが気懸りになるだけである。大雨、急雨は瓦の隙間から滲み入るし、長雨だと瓦にまで湿りが透つて浸潤して来る。屋上に破損の個所でもあれば尚更のこと、だからして雨中に洗面器、水桶などを持出して床一杯に羅列し、屋漏りをこれに承けるといふ光景は常に見らるゝところである。民間の故事は老虎を怕れず雨漏りを怕るゝを説いて、偸児と老虎と猴子の糾紛を生み（註四）、日本にもまた虎と狼と古屋の雨漏りの伝説があるが、これによつても雨漏りを怕るゝ心理の分布の頗る広遠なることが分るであらう。

降雨と交通の不便とは、本来、頗る相関的であるけれど、でも、上来述べ来つたやうな地方では必ずしもさうでない。一般の交通が既に多く船によるので、雨天にもやはり平常通り行駛することができる。たゞ篷窓が開けられないだけである。乗客としては山水村荘の景色を見ることが叶はないので、或は欝陶しさを免れないかも知れないが、それとて、窓を閉ぢ、坐して急雨の篷を打つを聴くこと、周濂渓の説くが如くであるとすれば、必ずしも没趣味だとばかりも言へないだらうではないか。なほ舟子に至つては、雨にあはうと、雪にあはうと、一様に一蓑一笠、艫に立つて櫓をあやつつてゐるのであるが、それは殊更ら詩味だの画趣

だのと、とりあげて言ふほどではないにせよ、決して見た眼に眼触りにはならず、只だその辛労質樸なるを覚え、車夫に見るやうな拖泥帯水の感はないのである。それにまた、雨中の水行は、平常どほり平穏にして、それには陸行のやうな多くの危険が伴なはぬ。何故なら河水といふものが、固より一時に驟かに増すものでなく、たとへ増漲したにしても、俗語に『水漲ぎれば船高し』とあるやうに、何等の害もないのである。其の唯一の可能なるべき影響は、橋門で低くなることで、すると大船は通過し難く、若し舟子一人で槳二つをあやつるやうな小舟なら依然として往来自在である。水行の危険は蓋し風に出会ふことであらう。春夏の間、往々晴明の頃などの午後、突然勁い風が吹き出すと、中小の船隻の河港の濶大な場所に在るものや、乃至舟子が経験の乏しいものであつたりすると、容易に禍ひを見るけれど、雨に至つては何等さうした虞れもありはしない。舟に乗る以外の交通の方法は、やはり歩行である。雨中の歩行は、一般の人々として大いに困難だらうと想像されるだらうし、少くとも大して愉快とは思はれまいが、路に石板の鋪かれてゐる地方では、事情が幾分違つて来る。石板路である関係上、水も溜らず、泥濘もせず、行路の困離はこれがため殆んど存せずなり、問題は如何に濡るゝを防ぐかであるが、これとて雨具さへあれば解決して仕舞ふ。以前に人々が家を出る際釘鞋（註五）と雨傘を必ず携へて出掛けたのはこれがために外ならず、雨具あり、脚の力があれば、雨中、どのやうに遠く歩かうとも随意であつて、どうせ地面は石板だし、城坊では勿論、郷村の間に在つても通行する大道には少くとも石板一枚の寛さの石板道が通じてゐるから、小路、岔道にでも入らざる限り、泥濘に行き悩むといふことはありえない。元来、濡るゝを防ぐ最良の方法は、濡るゝを怕れぬことであつて、赤脚は草鞋を穿くならば何処をどう歩かうと便利であり平安である。もつとも上策は総じて実行し難いものなので、どうしても普通の人は矢張り釘鞋を穿き、雨傘を手にし、それで安心して雨を冒す。私も何回となく、さうして大雨の中を往来したが、大通りに出て食物を買ふのに、往復二時間を要したけれど、別段不便も感じなかつた。最も討厭しいのは夏の俄か雨である。出て行く時、大雨注ぐが如く、石板上、一片の流水となり、それを高い釘鞋の歯で踏みつけた恰好は、さながら低い板橋のやう、むしろ面白く覚えらるゝけれど、軈〔やが〕て間もなく雲収まり雨散じて、石板上の水が太陽に照りつけられて片つ端から乾涸いて行けば、帰つて来る時の私達の釘鞋が石板路の上に嘎哏々々と軋り響いて、自分でも歯の浮くやうなゾッとした気持がするし、街頭の野孩子どもは、さうした私達をみて、『旱地烏亀来！』（ママ）（註六）とどつとばかり囃し立てる。これは夏の雨降りに外出した者の常に経験するところであり、釘鞋、雨傘に関してのもつとも不愉快な一件だと言ふことが出来るかも知れないのだ。

以上は私の雨に対しての感想であり、今年、北京の夏の降雨少なかりしに因んだものである。但し私が語つた地方の情景は、民国初年のもので、現今では必ずや大いに変更されてゐるだらうし、少なくとも路上の石板など保存され得ずして、大抵、凹凹の馬路となされてしまつてゐるだらう。さうすれば雨中の歩行にも差支へを生じてゐるだらうから、若し河中に尚ほ艪をやることができ、屋下の水溝が閉塞されず、篷底の窓下に安らかに雨が聴けるとするならば、それだけで既に喜ぶべき幸ひだとしなければなるまい。

（民国甲申、八月処暑節）

（註一）苦雨斎は周作人氏の書斎の名である。

（註二）石板路は北支になく中南支の地方にみる石畳みの道路をいふ。

（註三）濂渓先生は周敦頤をいふ。宋学の基礎をたてた宋代の大儒にして、大極図説、通書を主著とし、また例の有名な愛蓮説の作者でもある。

（註四）南支の民間伝説に曰く、ある黄昏時に二人の農夫が茅舎の中に在つて談話してゐた。一人が『君はこんな所にゐて怕くはないか？』と聞く。相手が答へて言ふ。『自分は虎も幽霊も怕いとは思はないが、只だ怕いのは漏（雨もり）だ』と。折柄傍らに虎がゐて此の対話を耳に挟み、あの話の模様では此の茅舎に会体の知れぬ漏なる怪物がゐるのかも知れないと考へて怖毛をふるひ、逃げ出したのであるが、途中松明をとぼしてとある人家を襲はんとしてゐる盗賊に出くはし、必定それが漏であらうと買かぶつて縮みあがつて枯草の中に隠れてしまふ。一方盗賊は人に脅されて逃げ出し、虎が伏してゐるとも知らず、やはり枯草の堆裏に潜んだが、夜眼に虎をみて黄牛ととりちがへ、それを牽いて出発する。虎は相手を漏だと感違ひしてゐるのでビク〳〵もので曳かれて行つたのであるが、そのうちに暁が来て盗賊は黄牛に非ざる虎を見出し、びつくり仰天して最寄りの立木の上に匐ひ登つた。そこへ顔を出したのは一匹の猿である。猿は虎に、どうしてそのやうにビクビクしてゐるのかと尋ねたが、すると虎が『漏といふ恐しい怪物に出会つたからだ。今、そいつはあの木の上に登つてゐるのだ』と答へる。猿は『いや、あれは漏ぢやない、人間だ』と言ひ、口論の末『ぢや、俺が此れから登つて行つて、若し人間だつたならつき落すから君が喰つてしまふが好い。若しまた漏だつたなら、首をふるから、そしたら逃げ出したまへ』と約束して攀ぢて行つた。所が盗賊の方は虎に対する恐怖から切なさのあまり尿を零す。たま〳〵それが猿の頭にかゝり、猿はそれを避けんとして首をふつた。虎は『そりやこそ漏だ』とばかり、一目散に奔逃したし、猿は盗賊に殴殺された。虎は間もなく鹿に出会ひ、捕獲して喰はんとしたが、たま〳〵尿せしを鹿に見られ『そりやこそ漏が出た（零した）ぞ』と言はれて吃驚りして、鹿を打つちやつて逃げ出したといふ。

（註五）釘鞋といふのは南支の小都会や郷村で用ひられる泥濘の中を歩行するための高下駄式雨靴にして、厚く粗い油布で製作され、底には太い長い釘が植ゑられてゐる。

（註六）『旱地烏亀来了』といふは、文字通りには乾いた地に烏亀が出て来たといふやうな意味であるが、烏亀はまた不貞の女房を持つ男の罵称でもあるのだ。因みに文末の日附にある処暑節は季節の名であつて、陽暦六月二十三、二十四日頃をいふ。

梅娘

私の随想と日本

巻一号第一第

私の過去の生活で日本で暮した二年間はもつとも美しく、もつとも恬静でした。満開の花が私の庭園をいろどりましたと同時に私の心までもいろどりました。春の薔薇、山梔、桜、秋の桂花、冬の椿、さうした花が大自然の中に育つて朗かでもあり、綺麗でもありましたのは、丁度当時の私の心境そつくりだつたのです。

北京に戻りましてからは、此の翠の都市に槐〔えんじゅ〕の花の薫りこそありますけれど、でも四季のうちの他の三季は到つて寂寞です。石榴の花、藤の花などは可愛い丶花ではありますけれど、但し普遍的でなく、何処ででもは見られませんし、また日本でのやうな花でもつて垣をつくるといふこともありません。私はいつでもそこはかとなく、微雨の中で窓を開いて桂花の甜い匂ひを嗅ぎつけました瞬間の心の驚喜を思ひ出します。寒雨の中でまづ紅に咲いてゐました椿の花もまた曾て私を鼓舞した花です。私はお隣りの椿の垣根の傍を稍暫し徘徊しては離れ去るに忍びませんでした。私は此の花を見ない前には椿姫（La Dame aux camélias）

のやうな熱情的な小説の女主人公は、どうしても他の可愛らしい花を以て、彼女と愛人との間の信号としてこそ、ふさはしからうと考へてゐたのでありますが、でも椿の花を一見しましてからの私はその姿に驚かされ、その花自体の上に他の花などとは迥（はるか）に異なつた風格をしみ〴〵味はつたのでした。それはあゝした純情の女心をピッタリ説明してゐます。花が傍らにありますことによりまして、瑣砕しい家庭の仕事が、私をしておのづから浮き立たせました。家に花のありますのは、丁度水の中に糖分がありまして、その甜さが深く深く人の体の中に入つて、一切の倦怠を消してくれるやうなものです。

　水もまた私を曾て慰さめてくれたものでした。日本に住んでゐまして、私はいつも水の清らかさを驚訝んだものです。河でありませうと、海でありませうと、小渓でありませうと、水といふ水が底まで透いてみえますし、何処に行つても、澄みきつて玻璃玉か何ぞのやうな清潔な水流です。街上や家の中に在りまして、微風の時一人つくねんとしてゐますと、往々淙々たる流水の音が聴えて来ます。それは仄かではありますが、でもハツキリ耳に入りまして、その清越さ、さながら愛らしい小さい精霊が、小さい銀の鈴でもふつてゐるかのやうです。ある時私は試みに今年私の五歳になる娘にそれを聴かしてみたのですが、すると二分間ばかりぢつと聴いてゐました挙句、『誰が歌つてゐるんでせう？　とても上手に歌つてるわ』と私に聞きました。

　もつとも私も日本に参りました許りの頃には、久しく煩悶んだのでした。あの男の子たち、九つか十前後の男の子たちは迚も私達を蔑視しました。私達のあとから追逐はうとしましたり、罵つたり、ある時など一匹の長い〳〵大蜥蜴を私の頸に投げつけまでしまして、私はその時カツとなつて哭きだした位でした。ああした、小さい野馬のやうな子供たちは全くどうにも始末のしやうがなく、『支那人！　支那人！』と囃し立てるのです。

彼等が私共を仇視します斯ういふ態度は、何だか不共戴天の仇にでも対するかのやう。それで子供達も外には遊びに行かないやうになりましたし、行けば殴られて泣いて帰つて来るのでした。

斯うしたことはどうしても何とかしなければなりません。私は私共の町内の世話係の方を訪ねたのでしたが、その世話係りの奥さんは再三私に謝まつて、男の子といふものはどうしてもいたづらでして、母親がたとへ叱つても言ふ事を聞くものではありませんから、小学校の先生と相談して何とか最も完全な方法を考へませうと言はれたのでした。

二日経ちますと、私の身のまはりが俄かに静かになりました。あの小武士たちは影も形も見せなくなりましたし、当然彼等の私共に対しましての誹罵も侮辱もなくなりました。私は屹度小学校の先生のお話の効果だらうと思ひましたので、早速世話係りの方にお礼を申上げ、同時に先生がどのやうな好い方法で立地に子供たちの頑皮を制止せられたか伺つてみる気になりました。

ところが私が私の住居の後門を推開けたばかりの時です。二人の、白いシヤツを着ました毬栗頭が其処で何かコソ〳〵してゐるではありませんか。私は屹度、私の牛乳瓶の中へ鼠の死骸を塞め込むのでなければ、門前に死んだ蜥蜴でもならべるのであらうと思ひまして、面憎さに眉をひそめました。意外にもその小さい二人は前に私を見掛けました場合のやうに罵りながら逃げるといふことはせず、直立して、顔をあからめて、お辞儀をしましてから、恥かしさうに走つて逃げました。門前の小さい石ころの下に、一封の手紙が圧へつけてありますので、拾ひあげて開けてみますと、全部漢字で、それが一字々々核桃の実のやうな大きさでなか〳〵几帳面に、なか〳〵注意して書いてあります。原文は

日本之敵蔣介石、日本之親友汪精衛先生、係蔣系不是、是新中国々民、日本之敵人不是。我等乃兄弟、我等親善

昭和十五年×月×日

とありました。少年等は、ほんとに高明なる先生の教誨を受けたのでした。当時日本国内では、一心一意、大陸へ向け軍隊を派遣(ママ)してゐた最中でしたので、男の子たちは皆な将来の国家の干城を以て自任してゐました関係から、日本の敵と誤認された私を岐視したのでありまして、それは全く一種の自然な心理現象だつたでせう。

日本の女性は、実際、世界でもつとも好い女性です。私のお隣りの奥さんやお嬢さん達は、あらゆる女性の優れた点を顕かに示してゐました。彼女等はみな温文して、熱情的で、嫻雅で、それによく働く人達でした。中国では普通、女中を雇つて家のうちの瑣事をさせるのですが、日本の家庭ではさうではありません。主婦みづからするのでありまして、甚だしきに至つては三人五人の子供を抱へた人ですらさうです。忙しいことは忙しいけれど、でも乱るゝことなく、有条有理と家事を処理して裕然たる有様は全く感心させられます。

私の家はまるで一個のさゝやかな私塾みたいになつてしまひました。私は窓の所に立つて、一枚の小学生用の黒板に『燉白菜。材料は白菜、豚肉。作方は……』などと書き、近所の奥さん方が畳の上にうつむいて其れを書取られるのです。私の割烹法が、近所の方々の日課の一つとなつたのです。彼女等はみな私が作るのを喜んで見学されるのでしたが、実を申すと恥かしながら、私は国にゐて、一向料理をしたことがなく、お客さまを招待のための御馳走が他人まかせでありましたばかりか、日常の食事ですら、私にはうまくできず、恰かも菜の方で私の言ふことをきくまいとでもしてゐますかのやうに、出来あがつてみると甚だまづいのです。それにも拘らず日本では『鳥ナキ里ノ蝙蝠』でした。食事しようとしますれば、毎日どうしても自分で作るよりほかはありませんので、段々に仕馴れて来ましたし、おまけに近所の奥さん方が誇められますので、すつかり一廉のお料理ができるやうな気になり、とう〳〵先生とまでなつたのでしたが、考へてみますと自分でも秘かに可笑しくなります。

奥さん方は私について所謂『中国菜』を学ばれますのは、皆さんとても最大の注意を払つてゐられました。皆さんが、どのやうに『中国菜』のおかげでご主人が満足されたかを語られる場合の皆さんの顔に現はれた愉快さうな微笑にはほんとうに人をして感動させるものがあります。私が思ひますのは、それは決して私の粗陋な割烹法の成功でなく、奥さん方の注意の成果なのでせう。若し、果して私の料理のせゐで、奥さん方が御主人の称讃を獲得され、妻として妻のつとめの上に獲らるゝものがあつたとしましたならば、私も私の日本に在つて過した時間を万更ら空費したのでもないことになりませう。

日本の女の子もまた私には奇妙に思はれます。在学中の彼女等は迚も色黒く、迚も屈強で、足など胖つて小さい円柱のやうですが、一度び女学校を卒業すると忽ち窈窕となり、皮膚もまた白く潤んで、安詳なことは恰かも中国の深閨のうちに鎖されつゝ嘗て天日を見たこともないといふ秀女のやうです。私は何時でも長い〳〵はでな着物の背中に胡蝶の形に帯を結んだ少女をみかけますと、あなたは学校にいらつしやいますかとか、学校にいらしたことがありますかなどと聞くのでした。活潑さから安詳さへ、また一向に修飾を加へなかつた顔へ白粉をつけるといふことは、私にはどうも一朝一夕にできることではないやうな気がします。中国の女学生にも矢張りさういふ時期があります。学校から家庭へのその移り目に過渡的な時期がありまして、衣服といひ、装飾といひ、女学生的であると同時に家庭的であり、顔の方も長い間かゝつて漸つと白粉に慣れますが、それまでには、口紅を塗ると、どうも人さまの前に出るのが恥かしいといふやうな時期が常にあるのでして、口紅も薄いのから段々に濃さを増して行くのです。日本の女の子は、学生時代には完全に活潑でして、快楽なる学生なのですが、家庭に戻りますと途端に学校での一切から離れます。斯くの通り、変化に応じてそれらしくなるといふ態度は、すなはち日本の家庭をして有軌道的ならしむる原因の一つででもありませうか！

恐らくは私が母親であります関係でせう、私が渇望にたへませぬのは、日本の遊園でみかけます子供等のための設備です。あゝしたおもしろい小飛行機、小自動車、小ボート、線路ありトンネルのある小汽車など、ほんとうに羨しさを覚えさせます。絵のやうな風景の中で、子供を伴れながら、小さい入口で入場券を買つて、阪神パークの積木式大門に近づいて行きますときの、子供の嬉しげな表情は永遠に私の心に刻まれてゐます。日本に在る子供は真に幸福です。たくさんな価値のある玩具、たくさんな心地よい遊戯場、子供等はふくらんだ花の蕾のやうに、愉快な心境の培育のうちに肆〔ほしいまま〕にすく〳〵成長します。

北京に戻りましてからの私は、日本での私と反対になりました。私が接触いたしますのは日本の女性の方々から敬せられていらつしやる「御主人達」です。みな私の夫の友達です。みなさんは或は多くの書物を読破された大人方でありますせゐでせうか、大して威張つてもゐられず、お話をなさる時でも温文しい方々ですが、でも女性に対さるゝ態度には私として勝手違ひなものを覚えます。日本の方々は兎角くブツ続けにハツハツハツと大笑されますが、かういふことは私共をしてどうして好いのか困つてしまひますやうな、唐突な気持をさせます。習慣上、中国のお客さまは女主人に対してはいつも非常に遠慮するのです。

（完）

大陸画信

湖南ところどころ

（画・文）報道班員本社特派員　栗原　信

湖南の農民

　どこの戦線でもさうであるが、一番最初に兵隊が民衆と接触するのは農民の物売りである。第一線が遠のくにつれて、卵や西瓜、瓜、カボチャなどを籠に入れて部隊に運んで来る。「塩交換々々」などと、物々交換を希望してゐるところを見ると、湖南には塩が不足してゐると見える。

　蔣政権に捨てられた農民達は、永く日本軍が駐屯してくれるやうにと切なる希望を持つてゐるのである。

湖南の秋

　日本の風景と同じ様な湖南の田舎には、稲が実つて黄色な秋が訪れてきた。百姓も日本と同じ様に編笠を被つて稲を刈つてゐる。切株を少し高く刈つて、その上に稲を拡げて乾かすと、その後から女房達が、それを束にして運ぶ。水牛が子供を背に乗せて遊ばせてゐる。「湖南実れば支那飢ゑず」といはれる湖南の米が、かうして戦禍の陰に収穫されてゆくのである。

武漢大学

「隊長殿龍宮が見えます」

　曾つて武漢攻略軍が、夜明け近くこの武漢大学の丘に泊つた時、仄かにこれを望んで兵が叫んだといはれる豪壮な大学の丘である。

　今米国飛行機によつて湖南の

都市は片端から爆撃され、日本軍の行動には大して関係もない長沙の街も数千年来の由緒ある歴史と共に葬り去られ、また衡陽城然り、民衆は米軍であることを知らず、ひたすらに蒋介石に罵りを浴せてゐるのである。

武漢大学は、武昌近郊の丘に聳える支那近代文化の表徴で、蒋介石が期待をかけて青年を指導した殿堂であるだけに、まだかつて爆撃目標となつたことはない。然し米軍意図の中には支那の民衆も歴史も文化も精神もない。

私は武漢大学を米、蒋勢力のバロメーターとして、今後の成行に興味を持つてゐるのである。

洞庭湖の民

洞庭湖を巡る民船を棲家として渡世をしてゐる数千の民船がある。

此度の湖南作戦に於て兵站線に協力して、敵の爆撃下敢然と帆船をあやつつて進んだ彼等である。次々と家族が仆れ船が沈み、初めて陸に上つて、日本軍の援護下に天幕を張つて生活をしてゐる湖畔の風景を私は見た。

自分の船を修理してゐる傍らで、麻雀を鳴らすもの、賭博をするもの、物売りをするもの……婦女子や子供達もほがらかに、少しも哀しみの色が見えない。寧ろ避暑地の様な明るさをさへ感じるのであつた。

（第一巻第二号）

近譚一二

錢稲孫

第一巻第二号

　二十何年振りだと云はれる今夏の暑さも、とうとう立秋と共に、しかも時刻通りに払はれてしまつたやうだが、僕のぼんやりした頭だけは依然として眠つてゐる。暫く途絶えた翻訳を昨今漸く始めては見たが、頭が留守の上に許された時間がないので、少しも捗らない。先日うつかり編輯子と約束して了つたのを、今更何とも申しやうがない。已むなく伊勢の訳を一二段抄出してお茶を濁す外致し方もありません。

　伊勢の訳は万葉よりむづかしいやうに思はれる。そして最初から自縄自縛して置いた為めに、更に一段と難儀を感ずる。それは歌を五言四句の詩形に訳して行かうと、始めから定めこんだものである。調子を出して見る考へで古体を避けなければならぬ。しかもあまり後世風でもいけないと自ら約束して置いたことである。そんなわけで一段を訳するに時に一二週間もかかるやうな緩慢さ、我ながら驚いてゐる。

　藤井氏新釈本第二十九段まで曲りなりに訳して来たので、最近三十段から牛歩を運び出した。左に三十、三十一、三十二の三段ばかり抄録して、一晒を乞ひませう。

第三十段

昔有男、内裏行経一宮女居室。其宿有睚眦者歟、遂聞呪詈、「草葉看自凋耳」。男用報之歌云。

呪詛無辜者
諼草出其身
巳自得所業
無由更怨人

女亦悖然。

四句の約束がなかつたら、前二句で略々かたづけたものを。然し、前二句だけでは、何故に女も妬う思つたかゞ分らない。そこで蛇足をつけて、苦しい醜態を晒らしました。忘れ草といふ詞が訳し出せなかつた。

第三十一段

昔有男、嘗識一女、久不聞問。忽寄之歌、

憶昔交文織
纏綵幾許周
何故今浚旧
故緒理従頭

而女意若未之省也。

これも倭文の「をだまき繰り返し」が難題で、翻訳とは説明でない説明をする役とも思はれる。くだ〳〵しく説明註釈になつては翻訳にならぬ、まして伊勢の簡にして含蓄たつぷりなるを。なほ出典意味を仄かさずには味なく、事柄が分らなければ、之また翻訳にならぬものである。

第三十二段

昔有男、所媾居津国兎原郡。女観顔色、猜其門一帰去、不再来也。男云、

潮滋葦辺満
継長漸増高
心与日倶積
為君我自労

女報云、

江海多湾曲
人情時浅深
軽舟泛一葉
那便探中心

田舎間語、工耶拙耶。

自身では第三十二段の訳はまあまあと思つてゐる。他の二段はもう一工夫したいものである。凡べて習作の意味で置いておくのみ。ことにこゝではお笑草まで。

絵と随想

よき中国人

小杉放庵

第二巻第二号

三四年前に行つた時の上海は、橋向ふの地区など殊に敵性を感じる事多かつた、物を買ひに寄る、物を食ひに寄る、若いボウイや女店員などの眼光に、ともすると此の敵性の表情に出会ふ、自然こちらにも戒心を生ずる、余り愉快で無い、それが古本屋となると空気がかはり、大抵一様に或る親しみを覚えた、現代の青年中国人の、余り見向かぬ古典物などあさる場合、余計に喜んで懇ろにしてくれたやうに思ふ、店に無ければ他店に問ひ合はして、待たして置いて持つて来てくれた、さんざん見ちらして買はずに出ても、いやな顔をせん、もちろんこちらも不十分ながら心がけて挨拶をするわけだ、そこで思ふのだが、読書人と本屋との間には、昔から特殊の親しみと云ふやうなものが、出来て居たのではあるまいか、書籍はもちろん商品ではある、それ以外に少々ばかり或る観念が添つて居るやうだ。

去年の秋北京で、友人に筆の病院がある話を聞いて、帰つてから早速廃筆を送つて修繕方を頼んだが、北京にあれば上海にも無いことあるまいと思ひ、上海の友人に問合せると、曹素功の店で、別に看板にはして居ないが、自家製の物ならば直して上げようとのこと、私の常用筆は此店の物ばかりだから、是れ幸ひと頼んでやつた、やがて其の友人、修繕された何十本を持つて来てくれての話、店の人が、筆もこのやうに大切にして貰へば、商売冥利甚だうれしい、まだ有ればなんぼでも持つておいでなさいと云ふ、工賃はと問ふと、自家製の物を自家で繕ふのだから、それに及ばんと断る、然らば職人衆の酒手にと、なにがし包んで置いて来た云々、廃筆に手入れをして使ふこと、支那でも余り行はれぬと見え、それで殊更珍重に思つたかも知れん、ともかく、日本人は地方地方に或る概念的性格を持たせ、関西人だからかうかう、東北人故かやうかやうと、決めこむ癖があるが、此の筆屋の話など、今迄の中国人に対する概念と、大分違つて居ると思ふ。

北京の烤羊肉、と云つたかな、吾々がヂンギスカン料理と称したもの、彼処に三四度通つて、行く毎に思つたことだが、ああした店で働いて居る男衆は、何たる明朗闊達だらう、大音声で注文の受け応へをして、大踏歩して酒と肉とを運んで、をかしければ大口を開いて笑つて、さだめし大飯を喰つて大いびきで寝込んで、又夜が明ければ同じやうに濶達明朗に立ち働く日々であらう、日々を楽しんで働く、つつけんどん、渋面、冷淡、といふ如きものの陰も無く、それだから我等も十分に大椀酒大塊肉の豪興を味ひ得る、日本人の或る面にはたとへ煮売り屋で稼いで其の日は過ごしても、

今に見ろ、此の身で終るわけで無い、といふ気組み、人生向上の心底さる事ながら、それ故に渋面作つて客に向つてもよろしくは無い、おほよそ人、忙がしければ疲れ、疲れれば不機嫌になること、生理的必然だが、楽んで事に従へば疲れ遅く、楽まずして行へば忽ち陰気になる、昔の諺に、一人隅に向へば満堂楽まずとある、一人隅に向ふことは一人だけの問題では無かつた。

東京へ来て居た中国の文化人に、何人かのつき合ひもあり、中には若干の骨折りなどもして、あとで聞けば国へ帰ると相当の排日家であつた、何やら戒心を要するわけ、心寂びしいが、それは例外、大抵中国の文化人、物腰、品(ひん)よく手触(ざわ)り柔かで、まことに良き中国人と思はれる人少くないが、文化人ならざる部面、使用人農夫などの階級には、是こそ堯舜以来かかる人民であつたと思はれるもの、片端から見出されるやうだ、今東京の燈下、何べんか行つて旅した支那を回想のまぶたには、何のゆかりも無かつた田園の老人の笑ひ顔や、船頭であつた白髪のおばあちゃんのおもかげが、一番早く映つて来る、あの連中は天性の宿命信者だ、置かれた処に根をおろし、今日の仕事を満身で行ふ、老人は肩書きを欲しがらず、少年は将相を夢みず、蒼生といふ字は、全くうまく出来た字だと思ふ。

中国の使用人気質(かたぎ)と云ふやうなものが又、なかなか味のあるものと思ふのだが、使用人悉皆善良とは云へまいけれども、善良ならざる場合にも、こちらの使ひ方つき合ひ方に因るもの少く無からう、昔は使用人多くは譜代の奉公だから、主従の間、人を動かす美談もあつた、今、ホテルなどの使用人を見て居ると、年配になつて部分の束(たば)ねなど預る者には、板についた風格、おうやうに構へて而も油断なく、侮れぬ貫禄を思はせるのが居る、あの連中には、あの連中の調子がある、以前中支で船旅をした時、使用人を一人借りて行つたのだが、前の晩に明朝立つ汽船の切符を命じて置いた、ところが朝になると、七時の筈のが八時半のになつて居る、どう云ふわけだと訊ねると、七時のは小さい船故まことに汚い、必ずあなたの不満足となる、八時半のは大きいから乗り心よろしからう、されば七時のでも叱られやう、八時半にしても叱られやうが、同じ叱られるならば、七時ので船中で皆の前で叱られるより、八時半ので此の部屋でお小言を頂きたい、と答へた、是が連絡線で、さきへ着いて急行に間に合はん、と云ふやうな場合では無し、乗つて見て八時半のにしてよかつた、と思つた程だから、此の面子は彼れに賢くて、こちらに便宜な計らひであつた、侮れない。

支那と世界と日本

吉川幸次郎

第二巻 第四号

　周作人氏が、かつて私に語られたことがある。「今の支那に、一番必要なものは、外国語学校です」。これは民国の智識階級の、世界史に対する智識の貧弱さを、慨された言葉であると、私は解する。

　只今の民国の智識階級が、国外の事象に冷淡であり、従つて世界史の智識に乏しいことは、遺憾ながら事実のやうに思はれる。もし手近な一例を挙げるならば、各大学の文科系統の諸科目のうち、最も教授が充実し、最も優秀な学生を擁するのは、常に国文系、すなはち支那文学科であり、次いでは本国史である。これに反し、外国文学系、外国史学系は、おほむね振はぬ。国文系に籍を置くものが多いのは、将来政客としての地歩を占めるのに便利であるからだとも、側聞した。

　もつとも、一方には、その反証となるべき現象も、認められる。日本帰り、フランス帰り、乃至はアメリカ帰りの、モダン・ボーイズの氾濫は、それである。しかしそれらは、何等かの技術の修得を目的として、外国に留学し、技術修得の手段として、その国の語言を学んで来た人物ではあつても、その国の文化の性質を理解し、批判し得る人物は、甚だ寂寥なやうに見うけられる。事変直前の上海の出版界は、五花八門、甚だ盛況を呈したが、外国の文学、哲学、乃至は文化一班に関する論著は、甚だ乏しかつたと、記憶する。ただ周作人氏を主宰者とする「日本学叢書」発刊の企てが、どこかであつたやうであるが、事変にあつて中絶したのは、残念であつた。

かく民国の智識階級が、世界史の智識に冷淡であるのは、この民族の過去の環境、またその環境から生れた理念から考へて、無理ならぬ次第である。

この民族が、久しきにわたつて置かれた環境は、自らの文化と対立するだけの異種の文化を、その周辺にもたぬ環境であつた。大陸に境を接する諸民族は、おほむね低文化の遊牧民であり、他の文化圏と不断の交渉をもつことは、当時の交通の条件がゆるさなかつた。たとへば、わが日本は、東海の東にあつて、支那文化の影響を受けつつも、黙々として独自の文化を蓄積しつつあつたけれども、両国の間を隔てる大海は、当時の交通の条件をもつてしては、日本の国家の存在を、支那人の意識に上すことを、そもそも困難にした。日本の存在は、東海の「三山」として、半ば伝説的な存在であつた。豊太閤の朝鮮征伐の前後、わが国家に対する関心が、止むを得ずして俄然高まつたことがあるが、それも一時的現象であつて、以後日清の役までは、又もや「三山」的存在となり、西洋諸国よりもむしろ疎遠であつた。

かうした環境の中に成熟した理念は、支那は世界の中心であるとする思想である。或ひはまた、支那は世界そのものであり、世界の姿は支那に於てのみ顕現してゐるとする思想である。人類の生活の法式は、支那に於て営まれるもののみが、唯一であり、完全であり、絶対である。いひかへれば、文化は支那にのみあり、支那以外の地に、文化はない。支那以外の地で営まれつつある生活は、不完全なものであり、正しからぬものである。いはば、それらは世界の附録である。支那人自身の言葉でいへば、「四裔」(四ものすゑ)である。

世界の附録は、世界の中心によつて、統摂されねばならぬ。従つて、政治の理念としては、支那の地に君臨する皇帝は、あまねく「四裔」に君臨するのであり、世界のはしばし迄も、みなその領土である。たとひ周辺の諸民族が、それぞれに政治の中心を擁しようとも、それらは「蛮夷の君長」たるに過ぎぬのであり、せいぜい「王」の称号の下に、皇帝に従属すべきであり、皇帝と対立するものではない。さればこそ、明の皇帝は、義満を、秀吉を、日本国王に封じた。皇帝はただ一人、支那にのみ居る筈である。

また道徳の理念としては、孔子が人間の生活の規範として撰定した「五経」は、ひろく世界の規範たるべきものである。それは永遠に普遍な妥当性をもつものであり、いかなる環境にも対処し得べきものをもつてゐる。従つてむろん「四裔」にも施さるべきものである。「四裔」は、それを実践するだけの能力をもたぬ。さればこそ「四裔」なのであり世界の附録なのである。

もつとも、支那の歴史の中には、かうした理念が動揺を来した時期が、ないではない。中世期に於ける仏教の受容は、印度の生活、西域の生活といふ異質の生活が、一つの文化として承認され、受容されたことを示す。しかし、さうした中世の事態は、間もなく宋儒を中心とする近世思想によつて、強度に反撥され、従来の理念は一層強化されることになつた。また西域と印度の衰弱は、反撥による強化を可能にしたのである。

また近世に於ては、周辺の諸民族の武力、政治力が伸張して、元に於ては蒙古族が、清に於ては満洲族が、支那の皇帝となり、支那本部の先住民たる漢族を支配したのは、従来の理念に動揺を来すべき又一つの機会であつた。しかし事実は必ずしもさうでなかつた。自らの文化に乏しいこれらの民族は、支那本部といふ高度の文化地帯に入ると共に、好むと好まざるとに拘らず、恰も白紙が色に染む如く、従来の支那的理念を踏襲したのは、消極的な必然でもあり、また積極的な利便でもあつた。これらの皇帝は、従来の支那的理念の継承者として、支那の皇帝たることによつて、四裔に君臨するといふ体制を謳つた。且つまた元、清ともに、その版図の広大さは、恰も従来の理念の可能を実証し、強調するが如くであつた。先住民たる漢人の方でも、これら闖入者を迎へた最初には、多少反抗の気勢を示したけれども、やがて従来の理念が、闖入者を主体として順調に遂行されるに及んで、理念逐行の主体が、もともと自己と異質であつたといふ意識は薄れ、理念の順調な実現が、理念に対する自信を、ふくらますばかりであつた。むろん漢族の少数者は、これら異族の朝廷に対し、最後まで反抗の感情を抱いた。しかし、さうした反抗の感情とても、その前提となるものは、支那本土の最も純粋な住民である漢族こそ、世界の主たるべしといふ思想であり、支那が一切に超越するといふ考へ方には、変りがない。さうして理念と現実との背馳は、理念の是正を来すよりも、むしろその硬化を来した。要するに、元と清の支配は、従来の理念を強化し、硬化することはあつても、それを弱めることにはならなかつた。

かく強化に強化を重ねて来た理念が、一朝にして自信を失ふことになつたのは、申す迄もなく、西方の勢力の東漸であり、わが日本の興起である。アヘン戦争をきつかけとする西方の勢力は、急激に支那の周辺をおそひ、支那の皇帝は世界に君臨するものではなく、世界に対立する政治勢力の一つに過ぎぬことを、まづ力づくで承認させた。これは在来の体制の中核をつきくづしたものといへる。ついで起つた日清戦争は、再びそのことを支那に確認させせた。「扶清滅洋」を標語とする義和拳匪の擾乱は、古い理念による最後の抗議であつたけれども、その無残な失敗は、いよいよその不可能を、実証するばかりであつた。かくて古い理念の中核がつきくづされると共に、古い体制の数々が、次々に自信を失つた。清朝の帝政は崩壊して、民国共和の政治となり、ついで民国の初年、「五四運動」を中心とする新文化運動は、道徳の転換を宣言し、「五経」のみが人類の生活の規範でないこと、或ひは「五経」はむしろ人類の生活の規範でないことを宣言した。つまり支那の環境は、自らを世界の中心とし、乃至は自らを世界そのものとする如き理念が存在し得た環境から、しからざる環境へと、激変したのであり、且つ自らも環境の激変を承認し、新しい環境に処すべき方針として、異質の文化の存在を承認し、顧慮し、或ひは受容すべきことを、宣言したのである。その態度は、或ひは過激にさへわたつた。「五経」の全面的な否認はそれであり、英米依存の思想、赤化の思想、またそれならぬはない。うち孫文氏の思想は、新支那の生きるべき道を語るものとして、最も穏健中正であるやうに見うけられる。

さて、この過激にさへ見えた態度は、その後果して順調に発展したか、いひかへれば、支那の新人たちの心の窓は、十分に外に向つて開かれたかといへば、必ずしもさうではない。久しからずして早くも停滞に陥つた。

何よりもこのことを示すのは、種々の新文化運動者たちが、その運動から外国文化の影響であることを、むしろ否認し、自国の過去の生活の中にその根源を求め、その延長であると主張したがることである。この主張は、必ずしも誤りではない。民国以後へ出現した種々の新しい現象は、支那の歴史、ことにその近世の歴史の中に、潜在的に孕まれて来たものが、大多数だからである。しかし潜在に止まるものが、はつきり表面に結実したのは、環境の激変による外来の刺戟による。しかるに民国の新人たちは、新文化運動の要因として、好んで前者を強調し、後者に言及するのを憚る。新しい政体を、ただ「共和」といふ言葉の偶合をたよりに、遠く周の時代の事実として伝へられる「周召共和」の延長であると主張する如きは、その最も浅薄な例である。文体の改革が叫ばれて、言文一致の文章が、「白話文」の名の下に遍く行はれることとなつたのは、何よりもわが日本及び西欧の言語生活の与へた示唆である。しかしその運動者たちは、自らの過去の文章の中から、白話的なものを顕彰し、その継承者であると強調した。胡適の「白話文学史」は、さうした意識の下に書かれた書物である。また従来は正式の文学と認められなかつた小説が、正式に文学として認められることになつたのも、外来の影響による大きな変革であつた。しかし、民国の小説家たちは、ゾラ、モオパッサン、ゴオゴリの継承者を以て自任するよりは、自国の過去の小説、正統の文学としては認められずして日陰の花の如くにして存在した小説、「紅楼夢」「儒林外史」の類の継承者たることを、より多く意識とした。

そもそもまた久しく自国の文化のみを絶対なものとして生きつづけて来たこの民族にとつては、異種の文化の中からその法則を読み取ることは、その心構へに於ても、技能に於ても、中々に困難であつた。新文学家の多くは、国文系の出身者であり、国文学史の研究家であつても、日本の文学、西欧の文学に熟達するものは、魯迅、周作人、その他の例外を除き、きはめて僅少であり、単に外国語を解し得るものも、案外に僅少であるかと察せられる。つまり民国の新文化運動は、早くも新古典主義運動の形を取つたのである。孫文氏の思想の中にも、かうした傾向は、或ひは一般の予想に反して、相当に認められる。

このことは、民国の智識階級の目が、十分に外に向つて開かれてゐないことを示すものである。以上のやうな態度は、いかなる環境にも対処し得べきものが、自己の過去の生活の中に存在するといふ意識の潜在によつて生れ、結果としては、その可能の自信を、意識の表面に結実させるものだからである。たとひ従来の環境からする制約が、異質の文化からその法則を読み取るについての心構へと技能に困難を感じさせるにしても、環境の激変を自覚した上は、その困難を乗り超えて進むべきであつた。しかるにその方向は突き進められずして、過去の自らの中に潜在するものを祖述することになつたのは、安易のそしりを免れ得ぬやうに思はれる。少くとも世界史の智識を増すべき方向ではない。

更にまた、智識階級の目が、必ずしも外に向つてゐぬことを、別の面から示すのは、ほかならぬわが日本文化に対する冷淡である。かつては東海中の「三山」として、伝説的存在とされた日本も支那近来の環境に於ては、決してさうでない筈である。にも拘らず、支那事変の勃発によつて、両国がはげしい接触に入る迄の間、たとひ観念的な排日の対象となることはあつても、日本の文化の特異さに目が注がれることは、周作人、銭稲孫氏その他、二三の先覚者の場合を除き、皆無に近かつた。これについては、われわれ日本側にも、責任がある。事変の勃発に至るまで、われわれはその文化の特異さを、支那に向つて展示すべく、殆んど何等の努力をも払はなかつた如く見える。周作人氏等の日本研究も、日本の援助によつて発起されたものでは、決してない。或ひは向うから援助を求められることがあつても、こちらが冷淡であつた。大正の末年、昭和の初年、日本政府が北京に於て文化事業を発起した砌り、銭稲孫氏は、完全な日本語文献図書館の設立を、提案されたけれども、実現を見なかつた。しかも当時、日本は、アメリカその他に向つては、華道、茶道の類を通じてではあるけれども、わが文化の特異性を示すのに、吝かでなかつた筈である。かくその責任の一部は、われわれにあるとしても、責任の全部がわれわれにないことも、事実である。比隣の国である日本に向つても、目が閉ぢられてゐたといふことは、この民族の久しきにわたつて生きて来た理念が、環境の激変にあつて、一応意識的には否定されながらも、意識の下には、また幾分かは、意識の上にもなほ有力に生きつづけてゐることを、物語るものにほかならぬ。

或ひはまた、かの英米依存の思想、赤化の思想も、旧来の支那的思索の法式の一つの変形と解し得る。かつては自らの生活の法式に絶対の信頼をよせたが如く、米英の思想、赤化の思想が多くの批判を経ずして、直ちに絶対のものとされるのではないか。やはり世界史に対する智識の欠乏である。批判を欠く智識は、もとより智識でない。

かうした世界史への智識の欠乏が、現在の中国を混乱に陥れてゐるのではないか。只今の中国の命題は、環境の激変を十分に自覚し、世界の一員として、更に適切な言葉でいへば、大東亜共栄圏の一員として生きることにある。幾つかの異質のものが並存しつつ、しかもそれがひとしく高次のものに於て結びつくのが、世界の姿であり、しかもそれぞれの異質なものは、高次のものの具現として、それぞれの特質を生かしつつ生きねばならぬ。中国の生きる道も、そのほかにはない。いないな、いかに生きるといふやうな悠長な問題ではない。さうした世界の出現を、米英の野望が妨げてゐるのが世界の現状であり、そのため中国は死生の関頭に立つてゐるのである。かうした世界情勢に対する冷淡さが、現在の中国の混乱を生んでゐるのではないか。国民政府は、南京に儼存するに拘らず、また皇軍の努力によつて、中国の領土は、次第に、或ひは飛躍的に、恢復されつつあるにも拘らず、なほ多くの叛乱部隊が、重慶を中心にして蠢動をつづけてゐるのは、政治の混乱であり、民国以来の文学が、掛け声の勇ましさにも似ず、またその量の夥しさに似ず、芸術の香気を感じさせることが少いのは、文化の混乱である。文化の混乱と、政治の混乱とは、互ひに象徴となりあふもののやうであり、更に最近に於ける放恣な物価の昂騰は、経済の面に於て、その象徴となるものである。世界の情勢を知つて、わが身を顧みたならば、かうした混乱を繰り返してはゐられぬ筈である。もとより混乱の因は、世界史的な智識の不足にばかりあるといふのではない。従来の支那人の生活の法則のうち、切り替へを要求されるものが、なほほかにも夥しくあることに基く。しかし世界史の智識の不足が、その重要な一つであることは、疑ひない。中国を救ふ為には、中国即世界といふ旧来の理念が払拭されて、世界の中国として自らを生き抜くといふ自覚が、もつともつと働かねばならぬ。この自覚が働かぬ限り、古典が祖述されようとも、或ひは逆に「全盤西化」が叫ばれようとも、乃至は又、総理遺嘱が、大東亜宣言が、何度口頭に反覆されようとも、混乱は征服されぬのであるまいか。中国の正しく生きる道は、結局に於て、その古典を祖述することにあるであらう。しかし、それはあくまでも、他を知り、己を知つて、世界の中国としての自覚の上に立つものでなければならぬ。或ひは、中国即世界といふ理念が、新しい意味で生れ変ることでなければならぬ。さうした暁に祖述される中国の道は、或ひは現在祖述されつつあるそれではなく、却つて祖述を忌避されてゐるものの中に、祖述すべきものを見出すかも知れぬ。

ところでかく、自らを知る為に他を知り、中国の目が外に向ふ為には、異質の文化として、高度の妥当性をもつものが、中国の前に展示されねばならぬ。日本文化が中国に対してもつ意味は、思うてここに至るとき、この意味に於ても、甚だ重要である。米英の文化は、その武力的なまた経済的な無遠慮さにも似ず、その点では甚だ迎合的であつた。アメリカの経営する燕京大学の理科系の設備は、文科に比べて格段に貧弱であつた。またその文科系に於ける仕事とても、支那の学者に、支那の古典の索引を編纂させるのが、関の山であつた。支那の目を外に誘ふ触媒とはならなかつた。日本が同じ態度であつてはならぬ。もつと親身な態度こそ、善隣の道である。もとより私は、日本文化の中国に対してもつ意義が、異質のものへの関心の、触媒たるに止まるといふのではない。しかし、それも、そのもつべき意義の一つである。

その為には、現在各所で企てられつつある邦文文献の、古典をも含めての漢訳事業の如き、遅まきの憾みこそあれ、決して時期尚早でない。また、錢稲孫氏の提唱されたやうな日本文献の図書館は、今に至るも実現せぬやうであるが、これも激戦のさ中とはいへ、促進されて然るべき懸案であらう。

しかし最も重要にして、最も手近なことは、在華日本人諸氏が、その一挙一動、一言一行のすみずみに迄、日本人の生活が文化であること、いひかへれば、人類の生活の法式として、支那のそれとは必ずしも揆を一にせぬながらも、大きな深い妥当性をもつものであることを、身を以て示されることである。

私はこの意味に於て、在華邦人諸氏の自重を祈つてやまぬ。

（筆者は東方文化研究所研究員）

中国の大学生

奥野信太郎

第二巻第四号

わたくしはこの九月の末、北京のある大学に赴任してきた。もつともほんの一年間の契約ではあつたが、中国の学生といふものは留学生以外触れたことがなかつただけに、この度の赴任は名状し難い一種の昂奮を覚えしめるものがあつた。のみならずその大学が現在最も純粋な中国的なものを保持してゐるといふことを聞かされてゐたので、わたくしの興味は一層高からしめられた。てうど同時に阿部知二君もまた上海のある大学から招聘されることになつてゐたので、東京出発前から二人ともまだ見ぬ中国の学生に対するいろいろな想像について語り、また旅行の途次においても、それらの予想について共々論議しながら北京までやつてきた。阿部君は上海、わたくしは北京といふやうに、その場所がちがふ如く扱ふ学生そのものの性格も大いに異るものがあるであらうことはほぼ想像に難くない。さういふ相違は別として、これを広く中国の大学生として観るとき、全く一つの対象としてわれわれの眼の前に現れてくる。わたくしたちは専らこの一つの対象としての中国の大学生といふものについて、話しあつたのであつた。かうあらねばならぬ、或はかうありたいものだといふやうな話の運びは、何事につけ、楽しみであり、また同時に不安なものでもある。わたくしたちもかういふ楽しさや不安を、同じやうに感じ、同じやうに物語つた。

実をいふとわたくしはこの半年の間、東京のあるベアリング工場で、多くの学生とともに激しい騒音のなかに日を送つてきたのである。今日本の学生は誰一人遊んでゐるものはない。日本の学生は工場への出勤を、昔のやうに工員の手助けのためだとか、人員補充のためだとか、そんな生やさしい考へかたでやつてゐるものは一人だつてありはしない。自分たちの若さが如何に純粋に白熱的に戦力であり得るかといふこと以外、何一つ考へてはゐないのである。かういふいはば、炎となつて燃えさかつてゐる日本の学生の魂にだけ触れてきたわたくしにとつて、中国の学生の姿といふものが果してどういふふうに感じられるであらうかといふこと、これがいつてみるならば不安の一つでもあつた。しかしまた静かに今のところ学問にだけ没頭してゐる中国の大学生が、ただ単に昔ながら学問に没頭してゐるといふだけでなく、学問に没頭してゐながらも日本と中国の動き、大東亜の動きといふものと、彼等自身といふものとを如何なる形で結びつけてゆかうとしてゐるであらうかといふことを知ることは楽しみであつた。かうした不安と楽しみの交錯が、まづ中国におけるわたくしの最初の教壇生活のはじまる前に、わたくしをはつきりつかまへてゐることが自分でもよく感じられたのであつた。だがそれは結婚寸前の娘の気持のやうなもので、蓋を開けてみるならば、複雑だと思つてゐた自分の気持のありやうが、案外単純であり、思ひすごしであつたことに気づいて、ぐつと気が楽になつた。と同時に、これならばわたくしは彼等と親しく一しよになつてものを考へてゆけると思つた。少くともわたくしは彼等と一しよになつてものを考へてやらなければいけないと思つた。

嘗て老舎が長編「趙子曰」を書いたときの印象として、自分は身を以て五・四運動の渦巻に投ずることはしなかつたが、傍観者としてその当時の学生の心の動きを眺めることはできた。小説「趙子曰」はかうしてできたのである。と、雑文集「老牛破車」のなかで語つてゐたことを記憶してゐる。しかしわたくしはこの傍観者といふ言葉を老舎の謙遜語であると考へてゐる。これは恐らく当時、彼が既に学生ではなかつたといふ意味であつて、必ずや彼はよき助言者であり、またよき相談相手であつたにはちがひない。もはや学生でないといふ意味においては、わたくしもまた傍観者の一人であらう。

ただわたくしは甚だ愚かしくも、彼等と一しよにものを考へたいといふ一面不遜な、一面幼稚な希望をもつてゐるのである。

中国の大学生はごく一口にいふならば健やかに育ちつつある。健やかに育ちつつあるといふ表現は或はをかしな感じがしないでもないが、わたくしはこの言葉のうちに、大東亜の青年といふ気持をこめていつてゐるつもりである。なるほど現在中国の大学生には通年動員もなければ、また応召もない。しかしわたくしの見るかぎり、彼等もまた参戦国の青年としての心構へを漸次明確ならしめつつある。

民国以来中国の青年の頭脳を支配してきたもの、といふよりはむしろ中国の青年の理想としての脳裡に描かれてきたものは、国内統一といふ一事であつたといつてよい。この理想がその時々の世態なり思潮なりに結びついて、或は政治運動となつて現れてみたり、或は文化運動となつて現れてみたりしてきた。勿論それが正しい進路をめざしてきたものとばかりは限つてゐなかつた。むしろそれがしばしば誤つた方向を指して進んだものすら多い場合があつた。抗日イデオロギーの展開ならびにそれに随伴して起つてきた教育、芸術等の文化の諸相面の如きは確かにその一例たり得るものであつた。かういふ誤つた方向が、国内の統一、ひいては民国国運の進展に何等かの寄与をするであらうと考へられたところに、憐れむべき迷妄があつたし、殊に事変直前ごろの指導者層は、努めてこの迷妄を趁[お]うて、青年のためのあらゆる文化施設の基底工作を行つてきたものであつた。事変は、大東亜戦争は、かういふ迷妄を打破して、中国の青年たちのために新しい指標をおいたところに、その最も大きな意義がある。中国が中国自体として強く発足し、その革命の真精神を徹底宣揚する機会を与へ得たものは、実に中国参戦の一事にほかならなかつた。現在中国の大学生たちの脳裡に描かれてゐる参戦意識は、わたくしは端的にいへば相当複雑な映像を結んでゐると考へる。それが漸次澄みきつて、単一化されてゆく過程が、いはばわたくしたちにとつて最も興味の深い点であるといふことができる。大東亜戦争の完遂を措いて、他には絶対に中国革命の成就の途を求め得ないといふ確信に徹すること、そしてその確信が彼等の思想を明るくする絶対条件であると認識すること、ただひたすらにその思考に驀進してゆくこと、わたくしは単一化といふ言葉にかういふ意味をもたせたいと思ふのである。

中国の大学生たちに、この意味の単一化が明瞭に見え得るやうになりつつあることをこの上もなく心強く感じてゐるものは、恐らくひとりわたくしばかりでなく、およそ中国の青年層に触れてゐるものならば、ひとしくかくあるべきであると考へる。

ただここに一番慎まなければならないと思はれることがある。それは決してわれわれが性急であつてはならないといふ一事である。今の中国の大学生たちは一面からいへば甚だしく不幸であつたといつてよい。十年前をふりかへつてみれば、そのころなほいとけなかつた彼等の童心を培つてゐた養ひは抗日のそれであつた。そして歴史の大転換が一切を払拭して、その教育の完成期において新たな理想的発足の自覚を要求してゐる。この点についてやはりわれわれは温かい同情心をもつてやりたいと思ふ。なかにはそんな同情心などは三文の価値もない、むしろそれであればこそ性急な荒療治が必要だなどいふ乱暴者がないでもないが、わたくしはかうした一部教育者の考へかたこそ、短見も甚だしいものとして大いに顰蹙せざるを得ない。かういふ短見が今まで特に文化面においてどの位横行し、またどの位失敗の数々をくりかへしてきたことか、思つてみても慄然たるものがある。

およそ性急は中国人に対しては何事につけ慎むべきことではあるが、青年の指導においてもまた然りといはなければならない。それは中国の大学生たちが、その大学生といふ外貌においては一見近代人であるかの如く見えながら、彼等の生活の後景をなしてゐる家庭なり家族なりの関係は、古い城砦のやうにがつしりと構へた一つの重みとして、彼等の上に到底われわれが想像もなし得ないほど中世紀的な無言の支配力をはたらかしてゐるからだ。即ち中国の大学生たちは、その本質的生活に一歩はいつてみるならば決して近代人ではない。近代人でないどころか、あらゆる角度においてむしろ中世紀的な煩瑣な思考により多くの妥当性を発見してゐる青年たちである。かういふ思考が漸次壊れつつあるとはいへ、やはり全体的にみるならば中世紀的思考の根強さといふものを否定することはできない。その状態は中国の社会そのものと揆を一にしてゐるといつてよい。

日本の学生はその意味においては、著しく近代人である。従つてあらゆる事情の発生なり、或は環境の変化なりについても敏感に小気味よく適応してゆける能力がある。それであるから或場合、或程度の性急を実行してみても、かなり要領よく順応性を発揮してくれる。しかし中国の大学生にもしこれと同じやうな態度で臨んだらどうであらうか。恐らくそこに現れてくるものは収拾し難い昏迷だけではあるまいか。わたくしは中国の大学生たちを深く愛する。そして彼等を悲しましめたくない。性急は結局彼等をして徒らに悲嘆の淵に陥れてしまふことになる。

中世紀的な幽暗の樹立ちの茂みから、わづかに深々とした空の青さを特に好ましく仰ぎみてゐた彼等である。急に枝を払つて一物遮るものなき日光直射の世界に放り出してしまつたなら、彼等は眩暈卒倒のほかはあるまいと思ふ。中国の大学生たちを指導してゆくことは容易なことではない。それは難かしいことではあるけれども、楽しさもまたそのうちにあることがしみじみと感じられる。

（筆者は在北京輔仁大学教授）

文と画

筆と墨

武者小路実篤

第二巻第四号

筆と墨、と言ふ題で何か書かうと思ふ、しかし墨と筆のことをかくのではない。筆と墨と言ふ特別の材料でかかれる書や画に就いて一寸かいて見たいのである。

一体人間は、必要に応じていろいろのものを発明する。しかし一たん発明すると、その発明されたものを徹底して生かす性質がある。

筆と墨を発明した人は、筆と墨が発明されれば、画とか、墨絵とか言ふものが、芸術としてあんなにまで発達するものだと言ふことは知らなかつたらうと思ふ。筆と墨は、西洋人がペンやインキを発明したのと同じやうに、字をかく為、それも実際的に利用するために字をかく為に発明したものではないかと思ふ。筆や墨の前にペンやインキが発明されたら、筆や墨は発明する必要はなかつたかと思ふ。その時、書や、東洋画は今日のやうに発達したかどうか。

少くも西洋では筆や字（ママ）は発明する必要がなかつたやうに思はれる。字をかく為にペンやインキがあればそれで足りるのだから、画をかくのでもペン画ですませて、筆や墨でかく必要は感じてゐないやうに思はれる。

所が東洋では筆とか墨とか言ふ特別なものが発明されたので、東洋人はそれを徹底して生かした。その結果、書道とか、墨絵とか言ふものが極度に発達した。それには漢字と言ふものが、また筆でかくのに適した処があるからではあるが、よくも発達したものと思ふ。

筆と墨と言ふものが出来たので、東洋には東洋独特な芸術が生れたわけで、筆や墨が発明されなかつたらそれ等のものはこの世に出現せずにしまつたやうに思ふ。
人間は与へられないものは生かせないが、与へられたものは極度に生かすものだから、筆や墨が与へられた以上それを極度に生かすのは当然なことで、それを極度に生かせば、書や墨絵が生れるのは当然と言へる。それにしても書や、墨絵の神品とも言ふべきものを見ると、よくもかうまで発展させることが出来たものと思ふ。

中国で書がどの位貴ばれ、またどの位に多くの優れた書家が出、それがどんなに立派な字をかいたか、それは実物を見ないとわからないが、実物を見ると驚嘆しないわけにはゆかない。そして人間の精神力に今更に感心する。

しかしいい字をかく人は中国の人ばかりではない。朝鮮にも名家はゐると思ふが、日本にもなかなか優れた人がゐる。中国以上とは言へないまでも、国宝級の人は何人もゐ、僕達が見て中国の人にも負けないほど感心する人は何人かゐる。その上日本の平仮名をかいたものには一寸中国にも求められないほど、優美なものがある。それは皆、筆と墨が発明されたおかげである。

筆と墨、また墨をする硯、硯の名品の味はまた西洋では一寸求められない味と思ふ。いい硯でいい墨をする気持、これは東洋人のみが味はひうる気持で、この気持は人の心をやはらげ、静め、おちつける。事務的な生活から解放させてくれ、別天地に遊ぶ思ひがする。そしてそのすつた墨を筆にふくませ、端坐して字をかいたり画をかいたりする時の気持はまた格別の味で、この味は一寸西洋人にはわからないと思ふ、横にペンで字をかく時の気持と、竪に比較的大きな字を筆で落ちついてかく時の気持とは別天地のものである。この別天地から、書と言ふものが生れ、また東洋画が生れる。また人生に対する態度もその内に自づと変つてくるやうに思はれる。

その代り実際的な活動の精神にはいくらか邪魔になるかと思ふ。その点は無視出来ないと思ふが、それだけ東洋的な落ちついた、精神修業は出来るわけだ。現代においては実際的活動も馬鹿に出来ないから、悠然と字をかいたり、画をかいたりばかりもしてゐられないが忙中閑をつくつて、ゆつたりした気持で、いい硯で、いい墨をすり、それで字をかく楽しみは、決して悪いこととは思はない。東洋人のゆつたりしたよさは、さういふ気持を味はふことを知つてゐるので、自づと生じて来たのかと思ふ。

実際、横に実用向きの字ばかりかいてゐる人には、筆でゆつたり竪に精神をこめて大字をかく時の気持はわからないと思ふ。字をかくことだけで東洋人と西洋人の精神のちがひを説明するのもどうかと思ふが、字をかく時の気持に、東洋的な感じがあることは事実と思ふ。そしてこの気持が西洋人には本当にはわからないだらうと思ふ。

日本だと空海とか、大燈国師だとか、一休禅師とかの字を見ると、自分は実に感心し、その人間の精神力がぢかに感じられることを覚えるが、西洋の人にはさう言ふ喜びはわかるまいと思ふ。書ほど露骨に人間の味が出るものは他に一寸ないやうに思はれる。

中国には日本以上に多くの書家がゐるが、自分はまだあまりよく知らない。大した書を見ることはよくあるが、それを書いた人をよく知らない。

それに反して墨絵の方だと中国の偉い人をいくらでも知つてゐる。実際書も実にいいが墨絵のよさはまた特別のやうに思ふ。殊に自分のやうに画を見ることが好きで、四十何年画を熱心に見て来たものは、墨絵のよさには実に驚嘆する、自分が書にいくらか興味を持つて来たことは最近のことで、まだその方では自信が持てないが、墨絵のよさは直接にぴつたり感じることが出来ると自分で思つてゐる。

日本にも墨絵の名人はゐるが、何と言つても中国にはその巨匠がゐる。そして世界に類のない芸術をつくり出してゐる。

今それ等の人や作に就て一々のべる暇はないが、筆と墨の価値を最高に生かしてゐることは驚くべきで、その精神の冴え方は実に素晴らしい。

また実によく自然を見、それを墨色と、筆のもつ性質を極度に生かして、微妙な味を出してゐる。油絵では勿論、インキや鉛筆、木炭などではとても出せない味を出してゐる。

筆や墨と言ふものが実にいいものだとさう言ふものを見ると思ふ。一つの線に精神力の深さと強さと微妙さと正確さがあらはれ、あるものは着実、あるものは奔放、あるものは気合がかかつてゐる。またその筆の冴えは驚くべきで、如何なる名剣士が剣をつかつても、これ以上の鋭さは出せまいと思ふものもある。色彩のある画も美しいが、墨絵の純に精神を生かすことは無類と言ひたい。

筆と墨と言ふものはいいものだと思はないわけにはゆかない。しかし墨絵以外の画にいいものがないと言ふのではない。西洋にも実にいい画はある。しかしそれで墨絵の価値はさがらない。却つて特色がはつきりする。

書でも、墨絵でも、その優れたものを見ると、一番露骨に感じられるのは、それをかいた人間の精神力である。他の画に比較して、書や墨絵ほど、人間としての修業が口をきく芸術はないやうに思ふ。油画なぞは人間の精神修業を露骨に語るとは思へない。画家としては実に感心するが、人間として本当に修業が出来てゐると思へる人は実に少い。その修業よりも、いい画をかく修業の方に忙がしいやうに見える。しかし書や、墨絵のいいものは結局、人間の偉さが口をきくやうに思ふ。

だからさう言ふ人は人間的修業が第一で、書や画をかくのは、人間が出来てからの話だと言つてもいいほどである。

筆と墨は、人間の精神力で生かされて、始めて深味も出来、面白味も出るのだと思ふ、其処がまた面白いし、また感心する所だ。

墨は黒色にきまつてゐるが、その黒色にいろいろある。しかし墨絵はいろいろの墨色を生かすものでなく大概、一つの画は一つの墨で間にあはせてゐる。その方が渾然たる統一がとれ、調和もとれるわけだ。基調がはつきりするわけである。

筆と墨、それを発明したのは誰か知らないが、いいものを発明したものと思ふ。そしてそれを人間が次第に生かして、遂に書や墨絵のやうな素晴らしい芸術を生み出したのは、人間の文化の勝利の歴史と見ても面白いものと思ふ。

東洋のよさの一方を代表するものとして書や、墨絵は実に立派なものであり、また十分その役を果してゐるものと思ふ。

そしてそれを果させるのに、役に立つた筆と墨を自分は讃美するものである。

第六部　日常を詠む

［1―1］※

うなばら洲　大木惇夫

――東印度戡定作戦に敵前上陸をなしたるジャワ島の風物の豊かにも静けかりしたたずまひよ。感嘆これを久しうせりき。

椰子ありき、珊瑚の礁（しま）に
さわだちて、さやけき葉ぶり
丈（たけ）高き幹（みき）ぶりなりき、
濃みどりの列（つら）なす椰子は
さざら波よせて返せる
渚（なぎさ）べに影を蘸（ひた）しき。

雲ありき、椰子のこずゑに
い吹き湧き、たぎち重なり
そそりたち、たちも塞（ふさ）ぎき、
真白（ましろ）にぞかがよふ雲は
みむなみの炎の風に
さらされて眩（まぶ）しかりにき。

※は巻―号を表す

空ありき、雲のまうへに
そこひなく、深く、静けく
青かりき、弥（いや）に澄みにき、
仰ぎ見て円（まど）けき空は
濃藍（こあゐ）なす海のはたてに
つらなりて埒（らち）もなかりき。

日はありき、空のもなかに
い照り射し、光り被（おほ）ひて
白かりき、いと熱かりき、
八洲（やしま）にし拝（をろが）みし日は
黒潮の流れ幸（さきは）ふ
うなばらの洲（しま）にもありき。

昨七日、第八十五帝国議会で小磯首相は東印度民族の独立を将来に認めることを声明した。久しくオランダの虐政下にあつた彼等がいかに『インドネシヤ・ラヤ』（彼等の独立歌）を歌ひたがつてゐたかをよく知つてゐる私には、この輝かしい日の恩寵と慈光の先触れゆゑに、今や喜悦にあふれてゐる彼等の面貌が目のあたり見えて来るの思ひがある。さうしてあの敵前上陸の時に見たジャワの最初の印象が、あたかも日の本にあつてその福祉を約束される予言的象徴として私の眼に映つたあの風光が、今また新らしく胸を去来してとめどなきものがあるのである。

月明　山口誓子

ものを見る明るき月に目蔭（まかげ）して
吾家の燈誰か月下に見て過ぎし
月明にあれば民族昂揚す
月光に貝殻白き国守る
月天の星大いなる斗と思ふ

初秋　水原秋櫻子

疎開する子に　二句
望の夜もちかし虫の音しげからむ
露の野の朝日はすがしとく起きよ
鳥威しまづ黍の穂にをどるかな

朝顔や簾かゝげて簾編む

古江なる蓮のかゞやく居待月

［1―2］

静かなる日本　前田普羅

二三機の秋蚊吐き出すもののかげ

秋の蚊や爪にとまりて刺さんとす

風邪声をふりしぼり行く十夜婆

美しき客夜具かさね月見風邪

追ひ入れし蟋蟀の声はじまれり

大陸吟詠抄　長谷川素逝

いくとせの砂と涸れつつ旧黄河

楊柳は芽ぶき黄河はただ流れ

大夕焼一天をおしひろげたる

天心（てんしん）へ大夕焼のゆるむなし

刻々と大夕焼のいろかはる

身をつつむ音のあたりの黍（きび）を吹く

たゆるなき黍吹く音（おと）のあるばかり

雁（かり）ゆきしより野の空のはてしなし

雁かへりかへり長城　嶺々（みねみね）を越え

土（つち）かぜの音あめつちをつつみ吹く

決戦近しといふ　岡 麓

ますらをの心は強くためらはず進みて行かな決戦近し

太文字（ふともじ）の「果断実行」今にしてむしろ遅しと奮起せよ君ら

天高く地平かの道を行くおもひに進めますらをの伴

強く生きいのち全たき月日にはたたかふがうちの春夏秋冬

たたかひの時といそしむ人の眼に常磐木松の栄え茂れり

「兵小勢なれども　志　一つ、しかも遁れず」と読む太平記の文

死を決めし者は敵を恐れざる心は雄々し、たけし、いさまし

家の上を飛行機過ぎてゆく音に手をあげて児はわが方へむく（二歳）

飛行機の音に手をあげ立つ稚児いくさの時に生れたればぞ（同）

孫の絵は空の飛行機、海中のいくさの艦も数を多く画く（七歳）

［2―1］

異郷の新春　　佐藤春夫

去年の暮はジャワのマランにゐた。
異郷の新春は餅もない酒もない。
寿ぐには御題に因んで
山上から海の日の出でも拝まうよ
友と語らつて大晦日の午後から
長駆してトサリの宿に投じた
元朝の未明は山上の寒さに
わななく星くづを見ながら
同宿の人々は多く騎馬したが年来脚を病む身は
里人の轎(かご)を雇うた。腰には一枚の毛布を纏ひ
別に一枚すつぽりと頭からかぶせられて
まだこの身ぶるひは東京のお正月の寒さだ

里人の舁く轎は前に三人後にまた三人
前の一人はビール瓶の首を針金にぶらさげて
椰子油の篝火に辿る。 山道はゆるく上つたり下つたり
大年（おほとし）の夜は白みはじめて道は怪しく美しい
何の木の花か大きすぎる百合らしいのが幾百となく
堵をなして我等を迎へる顔の如く簇り重つてゐた。
逶迤（ゐだ）たる道を相戒めて進む事約五キロ二時間ばかり
轎夫（けうふ）は既に燃えぬ篝を投げ捨てて久しい。
日の出を待つ間我等は丘の麓に焚火を囲んで
芭蕉の葉に包んだ握飯を雑煮に代へた
自分が灌木の枝にすがつて丘に急ぎ上る頃は
沙海（さかい）の大嶋プロモの噴煙の間に遠くスラバヤ湾外マゾラの
鯨の背なす島影から日輪が半分のぞき出てゐた。
この朝わが心は古の酋長もかくやと豊に楽しかつた。

御代の春　山口青邨

戦果絢爛このしづかなる初御空（はつみそら）

神も笑ひ人も笑へる御代の春

人大和（ひとたいわ）福寿草珠（たま）と犇めける

滅敵のはかりごとは密斎粥

田作（たづくり）もいくさめでたき海の色

前庭の三寒後圃の四温かな

寒菊に人つゝましくきびしき世

闇の中なほ松は濃く除夜詣

いくさゆゑ篝火（かゞりび）もなし除夜詣

灯（ひ）一穂（すゐ）いくさの神や除夜詣

新年述志　斎藤茂吉

新しき光にむかふ今朝（けさ）の朝け心さやけみいざ立たなわれ

怠らむ時を無みしてもろともにその正（ただ）しきに徹（とほ）らむとする

君ゆかば後（のち）をまもらむひたぶるに迫り迫らむ敵（あた）といふとも

いそしみて悔（く）ゆることなき同胞（はらから）とこよひ飯食（いひは）むほがらほがらに

大きなる成りのまにまにささげたるそのたましひを永久（とは）におもはむ

［2―2］

吾家の待避壕　　河井酔茗

吾家の壕は
大八洲の碧空の下に在つて
自然の迷彩に隠されてゐる。

吾家の壕は
掩蓋の上に笹の葉、桃の葉、蘇芳の葉、
蔦の葉、萩の葉、茶の木の葉など
季節季節の木の葉草の葉が掩うてゐる。

吾家の壕は
斜丘の陰に在つて深さ六尺
木の根、草の根、竹の根が確乎と絡み
冬でもあたたかい。

吾家の壕は
天上天下、泰然自若
私と、私の妻と子と三人
身を置くに安く

心を護るに裕(ゆた)かである。

吾家の壕は
壊れても壊れない
埋れても埋れない
決して滅びない壕である。
大八洲の碧空の下に在つて
全く滅び去るものが世にあらうか！

神　風

レイテ湾特別攻撃隊の名を
神風と呼ぶ。

神風は
神代ながらわが日本に吹いてゐる。

時には
艨艟(もうどう)を吹き沈(しづ)め
時には
軍艦を吹き破る。

超自然の風、超科学の風
世界史を風靡する神来の風である。

さりながら、また
「吹く風をなこその関――」
もののふの鎧の袖に散りかかる
花吹雪、美しい国土の風でもある。

暁の出発

わが子ながらも蒲柳の質
お国の役に立つべしとも思はれなかつたが
学徒挺身の機会に洩れず
召されて飛行兵の一員となつた。

朝三暮四
瞬間も放さなかつた古典籍
思ひ切りきれいに手放し
此朝は既に兵としての身構へ
凛然たる面持(おももち)で
吾家の門を出る。

夜明前の空は
風なく、星まばらに
霜凍らんとす。

吾家の柴門を入る人は
必ず詩を語り
吾家の柴門を出る人は
恒に歌を想ふ。
今、端なくも
初めて武門の為に開かれ
戦争は身近に迫つた。

恩師隣人には
既に別れを告げ
見送りの言葉を受けて
此朝は
万歳の声もなく
旗の影もなく
静粛に首途す。

母と共にただ二人

暁闇の裡に遠ざかりゆく足音
一歩、一歩、粛粛と
歩調正しく
第一線を目指してゆくであらう。

やがて黎明の気は
丘の上に流れ
夜は爽かに明けてきた
いざ、国旗を門に出さう。

日常　齋藤 史

警報の解けて気易き午前にて俄かにきこゆ幼等の声

何時いかに終る日か来むさもあらばあれ浅宵たのし秋の夜な夜な

つゆじものつめたき朝を厨辺に物きざみ居りこまごまと青く

乾きたる山羊歯の葉の音するを焚きてあはれといふこともなし

いかにも図太く耐へたたかはむあなぐらに十年棲むとも命は死なず

［2―3］
火鉢　会津八一

おほいなるカントンやきのみづがめをひばちとなしつ／ふゆのきぬれば

おほいなるひばちいだきていにしへのふみはよむべし／ながきながよを

おほいなるひばちのそこにかすかなるひだねをひとり／われはふきをり

さよふけてかきおこせどもいたづらにおほきひばちの／ひだねともしも

あさまどをひかげさしいりそらいろのひばちのはいの／しろたへにみゆ

徹るみち　　生方たつゑ

雪消えの枯野(からぬ)はさむきひかりしてちりちりに射す影曳ける日が

枯れくさの乱れをふめば曝(さら)されて小鳥のほそき骨がくづるる

純一に燃えたつ浄さ支へきてまちしがごとく爆(は)ぜたまひたり

いのちもて行(ぎやう)ずる道と徹(とほ)りゆくあなさやけしや貫けるもの

爆装機悲願にもえてゆくところかならず砕く敵艦の群

［2―4］

末弟征く　中村草田男

齢を距つる末弟出征。母のみ僅かに之を見送るを得たり。彼を独り偲ぶ。

春の夜の　汝が　呱々の声　いまも新た

われを仰ぎ　雲雀　仰ぎし　顔忘れず

藤咲く　家　母をも　末弟　汝が護りし

福寿草　四男に到りて　たけき武人

寒夜母をとほして聞きぬ　首途の辞

北京雑詠　土屋文明

黄なる葉にやや沙を吹く風立てる北京外城にかへりつきたり

北京城はなにに故人にあらなくに涙にじみて吾は近づく

変るなき北京塼城（せんぜう）の色に向ふ暑き南に日を過ごし来て

ゆさゆさに成れる槐（ゑんじゆ）の実にすきて黄なる夕日の中歩みゆく

塼の庭ひろく枯れたる草の穂にほのぼのとして日は西渡る

宮すたれ多く閉ざせる殿の前葉を早く剪（き）りて牡丹を囲ふ

一昨日（をとつひ）は藁もて牡丹かこふ見き土を寄せたる今日の親しさ

剣南の花木（くわぼく）もいまだ落葉せず柏（はく）の下葉は寒々として

塼の間に青き苦菜（にがな）の冬の葉を惜しみつつ壁に沿ひ塼廊（せんろう）めぐる

すたれゆく美しき甍（いらか）滅ぶるもの常かくのみと底ひなき空の下

［2―5］

皇土還春　飯田蛇笏

一念に紀元節祭皇土守る

火山湖のみどりにあそぶ初燕

羽をふくむ園生の小禽（ことり）水ぬるむ

納髪堂（をさめかみ）扉をおちて櫁子（しとみ）咲く

午夜敵襲を迎ふ

雲うらを掠むる敵機鬼やらひ

富士　吉野秀雄

吾命（わぎのち）をおしかたむけて二月朔日朝明（にぐわつついたちあさけ）の富士に相対ふかも

きさらぎの空の浅葱（あさぎ）に白雪を天垂（あまた）らしたり富士の高嶺は

朝富士の裾の棚雲遠延（とほは）へて箱根足柄の嶺ろを蔽へり

［2―8］

暁の空　前田夕暮

暁の空にむかひてをろがみぬ第二天然更新あらしめ給へ

生きのいのち生き足らひつつ忝（かたじけ）な山ふかくきて耕す吾は

暁天応召の歓呼の声のこだまするこの渓谷に吾は生きなむ

暁の空の下びにさやかなる願ひはもちて耕す今日も

自（し）が食らふものは芋さへ南瓜さへ自（し）が作らむとひたむきにいふ

北京五首　小杉放庵

秋の空日日よろし

大行の山又山の上にして鋼(はがね)を研(みが)く秋の空かな

旅よりかへりし人の話

土匪の居る山の　夜汽車よう　つそみのいのち　ありけりと　朝いばりする

野はひろし

夕ざれば驢馬は長鳴くはてもなき大野に夜(よる)の来るぞやと鳴く

羊肉烤

ばいかるの盃あげていにしへの可汗の如く酔はば酔はなむ

洪水の野

蒼鷺(あをさぎ)のゆくへはるばる目の限り水と草との外にものなし

原作者プロフィール

※掲載順

第一部　「大東亜」の夢

大川周明（おおかわ・しゅうめい）
戦前は満鉄東亜経済調査局の編輯課長を務める傍ら、拓殖大学教授、法政大学教授（大陸部部長）を歴任。満洲事変に際しては首謀者のひとりであった板垣征四郎と近かった。一九二四年、帝国大学出身の南満洲鉄道社員を中心に大連において右翼思想団体・大雄峯会を結成し満洲国建国を支持。欧米列強国の植民地支配に抵抗する亜細亜主義の立場にたちインドの独立運動にも協力した。貴族院議員・徳川義親からの経済的支援を受けて血盟団事件などに関与。五・一五事件に際しては反乱罪で禁錮五年の判決を受け服役。日中戦争には反対していたが、戦争勃発当時は獄中にあったため目立った活動ができなかった。戦後の東京裁判において民間人としては唯一のA級戦犯容疑で起訴されたが、精神障害と診断され裁判を免れた。

林 房雄（はやし・ふさお）
プロレタリア文学作家として出発。一九三〇年、治安維持法で検挙され刑務所に入る。一九三二年に転向声明を出して出所。翌年、武田麟太郎、川端康成、小林秀雄とともに『文学界』を創刊。一九三六年、「プロレタリア作家廃業宣言」を発表し日本浪漫派に接近する。一九三七年、上海戦線に従軍して以降、吉川英治、吉屋信子、尾崎士郎、岸田國士、石川達三などとともに従軍作家として活躍し満洲や中国各地を往来。一九四〇年、尾崎士郎、三浦義一とともに影山正治が主宰する大東塾の客員となる。日本精神を基盤とする民族主義に傾斜し、「文学と国策」（『改造』一九三八年六月）を書く。一九四二年、満洲国建国に取材した『青年の国』を出版したが発売禁止となり改訂版を刊行。一九四二年から一九四三年にかけて、日本文学報国会派遣員として北京に滞在し北京の文化界と交流した。

佐藤市郎（さとう・いちろう）
海軍軍人、歴史家。内閣総理大臣を務めた岸信介、佐藤栄作兄弟の実兄。東京府立第四中学校を経て、海軍兵学校、海軍大学校出身。「海軍始まって以来の秀才」と称される。一九二〇年からフランス駐在、一九二三年軍令部参謀、一九二七年のジュネーブ海軍軍縮会議には日本海軍を代表して参加。同年、連合艦隊首席参謀、翌年「長良」艦長。一九二九年、国際連盟常設軍事諮問委員会に帝国海軍代表、ロンドン軍縮会議全権委員随員、一九三二年海軍省教育局第一課長。海軍大学校教頭を経て、一九三八年に海軍中将・旅順要港部司令官となるが、身体が弱かったこともあり一九四〇年に退役。

小泉信三（こいずみ・しんぞう）
経済学者。東京市芝区に旧紀州藩士・小泉信吉〈のぶきち〉（慶應義塾塾長、横浜正金銀行支配人などを歴任）の第三子として生まれる。父が福沢諭吉の門下生だった縁で慶應義塾に学び、大学卒業後、同校教員となる。ヨーロッパ留学を経て一九一六年に慶應義塾大学教授。一九三三年、塾長に就任。出征中に戦死したひとり息子・信吉〈しんきち〉への思いを綴った私家版『海軍主計大尉小泉信吉』が戦後にベストセラーとなる。

齋藤 瀏（さいとう・りゅう）
陸軍軍人、歌人。一九〇四年に陸軍士官学校卒業。同年、日露戦争に陸軍中尉として従軍。一九〇九年、陸軍大学校卒業。竹柏会の歌誌『心の花』で佐佐木信綱に師事。一九二七年陸軍少将。一九二八年、歩兵第一一旅団長として山東出兵に参加。済南事件で革命軍と交戦した罪で待命。一九三〇年、予備役となる。一九三六年、二・二六事件で反乱軍を援助して禁固五年の刑となり入獄。官位勲章を剝奪される。一九三八年に出獄したのち軍国主義イデオローグとして活躍する一方、歌人として『短歌人』を主宰。一九四五年、北安曇郡池田町に疎開して戦後を迎えた。

豊田三郎（とよだ・さぶろう）
東京帝国大学独文学科を卒業後、『赤い鳥』編集部を経て紀伊國屋書店出版部に移り舟橋聖一、田辺茂一の知己を得る。一九三五年、「弔花」（『新潮』）が注目され文筆生活に入る。戦時中は旧制中学校の国語科教員を務めるかたわら長編小説『青春』の執筆に勤しむ。陸軍報道班員としてビルマに渡り、帰国後にまとめた『行軍』（一九四四年、金星堂）で文学報国会賞を受賞。妻は歌人の森村浅香、作家の森村桂は長女。

大河原 元
毎日新聞航空部員。『月刊毎日』には、「沖縄から来る敵機を解剖す」（第一巻第八号）の他、論説「火を吐く高射砲」（第二巻第二号）、「高空飛行と空気密度」（第二巻第四号）を書いている。一九四二年から一九四四年にかけて、『海洋少年』、『空』、『飛行日本』、『時局情報』、『航空評論』、『海と空』といった時局雑誌を舞台に敵国の航空技術や航空戦術に関する論説を数多く連載した。

第二部　時局への懐疑

野山草吉（のやま・そうきち）
本名・阿部眞之助。東京帝国大学社会学科卒業。満洲日日新聞を経て大阪毎日新聞社に入社。一九二八年、東京日日新聞社に転勤。学芸部長時代には菊池寛、久米正雄、横光利一、吉屋信子、大宅壮一、高田保、木村毅らを社友、顧問とする女流作家の会「東紅会」を結成。一九三八年、編集局主幹、主筆を経て取締役となる。一九四〇年、三国同盟の締結に反対の態度を強く打ち出したため軍部から危険視され本名での執筆活動がほとんど不可能となる。一九四四年三月、毎日新聞社を退職し顧問。

波多野乾一（はたの・けんいち）
新聞記者、中国研究家。東亜同文書院を卒業後、一九一三年に大阪朝日新聞社に入り北京特派員となる。のち、時事新報社に移り北京特派員として活躍。『支那劇大観』（一九四〇年、大東出版社）に京劇研究をまとめるとともに、『赤色支那の究明』（一九四一年、大東出版社）、『中国国民党通史』（一九四三年、大東選書）を著し中国の政治状況を解析。

亀井勝一郎（かめい・かついちろう）
東京帝国大学入学後、マルクス・レーニン主義に傾倒。共産主義青年同盟に参加し大学を中退。治安維持法の疑いで逮捕投獄されたが、一九三〇年に転向上申書を提出して保釈となる。一九三五年、雑誌『日本浪漫派』を創刊。同誌廃刊後は『文学界』同人となり宗教、美術、歴史、文明、文学など幅広い領域で執筆活動を行う。日本の伝統のなかに民族再生の道を求め、一九四二年には日本文学報国会評論部幹事に就任。

長谷川如是閑（はせがわ・にょぜかん）
陸羯南が経営する日本新聞社で活動したのち、一九〇八年四月に大阪朝日新聞社入社。一九一八年、大朝筆禍事件の責任を取って退社。翌年から雑誌『我等』を発刊し大正デモクラシーの指針を示すとともに昭和ファッショ潮流への防波堤になろうと努める。一九三四年、『批判』が廃刊となったのち文筆家として活躍し、軍国主義に抵抗する立場から日本文化の分析を試みる。一九三九年、中央公論社の嶋中雄作とともに国民学術協会発起人となり、民間アカデミーの発展を促す。

第三部　戦の日々

山口久吉（やまぐち・きゅうきち）
東京毎日新聞記者。『戦時末期敗戦直後新聞人名事典：附・日本新聞年鑑1946』（二〇一五年、金沢文圃閣）には山口久吉の名前が項目化されており、「毎日（東京）文化部 大阪（明37）京大文卒 昭10大毎入社」とある。

里村欣三（さとむら・きんぞう）
一九二二年、徴兵検査で甲種合格、岡山の歩兵第一〇連隊に入営したが脱走。水死を装って逃亡し満洲を放浪。のちに上京し『文藝戦線』に投稿、一九二四年、深川貧民窟のルポルタージュ『富川町から』を発表。一九二五年に中国での体験をもとにした小説「苦力頭の肖像」を発表し、プロレタリア文学の新進作家として認められる。労農芸術家連盟解散後、本籍地の役場に出頭。一九三五年、徴兵検査を再び受け第二補充兵として入営。一九三七年、日中戦争時に召集され一九三九年まで中国戦線で戦う。除隊後、陸軍報道班員として従軍してシンガポールやボルネオを舞台とした作品を執筆したのち、従軍先のフィリピンで戦死。

尾崎士郎（おざき・しろう）
一九三三年三月から『都新聞』に「人生劇場」の連載を開始。一九三五年、竹村書房から刊行されると同時にベストセラーとなり文芸懇話会賞を受賞。映画、演劇でも上演された。日中戦争開戦とともに中央公論社特派員となり、従軍記「悲風千里」（『中央公論』一九三七年一〇月）が評判となる。一九三八年九月にはペン部隊に参加し、大政翼賛会代議員、文学報国会理事などを歴任。一九四一年一一月からは一年間に亙ってフィリピンに滞在し戦場生活を送る。そのときの体験は『戦影日記』（一九四三年、小学館）にまとめられ、「人生劇場―遠征篇」（『東京新聞』一九四三年五月六日〜一〇月二九日)にも描かれた。戦時下にあって流行作家として活躍する一方、『文芸日本』(一九三九年六月〜一九四五年五月)を主宰。

石川達三(いしかわ・たつぞう)
一九三八年、「生きてゐる兵隊」(『中央公論』三月)が発売禁止となる。新聞紙法違反で起訴され禁錮四ケ月執行猶予三年の判決。一九四二年には海軍報道班員として東南アジアを取材。戦争末期には文学報国会の機関誌『文学報国』に多くの論説を発表して戦意高揚を促す一方、「言論を活発に」(『毎日新聞』一九四四年七月一四日)、「言論暢達の道」(『文藝春秋』一九四四年九月)などを立て続けに発表し、国家による言論統制を強く非難した。一九四五年六月二五日の『毎日新聞』に掲載予定だった「遺書」が未掲載になった他、同紙に連載開始したばかりの「成瀬南平の行状」が僅か九回で打ち切りとなる。

高松棟一郎(たかまつ・とういちろう)
東京帝国大学独文科を卒業後、東京日日新聞に入社してロンドン、ニューヨーク特派員となる。一九四一年の日米開戦にともない交換船で帰国。平林たい子は『林芙美子』(一九六九年、新潮社)のなかで、書簡の記述をもとに林芙美子の養子である晋〈しん〉は彼女の実子であり、父親は高松棟一郎であるという説を提示している。戦後、一九四八年に『サンデー毎日』編集長。退社後、東京大学新聞研究所教授となるが四八歳の若さで死去。

尾崎一雄(おざき・かずお)
三重県宇治山田町に神宮皇学館教授・八束の長男として誕生。早稲田大学文学部国文科卒業。一九三七年、短編集『暢気眼鏡』(砂子屋書房)で芥川賞受賞。一九四一年一月、海軍嘱託として南支方面海軍部隊慰問視察団に加わり台湾、南支を巡る。その後、旧痾の再発と胃潰瘍に苦しみ、一九四四年八月三〇日には大吐血で昏倒。瀕死の身を家族に守られながら下曽我での病臥生活を送った。

大下宇陀児(おおした・うだじ)
農商務省窒素研究所に勤務しながら書いた「金口の巻煙草」(『新青年』一九二五年四月)でデビュー。江戸川乱歩、甲賀三郎とともに人気探偵小説作家となる。一九三一年、「本格派」探偵小説を主張する甲賀三郎に「変格派」の立場から反駁し論争。戦時期には「義眼」(『新青年』一九三四年九月)、「情鬼」(『新青年』一九三五年四月)などで犯罪心理の分析に焦点化した短編を発表する一方、長編『鉄の舌』(『新青年』、一九三七年三月〜九月)でロマンティック・リアリズム探偵小説を提唱。戦時中は雑司ヶ谷五丁目の会長を務めた。一九四五年四月一三日の空襲で自宅を焼失し、窮乏のなかで防空壕住まいを続ける。

第四部　銃後の暮らし

堤千代(つつみ・ちよ)
先天的心臓障害のため学校に通うことができず自宅で独学。一九三九年に投稿作品「小指」が『オール読物』(一九三九年一二月)に掲載され、「雛妓〈おしやく〉」、「賢ちゃん」と併せて、一九四〇年上半期(第一一回)直木賞を女性として初めて受賞。短編小説集『小指』（一九四〇年）、『再会』、『夕雀草』（一九四一年）、『柳の四季』（一九四二年）を新潮社から出版した。一九四二年一二月から翌年四月にかけて『毎日新聞』に「我が家の風」を、一九四三年一月から翌年二月までは『主婦之友』に「文鳥」を連載し人気作家となった。

壺井 栄（つぼい・さかえ）
一九二八年からナップ（全日本無産者芸術連盟）の活動に参加し佐多稲子、宮本百合子らを知る。一九三二年、『働く婦人』編集部に入る。一九三五年、坪田譲治の作品に刺戟され、郷里小豆島に取材した童話を書くようになる。一九四〇年には生家の一族の変転を描いた第一作品集『暦』（一九四〇年、新潮社）で新潮社文芸賞を受賞。一九四三年から東京の空襲が烈しさを増すなか、上林温泉に逃れて童話『海のたましひ』（一九四四年、講談社）を書き下ろす。同作は戦後に設立された第一回児童文学者協会賞を受賞した。

大佛次郎（おさらぎ・じろう）
一九四〇年、文藝春秋社の報道班員として中支宜昌戦線に従軍するとともに文芸銃後運動の講師として満洲、朝鮮に赴く。その頃、久米正雄の依頼で大政翼賛会の支部である鎌倉文化聯盟の文学部長に就任。『阿片戦争』（『東京日日新聞』夕刊ほか、一九四二年一月六日～六月一〇日）など史実に基づいた作品を発表。同盟通信社の嘱託となって一九四三年末から一九四四年初めまでマレー、スマトラ、ジャワ、バリ島などを回り、のちに『帰郷』（一九四九年、苦楽社）にまとめる題材を得る。一九四四年、「乞食大将」を『朝日新聞』に連載するが、新聞用紙の不足により一九四五年三月をもって中止。敗戦直前の一九四五年八月には東久邇宮内閣の参与となり、同年一〇月の内閣総辞職までブレーンとして活動。

窪川（佐多）稲子（くぼかわ／さた・いねこ）
一九四一年、銃後文芸奉公隊の一員として中国東北地方を慰問するとともに、国内における文芸銃後運動の講演で四国を巡回する。翌年五月から六月にかけて、陸軍報道部の慫慂による『日の出』（新潮社）特派員として再び中国や南方を戦地訪問し、中支現地報告として「最前線の人々」（『日の出』一九四二年七月）などを発表。一九四二年一〇月末から一九四三年五月にかけて陸軍報道部の南方派遣者としてマレー、スマトラなどを慰問。戦時中、厳しい言論統制を受けるとともに夫の窪川鶴次郎との別居などもあり、執筆がほとんどできないなか、工場動員で砲弾の包装などに従事。一九四四年三月、外地日本語新聞である『満洲新聞』に戦意高揚を促す小説「生きた兵隊」を連載。

伊藤永之介（いとう・えいのすけ）
一九二一年、秋田県土崎で金子洋文、小牧近江、今野賢三らが創刊した『種蒔く人』に影響を受け、独学で文学的教養を学ぶ。新秋田新聞社に入社し記者として文芸評論、社会時評などを担当。一九二四年一月に上京し、『文藝戦線』に作品を発表するとともに、一世を風靡していた『文藝時代』同人となる。一九四三年一〇月、秋田県横手町に疎開。一九四四年七月から一一月まで陸軍報道班員として徴用され中国の湖南地方に赴く。

丹羽文雄（にわ・ふみお）
一九三八年に内閣情報部の命を受けて漢口作戦に従軍し「還らぬ中隊」（『中央公論』一九三八年一二月）を書く。一九四二年には海軍報道班員として重巡洋艦「鳥海」に乗りこみ南方海域に赴く。ソロモン群島のツラギ沖海戦で負傷。その体験を描いた「海戦」（『中央公論』一九四二年一一月）で第二回・中央公論賞を受賞。従軍体験をまとめた「報道班員の手記」（『改造』一九四二年一一月）が、「陸軍報道班員の名誉を傷つけた」という理由で発禁処分となる。一九四五年に家族とともに栃木県烏山町に疎開するも、再び海軍の徴用で鹿屋の特攻隊基地に派遣される。

武田麟太郎（たけだ・りんたろう）
労働運動に共鳴し東京帝国大学文学部を中退。一九二九年に発表した「暴力」（『文藝春秋』六月）でプロレタリア文学作家としての地位を確立。一九三六年、『人民文庫』創刊。翌年に支那事変が勃発し文芸懇話会、日本浪漫派などが時局便乗的な動きを強めるなか、ファシズムの台頭に抵抗しようとしたが、同誌が発禁処分となり莫大な借金を背負う。大東亜戦争勃発後は陸軍報道班員としてジャワ島バンダム湾に上陸し、原住民に対する宣撫活動に従事。一九四四年一月、南方より帰還し『ジャワ更紗』（一二月、筑摩書房）などを刊行。一九四五年五月、麹町で戦災に遭い、甲府市伊勢町の夫人の実家遠光寺に疎開したものの再度罹災。

室生犀星（むろう・さいせい）
戦時下の言論統制が厳しくなるなか、『作家の手記』（一九三八年、河出書房）、『泥雀の歌』（一九四二年、実業之日本社）などの自伝もの、『甚吉記』（一九四一年、愛宕書房）などの私小説、『王朝』（一九四一年、実業之日本社）、『萩の帖』（一九四三年、全国書房）などの平安朝ものを書き継ぐ。軽井沢に疎開してからは同地の厳しい自然と向き合いながら困窮した生活に堪えるようすを『信濃の歌』（一九四一年、竹村書房）、『木洩日』（一九四三年、六芸社）、『余花』（一九四四年、昭南書房）などに著した。戦時下の悪条件にあっても旺盛な創作意欲を失わず、静かに沈潜しつつも確実に創作の幅を広げた稀有な作家のひとり。

榊山潤（さかきやま・じゅん）
徳田秋声に師事し歴史小説や市井の世界を題材とする情痴小説を書いていたが、一九三二年、日本評論社の特派員として第二次上海事変を取材した際、戦争の惨禍に衝撃を受ける。大東亜戦争に徴用され、陸軍航空隊の報道班員としてベトナム、タイ、ビルマを転戦。デング熱で肝臓を傷めて帰国し戦記出版に携わるが肝炎に倒れて徴用解除。戦争末期、福島県二本松市に疎開して終戦を迎える。

第五部　異郷を想う

周作人（しゅう・さくじん）
一九一七年以降、長く北京大学教授として教壇に立ち日本文学科を設立した。一九四三年夏、芸文社の社長となって中国の作家や学者を包摂するとともに中国文芸の伝統的雰囲気を継承する活動に取り組む。一九三七年から一九四五年までの北京大学は、日本の傀儡である汪兆銘が政権を担っていたため、反帝国主義を掲げる教員、学生は清華大学、南開大学とともに北京を離れて長沙に移り、長沙臨時大学を構成していた。北京に残って日本の軍閥に協力し、北京政府の教育総監を務めた周作人は、戦後、日本の軍閥に協力した戦犯として逮捕され、三年間に亙って投獄された。

梅 娘（ばい・じょう）
中国の現代女性作家。本名・孫嘉瑞。一九三六年以降、満洲国で発行されていた中国語文芸雑誌『大同報』の編集に携わりながら同誌の文芸欄に小説、散文、翻訳を発表。一九三八年から一九四二年にかけて、夫の柳龍生が日本の中国語雑誌『華文大阪毎日』編集者になったため来日し西宮市に居住。近代的な芸術、文化、生活様式が浸透する阪神間モダニズムの洗礼を受ける。日本滞在中も『大同報』の「海外文学専頁」の翻訳を担当し、満洲国を訪れた日本人作家のルポルタージュを紹介。大東亜戦争勃発後に帰国し、「淪陥区」北京において日本人文学者と交流し、北京文壇の代表的な作家となる。一九四四年、短編小説集『蟹』（新民印書館）が第二回大東亜文学賞の次賞を授与されるが、戦後、それが問題となり漢奸容疑で迫害を受ける。

栗原 信（くりはら・しん）
画家。一九三九年に従軍画家としてモンゴル方面に赴く。一九四〇年から一九四一年にかけて陸軍報道班員としてマレーに従軍。このときの従軍記録を『六人の報道小隊』（一九四二年、陸軍美術協会出版局）として出版。一九三九年に設立された陸軍美術協会、一九四一年に設立された大日本航空美術協会（会長・堀丈夫中将）の発起人に名を連ねるとともに、戦争美術関係の展覧会に数多くの作品を出品。

銭 稲孫（せん・とうそん）
日本文学研究者。駐日清国公使・銭恂の子として幼い頃に来日し、慶応普通部、東京高等師範学校附属中学校に学ぶ。離日後、ベルギー、イタリアで過ごしローマ大学を卒業。一九一〇年、中国に帰国し北京政府教育部主事、視学等を歴任。一九二七年、清華大学教授となる。一九三一年には同校の図書館館長も兼務。その頃から岩波茂雄と書簡を交わし盧溝橋事件の感想などを伝える。一九三九年、日本の傀儡大学だった北京大学の秘書長、文学院長を務め「更生中国文化建設座談会」に出席。大学では日本文学を講じ周作人と並ぶ日本学の権威となる。独力で泉寿東方書蔵を興して日本書籍を蒐集。『日本詩歌選』などの訳詩集を出版するとともに、『万葉集』、『源氏物語』の漢訳に努める。

小杉放庵（こすぎ・ほうあん）
画家、歌人。日露戦争に従軍した際に詠んだ詩二六編と「朝鮮日記」を収録した『陣中詩篇』（一九〇四年、嵩山房）を刊行し、反戦詩画集として高く評価される。一九三五年、帝国美術院会員となる。戦時中は新潟県赤倉に疎開。東京の自宅が空襲で失われたため戦後も同地に留まり新文人画といわれる独自の水墨画を描く。短歌に関しては明治末頃に窪田空穂の指導を受け、『放菴歌集』（一九三三年、竹村書房）などを刊行。

吉川幸次郎（よしかわ・こうじろう）
一九二八年から一九三一年まで倉石武四郎とともに北京に留学し、帰国後は京都帝国大学講師のかたわら東方文化学院京都研究所所員となる。一九四四年には『支那学の問題』（筑摩書房）を刊行し日本における中国研究の在り方を近代化。作家の高橋和巳は京都大学での教え子である。

奥野信太郎（おくの・しんたろう）
中国文学者、随筆家。一九三六年から一九三八年まで北京に留学。帰国後、中国文学の教養と北京での生活体験に基づき『随筆北京』（一九四〇年、第一書房）を刊行し、その新鮮な感覚が高く評価される。戦争末期の一九四四年には輔仁大学の訪問教授として再び北京を訪れ、戦後の一九四六年まで同地に留まる。

武者小路実篤（むしゃのこうじ・さねあつ）
もともとはトルストイの思想に共鳴する個人主義、人道主義、反戦主義の思想を貫いていたが、一九三七年に帝国芸術院に新設された文芸部門の会員に選出されて以降、徐々に戦争協力を果たすようになる。一九四一年以降は時局の進展にともなって積極的な活動をするようになり『大東亜戦争私観』（一九四三年、河出書房）を刊行。一九四五年には秋田の稲住温泉に疎開し終戦を迎える。

第六部　日常を詠む

大木惇夫（おおき・あつお）
詩人。一九四一年末、海軍宣伝班の一員としてジャワ作戦に応召。バンダム湾敵前上陸の際、船が沈没し同行の大宅壮一や横山隆一とともに漂流。その経験をもとに詩集『海原にありて歌へる』（一九四二年、アジアラヤ出版部）を現地出版。同詩集で日本文学報国会の大東亜文学賞を受賞し前線の将兵にも広く愛誦される。南方従軍から帰還したのちには『大東亜戦争詩集　神々のあけぼの』（一九四四年、時代社）、『大東亜戦争頌詩集　豊旗雲』（一九四四年、鮎書房）、『ガダルカナル戦詩集』（一九四五年、毎日新聞社）、『大東亜戦争詩集第二集　雲と椰子』（一九四五年、北原出版）などを発表。一九四四年、心身ともに不調となり福島県浪江で療養生活を開始。敗戦を同地で迎える。

山口誓子（やまぐち・せいし）
俳人。一九二八年一二月、『ホトトギス』同人となる。「新しい〈現実〉を新しい〈視覚〉に於て把握し、新しい〈俳句の世界〉を構成せん」として第一句集『凍港』（一九三二年、素人社）を出版。一九三五年、満洲を訪れた際に詠んだ作品を集め書き下ろし句集『黄旗』（竜星閣）を出版。その後、『ホトトギス』を離れて水原秋櫻子の『馬酔木』に加盟。一九四〇年、病状不安を訴えて住友合資会社を退社し伊豆、箱根で療養を続ける。翌年から長期療養に入り、三重県四日市市富田の海浜に移住して日々の作句に専念。

水原秋櫻子（みずはら・しゅうおうし）
俳人。東京帝国大学医学部を卒業後、家業の病院を継ぎつつ俳句の道に進む。一九二九年に高浜虚子の『ホトトギス』同人となるが、虚子が唱える客観写生論に飽き足らず、一九三一年に『ホトトギス』を離脱。『馬酔木』を舞台に反虚子、反『ホトトギス』を旗印とした新興俳句運動を展開。戦時中は『聖戦と俳句』(一九四〇年、人文書院)を編むとともに、『馬酔木』に掲載された俳句から戦争詩だけを選出した『聖戦俳句集』(一九四三年、石原求龍堂)、真珠湾作戦、昭南島命名、蘭印降伏などを詠んだ『句集　磐梯』(一九四三年、甲鳥書林)などを発表。

前田普羅(まえだ・ふら)
本名は忠吉。別号に清浄観子。横浜裁判所、時事新報社を経て報知新聞社横浜支局の記者となる。一九一二年、裁判所時代の知人杉本禾人の勧めで雑誌『ホトトギス』に投句したのが縁で高浜虚子に師事。のちに石鼎、飯田蛇笏、村上鬼城らとともに大正初期の『ホトトギス』代表作家とよばれる。一九二三年、関東大震災によって家財一切を失う。翌年、富山県に転居し報知新聞社富山支局の支局長となる。一九四三年に妻が亡くなり一九四五年には空襲で罹災。相次ぐ不幸に打ちのめされる。

長谷川素逝(はせがわ・そせい)
俳人。本名・直次郎。田中王城、鈴鹿野風呂に師事。一九二九年、野風呂主宰の『京鹿子』同人。高浜虚子にも師事し一九三〇年『ホトトギス』初入選。三重で中学校教師をしながら『阿漕』を主宰。一九三七年、砲兵少尉として応召。南京戦、徐州戦などに参加。翌年一二月に病で内地送還となるまでの一年半に亘る戦場生活の間に成った二〇〇句を集め『長谷川素逝句集　砲車』(一九三九年、三省堂)を刊行。一時、甲南高等学校教授を務め、句誌『桐の葉』を主宰。一九四六年、結核により大里陸軍療養所で死去。

岡麓(おか・ふもと)
歌人、書家。『アララギ』の最古参として島木赤彦、斎藤茂吉、土屋文明らに兄事されながら、終生に亘って主要同人のひとりであり続ける。晩年の一九四五年四月、戦禍の東京を逃れて長野県北安曇野郡会染村に疎開。東京で生まれ育った岡麓にとって田舎暮らしは辛いことも多く、持病の神経痛にも悩まされて心細い疎開生活であったが、戦後も同地に住み続けたまま一九五一年に世を去る。

佐藤春夫(さとう・はるお)
一九三八年五月、文藝春秋社の特派員として華北方面に出発。同年九月には文学者従軍海軍班の一員として中国に赴く。一九三八年秋、従軍作家の一員として武漢戦に参加。一九四一年五月、文芸銃後運動のため近畿地方に講演旅行。大東亜戦争の文士部隊として中支戦線に従軍し、マレーやジャワといった南方方面に視察旅行。一九四五年四月、長野県北佐久郡平根村に疎開して敗戦後の一九五一年一〇月まで同地に留まる。佐藤春夫の戦争詩集には、従軍記、詩謡、詩を集めた『戦線詩集』(一九三九年、新潮社)、詩篇『大東亜戦史のうち昭南抄』(一九四二年、青果堂)、詩集『大東亜戦争』(一九四三年、竜吟社)、詩集『奉公詩集』(一九四四年、千歳書房)がある。

山口青邨(やまぐち・せいそん)
俳人。東京帝国大学工学部採鉱学科を卒業後、古河鉱業技師、農商務省技師を経て、一九三九年、東京大学教授となる。高浜虚子に師事し山口誓子らと東大俳句会を復活させる。一九三〇年から句誌『夏草』を創刊主宰。写生に根ざした清純高雅、文人画的風趣に富む作風で知られる。陶淵明を愛しディレッタント的な資質を併せもつ。

斎藤茂吉（さいとう・もきち）

一九三七年、帝国芸術院会員となり、日中戦争後は多くの愛国歌を詠むようになる。翌年、文部省の委嘱により国民歌「国土」を作詞。一九四五年、大東亜戦争の悪化による人員や資材不足により養父から受け継いだ青山脳病院の経営を東京都に委譲し病院長を辞す。同年四月、郷里である山形県上ノ山町に疎開して戦後を迎える。日中戦争期から一九三九年一二月号にかけて『アララギ』に掲載された戦地詠は約六、二〇〇首、作者一一六名、銃後詠は五、〇〇〇余首、作者四三八名を数えたが、斎藤茂吉はそのなかから作品を厳選し、『支那事変歌集　アララギ年刊歌集別篇』（一九四〇年、岩波書店）を編むとともに、自らも戦争を讃美する数多くの歌を作っている。

河井酔茗（かわい・すいめい）

詩人。雑誌『文庫』の記者として長年にわたって詩欄を担当し、北原白秋、島木赤彦など多くの詩人を輩出。一九三〇年には女性時代社を設立し雑誌『女性時代』を創刊。女性詩歌人の育成に尽力。明治から昭和にかけて、新体詩、文語定型詩、口語自由詩それぞれの時代を生きた。

齋藤 史（さいとう・ふみ）

歌人。父は、陸軍少将で佐佐木信綱主宰の歌誌『心の花』所属の歌人でもあった齋藤瀏。一七歳のとき若山牧水に勧められて作歌をはじめ『心の花』に作品を発表。一九三一年、前川佐美雄らと『短歌作品』創刊。一九四〇年、五島美代子、佐藤佐太郎、前川佐美雄らとの合同歌集『新風十人』（八雲書林）に参加。同年、第一歌集『魚歌』を発表。一九四一年三月の『日本歌人』は『魚歌』の批評特集号を組み、亀井勝一郎、保田與重郎、三好達治、萩原朔太郎などが執筆。一九四三年には「戦前歌」と「開戦」の二部から成る歌集『朱天』（甲鳥書林）を刊行し、日常生活のなかに戦争の影が濃くなる過程を詠む。一九四五年三月、父の故郷である長野県長沼村へ疎開して戦後を迎える。

会津八一（あいづ・やいち）

美術史家、歌人、書家。一九三一年、早稲田大学文学部教授となり、一九三四年には同大学の恩賜館内に東洋美術資料陳列室を設ける。一九四〇年、歌集『鹿鳴集』（創元社）を、一九四四年、歌集『山光集』（養徳社）を刊行して歌人としての名声を高める。一九四五年三月、斎藤茂吉と面会。その数日後に戦災で下落合の自宅が罹災。早稲田大学教授を辞任して新潟に帰郷。一時、北蒲原郡中条町に仮寓している間に養女・キイ子の病死に遭う。

生方たつゑ（うぶかた・たつゑ）

歌人。旧姓・間宮。一九二五年に日本女子大学家政科卒業後、群馬県沼田市で薬局「角藤」を経営する生方家に嫁ぐ。今井邦子に師事し第一歌集『山花集』（一九三五年、むらさき式部学会）を上梓。同年に創刊された女性だけの歌誌『明日香』に参加し選歌を手伝うようになるが、一九四五年に退き作歌も中断。

中村草田男（なかむら・くさたお）

俳人。一九三三年、『ホトトギス』同人となり石田波郷、加藤楸邨とともに難解派と称される。戦時中は「自由主義者」のレッテルを貼られて特高警察の弾圧を受ける。新興俳句運動に批判的な立場をとったが、『ホトトギス』の低徊趣味にもあきたらず、一九四四年からは同誌への投句を停止。

土屋文明（つちや・ぶんめい）
歌人、国文学者。東京帝国大学在学中に芥川龍之介、久米正雄らと第三次『新思潮』に加わる。一九一六年、同大文学部哲学科を卒業。一九一七年、『アララギ』選者となる。長野県の高等女学校校長を経て法政大学予科教授。一九三〇年、斎藤茂吉から『アララギ』の編集発行人を引き継ぎアララギ派の指導的役割を担う。一九四四年七月から一二月まで『短歌研究』の委嘱によって加藤楸邨らとともに日本軍占領下の中国各地を視察旅行し、その間に詠んだ作品六四七首を収めた歌集『韮菁集』を出版。終戦間際の一九四五年五月、空襲により東京・青山の自宅が焼失。群馬県吾妻郡原町に疎開し六年半を過す。国文学者として『万葉集』研究でも知られる。

飯田蛇笏（いいだ・だこつ）
俳人。一九一七年、俳誌『雲母』の主宰者となる。一九四〇年、朝鮮半島から中国北部にかけて縦断旅行し、同年四月七日に開催された京城俳句大会など大陸各地で俳句会や講演会を開く。第四句集『白嶽』（一九四三年、起山書房）にはその頃の句が収められている。一九四四年一二月、長男・聡一郎がレイテ戦で戦死するが、蛇笏自身はその事実を一九四七年八月の公報で知るところとなる。戦時中、三男の麗山も外蒙古で抑留され一九四六年五月に同地で死去。『雲母』は戦時下にも継続されたが、徐々に頁数を減らし一九四五年四月号を最後に休刊。

吉野秀雄（よしの・ひでお）
歌人、書家。肺結核の療養生活を続けながら病床で国文学を独学し、正岡子規、会津八一などに傾倒。一九二六年に第一歌集『天井凝視』（私家版）を刊行。気管支性喘息、肺炎を次々に発症し一時は危篤症状に陥るも、民俗学、上代文学、言語学を独学。戦争末期の一九四四年に妻・はつ子を亡くし、困窮した生活のなかで戦後を迎える。一九四六年、雑誌『創元』創刊号に掲載された「短歌百餘草」で歌名を高め、一九四六年から鎌倉アカデミアで教えるようになる。一九四七年に八木重吉の未亡人・とみ子と再婚。晩年は良寛研究に取り組み、『日本古典全書 良寛歌集』（一九五二年、朝日新聞社）を刊行。

前田夕暮（まえだ・ゆうぐれ）
歌人。一九二四年、北原白秋、小泉千樫、土岐善麿らとともに『日光』を創刊。一九二八年に『詩歌』を復刊し口語自由律短歌を提唱し短歌界を席捲するほどの勢いをもつが、やがて限界を感じるようになり、一九四三年に定型に復帰。その頃から身体に衰えをきたし、戦禍も激しくなったため秩父の山中に籠るようになる。戦時中は日本文学報国会短歌部会の幹事長を務め、戦争協力的な活動を行う。

付録『月刊毎日』目次

（第二巻第六号）

第二巻第六号 一九四五年六月号 定価一部金参拾円

昭和二十年／民国三十四年五月二十日発行 編輯兼発行人・岸哲男、印刷人・田中荘太郎 北京東城東単三条胡同廿六 発行所・毎日新聞北京支局内 月刊毎日社 北京阜成門外北礼士路 配給元・新民印書館 電話（二）二一三〇―三三

【補論】

戦時下の北京における出版物取締りと雑誌『月刊毎日』

石川巧

1　はじめに

『月刊毎日』は一九四四年一一月～一九四五年八月まで毎日新聞社北京支局が発行した総合雑誌である。同誌の内容と特徴については拙著『幻の雑誌が語る戦争』(前出)に詳述したが、軍人や政府の要人はもちろん、著名な学者、外交官、ジャーナリスト、作家、文筆家が幅広く寄稿しており、戦争末期に外地で発行された雑誌とは思えないほど豪華な内容になっている。各号とも一〇〇頁の分量を誇り用紙も上質である。金額は創刊号の五円が最終号で七〇円まで高騰しており、当時の物価水準やインフレの状況に照らしても相当高額だったことがわかる。[1]

この頃の北京は日本の統治下にあり、四〇万人を超える日本人が暮らしていた。[2]その多くは北支開発に関わる財閥系企業の社員、日本人街での商売をあてこむ人々とその家族であり、経済力のある邦人も多くいた。『月刊毎日』はそうした人々を対象とした雑誌だったと推定される。だが、拙稿「徹底検証・「月刊毎日」とは何か」(『新潮』二〇一六年二月)が活字化されるまで、『月刊毎日』はその存在自体が知られていなかった。なぜこのような事態になったのかを軽々に類推することはできないが、戦争末期の混乱した状況、外地で発行されていた日本語雑誌であることなどが複雑に絡み合っていることは確かだろう。

同誌の特徴のひとつは、戦争貫徹をめざす政治的圧力に屈せず、表現の自由を死守しようとしていることである。当時の日本では、内務省の検閲、用紙割当制限、雑誌の整理統合などによる言論統制が行われていたが、『月刊毎日』は創刊号の巻頭言(本書一〇頁)で「移り変る新事象を正しく理解することが先決である」と説くなどして、メディアが流布させる情報を鵜呑みにしてはならないと訴えている。世界情勢に精通した学者、外交官、ジャーナリストの言説が数多く掲載されている。日本が次第に追いつめられていくなかにあっても冷静に現状を分析しようとする同誌のスタンスには優れた見識が感じられる。

また、偏見のない視線で中国の民族、歴史、文化、経済を紹介しているところにも特徴がある。なかには大東亜共栄圏の思想を掲げる御用記事もあるが、全体としては、敵愾心を棄てて相互の明るい将来を展望するものが多い。それを統治する側の傲慢な態度と非難するのは易しいが、日本が次第に追いつめられていくなか、目先の戦況に一喜一憂せず、経済や文化の結びつきによる政治的硬直の解体を訴え続ける記事が多いということは指摘しておきたい。

もうひとつの特徴は、野山草吉の名で政界批判のコラムを担当した阿部眞之助[3]の人脈で、斎藤茂吉、佐藤春夫、武者小路実篤といった文壇の大御所、尾崎士郎、大佛次郎、丹羽文雄、武田麟太郎、石川達三、村松梢風などの人気作家、そして、壺井栄、佐多稲子、伊藤永之介といったプロレタリア系作家が執筆していることである。言葉を奪われた民衆が「心の統一」を果たせなくなって滅亡するさまを描く石川達三の「沈黙の島」、軍隊に入るときの心境を「徴用のときは辛かった」、「軍隊では人間がかはるからね」と語る人物が登場する丹羽文雄「青春の別れ」など、小説のなかには時局を痛烈に批判する内容を含んだものが少なくない。

自らが国家のプロパガンダとして機能していることを明確に意識しながらメディアとしての責任を遂行しようとしている点、中国と日本との関係をパートナーとして見直す視点をもっている点、そして、必ずしも国家政策に同調しているとは思えない書き手に誌面を提供している点で、『月刊毎日』は戦争末期の出版物として他に類をみない特異性をもっている。戦争末期の北京において、なぜこのような雑誌を発行することができたのか？　国内では出版物に対する厳しい検閲や統制が行われており、翼賛体制の維持と戦意高揚を目的とした御用記事ばかりが氾濫していたこの時代に、なぜ外地・北京でこれほど自由な言論を展開することができたのか？　この雑誌を研究するにあたって最初にぶつかる壁はその点にある。

本稿では、こうした点を踏まえて『月刊毎日』発行当時の北京における出版物取締りの状況を明らかにする。

2　戦時下の北京における出版物取締り

北京の出版物取締りや検閲の体制については、『昭

和十六年度版 北支・蒙彊年鑑』（北支那経済通信社出版局、一九四〇年一一月）が「△現地出版物に取締令」という見出しとともに、

> 北支に於ける邦人の出版物の状況は北京、天津、青島、済南、その他各地に新聞、パンフレット等多数刊行されてゐるが、これら出版物の取締を一層厳重にするため当局に於ては八月廿二日附各地領事館令を以て出版物取締規則を制定公布した。

と伝えている。また、この「出版物取締規則」の第一四条には「新聞紙又は雑誌の発行者は新聞紙に在りては発行と同時に雑誌に在りては発行の日より到達すべき日数を除き三日前に製本二部を添へ当館に届出づると共に在中華民国大使館北支警務部に製本一部を送付すべし」とあり、雑誌に関しては発行日前に「製本二部」を届け出て事後検閲を受けるよう指示されていたことがわかる。

ここで注目したいのは、製本の送付先として「在中華民国大使館北支警務部」が指定されている点である。当時、日本国内で発行された印刷物の検閲は、陸軍省、海軍省、外務省、逓信省それぞれの情報部局、内務省の検閲課の担当者で組織された内閣情報部[4]が担っており、軍部の意向が強く働いていたが、北支においては外務省が管轄する大使館や領事館のなかに設けられた警務部がその役割を果たしており、軍部が直接的に介入して検閲等を行う日本国内の状況とはやや異なる仕組みになっていたのである。

それは『月刊毎日』創刊のプロセスにも深く関わっている。当時、北支地域で唯一の日本語新聞だった『東亜新報』[5]を発行していた東亜新報社天津支社が編集した『華北建設年史』（一九四四年一二月、大東亜戦争三周年／天津東亜日報創刊三周年記念出版）には、戦争末期に同地域で行われた雑誌統合に関して、「出版文化では綜合雑誌として「新華北」「華北評論」「日華文化」「北支那」などがそれぞれ京津から発行されて相当の貢献をなしてきたが、大使館の統合方針に従ひ各誌は昭和十九年六月号で廃刊、同十月号を創刊号として華北唯一の綜合雑誌「月刊毎日」が発刊された」という記述がある。このことから、『月刊毎日』は大使館の方針に従って北支における各種日本語雑誌を統合するかたちで発行されていたことがわかる。

では、こうした大使館の働きかけに対して軍部はどのような見方をしていたのであろうか。当時、占領政

策を遂行するための情報工作は天津駐屯部軍の宣伝部に置かれた北支宣撫班がその役割を担っており、工作戦協力、兵站線確保、警備協力、敵組織体破壊工作、民心鎮定安撫工作、新政工作、救恤工作、保護労働工作、経済工作、教育文化工作、団体指導、一般調査、特殊調査研究を担っていた。

だが、その活動は「今次聖戦の意義を徹底し所在大衆を宣撫教化して興亜の禍根たる抗日反満の思想を根絶し、後方治安の確保に協力せしむると共に進んで之を指導し、之を組織して掃共滅党の一翼たらしめ以て東亜新秩序の確立に邁進する」ことにあった。軍部における宣撫活動とは、「支那民衆を愛撫して所謂皇道を布くにありて、かの戦火に怯へて徘徊つて居る罪なき支那の民衆を可愛がり、真に安心して彼等を共生業に就かせ、更に進んで今次聖戦の意義をよく理解せしめ、容共抗日の穢れを祓ひ清めて而して彼等民草を皇化にうるほさん」(陸軍省軍務局歩兵少佐・福山芳夫「北支宣撫工作の現況」『社会教育』一九四〇年三月、社会教育会)とするものであった。つまり、軍部の主な狙いは「抗日反満の思想」を退けて中国人の民衆を「皇化」することにあり、国策会社の社員が多くを占めていた北京の日本語言論状況は関心の埒外だったのである。

当時、『月刊毎日』の印刷を行った北京新民印書館の出版部長を務めていた山中林之助は、のちに『異端者の手記——激動の六十年を生きて』(一九八四年一一月、「異端者の手記」刊行会/代表・山川信夫)のなかで大変興味深い証言をしている。やや長くなるが該当箇所を引用したい。

北京の会社に戻って来ると、早速休暇願を出したが、総務部から却下された。その理由は、大使館の命令で私用の者はいっさい旅行禁止であるというのである。/私はすぐ会社の首脳部に連絡し、老いた母が病床にあるとき、会社の年末年始の休暇を利用して帰省することができないというならやむを得ないから会社を止めて帰ると強硬に申し入れた。その態度が強かったためか、会社の東京への連絡事項がたいせつだったためかわからないが、しぶしぶ東京・大阪出張を了承してくれた。東京連絡事項というのは毎日新聞社が発行していた『月刊毎日』という今日のサンデー毎日のようなものを、東京で紙型にして航空便で北京に送り、それを新民印書館で印刷刊行するという案であった。/この案は、現地の娯楽にうえている日本人たちに歓迎されていたので、軍報道部もしり押しをしてくれ、毎日新聞東京本社の出版部と交渉する必要が生まれたのである。／昭和十九年十二月二十八日に北京をたって大阪についたのが三十一日の夜であった。

同氏に拠れば、『月刊毎日』は「東京で紙型にして航空便で北京に送り、それを新民印書館で印刷刊行する」ことになっていたという。この証言が事実であれば『月刊毎日』の編集は厳しい言論統制が敷かれた東京で行われていたことになる。また、軍報道部も北京在住の日本人に娯楽を与えることの必要性を理解し、『月刊毎日』を「しり押し」してくれたとある。つまり、『月刊毎日』の発行に際しては、大使館と軍報道部がともにその必要性を認め、「華北唯一の綜合雑誌」としてお墨付きを与えていたことになる。

さらに、山中林之助は「敗戦前の北京で」（『私の中の中国』一九九六年六月、株式会社タイムス）という文章でも、

昭和十八、九年ごろの北京では、日本内地の新聞はおろか出版物も自由に手に入らなくなっていた。／限られた人々には配達されていたかもしれないが、私たちには東亜新報という現地の四頁立ての新聞だけで、内地の新聞にはお目にかかれなくなっていた。（中略）いろいろのデマがまことしやかに流れてくる。／そのために中国人向けの出版物を目的とする私たちの新民印書館も、日本人向けのものを出版することを余儀なくされた。（中略）北京にも日本出版配給株式会社（日配）出張所というのがあって、そこの責任者の白柳支社長とはたびたび会った。／その君からの要請か何かで、毎日新聞社で特集した『月刊毎日』の「紙型」を大阪で作り、それを北京の豊富な紙で日本人向けの読み物として月刊で出版したのが歓迎された。何しろ店頭には読み物らしいものが何一つなかった時代であったから。／その出版物を北京から日本内地に逆送しようという計画すらあった。／当時の満洲国の新京に満洲出版配給株式会社（満配）があった。そこの出版物が郵便物として北支に流れてきていた（華文）。その対策を大使館文化班から私たちのところに委ねられ、その打合せのため私が新京に行くことになった。

と記しており、北京にも日本出版配給株式会社の出張所があったこと、北京で発行された『月刊毎日』を日本内地に逆送しようという計画があったこと、満州出版配給株式会社から届く出版物に関して大使館文化班が対策を講じていたことなどを明らかにしている。『月刊毎日』の「紙型」を作成したのが東京なのか大阪なのかは記憶に食い違いが生じているが、ここに記された内容が北京の出版流通を考えるうえで非常に重要な点を含んでいることは間違いない。当時、北京に在住していた日本人は内地の情報が届かず、デマがまことしやかに流布していた。また、「読み物らしいもの」も手に入らないため、人々は娯楽に飢えていた。そこで大使館の指導によって紙資源が豊富な北京で日本人向けの総合雑誌を作ろうということになり『月刊毎日』が創刊された……。[6] この証言からは以上のことが確認できる。

ここで再び出版物取締規則に戻ると、第二〇条に、

出版物には左の事項を掲載することを得ず

一、皇室の尊厳を冒瀆し又は国憲を紊乱するの虞ある事項

二、軍事又は外交の機密に関する事項

三、軍事上又は外交上悪影響を及ぼす虞ある事項

四、犯罪を煽動し若は曲庇し犯罪事実に付犯罪人、刑事被告人又は被疑者を賞恤し若は陥害ずる事項

五、公判に付する以前に於ける予審の内容、公開を停めたる訴訟の弁論及検事、検察官の差止めたる捜査若は予審中の事件に関する事項

六、其の他安寧秩序を妨害し又は風俗を紊乱するの虞ある事項

とあり、印刷物の内容に関して具体的な禁止事項が掲げられている。第二一条には「該当すると認むる事項に付ては当館に於て予め掲載の禁止を命することあへし」とも謳われている。だが、ここで禁じられている事項は、「皇室の尊厳」を冒瀆しないこと、「軍事又は外交の機密」に抵触しないこと、「犯罪を煽動」しないこと、「捜査若は予審中の事件」に言及しないこと、「安寧秩序」を妨害しないことに限られており、当時の日本国内における言論統制の検閲基準と照らし合わせるとその違いは明らかである。

たとえば、内務省警保局編『出版警察概観 第1巻（昭和五・六年）』（一九三一年一月、内務省警保局、のち一九八八年四月に不二出版より復刻）の「安寧紊乱出

版物の検閲標準」には以下のように記されている。

安寧紊乱出版物の検閲標準

（甲）一般的標準

一般的標準として左記事項は安寧秩序を紊乱するものと認めて居る。

（1）皇室の尊厳を冒瀆する事項

（2）君主制を否認する事項

（3）共産主義無政府主義等の理論乃至戦略、戦術を宣伝し、若は其の運動実行を煽動し、又は此の種の革命団体を支持する事項

（4）法律裁判所等国家権力作用の階級性を高調し、其の他甚しく之を曲説する事項

（5）テロ、直接行動、大衆暴動等を煽動する事項

（6）植民地の独立運動を煽動する事項

（7）非合法的に議会制度を否認する事項

（8）国軍存立の基礎を動揺せしむる事項

（9）外国の君主、大統領、又は帝国に派遣せられたる外国使節の名誉を毀損し、之が為め国交上重大なる支障を来す事項

（10）軍事外交上重大なる支障を来す可き機密事項

（11）犯罪を煽動、若は曲庇し、又は犯罪人、若は刑事被告人を賞恤救護する事項

（12）重大犯人の捜査上甚大なる支障を生じ其の不検挙に依り社会の不安を惹起するが如き事項（特に日本共産党残党員検挙事件に此の例あり）

（13）財産を攪乱し、其の他著しく社会の不安を惹起する事項

この「検閲標準」は、戦時下において徐々に締め付けが厳しくなり、さきに述べた内閣情報部発足後は自由にものを書くこと自体がほとんど不可能になっていた。一九四〇年一二月には社団法人日本出版文化協会が発足し、出版用紙配給割当規程によって同協会の査定に合格しなければ紙の配給が受けられない仕組みになっていた。一九四三年四月からは、用紙割当の全面的統制のためすべての出版企画を対象に発行承認制が実施された。

それぞれを比較したとき、外地である北京で施行されていた出版物取締規則が国内のそれよりも簡略化されていることは一目瞭然であろう。「皇室の尊厳」「国権」や「軍事」への悪影響、「犯罪」に関する項目は同じであるが、国内の「検閲標準」の（2）～（7）、すなわち、言論の自由に抵触する問題は割愛され、「安

寧秩序」や「風俗を紊乱するの虞」という表現で括られていることがわかる。

当時、国内では「国家の要請するところに従つて、国策の周知徹底、宣伝普及に挺身し、以て国策の施行実践に協力する」ことを目的に日本文学報国会が結成（一九四二年五月）され、機関紙『文学報国』の発行がされていた。一九四三年一〇月には政府の意向を体現する企業整備委員会が設置され、その機構運営の両翼として資格審査会と関係各庁の官吏、出版会の役職者等で構成する企業整備委員会が立ち上がっていた。

それに対して、当時の北京における検閲はどのように行われていたのだろうか？ この問題に関しては公文書等を確認できていないため、いくつかの周辺情報を集めることしかできないが、ここでは現段階で把握できている内容をもとに考察をしたい。

最初の証言は、『月刊毎日』に統合される前に北京で発行されていた日本語雑誌のひとつである『華北評論』[7]の編集をしていた小澤開作（指揮者・小澤征爾の父）を偲ぶ文章の一節である。当時、国立北京芸術専科学校に勤務しながら『華北評論』に寄稿していた高松亭明は、「先生はもういない」（小澤征爾編『父を語る その二』一九七五年一二月、発行者・小澤さくら）という文章を書き、『華北評論』が軍部に睨まれ廃刊に追い込まれていく過程を巡って、以下のように証言している。

> ある時私は北京の書店で、中国公論という雑誌を買った。中に上海市長陳公博の書いた「我対抗日本的希望」という一篇があった。日本の対華政策をこっぴどく難詰した痛快な論説である。「日本は、棺おけに片足を入れた様なおいぼれを引っぱり出しては、政治上の枢要の地位に据えている。あんな連中に何が出来るものか。こういう人事では中国人の侮蔑を買うだけだ。」という調子であった。陳氏が華北政務委員会や維新政府の顔ぶれに強い不満を抱いていること一読明瞭であった。私はこれに飛びついた。数日かかって翻訳して華北評論社にお届けした。
> ところが日本領事館の事前検閲で、掲載不許可となった。私は甚だ面白くないので先生に理由をたずねた。／「中国人の書店に堂々と売られているのを翻訳してなぜいけないんでしょう。もし翻訳がいけないなら、原本も発禁にすべきと思いますが――。」／「理屈は君のいう通りだが、翻訳文だと軍部のお偉方が読むだろう。領事館としてはそれが困るんだ

よ。」／つまりは領事館を頤使している北支派遣軍の圧力の致す所なのである。青二才の私がわめいたところで、どうなるものでなかった。

『華北評論』は日本の国策に必ずしも従おうとしない反骨精神旺盛な評論雑誌であったため軍部に睨まれていたようだが、ここでまず確認しておきたいのは、日本領事館が同誌に「事前検閲」を行い、「掲載不許可」を出していたことである。『月刊毎日』以前に北京で発行されていた日本語雑誌はそれほど多くないため、すべての雑誌を事前検閲したのか、それとも要注意の雑誌に絞り込んでそれを行ったのかは不明だが、少なくとも領事館や大使館のなかにそのような部署が準備されていたことは事実だろう。

この小澤開作をめぐってはもうひとつ注目したい問題がある。もともと歯科医として満洲に渡った小澤開作は、同地で満洲青年連盟や満洲国協和会の活動に関わり、関東軍参謀長・板垣征四郎や参謀本部の作戦部長だった石原莞爾とも深く交わった人物である。二人の名前から一文字ずつもらって自分の息子に征爾と名づけたことからも心酔の度合いがわかる。

のちに北京に移った小澤開作は満洲での経験を活かし、一九三七年一二月に発足した中華民国新民会にも総務部長として関わっている。この新民会は、本来、中国人が主体的に「自衛、自給、自治の運動」に参加し、政治経済と文化を主体的に発展させるための組織活動を行うことを目的とする工作団体であり、小澤開作も北支における「民心の安定、福祉の向上」（以上、矢部僊吉「人類愛に徹した小澤開作」『父を語る』一九七二年一〇月、中央公論事業出版）のために尽力した。

だが、当時、北支方面軍参謀長だった山下奉文は軍宣撫班と新民会を統合して軍部の主導権を強化するとともに、汪兆銘の北京臨時政府から宣撫活動に関わる経費を支弁させることを企てる。こうして、軍部の統制によって北支の民衆が蔑ろにされることに抵抗を覚えた小澤開作は一九三九年九月に新民会を退く。日本側の精神的支柱であった小澤開作を失った新民会は、半年後の一九四〇年三月、軍宣撫班によって吸収統合される。

『華北評論』が創刊されたのはちょうどその直後である。自分たちが大切に育ててきた新民会を呑み込み、北支方面の情報統制を強めていた軍宣撫班に対して、彼は躊躇のない抵抗姿勢を見せ、『華北評論』の誌面をより先鋭化させていく。髙松亨明の「先生はもういない」(前出)には、小澤開作にまつわるエピソードのひとつとして、「後世の史家は、戦争中の出版物は軍の顔色をうかがって、うそばかり書いているというだろう。しかし華北評論を見て、おやっ、これは小さな本だが本当の事を書いているぞ。という者がきっとあると思う。それが僕の念願なんだ」という言葉が紹介されているが、それは同時に、『華北評論』がいかに反体制的な雑誌であるかを示す証言にもなっている。

軍宣撫班はこの雑誌の内容に神経を尖らせ厳しい検閲を行う。内容によっては記事の半分以上が伏字にされるものもあった。次第に追い込まれた小澤開作は、一九四四年五月の終刊に立ち会うこともできず日本に帰国(一九四四年三月下旬)する。北京の日本大使館が『華北評論』をはじめとする日本語雑誌を統合して『月刊毎日』を創刊するのはその半年後のことである。逆にいえば、当時の日本大使館は、軍宣撫班が徹底的に弾圧して廃刊に追い込んだ『華北評論』の理念を引き取り、新たな雑誌のなかでそれを再生しようとしたとも考えられるのである。

さきに紹介した髙松亨明「先生はもういない」の記述でもうひとつ重要なのは、領事館や大使館の主体的な判断によってではなく、「軍部のお偉方が読む」ことを念頭に置いて検閲がなされたという証言である。雑誌の出版流通をプロパガンダとして捉え、その内容に関しても戦略的な意図を重視する軍部に対して、大使館や領事館は北支に在住する日本人の権利と安寧を護ることが第一の責務である。当然、戦局に関しても軍部のようなデマゴギーを拡散させることを是とせず、一般市民に対して少しでも正確な情報を伝えようとする人々がいる。また、財閥系の企業にとっては経済損失の観点から戦争の動向に関する正確な情報を得てその行方を見定めたいという要望が強くあったはずである。そこでは、思想的な立場として体制に抵抗しようとする言論人たちと、損得勘定の観点から的確な情報を得たいと考える企業関係者の思惑が奇妙に一致している。つまり、大使館や領事館は「北支派遣軍の圧力」を最小限に止めることができるアジール(=自由領域)として機能していた可能性がある。

実際、その頃の北支において「北支軍の機関紙」(石川輝「序」、東亜会編『東亜新報おぼえがき——戦中・華北の新聞記者の記録』一九八四年、東亜会)とよばれていた『東亜新報』の主筆を務めていた高木健夫は、のちに『新聞記者一代』（一九六二年、講談社）で次のように語っている。

ほとんどすべてこれ、日本帝国主義の侵略機関紙とよばれるものだが、新聞職人にとっては、このようなせまいワクのある新聞においても、なおかつ言論の自由を発見しようとする執念と熱情がわいてくるものなのである。事実、東亜新報にあっては「北京横丁」というコラムを持ち、社長の徳永衣城は「以如子」の俳名で、そこに毎日俳句を書いていた。このコラムなどは、戦争中の日本のどの新聞より自由だった、とあえて、わたくしは思う。なにしろ「検閲」がフリー・パスだったのだ。これには歴代の軍司令官のお声がかりと理解があったからだろう。

一方は厳しい事前検閲がなされていたと書き、もう一方は検閲がフリー・パスだったと書いているため、あたかもそれらの言説には矛盾があるように見えてしまうかもしれないが、双方を精密に照合していくと、それはどちらも真実であり二つの相反する認識が併存するような状況が想定できることに気がつく。つまり、領事館が事前検閲をするかどうかはすべて「軍部のお偉方」の胸三寸であり、軍部の意向次第で記事を「掲載不許可」にすることもできれば検閲をフリー・パスにすることもできたのではないかということである。内閣情報部に集められた陸軍省、海軍省、外務省、逓信省それぞれの情報部局、および内務省の検閲課担当者が血眼になって内容を精査し、紙の配給制限というかたちで出版社や新聞社に圧力をかけることができた内地と、軍部が領事館や大使館を通じて限られたタイトルの新聞・雑誌に目を通すだけだった北京とでは、検閲の機構そのものが違っているのである。

では、『月刊毎日』の場合はどのような検閲がありえただろうか？　著者が二〇一六年に北京大学図書館所蔵の『月刊毎日』を調査をした際は、日本人研究者であることを理由に全体の二五％までしか撮影許可が下りなかったため、致し方なく主要な文芸作品を中心に画像を撮影した。その後、さまざまなルートを通じて情報を集約したが、結局、全頁を通覧することが叶わないまま『幻の雑誌が語る戦争』（前出）を上梓せざるを得なかった。

だが、二〇一八年になって北京外国語大学の秦剛が中国国家図書館所蔵の『月刊毎日』を調査し、全頁の画像データを提供してくれたことで、当初は確認できなかった検閲の痕跡が明らかになった。秦剛の研究成果については後述することとし、ここではまず検閲の実態について特徴的な事例を示したい。

まず注目したいのは、橘樸「孫文思想の東洋的性格」(第二巻第八号)の「五、共産社会と大同社会」である。この論説の章末には半頁に亙る空白があり、事前検閲による削除の痕跡が残されている。本来であれば、次章を詰めることでその痕跡を消去することができたのであろうが、恐らく組版がなされていたものに検閲が入ったため時間的な余裕がなく、該当箇所を削除して発行したものと思われる。

この「五、共産社会と大同社会」の章末には「欧洲においては恃んだ全体主義勢力が消滅し、ソ聯は日ソ中立条約を打切るといふ状態に陥つたのである」と書かれている。ソ連がポツダム宣言への参加を表明して日本に宣戦布告したのが同年八月八日であり、『月刊毎日』の第二巻第八号「昭和二十年八月一日」の発行であることから類推すると、このあとには日本政府が公に認めていなかった世界情勢が記されていたものと考えられる。

同じことは大下宇陀児「わが残留記」(第二巻第八号)にもいえる。この随筆の(二)には「町会の人達が、□□□□□□□□□□□□□□□□□□に私は、随分焼きましてね。相当の金額で買つた贅沢品なんか、すつかり無くなつてしまひました。」と、一五文字分の空白がある。こちらも「贅沢品」を持ち続けることに関しての記述が検閲によって削除されたのであろうと推測される。

以上の事例からみて、『月刊毎日』が事前検閲を受けていたことは間違いないと思われるが、そうなると逆に、このような検閲がなされていた雑誌になぜ政府や軍部にとって都合の悪い事実を含んだ作品を掲載することができたのだろうかという疑問が浮上する。『月刊毎日』はときに厳しい検閲に曝され、ときに言論の自由が保障されるヌエのような雑誌だったということになる。

ここで考慮しなければならないのは表紙に掲げられた執筆陣の顔触れである。同誌はその表紙に主要な執筆者の名前を列記するスタイルを取っている。創刊号に徳富猪一郎(日本文学報国会、大日本言論報国会会長)、米内山庸夫(駐支外交官)、草野文男(外務省調査局)が、第一巻第二号に大川周明(アジア主義思想家)、中柴末純、匝瑳胤次(元海軍少将)、第二巻第一号に齋藤瀏(元陸軍少将)、小泉信三(慶應義塾塾長、明仁親王教育責任者)、佐藤市郎(元海軍中将)らが名を連ねていることからも明らかなように、同誌の執筆陣は軍部や大政翼賛会の中枢に関わる時の実力者である。いかに「北支派遣軍の圧力」が強かろうと、記事の内容に踏み込んであれこれ言及することなどできなかったと思われる。確かな根拠はないが、こうした要人が名を連ねる雑誌が検閲をフリー・パスで通過できたことは充分に考えられる。『月刊毎日』には、戦争貫徹をめざす政治的圧力に屈せず表現の自由を死守しようとする文章、時局を痛烈に批判する内容を含んだ小説作品、偏見のない視線で中国の民族、歴史、文化、経済を紹介するエッセイなどが数多く掲載されているが、それらは、さきに述べた軍関係の実力者たちを隠れ蓑とすれば検閲を潜りぬけられるという算段のもとで雑誌に紛れ込んでいるのである。

戦争末期の北京において『月刊毎日』のような雑誌を発行することができた要因としてもうひとつ考えられるのは、さきにも述べた財閥系企業との関わりである。詳細は『幻の雑誌が語る戦争』(前出)に記したが、北京大学図書館に所蔵されている創刊号の表紙には赤インクのペン書きで「閲」という文字が記されている。さらに、第二巻第四号には「警労本部宣伝班杉田課長殿」という謹呈名がある。第二巻第七号の表紙にも「杉田」という捺印があり、第二巻第八号の表紙には万年筆で「資材」と書かれている。それぞれの字体には特徴があり、恐らく同一人物の筆跡と思われる。北京大学が所蔵する『月刊毎日』をみる限り、警労本部宣伝班は刷りあがった同誌の謹呈を受けるだけでなく、「閲」の文字を記入することでその内容に関する何らかのチェックを行っていたのではないかと考えられる。

ここに登場する警労本部は北支那開発株式会社に置かれていた企業内組織である。北支那開発株式会社[8]は、華北の資源開発とその軍事利用を目的に日中合弁で設立された国策会社である。一九三八年三月、「帝国政府決定ノ北支那経済開発方針ニ基キ日満北支経済ヲ緊密ニ結合シテ北支那ノ経済開発ヲ促進シ以テ北支那ノ繁栄ヲ図リ併テ我国国防経済力ノ拡充強化ヲ期スル為北支那開発株式会社ヲ設立スルモノトス」という設立要綱が閣議決定され、敗戦後にGHQが閉鎖機関に指定するまで、(1)交通、運輸及港湾に関する事業、(2)通信に関する事業、(3)発送電に関する事業、(4)鉱産に関する事業、(5)塩の製造、販売及利用に関する事業、(6)その他——を展開している。同本部が発行していた『警労情報』[9]を見る限り、中国共産党の抗日運動を弱体化させ、日本の財閥による北支地下資源開発を推進することが活動の中心だったと思われる。つまり、『月刊毎日』編輯部は刷り上がった雑誌を警労本部に送り、宣伝班の課長による内容確認を受けていたのである。

では、なぜ財閥系の北支那開発株式会社が『月刊毎日』に強い関心をもっていたのか? この点についても明確な裏付けとなる資料は発見できていないが、同誌の内容に即していえば、それは北支那開発を進めようとする日本の財閥にとって世界情勢や戦局の行方をいち早くキャッチすることが死活問題だったからではないだろうか。大本営発表はもちろん、軍部から提供される情報に信頼を置くことができないなか、会社の存亡と社員たちの生命を守るためには外交官、ジャーナリスト、作家たちに原稿執筆の機会を与えて戦時下の情勢を客観的に理解する必要があったのではないだろうか。莫大な資金投資をして北支那開発に乗り出していた財閥系企業にとって重要なのは、戦争に勝つか負けるかであると同時に、戦局をいち早くキャッチして引き際を見定め、企業としての損害を可能な限り少なくすることだったのではないだろうか。

3　『月刊毎日』と『大陸』

以上は、戦争末期の北京における出版流通と検閲に関して『月刊毎日』の側から考察したものだが、『幻の雑誌が語る戦争』（前出）を世に問うたあと、そこでの論点をさらに補強するかたちで新しい史料を提供してくれたのが、さきに紹介した秦剛の研究である。「戦時末期の上海で発行された『大陸』――歴史に埋れた〈外地〉の日本語総合誌」（『早稲田文学』二〇一八年初夏号）として発表された論考のなかで同氏は、

――誌面をめくれば、武田泰淳、陶晶孫、内山完造など当時上海に在住していた中日双方の文化人や、中村地平、井伏鱒二、青野季吉、丹羽文雄、佐藤春夫、壺井栄といった著名作家の作品が数多く見られる。発表された小説、随筆、短歌を寄稿した作家、歌人は合計すると二十名を超え、しかもそれらの創作の多くが、戦後に編纂された彼らの作品集や個人全集などに収載されていないのである。戦時期の文芸作品がこれほど多く再発見されたことは、石川巧氏による戦時下北京で刊行された『月刊毎日』の発見を

彷彿とさせる。しかも、北京と上海でそれぞれ発行されたこの二つの日本語総合雑誌は、奇しくも同じ一九四四年十一月の創刊である。

と指摘している。『月刊毎日』と『大陸』の類似性に関してまず注目したいのは、両誌がともに一九四四年一一月に創刊されており、いずれも現地日本語雑誌の統合というかたちで誕生している点である。

『月刊毎日』が毎日新聞社北京支局から発行されていたのと同様、『大陸』の発行元である大陸新報社は陸軍、海軍、外務省、興亜院の後援で設立された国策新聞社であり、朝日新聞社が実質的な経営を担っていた（山本武利『朝日新聞の中国侵略』二〇一一年、文藝春秋）。つまり、両誌はともに日本の国内事情によって誕生していると同時に、日本の主要新聞社が強力に後押しをした双子のような雑誌なのである。

また、それぞれの雑誌を比較すると、文芸関連の執筆者が共通している点も目に付く。『大陸』は現段階で一九四五年四月号が未見となっているため厳密に照合することはできないが、とりあえず両誌に寄稿している作家や評論家をあげると、浅野晃、丹羽文雄、佐藤春夫、前田夕暮、亀井勝一郎、壺井栄、岩崎栄などがいる。

さらに特徴的なのは両誌の誌面構成である。前半に国策推進の要人や軍人の論説、戦線展望などを収録して国策雑誌としての体裁を整えたうえで中盤に柔らかめの随筆を挿入し、さらに後半を小説その他の読物、娯楽記事で締めるというスタイル、中国側の作家や有識者に誌面を提供して中国の歴史と文化を学ぼうとする記事があることなど、それぞれのあいだには形式的にも内容的にも強い相同性が感じられる。つまり、『月刊毎日』と『大陸』は日本国内でつながっており、文芸関係に関しては執筆者を融通し合ったり同じルートで紹介がなされたりしていたのではないかと考えられるのである。

たとえば、壺井栄の場合。彼女の詳細年譜を作成した鷺只雄が、「戦況が悪化するにつれ発表の場所がなくなり、昭和一九、二〇年は児童雑誌が主な収入源であった」（『人物書誌大系26 壺井栄』一九九二年、紀伊國屋書店）と記す通り、プロレタリア文学作家である壺井栄は、戦時下に作品発表の場が激減し困窮した生活を強いられていた。『月刊毎日』に掲載された「村の運動会」（第二巻第一号）は、そんな彼女が一九四五年に発表できた唯一の小説である。

この壺井栄は「村の運動会」に続いて『大陸』に随筆「初夏を待つ」を発表しており、国内での仕事がほとんどなかった時期に北京と上海で発行されていた外地日本語雑誌にのみ作品を掲載できていたことがわかる。秦剛「戦時末期の上海で発行された『大陸』」（前出）によれば、この時期の壺井栄は毎日新聞北京支局から作品集『絣の着物』を刊行する予定もあったらしく、他の作家たちに比して明らかに優遇的な対応が取られている。秦剛はそのあたりの事情について、「壺井栄の長兄弥三郎の次男で甥にあたる岩井卓は、前年（一九四四年 ※筆者注）に妊娠中の妻を残して南京大陸新報社に就職したが、一九四五年四月一五日に南京で死亡した。岩井卓の妻順子も九月、出産後にチフスにかかって亡くなり、壺井栄が孤児になった二人の子・右文を引き取って育てることになった。／『大陸新報』は一九三九年元旦の創刊だが、続いて五月に『武漢大陸新報』、八月に『南京大陸新報』がそれぞれ創刊され、翌年四月に北京支局も新設された。壺井栄が『大陸』誌に原稿を依頼されたことと、岩井卓が南京大陸新報社に就職したことに関係があるかどうかは定かでないが、敗戦の年に壺井栄が北京刊行の『月刊毎日』一九四五年一月号に小説「村の運動会」を寄稿し、毎日新聞出版部に渡した原稿からなる作品集『絣の着物』が北京での刊行を予定していたことが示すように、大陸の出版メディアと交渉が多くあったことは事実である」と説明している。

壺井栄自身が「茶の間日記」（一九四五年一月一九日の記述、『壺井栄全集』第一二巻、一九九九年、文泉堂出版）で、「「毎日」へ原稿を渡す。これは北京から出版され、定価十円のよし。不思議なことのある世の中なり。本の題『絣の着物』とする」と記している通り、そこには作者自身が「不思議なこと」と思うほど意外な力が働いているのである。

同じことは、それぞれに掲載された作品の内容からも見てとれる。『大陸』（一九四五年一月号）に小説「通草（あけび）」を書いた丹羽文雄は、「集団疎開につき添つてきた女の先生の言葉」として、「子供達の会話や、手紙の検閲をしてゐますと、ほんたうに実感のこもつた、生ま生ましい言葉に出あひますので、思はず泪ぐんでしまひます。子供は純粋ですから、言葉に何の修辞もいらないのですわ。すなほに頷けますの」という台詞を挿入し、当時の日本において、集団疎開児童の会話や手紙にまで教師による「検閲」がなされていた実態を明らかにしている。「子供は純粋ですから、言葉に何の修辞もいらない」と表現することで、暗に大人たちの不純さ、欺瞞が炙りだされている。さらに、この作品には「疎開児童慰問隊とかいた腕章をした二等車の客を二三人見かけましたが、妙な気がしましたよ。あゝいふのがその内に一種の職業になるんぢやないかとね」、「この町の特別郵便局の集配人は、たいてい女性ですが、中に三十すぎの方がゐます。戦闘帽に、国防色のモンペ姿で集配してゐますが、以前はこの土地の第一流の芸者であつたといふことです。高級料亭やああした商売が禁止になつた時、その人はすすんで集配人になつたのです」といった台詞が散りばめられており、人々の生活の隅々に軍国主義の気配が濃厚になっていく様子がシニカルに切りとられている。

その丹羽文雄は『月刊毎日』（第二巻第五号、一九四五年五月）に掲載した小説「青春の別れ」でも同じような手法で時局への痛烈な矢を放っている。この作品は、父の危篤を聞いた「私」が四年ぶりに満洲から帰郷する場面から始まる。満洲の軍需工場で働くひとり身の「私」を不憫に思った兄は、「私」に縁談話を切りだし着々と結婚の準備をはじめる。そんなとき、「私」のもとを訪ねてきた友人の大友は、若い頃に交際していた女性への未練を切々と語りはじめる。驚くべきはこのあとの記述である。軍隊への召集を巡って二人は次のような会話をする。

「（前略）その日から三日目に、お召をうけたんだ。僕は呆然となつたよ。しかしお召は絶対であり、この僕が今までの世界から截然と別の世界にとびこむんだから、かへつて救はれたやうに思つたよ。徴用のときは辛かつた。といふのも、辛くなかつた生活と比較するからだよ。ところがお召となれば」と言つて気がついたらしく大友は、苦笑をうかべた。「君も徴用だつたね」／「しかし僕の場合は、すべてが軍隊式だから、君ほどのことはないと信じるよ」／「さうかも知れない。君は徴用の国家性を十分考へてみたことがあるかね」／「さういふことを特に考へてみないほど僕の境遇はめぐまれてゐるとでも言へるね」／「軍隊では人間がかはるからね。ところが僕は〇ケ月で除隊だつた。（後略）」

国民を組織化し、国家のために死んでくれる兵士として戦場に送り出すことを目的とする軍部にとって、召集の実態に関する話題はタブーである。国民の不満や不安が増幅すると軍の統制が効かなくなり、戦争の継続そのものが難しくなる。「お召」から「除隊」までの期間は伏字で表記され、読者に誤解を与えないような配慮がなされていることからもその緊張感は伝わる。にもかかわらず、丹羽文雄はここで登場人物に「徴用のときは辛かつた」、「軍隊では人間がかはるからね」と語らせ、戦争によって「青春の別れ」を強いられた若者の哀しみに焦点をあてる。

また、この小説では四年ぶりに内地に帰った「私」が女学生の質素な服装に驚き、「内地も戦場の覚悟が、派手な色彩を抹殺してしまふのは当然であつたが、そのやり方が、その方法に女特有の或る種の怠惰がしのびこんでゐるのではないか。戦場覚悟が女のつつましやかな本能的な主張すら抹殺してゐるのは、ゆきすぎではないかと疑ふのである」と考える場面がある。極端な実利主義の統制によって「うす汚い」服装をさせられた女たちのなかに「怠惰」の匂いを感じるだけでなく、それを「ゆきすぎではないか」と批判する場面もある。

さらに、作品内にはB29を見たことがあるかという話題が登場する。大友が「私」に向かって「僕はあの爆音をきくと、君とはちがつた感じをうけるんだ。いや、敵ぢやないよ。敵を追ふ空冷式の双発の爆音だ。なつかしい双発なんだ。あの形態からうける感じは、とても温くて、切ないほどなつかしいんだよ。徴用時代の気持になるんだ。同時にあの苦しい時代がふいに迫つてくるよ」と語る。軍隊に召集されることへの恐怖、人間の本能を抹殺しようとする統制への嫌悪、そして、B29の爆音を「切ないほどなつかしい」と語ること。同時代的な文脈からすれば、それは不謹慎な言説そのものである。沖縄では民間人を巻き添えにした地上戦が続き、日本各地で空襲が続く一九四五年五月を生きる読者がこの小説に感情移入するのは難しかっただろう。だが、作者はそれを承知で書いている。いかなる言論統制によっても人間の内面を支配することはできないと訴えるために、敢えて戦時中のモラルに背を向けている。

こうした事例から見えてくるのは、『月刊毎日』と『大陸』の執筆者および掲載作品に類似した傾向がみられることである。恐らく、それぞれの文芸欄を束ねていた人物がおり、言論統制下にあってもありのままの日常を直視し、それを言葉にしようとする作家、軍国主義が蔓延る世の中をシニカルに捉えようとする作家に発表の場を与えようとする差配がなされていたとしか考えられないのである。

拙著『幻の雑誌が語る戦争』（前出）では、『月刊毎日』のフィクサーとして、毎日新聞社主筆や取締役などの要職にあったにもかかわらず内閣情報部から危険人物と看做されたため本名での執筆活動ができなくなり、結果、『月刊毎日』創刊直前に同社を去った阿部眞之助の名前をあげ、彼が編集部の背後で文芸欄の執筆者を斡旋していたのではないかと推理したが、残念ながら同氏と『大陸』の接点は見えていない。強いていえば、『大陸』の最終号（第二巻第五号、一九四五年五月）に読切小説「娘風景」を書いた岩崎栄は、のちに大宅壮一が「現在大衆物を書いている岩崎栄とか、久しく中共に抑留され、帰国後に亡くなった大衆作家の平野零児などがそのいい例で、この二人は阿部にとって、水戸黄門の「助さん」「格さん」のような存在であった」（「阿部真之助という男」、『阿部真之助選集』一九六四年、毎日新聞社）と記すほどの側近であり、彼が阿部眞之助の実働部隊として動いた可能性はある。

いずれにしても、北京の『月刊毎日』と上海の『大陸』を接続させて外地の日本語雑誌に関する出版と流通のありようを再検証することは、国策で統合された雑誌であっても、自らの信念をもって目の前の実相を捉えようとした作家たちの営みを考えることにつながる。言論統制に沈黙するでもなく抵抗するのでもなく、検閲の隙間を縫うようにしてぎりぎりのところに表現の場を求めた彼らの姿勢から私たちが学べることは少なくないと考える。

注

〔1〕著作兼発行者・三平将晴『海外発展案内書』（第五五版、一九四一年一二月三〇日発行、大日本海外青年会）には、一九四一年現在における北支のホテル・旅館料金が、「洋式設備を有する一流のホテルは一泊十円―十五円程度であり、一般邦人旅館は一等八円―十円、二等で五円―六円、三等で三円―四円」と記されている。また、日本からの渡航者が所持できる現金は二〇〇円までと定められている。単純計算ではあるが、『月刊毎日』創刊号（一九四四年一一月）の五円という定価は、一般邦人が二等の旅館に宿泊できる金額ということになる。

〔2〕今村鴻明「北支に於ける日本人の進出」（『人口問題』一九四三年六月、人口問題研究会）は、「昭和十七年六月一日現在の華北在留邦人数は四〇万五一一人（一四万七九戸）である。五箇年前の事変直前である十二年六月一日現在の邦人数四三、八九七人に比すれば実に九二〇％に達する発展である。（中略）事変前には殆ど邦人の無住地帯に属してゐた北支の内陸地帯にも事変後（1）作戦上の要地に於ける皇軍中心の邦人集中（2）

行政中心地に於ける政治力中心の邦人集中（3）経済開発中心地に於ける資源中心の邦人集中の三種の要因により急速に邦人の進出を来した」と記す。

〔3〕原作者プロフィール・野山草吉参照。

〔4〕内閣情報部は戦争継続のための世論形成、プロパガンダと思想取締りの強化を目的として一九四〇年一二月六日に発足し、その後、国家的情報・宣伝活動の一元化および言論・報道に対する指導と取締りを行うようになった内閣直属の情報機関である。もともと、内閣情報部と外務省情報部、陸軍省情報部、海軍省軍事普及部、内務省警保局検閲課、逓信省電務局電務課に分属されていた情報事務を統一するかたちで発足した情報局は、一四四名の職員（情報官以上五五名、属官八九名）で構成され、内務省、陸軍省、海軍省、大本営陸軍部、海軍部などとともに、国内の情報収集、戦時中における言論・出版・文化の検閲と統制、マスコミの統合や文化人の組織化、銃後の国民に対するプロパガンダを遂行した。

〔5〕『東亜新報』に関しては、神谷昌史「『東亜新報』研究のためのおぼえがき―創刊期を中心に―」（『滋賀文教短期大学紀要』第一八号、二〇一六年三月）に詳しい。

〔6〕郡山幸男編輯発行『印刷雑誌』（一九四二年四月）には「北支の製紙工場」に関する記事があり、「北支の紙需要〇〇（ママ）千万封度に対する供給は日本五三%、現地産二一%、第三国輸入八%、中支移入一八%となつてゐる。現地産の八〇%は東洋製紙工業会社の生産でありその出現は北支に製紙工業の存在を確立したのである。同社は昭和十一年七月、白河流域の葦を原料とするパルプ、製紙製造の一貫工業を企図し、十二月六日天津郊外灰推鎮に工場建設に着手、十三年十二月五日工場の本運転を開始した。資本金一千万円、葦を原料として亜硫酸マグネシヤ法による葦パルプを製造し、これによつて模造紙、更紙、有光紙、宣紙、毛辺紙等を抄造するもので、円網ヤンキー一台、長網ヤンキー一台、長網抄紙機一台を設備、年産約四、〇〇〇万封度の能力を有し、板紙抄紙機、薄紙抄紙機をも増設した」とあり、一九四二年頃から現地でのパルプ製造が増産されつつあったことが記録されている。ただし、それでも北支全体の必要量を充たすことは難しく、「専ら、満洲国に頼る他はない」状況もあったようである。

〔7〕『華北評論』は一九四〇年三月から一九四四年六月まで発行された。松本健一が「埋み火――小沢開作の夢」（『新潮』一九八七年四月）のなかで、「一冊四十ページ前後の薄い雑誌で、政論を中心とし、華北政情や経済についての情報を精しく追い、それに若干の読み物やエッセイが載っている。（中略）『華北評論』は、一方で南方の蒋介石国民政府を斥けつつ、他方で華北一帯に大きな勢力をのばしつつあった共産党に対抗する工作を担っていた。しかし、開作個人の目はむしろ、それら対外勢力

との対抗関係よりも、かれを新民会から逐つた北支方面軍との拮抗関係のほうにむいていたようにおもわれる」と記していることからもわかるように、同誌は当時の政治情勢を深く反映した「新民主義イデオロギー」雑誌だった。

〔8〕三平将晴『海外発展案内書』（前出）には「◇北支那開発株式会社／現在地 北京市東長安街／東京本社 東京市麹町平河町二ノ二／資本金三億五千万円、同会社は国策会社にして、北支那資源の全面的開発目指して北支に雄飛し、華北交通、興中公司、華北電信電話、北支産金、華北鹽業、龍烟鉄鉱、北支綿花等々幾多の子会社を設立し、鉄道交通界に、或ひは鉱業に、石炭に、電気通信に、水産鹽業に、綿花事業にと、北支全産業部門に多角的に進出、縦横無尽に活躍を開始、飛躍的発展を遂げつゝある」とある。

〔9〕『警労情報』は、現在、東京大学社会科学研究所図書室にのみ第二号から第八号、号外「最近ニ於ケル各地砿区内外ノ治安状況」がデジタル保存されており、それ以外は所蔵記録がない。

※ 本稿に引用した資料の多くは鹿児島大学の大田由紀夫氏よりご提供いただいたものである。検閲の実態に関する考察に関しても同氏の提言から多くを学んでいる。また、本稿に登場する髙松亭明氏のご子息である髙松秀興氏からは、髙松亭明氏が北京時代の生活を綴った記録資料を頂戴するとともに、直接インタビューをさせていただき、貴重なお話を伺うことができた。ここに記して感謝の意を表したい。

※ 本稿は『大衆文化』第一九号（二〇一八年九月、立教大学江戸川乱歩記念大衆文化研究センター）に発表した論考「戦時下の北京における出版物取締と雑誌『月刊毎日』」をもとにしている。

あとがき

版画家の棟方志功は終戦直前の一九四五年四月に富山県福光町へと疎開した。彼が東京を去った直後には山手大空襲（五月二五日）で代々木山谷の自宅が焼失し、それまでの版木が灰燼に帰した。作品を描くのではなく版木のなかから彫り出すことに芸術家としての生命を懸けていた棟方志功にとって、それは身を斬られるほど辛い出来事だっただろう。

だが、そこにひとつの奇蹟が起こる。たまたま、荷物を運ぶための添え木として使われていた「二菩薩釈迦十大弟子」（十大弟子に文殊、普賢の二菩薩を加えて六曲一双の屛風にしたもの。版木は両面を使ったため六枚だった）の版木五枚だけが疎開先に届き、消失を免れるのである。戦後、普賢菩薩と文殊菩薩の二図が彫り直された「二菩薩釈迦十大弟子」は、サンパウロビエンナーレ国際美術展で版画部門最高賞を受け、棟方志功の名を世界に轟かせることになる。

『月刊毎日』は、まさにこの版木だったのではないだろうか。東京で作った「紙型」をわざわざ北京に送って印刷したこの雑誌は、毎日新聞社内でも一部の人間しかその存在を知らないような閉じられた編集体制を取っていたからこそ、戦時下の厳しい検閲をすり抜けることができた。日本国内では流通せず、北京に暮らす限られた読者しか目にすることができない雑誌であるからこそ、作家たちは自分が表現したいことを活字にすることができた。棟方志功の版木がそうであったように、『月刊毎日』は、言葉が壊死することを懼れた人々が密かに企てた緊急避難の雑誌に他ならないのである。

本来であれば、雑誌をそのままの形で復刻し、挿絵や広告とともに甦らせるのが理想だったが、諸々の事情でアンソロジーとして編集せざるを得なかったことを残念に思っている。だが、本書収録作品の多くは新たに発見された言説であり、戦時下の出版文化、外地における日本語文学のありようを検証するための貴重な資料である。ひとつひとつの文章からは、戦時下をひたむきに生きた人々の姿が浮かびあがってくる。書き手たちが何を考え、どのような思いで言葉の力を生き延びさせようとしたかがはっきりと伝わってくる。

戦後七〇年以上の歳月が流れたいま、〝戦の日々〟に対する私たちの想像力は急速に衰えつつあるように思える。もちろん、そこには遠い過去の出来事に関心をもたない人々が増えているという事情もあるのだろうが、より深刻なのは、溢れるほどの知識や情報を持っていながら、戦場の体験や戦時下を生きた人々の暮らしぶりを額縁のなかに嵌め込まれた絵画のように眺め、それを了解可能なものにしてしまう知性のあり方なのではないだろうか。加害／被害、侵略／占領、殺戮／生存、敵／味方、協力／抵抗といった二分法によって〝戦の日々〟に分割線を引き、こちら側の論理だけで向こう側を捕捉しようとする思考が常態化したことによって、錯綜した現実をそのまま掬いあげることが困難になっているのではないだろうか。『月刊毎日』に収録された作品のなかには、「まえがき」にも書いたように多様な立場からの言説があるが、その振幅の大きさこそが雑誌の魅力であり、いまを生きる私たちが自分の物差しを脇に置いた状態で〝戦の日々〟に想像を巡らすのに相応しい素材だと考える。

もうひとつ、このアンソロジーを編む過程で学んだことがある。それは研究を〝呼び水〟と考えることの重要性である。補論でも述べたように、私が二〇一八年一月に『幻の雑誌が語る戦争——『月刊毎日』『国際女性』『新生活』『想苑』』（青土社）を上梓したときには、

『月刊毎日』の一九四五年六月号が見つかっておらず、未見として処理した。だが、ちょうど同じ時期に上海の日本語雑誌『大陸』を調査していた北京外国語大学の秦剛氏が拙稿に注目し同号を発見してくれ、『月刊毎日』を通覧できるようになった。秦剛氏は、さらに両誌の類似性も指摘し、戦時下外地日本語雑誌研究に大きな道筋をつけてくれた。そこには、日本と中国の研究者が別々のルートから掘削したトンネルがひとつにつながるような喜びがあった。研究はひとりでするものではなく、さまざまな力を結集することで大きく展開するという事実を改めて確信することができた。

また、『幻の雑誌が語る戦争』刊行後、私は鹿児島大学の大田由紀夫氏から一通のメールをもらった。そこには、拙著で明らかにできなかった問題に対する懇切丁寧な説明が書かれており、それを裏付ける貴重な資料も提供してくださるということだった。後日、部厚い封書で届いた資料を見た私は、自分の浅学を恥じるとともに、これほど時間をかけて調べたものを見ず知らずの研究者に渡してくださる大田由紀夫氏の懐の広さに驚かされた。研究者にとって多くの時間と労力を費やして集めた資料は誰にも渡したくないものだと信じ込んでいたが、個々の業績よりも埋もれた歴史が詳らかになることが重要だと考える研究者がいることに心を揺さぶられる思いだった。

最後になってしまったが、本書を編集してくれた真文館の石井真理氏には、あらためて感謝の言葉を伝えたい。長々とした文章を書きたがる私をうまく制御し、どうしたら素材を輝かせることができるかという観点から厳しいご批正をしてくれる編集者と一緒に仕事ができたことを誇りに思います。ありがとうございました。

二〇一八年一二月

石川 巧

石川 巧（いしかわ・たくみ）

一九六三年、秋田県生まれ。山口大学専任講師、九州大学大学院助教授を経て、現在、立教大学教授。専攻は日本近代文学・文化。著書に『幻の雑誌が語る戦争――『月刊毎日』『国際女性』『新生活』『想苑』』（青土社、二〇一八）、『『月刊読売』解題・詳細総目次・執筆者索引』（三人社、二〇一四）、『高度経済成長期の文学』（ひつじ書房、二〇一二）、『「いい文章」ってなんだ――入試作文・小論文の歴史』（ちくま新書、二〇一〇）、『「国語」入試の近現代史』（講談社メチエ、二〇〇八）、共編著に『〈ヤミ市〉文化論』（ひつじ書房、二〇一七）、編著に『くろがね』復刻版（金沢文圃閣、二〇一八）など。

幻の戦時下文学
『月刊毎日』傑作選

二〇一九年一月三一日　第一刷印刷
二〇一九年二月一五日　第一刷発行

編著者――石川 巧

発行人――清水一人
発行所――青土社
東京都千代田区神田神保町一―二九
市瀬ビル　〒一〇一―〇〇五一
電話　〇三―三二九一―九八三一（編集）
〇三―三二九四―七八二九（営業）
振替　〇〇一九〇―七―一九二九五五

印刷・製本――ディグ
編集――真文館
装幀――菊地信義

ISBN978-4-7917-7135-6　Printed in Japan

幻の雑誌が語る戦争

『月刊毎日』『国際女性』『新生活』『想苑』

石川巧　著

存在すら知られなかった雑誌『月刊毎日』が発見された。執筆者は斎藤茂吉・大佛次郎など著名人以外に、左翼小説家・壺井栄など。用紙も挿絵も考えられないほど豪華な雑誌が、なぜ言論統制・用紙制限の戦時下に発行できたのか。近代文学研究者がその謎にいどむ。戦後GHQの検閲の実態や、女優・原節子の貴重なエッセイも掲載。戦中・戦後の混乱期を生きた日本人のなまなましい姿が明らかになる。

附・『月刊毎日』『国際女性』『新生活』総目次

定価二六〇〇円（税別）

青土社